目录

西进三部曲之一

掷茭情缘

廖晁诚　著

华艺出版社
HUA YI PUBLISHING HOUSE

目
录

第一章

仙岳山传说

这是一个美丽的传说。

尽管故事发生在很久很久以前，迄今也不知经历了多少悠悠岁月，具体的年代亦未能被文史资料完整保存，但朝朝代代，祖祖辈辈，口口相传，一直传承至今。而且，越传越远，越传越久，以至当今世界上只要有华人的地方，便必定有崇拜敬畏土地公的习俗。

土地养育了人类，土地公庇护着人类；人类崇拜土地，敬畏土地公。

这，便是追求人与人和谐共生，人与大自然和谐共生，人与一切万物和谐共生。

老一辈人说，这传说源于厦门岛，源于那不见经传的仙岳山。历朝历代都有许多有心人付诸了极大的精力去探求、研究、探寻这个课题，但至今既找不到肯定的答案，当然也没有找到否定的答案。只是，仙岳山的土地公庙的香火却是随着岁月的流逝越来越旺，到这里祭拜土地公的香客越来越多。以至无论春夏秋冬，也不管刮风下雨，庙里总是人头攒动，香火日盛。也不知从何年何月开始，从这里分炉的土地庙遍布五洲四海。尤其是土地庙山脚下那被称为湖里的村庄，30年前便成了厦门经济特区的发祥地。现在，这里已经成为高楼林立、车水马龙、富有现代气息的新城区。

这，却是一个不争的事实。

历史回溯到无数年前。

那时，厦门还是一个没有多少人烟的小岛。而至今被人们称之为仙岳山的地方也仅仅是岛上海拔几十丈的小山包。然而，由于这是南方海岛，受海洋性气候的影响，气候温和，雨量充盈，岛上万物勃发，四季花香。尤其是那仙岳山上生长的热带雨林郁郁葱葱，难以计数的几个人都难以合抱的参天巨树，盘根错节，尽情地、无遮拦地向四周扩张，枝繁叶茂，遮天蔽日，充满着无限的生机，也蕴含着令人遐想的无限秘密。

虎在山上啸，

豹在山上吼。

巨蟒满地溜，

猴子树上跳。

长辈们用这四句顺口溜描述着当年的仙岳山，讲述这个当年珍禽猛兽凭借这天堂一般的乐园，与山下乡亲和谐相处的往事。仙岳山生长栖息的这些生灵的门类齐全，族群兴盛，在此无忧无虑地休养生息，悠然自得，世代繁衍……

总之，这里充满着生机，充满着和谐，充满着所有生灵的无限欢乐。

于是，不知是谁先发现了这块乐土，便一传十，十传百。大胆的人们便带着闽南人特有的敢于打拼，敢于吃苦，敢于创新的精神，携儿带女从大陆划着一叶叶小舟跨过海峡，带着对未来的憧憬来到这山下建屋定居，并永远地居住了下来。

这，便是现在人们称之为湖里的新城区，在此之前被称为湖里村。

最先到这里的一户人家，主人叫林善祖。

来到这里定居前，他是大陆闽南的一个小村庄中最勤俭的农户之一。一年四季除了在大田耕作外，农闲时节还将家中的农产品制作成一些小吃，什么肉粽呀，五香条呀，面线糊呀之类的东西，常常挑着担子走村串户做一些小生意，久而久之，慢慢地家庭殷实起来，小富有余。到了这里定居后，善祖本色不改，勤耕苦作，便在山下最靠东头的地方建了一栋富有闽南特色的小屋，坐东朝西，避风向阳,周围便是几十亩土地,岛上淡水不足,他们挖了水塘,将仙岳山那流下的山泉引进水塘。水足粮丰加上善祖一家克勤克俭,很快便成了最殷实的庄户。

久而久之,大陆上的人家便陆续迁徙而来,这里便慢慢形成了一个不大不小的村落,大家平时相敬如宾,和睦相处,彼此照应,自然而然,这里夜不闭户,路不拾遗,让外界感到这是一个名符其实的世外桃园。

再说,这最先搬到仙岳山下的林善祖,当年已经六十有余,尽管他不曾上过半天学堂,但天资聪慧,为人处世谦逊谨慎,又喜欢修善积德,乐善好施。加上娶了一房贤惠而又勤劳的妻子,勤俭持家,生下两个儿子,大的取名添福,小的取名添寿,兄弟二人勤耕苦读。林家上慈下孝,代代相传,全村上下妇孺皆崇拜至极,一时美名天下。

林家的房屋建得也很具闽南特色,坐东朝西,取意于"门朝西,赚钱没人知"的习俗,说来也令人感到不解。久而久之,这林善祖一家便成全村说一不二的人物。大凡湖里村民的大事小情无不登门请益,在全村有了非常高的威信。

于是,本书富有戏剧性的故事,便从这个年代,这个家庭延续至今……

这年农历正月末,本应是春暖花开的季节。但在南方的海岛厦门,似乎冬天懒在这里迟迟不肯离去,春天的脚步迟迟听不到声音。

"你看,这鬼天气,明日都二月初一了,倒春寒却仍然没完没了。"傍晚,林善祖这位年过六旬的老人站在门前,嘴里不停地嘟哝着。

是啊!一年之计在于春,一日之计在于晨。庄户人家都靠着种田为生。尤其是在海岛,眼睛盯得圆圆的,便盼望着春天这一季,能否有好收成,还得靠老天爷的恩赐呀!

寒风,在呼呼地叫,不停地刮;

细雨,从天空中飘洒着;

白天,黑夜无休无止,没完没了。

夜幕慢慢降临了,

这风还不想停,

这雨还不想住。

整个湖里村原本庄户人口就不多,遇上这种鬼天气,夜幕尚未降临,家家户

第一章

仙岳山传说

003

户便早早关上大门，甚至吹灭那原本只有小指尾巴大的灯火，男女老少躲进属于各自的被窝里，想借助那薄薄的棉被留住从身躯里散发出来的一丝丝热气，度过那冰冷而又漫漫的长夜……

村头那幢典型的闽南民居里住的是林善祖一家，红砖石砌的二房一厅，南头一间住着林善祖老夫妻，北头那间住着两个儿子——添福和添寿兄弟。

风还在死命地刮着。

雨在风的助力下不断地飘着。

这雨、这风从木门、木窗的缝隙中往屋里钻，不时地发出"啾……啾……"的声音，这声音特别尖，像口哨声，又比口哨的响声更尖，乍一听起来，多少有一些让人毛骨悚然。

整个村子死一样的寂静。

林善祖家的那只看门狗的忠诚是出了名的，一年四季像一个卫士，忠实地趴在二房一厅的大门口前，四周稍有动静便会扑向前发出"汪、汪、汪"的一阵阵狂吠。而此时，这畜生也难以抵挡这阵阵凛冽寒风的刺激，先是缩成一团，然后，索性从大门旁边主人留下的狗洞偷偷钻进屋里，不消片刻又从客厅溜到主人的床底下，想躲避屋外的寒风，蹭一下主人屋里的热气。

添福、添寿两兄弟年轻火气旺，似乎外面的寒风对他们没有丝毫的影响，白天所有烦恼也早已忘到脑后，蜷缩着身子，将整个脑袋严严实实地埋在被窝里，呼呼大睡起来。

"卟……"被窝里不知是添福还是添寿放了一阵响屁。

也许是那屁特臭，也许这屁的声音特别响，两个后生的美梦被破坏了，兄弟俩在被窝里发出了一阵嘟哝声，相互间像梦呓一样含混不清地相互埋怨了一番。可是年轻人爱睡，不消片刻便又响起了均匀的呼噜声。

而林善祖老夫妻却怎么也睡不着，躺了一会儿，老骨头硌得生痛，想翻一个身，那刺骨的寒风从窗户和门缝中挤进来，又直奔那被子的缝隙往被窝里钻。

"鬼天，要命哟……"林善祖一年四季，每天劳劳碌碌，身体硬朗得很。大半生对天地神明顶礼膜拜，几乎嘴里从来没有吐出对老天爷半句不恭的话。也许是冷，也许是心烦，一不留神那不恭的字眼却从那缺了门牙而又干瘪的嘴里溜了出来。

"七老八十了,这嘴巴也不干不净。"老妻却不能容忍,妻子用手推了推身边的老伴,算是埋怨,也算是提醒。

"唔……"善祖吱唔了一声,老人自知失言,似乎有些后悔,原来还想说些什么,却话到嘴边又戛然而止。

老伴是个略比林善祖长些岁数的女人,一生相伴,她对老头子的习惯了如指掌。每当深更半夜老达补睡不着的时候,总会想做那夫妻间的事,以松弛心身。青春年少的时候,常常在好梦中被惊醒,心里虽然不快,更不愿做那事。但屡屡经不起老达补那粗粗鲁鲁的挑衅。三下两下便欲火熊熊,只不消一会儿,便心里乐滋滋地欣然接受,而且配合默契。可是,现在到了这般年纪,骨子里少了那欲望,做那事那宝贝总是不配合,干涩生疼得很,少了年少时的快意,无论老达补如何使手段,总是冷水泡牛皮,甚至产生些许厌恶。

俗话说,"正月冻死牛,二月冻死马,三月冻死插秧者。"这么冷的天,连大黑狗在门外都站不稳,躲到家里来,这老达补还不停地翻来覆去。纵使还有这种兴趣,也被从被子外面袭来的寒风抵消个干干净净。

因此,每当身边的丈夫每翻一个身时,老太太便有一种本能的恐惧。她赶紧也翻个身,侧着身子用两条大腿将那宝贝夹得严严实实,生怕那老达补进犯。

恰恰此时的林善祖这老达补却没有一丝欲望。

人老了,血气不旺。老人睡眠原本就没有那么长,加上这么早便上床,睡了半夜这被窝仍然凉嗖嗖的。翻一次身,却灌进一被窝的冷风,真是不值。可是不翻身,那老骨头却是又酸又痛,难受死了。

老太太在床上憋着气,静静地等候着老东西来进犯。几十年的夫妻,老太太明事理,做那事尽管自己有时心里不乐意,可却是作为妻子的份内事。嘴里说不愿意,可是还得赶紧宽衣解带。可是今天,这情况却有些反常,那老达补除了长吁短叹和不断翻身外,却没有异常举动,老太太紧绷的身体便渐渐松弛下来。

"别叹息了,别翻身了。老达补……"老太太是典型的闽南女人,与老达补相依相伴大半生,贤惠得不能再贤惠,对老达补一辈子顺从惯了。可是原本老人睡眠就浅,再这么三折腾、五折腾,早已睡意全无。既然老达补不是想干那事,却又这么频繁地翻身，以至冷风嗖嗖不停地往被窝灌，难免发出怨叹，继而便不耐烦地唠叨着……

"你老查某还唠叨什么……"老头子原本不爽，老太婆不说还好，被数落一阵，林善祖更是老火发作，忍不住用脚用力拨了一下身边的老太太。

"哎哟，老达补，我……"老太太又想还嘴，但毕竟修炼了一生，只懂得忍气吞声。她知道，这老达补心里一定有烦心事，撇开天气这么冷不说，肚子里还有许多烦心事。不是吗？林家上辈子住在大陆，后来听说这岛上富饶，有许多肥沃的土地可以开发，仙岳山上的泉水四季不断。自十六岁嫁到林家后，便按照乡间风俗嫁鸡随鸡，嫁狗随狗，嫁了狐狸满山走，跟着丈夫搬到岛上来住了。那时，岛上荒芜，一无所有，搬上来后，夫妻俩勤耕苦作，克勤克俭，日出而作，日落而息，每天屁股都被太阳晒到发臭，几十年了建了一栋二室一厅的房子，为他生了两个儿子，她从内心深处敬佩身边这老达补，有事业心，能吃苦，在房子四周开垦了十几亩菜地，养活了一家老小。尽管不能说富裕，但温饱没有问题。年前还将这大半生积蓄的十几两碎银拿去大陆买了两头黄牛，一公一母。因为这岛上缺水，对水牛生长不利，买上两头黄牛，兴许一两年还能生一头牛犊，换些钱让大儿子添福娶一房媳妇。

林善祖夫妇算盘拨得不错。

可是，问题便出在这里，烦心事也出在这里。年前两头黄牛刚买进屋，便碰到寒风刺骨的冬天，两头牛原本都在房前屋后转悠吃草。突然，四天前发现那牛不见了踪影。老夫妻和儿子顶着风雨找了好几天，就差石头缝没有掰开来找，结果始终不见踪影。

"这两头大活牛难道飞到天上去了不成？"听见身边的老太太没了声响，林善祖自言自语。他知道，这黄牛尽管有耐旱的优点，可是也有不动声响的弱点。水牛在野外吃草动静很大，主人要找很容易发现，而这黄牛便大不一样。现在，只有一种可能，这牛肯定是跑到村子后的仙岳山去了。

说到仙岳山，林善祖心里有一种莫名的不安。

仙岳山尽管就在村后，与大陆那高耸入云的高山相比自然也算不上什么，估计海拔最多也只有几十丈高。恰恰这山作为湖里村的风水山，山上树林茂密，古树参天，听说以前有好事之人斗胆走进去看了一遭，正好遇见一条有小水桶粗的蟒蛇飞驰而过，蛇尾巴卷起一阵冷飕飕的寒风，顿时让那遮天蔽日古树的叶子纷纷扬扬掉落下来，阴风习习不时转着怪圈，又把枯枝败叶卷了起来，让人睁不开眼睛，吓得这位仁兄抱头鼠窜，回到家中大病一场。因此，多少年来都没有听说有人敢进入仙岳山。

那么，如果两头牛走进那仙岳山，纵使那山再可怕，这天气再寒冷，自己都必须带着两个儿子走一走。因为，那两头黄牛是自己的身家性命，更是下一步家庭经济发展的基石。

"喔! 喔! 喔……"林善祖心里不停地思考着两头黄牛的事，不知不觉那报晓的雄鸡已啼叫了五轮，木门窗外慢慢地射进一丝光亮，天快亮了。

"走，马上走! 上仙岳山。"他觉得不能等了，马上起身带着两个儿子上仙岳山。父子三人带上砍刀，无论这仙岳山再大，也无论这山里再可怕也得去走一趟。因为他认定自己的那两头黄牛只有在山里头，肯定不会飞到天上去。主意一定，老人一脚将被蹬掉，翻身下床。

"真是老翻颠了……"冷不防老太太盖在身上的被子被蹬掉，再看老头子已经翻身下床，气愤不已，骂了一句。

"猪，只懂得睡……"听到老太太骂声，林善祖正要还嘴，蓦然回头看见老太婆被子被蹬掉，正蜷缩在床上，慌忙不迭地将被子拉到老伴身上盖好。然后，似乎良心发现，将后半截话咽回肚子里。

"老达补……"老太太终于知道了老头睡不稳的原由，也似乎了解他下一步想干什么事情，心里一阵痛惜，不敢在床上再多停留片刻，心里一百个不愿意地跟着起床，准备生火做饭。

"起来，起来……"善祖老人走出自己的房间，并没有开大门，没有去看门外的天气，而是直奔两个儿子的房间，二话不说掀起儿子的被子，"起床，上仙岳山找牛去。"身后跟着他的那看家的大黑狗，看见主人起得这样早，兴奋得一阵摇头晃脑。

"嗯……"正在热被窝中酣睡的儿子，在朦胧中哼了一声，一切又归于宁静。

"起床……"老人吼了一声。

"来了，来了……"儿子一百个不愿意，可是父命难违，他们深知老人的严厉，再也不敢怠懈。一个鲤鱼打挺，动作之迅速，令人咋舌，真是躺下一条虫，起来一条龙。兄弟穿好衣服，简单洗漱，便直奔饭桌。

庄户人家早餐很简单。

老太太将屋角上堆着的番薯洗干净放在锅里蒸了一炷香功夫，那秋天挖下的番薯经过一个冬天的收水已经非常甜，经过锅里一蒸，拿在手上，糖水直流。

父子也不讲究，放在嘴里风卷残云，连皮带肉一阵猛吞，三下五除二，唏哩哗啦，一会儿便吃个心满意足。

"阿爸，上仙岳山？"大儿子添福怯生生地问了一句。

"……"林善祖没有回答儿子的话，只是用眼睛瞪了一下，便第一个走出门外。

一阵寒风夹杂着细雨扑面而来，老人倒退了一步。但他仍然头也不回地走到屋外，"把番薯用篮子装上，留着中午吃。"回过头他交代一声。

"好！"小儿子添寿生来嘴巴比较甜，平时也比较会来事，他理解父亲心急如焚的心情，更知道老人的脾气，便不再言语，接过母亲递过来的一篮子热番薯顺从地跟在后面。

父子三人连同那大黑狗便走进寒风刺骨的细雨当中……

而此时，整个湖里村还在沉睡之中。

从家里到仙岳山也不过几百丈远。这风，似乎很久没有遇到人气，毫无顾忌地纠缠着父子三人，抓紧机会千方百计从他们身上的一切可乘的间隙去吸吮着热气；雨助风威，相互交错地发起攻击，父子三人和大黑狗开始嘴里呵着白花花的热气。不一会儿，林善祖的鼻孔里便流淌出一条清清的、又粘乎乎的清鼻涕。

"爸……"眼尖的添寿看到年迈的父亲为寻找黄牛跟自己年轻人一样受苦，心里很感内疚，用手指了指父亲的鼻子："天太冷了，你回去吧，我和哥哥去便是了。"

"……"老人睨视小儿子一眼，仍然默不作声。同时用棉袄的袖子擦了一下鼻尖。这一擦倒把那鼻涕擦到拉拉喳喳的胡子上，连成一大片，然后又顺着胡子往下滴淌着。

父子三人的脚一踏进仙岳山的树林当中，原本天已大亮的感觉立马消失了，光线骤然暗了许多。父子三人和大黑狗仿佛又回到朦朦亮的空间。

"爸……"添福走在最前面，置身在这阴森森的密林当中，年轻人多少有些胆怯，情不自禁地放慢了脚步。

"……"父亲仍然没有吭声，只默不作声地用手用力将大儿子拨到一边，跨前一步，和大黑狗走在前面。

风，在"呼呼呼"不停地刮着，那仙岳山上的苍天大树巨大的枝桠在剧烈地摇曳着。

雨在不停地泼洒着，落在树枝、树叶上，随后"叭叭叭"地掉在堆满腐枝败叶的地上，"噼哩叭啦"让人更感到这仙岳山的深幽与神秘，陡增了内心的不安。

父子三人高一脚、低一脚踩在被腐枝烂叶覆盖的山岗上，一不留神便会摔得四仰八叉。那山势很陡，添福赶紧跨前一大步，走到父亲的前头，一手牵着父亲，一手不时地拉扯着身边的灌木，每走一步，都要借助着树枝的力量，才能艰难地向前移动。可是，每当手一触及那树枝时，便立刻有一阵冰雪一样的雨水从头上浇下来，从头上流到脖子根，甚至流淌到热乎乎的胸前和脊背，让人感到比这寒冷更恐惧。

也许是父子三人连同他们的大黑狗走进了这神秘的地盘，惊动了那里的生灵，正当大家满嘴不停地呵着白花花的热气时，离他们几丈远的地方突然卷起了一阵气浪，这气浪把地上堆积多年的败叶也卷了起来，甚至连枝上的树叶也纷纷落下。

"爸……"走在前头的添福惊恐地叫了一声。

"这……"善祖老人也难免惊愕地将眼睛盯得如铜铃一般，他不知道自己碰到了什么东西。

"嗖。"正当父子三人摸不清眼前的情况时，传说中的巨蟒从那枝桠上张开大嘴，它的尾巴从枝上盘到地上，不停地甩打着地面，好像是这仙岳山的主人一样警告着来人。

"爸，你别去了，让我们去吧。"添福年岁稍长，他知道父亲的性格，老人决定要做的事情，谁都改变不了。刚出门他就有一种预感，这种天气里进仙岳山风险太大，因为老辈人曾有过上仙岳山要遭厄运的传说。现在那传说已经变成现实，而且就在自己眼前。自己和弟弟年富力强，纵使碰到凶险肯定能抵挡一阵。可是，父亲年迈体弱，让他老人家跟着年轻人去受苦，似乎受到良心的谴责，一路走来反复思忖，深感内疚，他想劝老人回去，现在终于找到了机会。

可是，林善祖好像没有听见儿子的话，他一声不吭，用手拨开儿子，又走到了前头，一手拿着砍刀，边砍边为儿子开路。走在前面的他脚步丝毫都没有减缓，那沉重的双脚尽管一步一滑，但老人信心满满，坚定地向仙岳山的深处走去。

父子三人的身后留下一团团白花花的雾气。

第二章

土地公生日

添福、添寿兄弟不敢再言语，只好默不作声紧随其后。

不一会儿，兄弟俩感到自己的额头冒汗了，背上流淌着汗水。这汗与树枝、树叶上落下的雨珠一起滴在头上，脖子根上，慢慢流到热乎乎的胸口上、脊背上，并相互交织交错着，真说不清那是冷还是热。

"汪……呜，汪……呜……"大约走了几炷香功夫，走在前面原本充满阳刚之气的大黑狗突然发出了一阵又一阵的叫声。这叫声有些怪，如果说平时看家护院的狂吠是那样充满阳刚、充满威严的话，此时的叫声则是那种充满着惊恐的哀鸣。父子三人顿时觉得诧异，举头一看，那畜生趴在地上，竖着耳朵和毛发，四条腿软软地贴在地上瑟瑟发抖，那平时如两团火一样有神的眼睛变得十分灰暗。

"莫非……"林善祖自言自语了一声，毕竟年过六十见多识广，他意料到这大黑狗遇上了劲敌，遇上了它无法战胜的劲敌。他心头一惊，蓦然间想起了以前村里曾有人在夕阳西下之时看见这仙岳山上有一种名为厦门虎的猛兽，想起了偶尔听到的厦门虎发情求偶的吼叫声；还有刚才见到的那犹如小水桶一样粗的大蛇……

"老天爷……"善祖老人不敢再往下联想，心里暗暗叫苦。他人生过半是一个做任何事情都不后悔的人，天不怕、地不怕是他的秉性。现在，倒是从心底里涌起了一阵阵后怕来了。后悔天还这么早，又是这种天气，一个六十多岁的人了，做事还这样冒失，不顾一切地带着儿子闯仙岳山……

"汪……呜……"大黑狗仍不停地抖着四肢趴在地上，那颤抖的声音不停地从父子三人的脚下发出，让人的恐惧心理陡增起来。

"老爸……"添寿年纪较小，胆子也比较小，他用惊愕的眼神看着父亲，那几乎完全变调的声音，又尖又细，似乎像姑娘的声音一样。

"添寿……"哥哥添福的心里如同打鼓一样"咚咚咚"地作响，他用低沉的声音叫了一声弟弟，同时用手扯了扯弟弟，想制止他别再说下去。

"别怕，我们列祖列宗没有做亏心事，菩萨会保佑我们的……"善祖老人看到惊恐不已的儿子，一边把两兄弟拉到自己身后，一边用话安慰他们。可是他心里却在暗暗叫苦，这仙岳山尽管紧挨着村庄，可是平时真正进入这山上的人却屈指可数。况且现在还是早晨，还是在这寒风呼啸的阴雨天，难道自己父子运气是那么背么？

"……"兄弟俩将目光投向父亲，并紧紧地把老人围住，听候父亲下一步的决定。

"走……"闽南人就是那种性格，不怕苦，不怕死，当然更不服输。老人话音刚落，用脚轻轻踹了踹身边的大黑狗，以不容改变的口吻告诉身边的两个儿子。

山没有路，而且非常的陡峭。

一个多月的绵绵细雨，尽管雨量不大了，那充满腐植的土地原本松软无比，经过长时间的雨水湿润，已经让脚下的土地变得烂乎乎，一却踩下去泥泞得让人难以站稳，加上这山原本没有路，身边荆棘丛生，枝梗纵横，父子三人手牵着手，"呼哧、呼哧"地从嘴巴里吐着一口口白花花的热气。

"老爸，你休息一下吧！"看到年迈的父亲气喘吁吁，一身汗一身雨，走一步滑三步，添福于心不忍地劝说。

"……"老人仍然一声不吭。

"老爸……"看见哥哥叫父亲，老人没有应，弟弟又催促了一声。

"不……"老人终于从口里重重吐出了一个字，并坚毅地摇了摇头。他知道如果不是万不得已，谁都不会进入仙岳山的。因为，几年前曾有人在这发现厦门虎的踪影，更有人多次看到如同小水桶粗的巨蟒在这里出没……这些，他昨晚辗转不眠，已经反反复复考虑过了的。刚才见到那盘缠在古树上的巨蟒和眼下大黑狗的异常动作让他证实了这一点。可是，自己的两头黄牛进入这里，茫茫仙岳山怎样才能寻觅得到呀！

"既然进来了，便没有退出去的道理。"善祖咬了咬牙，老人的性格充分显露出来了，他铁下心，走他一天，兴许能碰上好运气。"神仙保佑，找到两头黄牛，绝不能让大半生的积蓄丢到大海当中去。"

父子间又是一阵沉默。

一步一颠，雨汗交织；

爬呀爬，走呀走！

终于爬到仙岳山顶，这几十丈高的山爬得真不容易，可是除了留下一阵汗水、雨水，便是一眼望不到边的参天古树，还有那无遮无拦的满眼苍绿，此外什么也没有，什么也没看见。

仍然没有两头黄牛的影子。

"老天爷……"刚站住脚，兴许是上了年纪，又冷又累，兴许是连牛的影子也没看见，老人多少有些失望，他一屁股重重地坐在地上，从胸腔里发出一阵难以言表的叹息和痛楚。

"老爸……"添福看到父亲的状态，内心更加不安，让六旬老人干自己年轻人都感到累也感到恐惧的事情，似乎这是自己的罪过。他灵机一动说："不要紧，也许黄牛没有进山，也许黄牛会自己回家的，你别操心了。我和弟弟接着找，你先回去吧……"

"是啊！老爸……"添寿也在一边宽慰老人。

"儿啊！这两头牛是我们家所有积蓄呀……"儿子的宽慰并没有给老人带来宽心，两行伤心痛苦的老泪从他的眼眶里溢了出来。"老天爷，你帮帮我林善祖一家啊！"

第二章

土地公生日

老人后半句话似乎在哭，似乎在嚎叫。

正在此时，刚刚还细细的毛毛雨，突然那雨点变得更大了。这雨水借着风力，不断变换着姿势，横着竖着不停地打来，越下越猛，越下越大，刚才爬山出了一身汗，现在一歇脚，又碰上山风呼啸，加上这越下越粗的雨点，父子三人开始感觉到身上一阵阵地发冷，而且越来越冷。

"老爸，我们下山吧……"山风很大，雨点很粗，这风特别邪，如果再坐下去，肯定伤风感冒，看到眼前的情景，添福有些着急，他赶紧将身子贴近年迈的父亲，想以自己年轻的身体给老人增加一些温暖。

"哈……欠，哈……欠"添福的话音刚落，这山风却猛烈地刮了起来，越刮越猛，越刮越大。老人不断地打着喷嚏。

仙岳山上巨大树木的枝桠激烈地摇摆起来。

"噼叭……噼叭……"雨点也越刮越大，砸在树上，砸在地上，砸在父子三人身上……

父子三人顿时有了一种不祥的感觉。

尽管住在山下几十年，这场面、这情景他们却从来没有经历过，莫非遇上哪方妖魔鬼怪？

林善祖这个饱经风霜的老人惊愕地看了一看四周，脸上的表情在激烈地变化着。他不知道父子三人今天是否在经历着一场生死之劫，是否在经历一个过不去的坎。

"老爸……"毕竟添寿才十六岁，看到天气骤变，惊惶不安地用变了调的声音哀求着父亲。

"老天爷，各路神仙……"说时迟，那时快，林善祖这位过满一甲子岁月的老人突然虔诚而又重重地跪在地上，然后拉着左右两个儿子："跪下，跪下，祈求神仙保佑……"

"是……"儿子们根本没有见过这种场面，忐忑不安顺着父亲的示意，瑟瑟发抖地跪在父亲左右。

"老天爷，各路神仙……"林善祖哆哆嗦嗦，嚅了嚅不断发抖的嘴唇在祈祷着，任由那风朝身上刮，雨在身上淋。他感到在这茫茫森林当中父子三人的渺小和无助,感到父子三人力量太单薄,仿佛此时他只有闭着眼睛祈求各路神仙的庇佑才能化险为夷,只有借助神的力量才能让父子三人能躲过一劫。

说也怪,就在林善祖父子闭着眼睛等待命运安排时,他的耳边仿佛响起了一声苍老而又沙哑的声音:"信士,你有何难请求帮助啊……"

"神仙……"老人以为在梦中,他喃喃祷告"帮我们父子脱灾脱难,帮我们找回那两头黄牛……"

"哦,不难,不难。你们稍等便是。"又是那苍老而又沙哑的声音。

"唔……"父子三人感到那声音似乎就在面前,不约而同睁开眼睛一看,都大吃一惊,眼前站着一个慈祥的老人,他略显老态的身子微微地驼着,长长的花白胡子在寒风中飘拂着。此时他右手拄着一根拐杖,左手拿着一幅有求必应的金牌,活脱脱地站在跟前。

林善祖以为在梦中,他不由自主地掐了一下自己的大腿,"哟"地不禁失声叫了起来,才意识到这眼前的一切是现实,而不是梦幻。

"神仙,帮我。帮我找回那两头黄牛……"庄户人家实诚,想事做事直来直去,从不拐弯抹角。

"信士,别急。"花白胡子老人呵呵一乐,不慌不忙,慈眉善目地微笑着。他用手往左边轻轻一拂,说:"你看,可是它们?"

"啊……"当林善祖再睁开眼睛看去时,心中大喜。没错,几天来一家人茶不饮,夜不寐,苦苦寻找的两头黄牛此时却仿佛从天而降,就在眼前几十步远的地方,还悠然自得地吃着青草和树叶。

而那两头牛旁边还有几头老虎、豹子以及那小水桶粗的巨蟒……

"那……"添福没有看过那些东西,惊恐不安地朝老虎它们指了指。

"噢。"白胡子老人再用手一挥:"你们回去吧,别吓了信士……"转眼之间那些兽虫便隐然不见了踪影……

"是!是!是!感谢神仙,感谢……"林善祖悲喜交织,语无伦次,左右手拽着儿子纳头便拜,那脑袋磕在满是泥水的地上,"叭、叭、叭"溅起一拨拨的水珠。

"好吧,你们回去吧,有事再来……"白胡子老人挥了挥手,便欲离去。

"神仙，敢问你是哪路神仙？来日容老汉家人还个愿……"林善祖恳请神仙留步。

"不必了。我便是管辖这方水土的土地。"那白胡子老人并没有停住脚步，只是刚才站立的地方留下淡淡的一缕白烟并慢慢地消失在土地当中。

此刻，风停了，雨住了，仙岳山呈现一派春光。

林善祖父子还痴痴地看着刚才土地公出现又消失的那块土地，立马感到身上暖融融的。他们四处张望，除了自己的两头黄牛还在专心致志地吃着青草和树叶外，只有那清脆的不知名的鸟儿鸣叫声。

仙岳山又恢复了往常的状态。

那虎还在旁边溜达；

那豹还在周围散步；

那巨蟒还在舒展筋骨；

它们是那样安详、和谐，仿佛是一幅美丽的画卷。

"快，给土地公立一个碑，容日后纪念报答。"林善祖在瞬间变化之中缓过神来，看见两个儿子还不知所措，愣愣地跪在地上。

庄户人家最讲情感，最重报恩。刹那间发生的事，却足以让林善祖祖祖辈辈没齿难忘。老人站起身，环视一周，看看周边正好有四块石头。于是，搬到刚才白胡子老人站立并消失的地方，左一块，右一块，后面一块，当瓦顶一块，建起了一座最明快、最简易的土地公庙。

"对，就是这里，我们赶快回村里，告诉阿伯、阿姆们，一起来感谢土地公，祭拜土地公。"土地公庙砌好了，林善祖终于轻松地吐了一口气，他拍了拍身上泥水，朝身边两个儿子笑了笑。

"老爸说的是，如果不是土地公保佑，我们不知要吃多少苦才能找到牛，甚至能不能找到还难说。"添福由衷感激地说出了自己的心里话。

"对，以后我们常来祭拜土地公。"添寿也在一边附和。

"今天是初几？"看到儿子们心情很好，林善祖心里也感到挺欣慰。

"二月……"添福一时没反应过来。

"初二……"添寿赶紧接过哥哥的话头。

"唉……"林善祖老人莫名地叹息了一声。

"老爸,怎么啦?"添福对父亲遇见土地公,又找到黄牛,却还在叹息有些不解。

"儿呀!"林善祖看了看身边的两个儿子,平静地说:"历朝历代都有各种对神仙的传说,那是听到的,只有今天我们见到的土地公是保佑我们平民百姓的,我们可是八辈子积了德呀。"

"嗯……"儿子们似懂非懂地点了点头。

"快,快回去,请大家上山来祭拜土地公。从此每年二月初二便是土地公生日。"林善祖告诉儿子。

"老爸,祭土地公,我们家除番薯之外,什么都没有。怎么办呀?"添福有些为难。

"是啊!爸……"

"不要紧,快。除番薯之外,家里母鸡不是下了两个蛋吗,炒一碟。只要心中有神,一切都记在心里。"林善祖一脸激动,说话也不流畅:"土地公是我们平民百姓的保护神,又不是外人,心诚则灵,只要我们心诚,土地公一定会知道的。"

"嗯,……"添福应了一声,年轻人经历的比较少,对父亲的话的深刻含义,似乎还无法全面理解。

"以后,你们兄弟无论是相伴一生,或是有条件到各地去发财,都要记住我们湖里村,这里有仙岳山的土地公在庇佑我们。"父亲的话意犹未尽,"这件事要一代传一代,告诉我们的下辈,告诉我们的子子孙孙……"

父亲的话对儿子来说是家训,是金玉良言,是不可能逆转的。这便是我们中华文化中的一个最重要的核心。

这件事不知过了多久,也不知过了多少代。添福、添寿结婚生子,他们的儿子也有了儿子。他们都守护在这里,在这里耕耘,在这里劳作,在这块土地上繁衍着自己的子孙后代,一直在忠实地守护着这片土地,祭拜着这里的土地公,敬畏着这方神圣的土地……

光阴荏苒,日月如梭。

时光眨眼间到了明朝。

开台第一人颜思齐带着闽南先民，第一批渡东去开拓台湾那个富饶而美丽的宝岛。

"渡东好赚钱，台湾钱没脚。"生性好打拼的闽南子孙纷纷投身渡东拓荒的队伍。兄带弟，村连村，成千上万的人乘船渡东，好不热闹，添福为长，其子孙称之为长房；添寿为次，其子孙为二房，儿孙们都很出息，都争先恐后渡东。但湖里村是根，又不能不留人。于是，长房、二房争相渡东，以至争得不可开交。长辈们左右为难，又难以抉择。思考良久，老人把这些子孙叫到跟前。然后，将他们带到仙岳山土地庙前，在土地公前掷筊卜杯，一是作一抉择，二是预测渡东凶吉。

长辈将那掷筊呈在土地公跟前许愿，祈盼土地公保佑子孙渡东一帆风顺，一路吉星高照。那虔诚的心，那充满希望的期盼让土地公深为感动。

"土地公，凡我子孙皆受您恩泽，今子孙们争相渡东，祈盼土地公一如既往，一路呵护……"老人口中念念有词，双眼噙着泪光。

"请土地公保佑……"老人手起筊落。

"咣、咣……"两声，那竹制的掷筊叮当落地，一阴一阳。

"吉相。"众人欢呼，旋即不约而同跪地。

"长房，还是二房去，请土地公明示。"老辈又一次掷筊。

"我们去，二房的兄弟留在老家照顾老人。"长房子孙说。

"我们去，长房为大，长子不离家。"二房的子孙争执着。

"问土地公，别争了。"老辈示意后生们，"咣……当"又是一声掷筊声。

"啊！土地公指示我们二房子孙渡东……"掷筊声刚落，二房子孙兴高采烈。

"孩子们，起身。这是土地公的恩赐。"老人小心翼翼用红布将刚刚落地的掷筊连同仙岳山的土一并包得严严实实，交给即将渡东的二房后辈，千叮咛，万嘱咐："将这包信物带去，在台湾先建土地庙，让土地公一直伴随你们，将这掷筊带上教育子孙后代，告诉他们，你们的根在厦门，在厦门的仙岳山下的湖里村，一直到千秋万代，子子孙孙……"

第三章

祖宗的遗愿

斗转星移，日月轮回。

时光一晃推移到二十世纪八十年代。

这是一个盛夏季节。台湾与所有南方地区一样到处热得像一个火盆，当最后一缕阳光将要从西山落下的时候，那刺眼的光束照得人们眯着眼睛叹息着，旷野中搭拉着叶子的植物仍然懒懒洋洋地打不起精神。现在，阳光即将褪去，可那酷热却仍然赖着不走，就像一间屋子，巨大的火炉搬走之后，那余留的炽热仍在屋内，烤得人们像一条条挣扎的鱼儿，张开嘴巴在不停地喘息。

那铺设柏油的公路，午间被太阳烤熔了。汽车开过，不时地冒着气泡，脚踩在上面直粘鞋底，每走一步都要费劲地拔着鞋跟，那浓烈的柏油味道重重地刺激着人们的鼻子。热气、柏油味让走在路上的人毛孔张得像小孩的嘴巴，汗从那嘴巴里无休无止地潺潺流出，让人感到莫名的疲倦。

庄户人家没有享福的命。季节不等人，家事不等人，庄户人家没有歇的概念。

看到太阳即将下山，原本呆在家中躲避阳光的人们便趁着这时到天黑前最珍贵的时光，紧赶慢赶走出房子，奔向田头，赶紧了结田里的活计。夏收季节，该收成的收成，该夏种的夏种。因此，此时不论是田间干活的人，还是路上行走的人，总是争分夺秒不停地干活，汗在如注地流，嘴在不停地呼哧、呼哧地喘着粗气。似乎那粗气能吐出身体里的热量，吐出累积了一天的暑气。从而，憋足全身的劲去赶路，去承接着另一宗体力活。

此时，那乡间柏油公路上走着一个急冲冲的年轻人，一双破胶鞋踩在柏油路上发出"叭嗒、叭嗒"的声音。他叫林信辉，大家昵称阿辉，18岁左右，身材不算高，结实的身躯被一条发黄的圆领衫包裹着。结实的胸肌，一块块腱子肉与湿透的衫衣贴得紧紧的，黑黝黝的脸庞，那如珠大的汗水从那理着板寸头的发根中流出来，顺着脸颊、脖子根倾泻着。他走到路旁的一间小食店，看了看天空，从那似乎多日没洗的牛仔裤袋里掏出了几张被汗水浸得已经湿漉漉的票子，递给老板。

"老板，三个大馒头，一条萝卜干。"阿辉说。

"哟，阿辉，刚下班又要赶去上夜校呀。"这老板娘是个五十几岁的妇人，看来他们之间很熟悉。

"嗯，阿姆。"阿辉伸手接过老板娘递来的凉馒头，想继续赶路。

"现在还早，你不坐着吃？"老板娘有些怜悯地迟疑了一下："上夜校时间不是还早吗？外面这么热的天。"

"嗯，不要紧，习惯了。"阿辉原本话不多，他感激地看了看阿姆，接过馒头继续走他的路。

阿辉出身贫寒，也许是生来命硬，或许是苍天菩萨故意要磨炼其筋骨，从生下来到十八岁，没有过过一天的轻松日子。

村里人都说，阿辉命硬。硬得如同一个克星，刚出生时，母亲便得了月内病撒手西去。父亲也是一个老实巴交的农民，原本与妻子守着几亩山边田过日子，生活过得紧紧巴巴。妻子这一走，留下嗷嗷待哺的儿子，这个笨手笨脚却又倔强的汉子擦掉眼角伤心的泪水，将瘦得像一只干巴巴猴子的儿子紧紧抱在怀里。从此既当爸，又当妈，一把屎，一把尿，硬是用米汤、稀饭把这个苦命的孩子养大。公鸡带小鸡，饥一餐饱一顿硬生生把这小生命拉扯到懂事，正因为如此，阿辉没有上过一天学，很小便跟着父亲在田头地间劳作，帮助父亲操持一个并不完整的家。那时，台湾经济并不发达，在乡间，一个残缺的家庭其贫困程度更是不言而喻。幸好父亲勤苦，儿子乖巧，父子二人日出而作，日落而息，拼死拼活，终于支撑起一个勉强解决温饱的家。而农闲之余，自己还可以在附近工作，打一些短工，多少有一些零花钱，可以贴补家用。正当父亲思考如何发展，能够送儿子上学的时候，已经五十有余的父亲得了肺心症，从此疾病缠身，重活干不了，还要支付没完没了的医药费。

这个刚有一点生气的家又归于贫困。阿辉十五岁那年，阿爸离开了他。

阿爸走了。

父子间勉强支撑的一间破屋子终于坍塌了。

十五岁的少年丧失了精神支撑，当他在村子里东家屋前、西家屋后窥视那一家家温馨、幸福的生活，看着自己的同龄人快乐地生活着，苦命的少年总躲在别人看不见的地方伤心地流淌着泪水，思念着已经远离自己的阿爸、阿妈。

夏天过去了，

秋天过去了。

年复一年，日复一日。

叔叔伯伯们担心这苦命的孩子会因为没有人照顾，或会在冬天时被冻死；或会被疾病折磨至死，或会因饥不裹腹而活活饿死。好心的长辈们一商量，便由远房大伯担保，推荐在小镇一间铁制品加工厂学做电焊工，以解决其一日三餐。

于是尚未成年，拿着焊枪瑟瑟发抖的阿辉走上了谋生的人生之路。

做学徒三年，是阿辉从懂事之日起最难忘的三年。

按乡间规矩，做学徒期间没有半分半毫的零花钱。从小鸟啼叫开始起床，挑水扫地。然后给老板娘和老板打洗脸水；白天干又重又累的铁件加工活。尤其是学电焊活，开始技术把握不到位，眼睛被电弧光刺伤，红得像一对铜铃，泪水直流，痒痛难忍。可是老板非但不给治，反而左右开弓被甩了几记耳光。晚上，别人早下班了，自己按要求还要将几百平方米的车间扫得干干净净，将那有铁屑的垃圾堆放一堆，没有铁屑的垃圾倒到村外。完成这一切后，还要到老板的家中，帮助老板、老板娘打洗脚水，洗刷他们全家的衣服。从睁开眼睛便开始干活，直到老板一家入睡了。自己早已经累得睁不开眼皮，浑身像散了架一样。这时，才勉强吃上老板家人吃剩的饭菜……

饥一餐，饱一餐，晚上靠几条破麻袋当被子。夏天蚊子轮番轰炸，体无完肤；冬天，寒风呼呼，自己蜷缩一团躲在墙角上，度过那无尽的漫漫长夜……

艰苦的生活磨炼了林信辉这个少年的意志，更坚定了他人生的奋斗目标，使他更清楚地看到要改变自己的命运，要完成祖辈的遗训只有靠自己不断去追求，去拼搏，去奋斗。

阿辉凭着自己顽强的生命力和过人的吃苦精神，在屈辱和苦难中慢慢成长。

三年后，那寄人篱下，没有尊严的学徒生活结束了。这三年，他学到了其他学徒不可相比的铁工制作技术，学到了顽强、忍耐和拼搏。他在思考着自己的人生，思考着如何调整自己的生命轨迹。

学徒生活结束了，可以不再给老板一家打洗脚水、洗包括老板和老板娘的内裤在内的衣服和干家务活，甚至还有每个月几十元的微薄工资。阿辉有自己的打算，他知道日后要想过上好日子，没有文化不行。于是，他摸了摸几年累积的一百多元钱，决定上夜校，用工余时间学些知识，享受一下多年梦寐以求，却又遥不可及的学堂的快乐。

上学去，学些知识，学些文化。没有文化一辈子出工，出苦力，流一身臭汗，永远没有出息，也一辈子别想实现祖辈的遗愿。

从那时开始，信辉白天上八个钟头的班。然后匆匆忙忙赶去上夜校，从一、二、三、四，甲、乙、丙、丁开始。

现在，刚结束八个钟头的工作，阿辉便往夜校的方向走去，去追求人生的又一个目标。他希望自己在二十五岁生日之时达到中学生的知识水平。

余晖终于慢慢褪去了。

但西山顶上的阳光却更加的绚丽，阿辉看着这景色，手上捏着的馒头和萝卜干迟迟没有往嘴巴里塞。"对，阿姆说得对，时间还早，干脆坐下来吃完馒头再走。"他心想着，这大热天干了一天的活，休息一下，调整情绪兴许课堂上学得更有收益。主意一定，阿辉索性在离那小食店约五百米的地方，在公路旁一块石头上坐下来慢慢地品尝着馒头、萝卜干。

山边吹起了一阵阵的热风，山边的小鸟也陆续归巢了，叽叽喳喳，在树枝上上窜下跳。天热得难受，石板经过太阳一整天的暴晒不断地散发出让人难耐的热气。那三个大黑馒头还吃不到一半，刚刚还又热又软的皮已开始干燥发硬，阿辉早已感到工作服里的汗水已形成一条条小溪，自上而下流淌着，一直流到裤头上……

"要是老爸还活着多好啊！"几年的孤儿生活，让这个懂事而又倔强的青年倍感亲人在身边的温暖，只要在繁重的体力活有丁点歇息的时候，他总会稍稍闭上眼睛思念已经远逝的父亲，想起那几乎没有谋过面的母亲，那千丝万缕的情思一旦抽出，总会让这个苦难的青年眼眶湿润，甚至泪流满脸，无法控制……

"老爸……"阿辉的内心千万遍地呼唤着自懂事之日起唯一亲人的名字，他的感情堤坝再一次坍塌了……

那是一个酷热难耐的中午。

树上的蝉鸣声一阵盖过一阵，让本来烦躁不安的人们坐立不安，阳光下几乎没有任何行人，甚至连老板家的那只看家狗也躲在树荫下，趴在地上，将红舌头伸得长长的，肚子一鼓一鼓地喘着粗气。

老板的厂房是用彩钢板搭成的，里面的温度足有40度，而且没有防暑设施。

那天，阿辉正蹲着焊着铁件。

光着膀子，穿着一条宽大的短裤头。汗从背上、脸上如注地往下滴淌着，那汗珠掉在地上，溅起一阵阵尘土，尘土又与焊枪迸发的火花在他的四周交织着。他口渴得不行，头也有些昏昏的。正想站起来伸展身子，喘口气，擦把汗。这时，老板娘家里的人引着自己邻居匆匆忙忙地走了进来。

"阿辉，快回家。"邻居是一个阿伯，六十多岁了，一见面不容分说，拉起阿辉那滑溜溜的手便往厂房外走。

"怎……"阿辉有些不解。

"快，你阿爸不行了。"阿伯不容分说。

"啊……"听说阿爸不行了，无异于晴天霹雳在阿辉的头上炸响。这种鬼天气，酷热让健康的人都感到度日如年，况且已经多年久病在床、气若游丝的父亲。他不敢再作细想，这是自己唯一的亲人，自己唯一的精神依靠呀。

阿辉似乎丢了魂魄，放下手中的焊枪，拔腿便往家的方向疯了一样跑了起来。

工厂离家并不太远。

两里多路，但怎么走完的？阿辉已经没有多少记忆。

他只感受到身边的风在呼呼作响，脚踩在那正冒泡的柏油路上，并没有丝毫热的感觉。

他惟一的目的，便是争分夺秒，疯一样往家里赶，唯愿早一分钟赶到家中，扑倒在父亲面前。

他唯一的希望便是拽住爸爸，哪怕使尽浑身力气，也不能让他被病魔夺走。

尽管他久病在床，

尽管他不能下地干活，

但，只要阿爸在，只要回家能听到阿爸的声音，便能消除一天的烦恼，一天的疲惫。而且有了阿爸在，自己便有了主心骨，感受父亲的关爱，父子的情深。

阿辉此时不敢相信，假如父亲离自己而去，那未来的日子会怎么过？漫漫的人生道路如何走？

阿爸得的是肺心症，由于没有钱，几年来一直就这么拖着。每当病情加重时，阿辉看到父亲那因为缺氧而变得黑紫色的嘴唇，一张一合地张着嘴巴艰难地呼吸，总有着难言的痛苦。他曾无数次要陪阿爸去医院，但每次去一趟花费一百多元的药费，却不见病情好转。问医生，医生也十分明确地告诉他，这病目前的医疗水平最多只能在发作时控制一下，并没有治愈的可能。

一年四季，春夏秋冬。每当节气交换便成了阿爸最难过的坎。也许是这个原因，也许是最近那么酷热让阿爸挺不过去了……阿辉边想边推开家门。他想，经过父子几年的奋斗，家里还有三百多块钱的积蓄，那是用好几层油布包得严严实实的钱。阿爸知道，因为穷，供不起自己上学，只有通过一次又一次地数钱，让自己学会计划，以应对以后的漫漫人生。

阿辉记得清清楚楚，每次数钱的时候，阿爸总是面带难得的喜色，一次又一次地告诉儿子，积谷防饥，细水长流，这笔钱积到十八岁，少说也有千把块，到时给他娶一房老婆。因为，一个家没有女人不行。妇人家，护人家，一个家没有妇人富不起来。

现在，阿辉已经彻底放弃了这一想法，他要赶回家，把这钱拿出来，给阿爸治病，哪怕花个精光，也一定要将阿爸救活……

两里路终于走完了。

走进熟悉的家，却见父亲躺在床下的地板上，屋里微弱的光线照在他那骨瘦嶙峋的脸颊上，一阵阵艰难的喘息声从屋里传递出来。家里穷，而且又没有别的亲人陪伴在老人的身旁。因此，尽管此时屋外酷热难耐，这屋里却是一片凄凉。阿辉内心不禁一酸："爸呀，你辛苦一辈子，我却没有本事让您过一天好日子，没让您享受过一天的幸福，我想报恩却心有余而力不足……"阿辉想到这里不觉潸然泪下……

"阿辉……"躺在地上的父亲看到儿子进来，他那原本已经灰暗的眼神瞬间像灯泡发出褶褶光芒。

"阿爸……"阿辉来不及擦拭脸颊上的汗水和泪水，一步跨到父亲身边。然后，将父亲紧紧抱住："地上很凉，你怎么会躺在地上……"

"阿辉，阿爸想到门口等你回来，谁知……"老人没有把话说完。因为，他知道自己在人间的时间只能用分计算。现在，难得的这种精神状态那便是回光返照。于是，他本想憋足人生的最后一丝力气，到门口等候回家的儿子，给自己人生唯一的儿子留下一些话。可是，却是那样不能如愿，一翻身便突然倒在地上，怎么挣扎也爬不起身来。

"阿爸，我回来了。"阿辉拭了一下汗水和泪珠，"我们上医院吧，我们还有钱，我背你上医院。"懂事的儿子话刚出口，却泪如泉涌，那泪水杂夹着汗水"叭嗒、叭嗒"一颗颗掉落在父亲的脸颊上。

"阿辉，你怎么哭了？大丈夫没有流泪的道理呀！"待尚未成年的儿子将自己抱到床上，老人的心在激烈地颤抖着。艰苦的人生命运已经让儿子过早地懂事了，成熟了。老人那无限眷念的心，稍稍有些安慰。

"我不哭了……"阿辉知道，以前曾多次陪伴着父亲去看医生，了解到父亲这种病已经难以医治。但此时为了宽慰父亲，强忍着的泪水继续往外流淌着。当他双手触及父亲那长期生病已经没有多少肉感的身体时，少年的心仿佛被突然捅了一个口子，那血汩汩地往外喷射着。

"阿辉，有一件事，本来早就应该告诉你，以前你还小，现在不告诉你怕没时间了。"老人的手朝客厅安奉的神龛上指了指。

那是一个被香火熏得发黑，黑到甚至什么木头做的都分辨不清的神龛，那里安奉着列祖列宗的牌位，自己从懂事之日起父亲便带着自己烧香、祈祷。

"那……"阿辉不知道父亲手指那里还有什么秘密。

"那里有一小包东西，你去拿过来。"

"嗯……"阿辉便孝顺地应承着。

那是一包用油布内三层外三层包裹得严严实实的东西，用手轻轻一捏，里边似乎是一个木质硬硬的东西。他有些惊愕，人生十五年，不知是自己年轻不懂事，还是自己粗心，却全然不知道这神龛里还有这东西，更不知父亲在这黑乎乎的东西里隐藏着什么秘密，而值得老人家如此郑重其事。

"这……"

"阿辉，这里包着一副掷筊。"老人向自己儿子传授着少有人知的秘密。

"掷筊？"儿子不解地睁着眼睛。因为他知道，在家不远处有座土地庙，每逢初一、十五时，大家都到那儿上香，随后必定要掷筊问卜，祈求土地公保佑一家老少平安顺利："莫非……"

"嗯。"老人点了点头，此时他精神头特别的好："我们的老家在海对岸的厦门湖里村，上辈传下来说，村子背后是仙岳山，那山上有座土地庙。当年，我们的先辈随开台公颜思齐来台拓荒时，曾与家里的先辈有一个约定，有朝一日儿孙发财后，便凭着这包着的掷筊作为信物回去认亲，去延续亲情……"老人此时似乎没了倦意，对着儿子侃侃而谈，仿佛是在完成人生的最后一项历史使命。

"回厦门？"儿子听了父亲的话感到非常突然。讲实话，如果不是听父亲这么说，一直以为自己就是土生土长的台湾人。尽管离这村远处有一个村庄，那里住着据说是1949年左右来台湾的许多人。

叔叔伯伯都称那叫眷村，是从大陆来的人。而自己，难道也是……

"对，回厦门，我们是大海西岸的厦门人。"老人喘了一口气，非常肯定地回答儿子的问话："我们在厦门的开基祖叫林善祖，老祖宗传下两房人，我们是二房。听说老祖宗是人间第一个见过土地公的人。正因为如此，土地公保佑着林姓子孙遍布天下,不是有陈林遍天下之说么?"

"这样……"

"没错。"老人说:"早年有人曾从厦门那边了解过,那边已修了非常完整的族谱,把林善祖老祖宗以下的各位先辈每个支脉都记载得清清楚楚,只是这几百年当中,我们来台这一支脉生活得不如意,无力回老家续谱。"

"这样……"阿辉顿时感到一种莫名的压力,一种对老祖宗的敬畏和思念跃然心头,却又感到心有余而力不足。

"从先祖追随颜思齐来台之后,我们已经十多代了。"老人向儿子投去一种信任的眼光,又爱怜地看着身边的阿辉,深情地说:"当年,老祖宗有一个约定,只要我们在这里发了财一定要回去……"老人的呼吸开始有些急促,开始呈现一些倦态。

"那为什么经历那么长时间都没有回去呀。"听完阿爸的一番话,阿辉有些不解了。

"唉……"听到儿子发问,老人的脸上露出了一丝愧意:"来台的老祖宗也不容易,先祖到台湾开荒一无所有,一边要维持生计,一边还要驱逐荷兰鬼子。后来,甲午战争中国人被日本人战败,再后来,台湾变成日本人的殖民地,一过便是五十年……"

"五十年?"阿辉睁开眼睛。

"是啊!两三代人。"

"这样!"阿辉沉默了。

"是啊!再后来,国民党发动内战,被共产党打败了跑到了台湾来了,两岸又隔绝了六十年。所以,老祖宗的愿望落空了。那些老祖宗的约定,只能成为一代人传一代人的祖训,阿公教育我,我教育你。"说罢,老人重重地叹息了一声。

"这样……"阿辉感到这祖训太沉重,也来得太突然,以至自己连一点思想准备都没有,更重要的是自己身上只有几百块钱,还得要面对重病卧床的阿爸。那回厦门别说是乘飞机,连路上饭钱都不够。

"阿辉,我也知道你现在没有能力。但不等于一辈子没有能力。只要有信心,人生什么事情都可以做到。"老人向儿子投去信任的目光。"有些事情现在做

第三章 祖宗的遗愿

不到不要紧，但一定要将祖训放在胸口，一代代传下去。"老人着实有些疲劳了，他的眼神开始散开了。

"……"阿辉这位少年的心田感到一种沉甸甸的责任和压力，但他不懂得如何去回答父亲，只是默默地点点头。

"就像我今天给你讲的一样。如果有一天有这个能力时，带着这包东西，记住老祖宗林善祖的名字……"老人的声音如蚊子叫一样越来越细。然后，他将此生最后一丝力气，凝聚在手上，死死地握着儿子的手，好像是长辈对儿子的信任，又好像父亲对儿子的挂念。

老人带着遗憾，又似乎带着愧疚，慢慢地搭拉下了脑袋，静静地离开了让他眷念的儿子，到另外一个世界上去了。

"我知道了，阿爸……"阿辉的思绪还沉浸在父亲谆谆教诲当中。年轻人的血在翻滚着，他不知道父亲那瘦小的身躯里还隐藏着哪些秘密，还背负着列祖列宗对自己子孙后代的无限期待。他还想向久病的父亲表达着什么，让父亲放心。可是，他不知道自己今后的路会怎么走，更以为父亲还在等待着自己儿子的诉说："儿子听清楚了，儿子一定会去打拼，只要有机会，儿子一定能回到家乡去找老祖宗的根……"阿辉说得很自信，言语中洋溢着少年的坚毅。可是，他却忽略了自己怀里靠着的父亲身躯已经慢慢变凉，身体的每一个关节已经慢慢僵硬，唯独那只有一层皮裹着的手仍然死死地攥着儿子尚未成熟的手。

这是对人生的眷念，

这是对儿子的眷念。

这是作为父亲感到对自己尚未成年儿子，还没有尽一份最后的责任的遗憾。可是，死神却如此无情，没有再给他留下时间，甚至丝毫都没有商量的余地。

"……"感觉到父亲很久没有声音，而身体却在逐渐变凉，阿辉低下头看见父亲两眼瞪得大大的，阿辉摇了摇老人没有反应，知道问题严重了，对着门外大嚷一声："阿爸……"

一阵热风扑面而来，阿辉在对自己父亲的追思中缓过神来，发现自己已泪流满脸。这时太阳早已西下，手中没吃完的大黑馒头被炽热的空气烘得硬梆梆的，他来不及细想，塞进嘴巴，塞进了那早已饥肠辘辘的腹腔。

"该走了，上课时间快到了。"阿辉不敢懈怠。他在思忖，此生已经过了上学的年龄，白天上学跟自己已经没了缘分。现在，要实现祖训，唯一的办法便是白天好好干活，赚钱；晚上认真读书，增本事。

第三章

祖宗的遗愿

第四章

盛夏之夜

　　一个晚上的课，老师讲了什么，阿辉一句也没听进去。对父亲的追忆让这刚刚成年的后生仔产生着一种前所未有的危机和责任，他强迫自己要好好听，越这么想，却越想得特别多。他思考着自己应该如何打拼，如何去实现祖宗的遗训，如何去实现自己人生的理想。

　　去打拼，去创造一番属于自己的事业。

　　去奋斗，让一辈子几乎没开心过的父亲能在九泉之下开心。

　　十点多钟，台南乡下没有路灯。周围的村庄偶尔几栋农户的灯像萤火虫一样一闪一闪。走在白天走过的公路上，他感到孤独，感到寂寞。但，这一切已经让阿辉习惯了。

　　人生十八年，自己几乎没有吃过一顿饱饭，没穿过一身像样的衣服，却从年头到年尾疲于奔波。父亲离去三年有余了，自己从半大孩子变成了青年。要实现父亲的遗嘱多么不容易呀！走在那路上，阿辉反复责问自己，自己已经有二千多元的积蓄，学徒三年也掌握了一套娴熟的电焊技术，如果还留在工厂做工，领工资固然不错，可是，如果……"小小生意强做工！"他突然萌发了一个大胆的设想："开一间属于自己的铁件加工厂。"想到这里，这青年竟然为自己这一大胆的设想和决定而兴奋,情不自禁地大吼了一声。

"你是哪位阿哥……"阿辉正在激动不已,突然路边坐着一个人,发出了女孩的声音。

"谁……"自我陶醉的小伙子没有丝毫心里防备,吓了一跳。

"我,我,你是谁。"还是那女孩的应答。

"你是干什么的?"阿辉毕竟年轻气盛,这荒郊野外,天又那么晚了,怎么还有女孩的声音?

"大哥,我从自行车上摔下来,车坏了,脚也扭伤了……"黑暗中那女孩的声音有些可怜巴巴。

"哦?"父亲长期的教育,养成阿辉一种修善积德的好习惯,自己再苦,再困难,只要人家有难一定会竭尽全力地伸出援助之手。现在,在这黑夜,又是一个女孩的声音,让阿辉快步向声音走去。

"你怎么啦。"离三五步距离,阿辉看见朦胧当中一个女孩坐在路边,旁边倒着一部自行车。

"我是梅山村人。阿爸急病,我下山取药,到这里脚踏车被熔解的柏油粘住,一拐我便倒下来,脚扭伤了。帮帮我。大哥。"坐在地上的女孩在黑暗中似乎找到了一个大救星,好像这黑暗中突然出现的陌生男子一定会出手帮助似的,尽管语气中带着某种焦虑。

"是这样……"阿辉听见女孩的话,蹲下身子,没有灯光,也买不起手电,他无法看清女孩伤在哪里。因为这种小伤痛自己以前也多次碰到过,小伤小痛哪有这么金贵,自己用力捏一捏,搓一搓,几天便好。可是,他不知道这女孩是娇生惯养,还是什么原因,会如此脆弱:"我给你揉揉吧。"

"别,你会骑脚踏车吗?"阿辉刚伸手去捏女孩的脚,想把他放在自己的大腿上,用自己的一套办法帮助推拿一下,深更半夜女孩戒备心很强,被婉拒了。

"……"阿辉人生十八年,只远远看过自行车,连摸都没摸过,摇摇沉默了。

"会不会呀! 说一句话?"女孩有点急了。

"不会!"阿辉回答的非常肯定。

"笨死!"女孩有些失望,一句话溜出了嘴。

"……"

"那，牵着车走路会吧？"也许是女孩心急，也许这女孩有点男孩的性格。

"没牵过，试试吧！"阿辉嘴巴应道，抬头看看那梅山到这里足有二三公里的路程，而且都是没铺柏油的上坡路，牵着车送女孩来回非得一个多钟头，再回到自己家少说也是下半夜了。但不送她，让女孩单身一人留在这里，绝不是自己的为人。于是，不假思索地应道："那你坐在车上。"说罢，阿辉笨手笨脚地把脚踏车支起来，然后伸手扶着女孩坐在车后座上。

这是阿辉人生十八年第一次碰触到女性的身体，他感到女孩手又细又嫩，一种莫名的感觉从脚根往脑门上冲，心有点发慌。但本能与理性告诉他，帮人决不能有非分之想，况且自己除了一间四面透风的破房之外，一无所有。哪个女孩能够正眼看自己呀！真是的。

"走吧，坐好，我送你回家！"阿辉的声音很小，他原本想讲得大声一点，阳刚一点。可是，声到嗓门时却走了调。

"那费神了！阿哥！"夜色当中看不清女孩脸上的表情，但从语气当中却可以感悟到在这漆黑的夜晚，在脚脖子扭伤而又必需尽早将药送回去的情况下，得到从未谋面的一个男人的没有任何条件的帮助，她内心的感激之情。可是在行动上，她却变得无所谓，在阿辉的帮助下，不客气地坐在脚踏车的后架上："走吧，我阿爸病了，得赶紧送药回去……"

"噢……"女孩讲到阿爸，深深触动着阿辉的每一根神经末梢。现在，自己虽碰上了额外的麻烦，深更半夜推着脚踏车送一个素不相识的女孩上梅山，她着急的是送药，是在尽一份孝子之责。这一点，她远比自己幸运，想尽孝心还有父亲，有对象。而阿爸走了三年多，自己孤身一人，再想尽一份孝心都已经没了机会。

"且将送这女孩的行动当作孝顺自己的阿爸一样吧。因为，没有我的帮助，她尽不了孝，这样等于自己间接地孝敬了老人。"阿辉使劲地推着脚踏车，脑子里突然浮现了这样一种奇怪的想法。

上梅山的路并不平坦。

那是一条乡间公路，沙土路维护不周，经过汽车、拖拉机的反复辗压，变得高高低低，尤其是小坡底往往堆积着厚厚的一层沙子，阿辉没有骑过脚踏车，也没牵过脚踏车，经过这些地方，那车载着人好像随时可能倒下，为使女孩不受第二次伤害，阿辉牵着车头犹如像抓着公牛一对牛角与之较劲一样，使尽浑身解数；到了厚沙堆积的路面，手上的脚踏车一窜一跳，又使尽浑身解数走完一段排骨一般的道路，把阿辉的手都震得发麻。但他咬着牙，没多久早已累得大汗淋漓，气喘吁吁。

"这位阿哥，累了吧。你休息一会。"走了那么久，平时本来就沉默寡言的阿辉不说话，那是这份活太繁重。再加上这车架上坐着的女孩，脸长脸短，是丑是俊也分不清，可是，他身后的座位上竟然一点声音都没有。正当阿辉内心在犯嘀咕，以为那后面坐的是一位没良心的家伙时，女孩却正当其时地讲了一句良心话。这话讲得不长，却很好听，那声音好像山上的画眉唱歌一样，这足以驱散了刚才一路的辛苦和怨气。

"……"阿辉没有回答。

第四章

盛夏之夜

大约这一段正值遇上一段小陡坡，兴许是平时汽车、拖拉机承载物资爬坡的缘故，沙土路面受损非常严重，坑坑洼洼，一颗颗鸡蛋大的鹅卵石与被辗得粉碎的泥尘交织在一块。阿辉使尽浑身解数，那脚踏车的车头老不听使唤，东拐西偏，随时都有可能倒下去。为了防止车子倒掉伤及已经拐伤的女孩，他既要吃力地把住车头，又要使劲地往前推进，真是费尽了吃奶的气力。

"喂，我跟你讲话呢? 没良心。"偏偏这时，车后那画眉声又响了起来。

见阿辉没有言语，也许这女孩平时骄横习惯了，也许是她看到自己今晚碰上了贵人，故意以撒娇的口吻挑逗着。

尽管走了这么久，彼此也没看得清面容；

尽管走了这么久，彼此也没问一问姓名；

尽管走了这么久，彼此也没有一句交流。

正因为如此，女孩感到前面这后生十分可爱，感到那么值得自己信任，心里暗暗地欢喜着。

"你才没良心。"谁知女孩这句话却挑起了阿辉的一肚子无名火。阿辉心想，我跟你这赤扒扒一不沾亲，二不带故，更没见你面长面短，这深更半夜地推你回家，无非是听到你孝顺长辈连夜去买药，而且将脚扭伤了，才不问情由出手帮助，没良心的是你自己。再说，你可以说我土，你可以说我穷，但你再怎么样也不能说我没良心，因为良心是做人的起码要求，是做男人必需具备的基本条件。于是，闷闷地回敬了一句。

"咯！咯！咯！终于说话了。我还以为你是哑巴呢。"听到前面的青年回了一句话，后面的女孩心里乐开了花。

"有什么好笑的。我讲实……"听了女孩笑得如此开心，阿辉心里也随之一乐。这么久，而且这么近距离地与说话这么好听的女孩处在一块，尽管很累，但心里觉得很甜蜜。听到女孩一乐，又听到那"咯、咯、咯"的笑声，如同一阵凉风，顿时把他满身疲倦吹得一干二净。

他真想回过头去偷偷瞄一下讲话那么悦耳的女孩长得好看不好看。因为，声音那么好听，那她的脸一定很好看。可是，当他扭过头想瞄一眼姑娘的时候，不知是前轮碰上地上的石头，还是后轮落到路面的坑洼上，只感到那车子剧烈摇摆了一下，手上紧握的车突然那么不听使唤……

他咬了一下牙，想把住那脚踏车头，同时他想回过头制止女孩的啰啰嗦嗦。可是，一切为时已晚，只听"咣当"一声，手上的脚踏车从手中脱落了，女孩和脚踏车一起重重地摔倒在路上，溅起一阵尘土，直冲阿辉的鼻孔。

"糟……"阿辉知道闯祸了。可是心里一直想不通，平时挑个一百多斤的担子，轻而易举。原以为牵着一部脚踏车载上一个女孩，不用费吹灰之力。你瞧，那女孩连屎带毛充其量也就百十来斤重，却会如此费劲，弄得浑身大汗。原本想做一件善事，如今善事没做好。一旦把人给摔伤了，那真是惭愧至极了。

"哎哟……"女孩在尘土中叫唤着，像杀猪一样的嚎叫。那声音与刚才讲话的声音对比就没有那么悦耳了。

"对不起……"朦胧的月色下看不清女孩的表情，更不知是否摔伤。阿辉内心万分焦急，想伸手去扶那女孩，却又有些胆怯。因为，自己尽管已经十八岁，除远远看过女人外，这么近距离，这么暗的夜晚，又是孤男寡女，还要伸手去接触一个女孩的身体，对他来说，左思右想，实在没有这个胆量。

"说对不起就算了？"女孩有些调皮地反问道。其实，这次她倒没有摔痛，倒是她抬头看见夜色中的阿辉站在那里一副无所适从的窘相，故意用话激他。

"那，那，你要我怎么样？"这回真轮到阿辉着急了，讲起话来也结结巴巴。

"傻瓜。"女孩想笑出声，却控制着自己的情绪，佯装满脸怒气。

"那我牵你起来吧，又不是故意的。"阿辉鼓足勇气，"快起来，我送你回家，把药送给你阿爸服了，我也要回家了。明天我还要做工……"他感到自己有些委屈，自然语气中带着浓烈的不满。

"咯、咯、咯。"那边女孩却感到异常的开心，她不知道人间还有这么厚道的男孩，更感到自己一路作弄他应受到良心的谴责，便伸手借着阿辉的拉力站了起来："大哥，你是不是感到很委屈，帮了我一夜的忙，还被我奚落？"说着自个儿又"咯、咯、咯"笑个不停。

"我才不委屈，如果不是听你说替你父亲买药摔伤，我才不操这份闲心。"女孩的手很柔软，她的声音又恢复到刚才那般好听，从未接触过女孩的阿辉似乎一个晚上的疲倦和怨气烟消云散。

只是，他感到有一点遗憾，晚上天不作美，没有月亮，听了一个晚上的画眉叫，出了一身臭汗，可这女孩长得好，还是不好，却看不清楚。

"哦，看你还不是不孝之人。"听了阿辉的话，女孩又不依不挠地说。你看，这女人，真是刻薄得很。

"你才是不孝之人。"阿辉被女人数落得一头雾水，回敬了一句。

"我？"女孩头一歪，似乎带着一股天真，带着一份浪漫："我是天底下最孝顺的女孩。不，也是一个最孝顺的儿子。"

"女人便是女人，还是儿子？"

"本来嘛！虽然我有弟弟，但父母既把我当女儿，又把我当儿子，在家大事小情非我莫属。"

"……"女孩快言快语，平时没见过多少世面的阿辉，想不出更好的话来回答，只好站在一边发呆。

"你爸、妈身体好吗？不至于像我爸一样经常病吧。"女孩看见夜晚中的阿辉一言不发，突然问了一句。

"我……"女孩的发问让阿辉有些措手不及，他不知如何回答眼前的陌生女孩。

"不敢说？"女孩又想兴风作浪。

"我，我……"阿辉有些迟疑："我没有你那般福气。"

"为什么？"

"我阿妈在我出生时便去了。阿爸在三年多前也去了。我是孤身一人。一个人吃饱，全家不饿，想像你一样孝顺父母都没机会……"讲到这里，阿辉的话戛然而止，伤感的情绪在黑夜中让人感觉到丝丝浓浓的伤感。

"啊！大哥！对不起。我，我不该引起这些伤心事。"一个晚上第一次听到女孩口中吐露出愧疚的语言。

"不，不，不……"阿辉听到女孩讲这样的话，倒觉得自己内心有些不安："走吧，快回家去吧。"那话中带着浓浓的叹息。

"那……"女孩还想问。

"走吧……"阿辉不想在陌生人，尤其是连脸都没看清的陌生女人面前说到自己的伤心事。讲了也白讲，自己的困难只有靠自己去克服，去解决。

"嗯……"女孩的情绪似乎受到了感染，也不再吱声，顺从地听从阿辉指挥，乖巧地坐在脚踏车的后座上。

阿辉仍然推着脚踏车上路。

那路仍然是坑坑洼洼；

那路仍然是望不到头的上坡路。

仿佛就像自己十八岁的人生之路走得那么艰辛，那么吃力，每走一步都必须付出满身的汗水。但此时已有一阵阵的凉风，他不再热得呼哧、呼哧地喘息，不再随时用手臂去擦拭额头上流下的汗水。

上完坡，拐了一个弯。

眼前看去，不远处有间屋子，屋子里透着像萤火虫一样的灯光。

"阿哥，我家快到了。"沉默了许久，也许是女孩出于对阿辉的一种感激，也许是刚才这位素不相识却又如此热心的男孩冷不丁的一句话引起了她的同情，女孩的话温柔了许多，每字每句都充满着女性温柔的气韵。

"嗯……"阿辉只是从鼻子里溢出了一个字。讲实话，看到别人为孝敬父母奔波，他为身边这女孩而高兴，尽管为了给父亲买药自己摔伤了，但多么值得。因为毕竟家里还有老人让自己牵挂啊！而自己想牵挂老人，都没有机会了。记得有几次自己碰到困难，当夜深人静，拖着沉重步子踩进家门时，大喊一声："阿爸！"只有被惊吓的老鼠在屋里四处逃散。而对阿爸的记忆只能永远停留在墙上的那幅画上。那是一幅照片，静静地、永远地保持着一种表情在那儿一动不动，一点声响都没有。

这是多么艰难的岁月啊！

三年多的光阴，

一千多个日夜，

伴随着自己的只有太阳、月亮；

千呼万唤，

流水横流，

却没有等到父母的一声应答。

阿辉越想越伤感，越想内心越沉重。他的脚步有些软，有些乱。今天帮助素不相识的女孩，一切源自父亲对自己的长期教育，源自对逝去父母的一种追忆……

"阿哥，到我家了。"阿辉还在思考着，他的心被千丝万缕的情思紧紧地与远去的父母系在一起，刈不断，而且越刈越紧，越刈心与父母连得越深，以至女孩的话听都没听清。

"阿哥，我到家了……"女孩又叫了。

"噢……"阿辉的沉思被女孩画眉一样的声音打断了。他停下脚步，想去扶女孩，那女孩已经借助脚踏车的支撑下车了。

"费神，到家里喝口茶再回去吧？"女孩充满着感激。

"不要了，我明早还要去打工。不能耽误！"阿辉不失礼貌地谢绝："好好照顾你父亲吧，我回去了。"

"阿妈……"女孩看到阿辉要走，朝着家里叫了一声母亲。片刻间，那扇已经关闭的门打开了，一道亮光从屋里照射出来。

"静娴，怎么这么久才回来呀。把我急死了。"门开了，传来了一个老妇人的埋怨声。这应该是眼前这女孩的母亲吧！阿辉听了以后心里一热，自己可从来没有母亲叫过自己的名字呀！

哪怕母亲打自己，臭骂自己一顿也好，

可是自己却从没享受过这福份。

"眼前这位叫静娴的女孩多有福气啊。"阿辉从内心深处羡慕不已，更觉得这姑娘的名字真雅。

对，走了一个晚上才知道她那声音好听，名字也非常好听。

只是，人不知长得好不好看。

"我走了……"阿辉有些胡思乱想。但只在瞬间，他感到自己有些发神经，家无三分银，夜无老鼠粮，抓鸡也要三把米。穷小子一个，管人家有没有父母，管人家长得好不好看。

"真是二百五。"阿辉从心里狠狠骂了自己一句。然后，有些沮丧地迈开了步子。

"你叫什么名字？过几天我去谢谢你。"看到阿辉低着头就要消失在夜色中，静娴大声地问了一句。

"我……"阿辉心里一热，他真想告诉女孩自己的名字。可是，一转念拔腿便跑了起来。

"阿哥……"

耳边的风在呼呼地响，脚下的沙土路发出有些乱的脚步声。阿辉的心比这脚步声还乱，比这脚步声还沉重，这是人生十八年第一次近距离接触一个陌生的女孩。而且，距离那么近，时间那么久。

他的脸似乎有些发热起来……

第五章

梅山人家

梅山以前叫杜鹃山,在大陆有的地方称杜鹃为羊角花,也有称映山红。

大约在一二百年前,有一位大陆迁徙到这里的人家,了解到这里非常适合种植梅子树,便从大陆和台湾各地选育了许多优良品质的梅子树在这里种植。于是,这大山包、小山包郁郁葱葱长满了梅子树。每当年末春初,满山梅花吐艳,繁花似锦,尔后那满树枝的果实结满枝头,压弯了树枝。

开始,周边庄户人家生活贫困,这梅子没有多少人喜欢,那几千亩的果实由小变大,由青转黄,再由黄掉落地下,心里总有一种说不尽的痛惜。慢慢地主人发现梅树下长着遍地的金钱草,那草有着清凉解热及健胃的功能,于是到处求师学艺将梅子晒干,连同就地取材的金钱草、鱼腥草配制了一种梅山草茶,逐步吸引了一些消费者,梅山草茶也形成了当地一个品牌。

再后来,主人有了一些小小的积蓄,便在这梅山上建了一栋小屋,索性将全家搬到山上居住。

一晃几十年过去。梅山主人百年归西,留下一个女儿叫陈彩凤,从学校毕业后便在镇上的医院里当护士。二十一年前彩凤与比自己年长六岁的邻村一个殷实家庭的儿子相恋,尽管两个青年爱得死去活来,但闽南地区也好,台湾地区也好，都有一种习俗，儿女之间如果相差六岁结为夫妇，那是断然没有好结果的。

陈彩凤是梅山人家的独生女儿，父母亲老年得女，娇生惯养，天生一副男孩子的性格，天不怕，地不怕。

她的男友阿昆也是出生富裕家庭的子弟，与彩凤道道地地的半斤八两性格，偏偏不信这老辈人家留传下来的习俗，更不信那村头李半仙的胡说八道。

一男一女，正值青春年少，又偏偏生就了那副无法无天的性格。

两个犟种合在一起，无论家人怎么看管，怎么跟踪，他们总是千方百计偷偷在梅林当中约会。

那是一个秋天的夜晚。阿昆在屋外装着叫春的猫叫，"喵、喵、喵"的叫声一声接着一声，一声叫得比一声急。

这是彩凤与阿昆之间约定的暗号。

听到这叫声，已经上床却又辗转不宁的彩凤蹑手蹑脚光着脚丫走出家门，寻声直奔到梅林深处……

这是一个初秋的夜晚。

酷热的夏天已经过去，皎洁的月光下，缓缓的秋风顺着梅山的沟沟壑壑徐徐吹来，让人的每一根神经都是那样舒坦，那样惬意，那样神清气爽……

梅林深处，那梅树在月光的飘洒下，如同一把把雨伞掩护着这对年青的恋人。

彩凤不顾一切地扑向阿昆，扑向自己心仪的男人。因为他们已经半个多月没见面了。

十五个日日夜夜的感情煎熬，当一对异性相拥抱、肌肤相碰触时，每一根神经末梢都贲张着，每根汗毛都兴奋地竖了起来。

"阿凤……"阿昆的声音有些颤抖，双臂凝聚了全身的气力与热忱。

"昆哥……"彩凤喃喃自语，整个身子仿佛被阿昆浑身喷出的炽热熔化似的，像筛糠一样不停地颤抖着。

两张年轻的嘴唇紧紧地贴在一起，立即犹如干柴遇见烈火，两个年轻人如同两条蛇紧紧地缠绕在一起，融合在一起。

阿昆疯狂地抚摸着彩凤的身体，抚摸着她的每一个最富特征的部位，疯狂得好像要一口吞噬了她，好像要在瞬间熔化了她……

而此时的阿凤已经瘫成一堆泥，一堆稀泥，像一只羔羊，像一只毫无反抗之力的羔羊任由阿昆摆布，任由阿昆玩弄……

这一夜年轻的男女谁都没有守住自己最后的一道防线，在偷吃人生禁果的同时，却也享受了人生第一次最幸福、最浪漫的初秋之夜。

秋夜啊！是这样的美丽，是这样的迷人，又那样值得令人回味。

秋夜啊！却是那么短暂。当阿凤和阿昆浑身的汗水和山野的雾水、泥土交织在一块的时候，天已经朦朦发亮。

"昆哥！天快亮了。"女孩心很细，很敏感。当半夜的亢奋之后，抬头一看东方已经露出鱼肚白，彩凤头脑迅速冷却下来，满怀一腔遗憾在阿昆耳根轻声地说。

"别怕，天亮了才好，天亮了让父母知道才好！"年轻人天不怕、地不怕，到了这份上更是无法无天了。

"不，我们再找时间见面吧！不然我阿爸知道了，脚骨都会被打断的。"阿凤说着说着两行热泪从眼眶夺路而出，她知道父亲的严厉，也害怕父亲的严厉，但又舍不得躺在阿昆怀里的那种淋漓与畅快。

"再呆一会，再……"阿昆仍双手紧紧抱着躺在怀里的阿凤，他感到欲望还未满足，一双手不停地摸着阿凤胸部的双峰，那宝贝结实丰盈，越摸越耐人寻味，越摸越难以撒手。

"不，哥。求你了，求……"彩凤还不想离开，但理智告诉她，天即将大亮，不离开是不行的，便用哀求的口吻告诉自己心爱的男友。

"好，再抱一下……"终于，阿昆松手了。

一对恋人，带着秋天薄薄的雾水，恋恋不舍地分别，并约定了下次约会的地点和时间。

二人分开之后，彩凤开始后悔自己当时的冲动，而且从此越来越后悔……

她发现自己的生理现象发生了变化，慢慢地食欲不振，呕吐不止，接着体态也微妙地变化起来……

细心的母亲看在眼里，原本以为女儿生病了。因为，夫妻俩每天都将女儿看

第五章

梅山人家

管得那么严密，相信女儿不会做出那种见不得人的事情。然而，又过了几个月，问题暴露得越来越明显，老夫妻最担心的事情终于出现了。

因为，在乡间，女儿未婚先孕是父母亲最没面子的事情了。女儿出了事，让老夫妻抬不起头，好长一段时间连出门都感到丢人现眼。

然而，事情还没有完，接连的恶梦从此不间断地朝这个梅山人家袭来，让这对一世美名的老夫妻雪上加霜……

"那一段日子是父母，也是自己人生最为难熬的日子啊……"彩凤回忆人生往事，抬头看看屋外不浓不淡的云，将星空遮挡得不明不暗。这个时候了，静娴给她父亲买药，按规矩早该回来了，可是今天却没有消息。

连那看门的小狗也倦怠地趴在门前打着盹。

彩凤走出门口，梅山隐在茫茫夜色当中，四周没有任何动静，心里多少有些挂念，回到家里，看到丈夫躺在床上，在25瓦的白炽灯的照射下显得有些憔悴和消瘦……

他静静地躺在床上，偶尔翻一翻身子，也许人到了六十，体力走下坡路，这几年虽然没有大病，但身体却大不如前，不是今天感冒发热，就是明天闹肚子。您瞧，这两天咳嗽咳个没完。每次咳总是气喘吁吁，满脸通红。兴许是贪凉，身体入邪，着凉了吧。静娴这孩子也算孝心，赶忙去给父亲买药去了。

想到静娴，彩凤的思绪又回到自己年轻时的那段日子……那段让人终生难忘，却又让人伤心欲绝的日子。

那时，自己怀了阿昆哥的孩子，这孩子便是静娴。

可是，双方父母根本不同意这门婚事。然而，大人可以不同意，可彩凤的肚子却一日一日变大，两边的父母却又束手无策，经过阿昆极力争取，终于说服父母差了一个媒婆到彩凤家提亲。

那时静娴在肚子里已经六个多月了，小家伙常常在肚子里不安份，左右开弓，拳打脚踢，弄得自己每天惶恐不安。

那是农历将过年的一个日子。

山下送来喜讯，经过媒婆游说，双方父母同意，在农历十一月初六由阿昆家按农村习俗前来定亲，并定在十二月二十四日迎娶彩凤入门。

这门亲事不论双方满意不满意,但白米已经煮成熟饭。

现在,只有等到十一月初六阿昆家人前来定亲。

定下亲,自己便是阿昆的人了。

这是乡间的习俗。离这一天还有两天时间,这日子很难熬呀,自己毕业于护士学院,在镇里医院当护士,未婚先孕,挺着大肚子,自然没胆再上班,只好天天在家做一些家庭杂活,时时在盘算着有一天,这孩子生下来后取什么名字,如何培养他(她),如何……

几十个如何?几百个如何?像一张永远考不完的试卷需要去思考,需要去完成。

这个时候自己对人生的一切,考虑得非常圆满,非常完备,也为未谋面的孩子勾画了一张前程远景图。

可是,老天总是喜欢作弄人,命运之神总是那样无情地考验着彩凤一家。

十一月初六这一天,陈家请了左邻右舍,前三代、后三代的亲戚帮忙张罗,就等着阿昆家一拨人到家里来定亲送彩礼。

早上八点,这梅山上的人家往常还是静悄悄的。此时却早有阿嬷、阿姆在忙里忙外,热热闹闹。

九点,一切事情都已准备完毕,大家坐下来吃点小菜,品尝父母制作的梅干。

十点,隔壁阿姆进进出出到小山头上朝那山路上看,期盼着定亲队伍出现在路上。

可是,左等右等,除了偶尔在乡间小道上行走干活的邻里乡亲外,始终没有看见定亲队伍的出现。

阿昆家的亲人连影子也没见到。

愁云飘上了父母的脸上。莫非阿昆家对决定了的事变卦了么?如果这样,这肚子里的孩子怎么办呀?

充满期待的彩凤心里也直打鼓。但她坚信阿昆有这个能力,阿昆哥是有情有义的人。他喜欢自己,更喜欢自己肚子里的孩子……想到这里,彩凤心里又涌现一种欣喜。

十一点已过了，那山路上还没有一点音讯。

"他阿姆，费神你再去看看。"平时最稳重、最老到的父亲有点扛不住了，附在邻居阿姆的耳根边，偷偷地求她。

"好！好！好……"邻居阿姆在这村里最勤快，大凡大事小情她最上心，大家最信任她。

母亲在屋里屋外忙活着，想通过这不停地来回走动，不停地干活，来掩饰自己内心的焦虑不安。

彩凤的内心犹如十五个吊桶子打水——七上八落。但自己尽管身上怀着阿昆的孩子，如果没有定亲，自己却不能算是阿昆家的人。此时此刻，她只能呆在自己的屋里，不住地将焦急按在肚子里，不停地抬头从窗户往外张望，盼望着阿昆及其家人身影早日出现。

"阿姆回来了……"不知谁叫了一声。

彩凤迫不及待地向窗外看去，看见阿姆匆匆忙忙，满头大汗领着一个人走进院子，她平时总带笑容的脸上充满着惋惜和悲伤，那来人也一脸让人摸不清底细的表情。

"莫非……"彩凤不敢细想。

不过，只在瞬间。家里像沸腾的油锅倒入一杯开水——炸开了。正在帮忙的叔叔婶婶，男男女女，一个个像丢了魂似的叹息起来……

"妈呀……，天呀……"突然母亲呼天喊地地嚎了起来，一屁股坐在地上。

"他阿伯，他阿伯……"紧接着，"咚"的一声好像重物倒地一样沉闷，与母亲的哭喊声交织在一起，悲哀的气氛一刹那笼罩着整个家庭，乃至家庭的整个上空。

"发生了什么事？"呆在屋里的彩凤忘记了一个女孩应有的矜持，不顾一切地推开房门，冲向大厅，冲向正团团围住父母的邻居身边，惊慌失措地问道。

她不知道，就这么一会儿，到底阿姆带来了什么信息，带来什么不吉利的信息会让父母瞬间崩溃……

"阿爸，阿妈……"彩凤不顾一切扑向年迈的父母。

"彩凤，你这苦命的孩子呀……"还是邻居家阿姆，看到彩凤冲出房门，慌乱不迭地放下怀里的母亲，一边将彩凤抱到一边，一边带着哭腔说："这老天怎么这么不长眼呀，你今后怎么过呀……"

"阿姆到底怎么了，我阿爸、阿妈怎么啦。"彩凤不知道，刚才还充满祥和氛围的家，转眼间怎么变得充满悲伤，充满着绝望。

"彩凤啊！你要听话，你身上怀着孩子……"阿姆语无伦次。

"阿姆啊！到底出什么事情了……"彩凤哀求地说。

"阿昆，阿……"

"阿昆怎么啦？"一种不祥的感觉占据着彩凤的身心，占据住她的整个身躯，她感到大祸临头了。

"阿昆家来定亲的人，开一辆拖拉机来，到半路翻车了，八个人，去了六个；阿昆也去了……"阿姆一边哭，一边将事情原委告诉了彩凤。

"啊！老天爷……"彩凤大呼一声，便失去了知觉。

……

以后的日子怎么过来的，彩凤已经不堪回首。她只记得，在那段日子里自己几次想遁阿昆而去。但想到白发苍苍的父母，想到腹中的孩子，一次又一次地退却了。

过了三个多月，孩子出生了。是一个女孩，这个女孩由她姥爷取名为静娴，不知道老人取这个名字用意。但是，老人只希望这个无缘与生父谋面的外孙女能够成长为一个淑女，长大能过上一个平静安逸的生活。

又过了一个多月，静娴的姥爷带着对亲人的依恋，带着人生的遗憾西去了。

从此，一个寡妇带着静娴在艰难的生活中度过了几年。

"汪、汪、汪……"门外的看门狗叫了几声，再次打断了彩凤对往事的辛酸回忆，老人不由自主地抹掉了脸颊上的泪水，心里骂了一句："瞎眼狗，连自己的主人都认不到。"说罢，推开房门，走出厅堂外面，却见看门狗正与自家的小猫在对视着。两个畜生虽然天天相处，但总是明里暗里较劲。

静娴仍然没有回来。

二十一岁的姑娘了，做事从来都干脆利落，出门快去快回。按理天黑后便回来了，可是现在少说也有九十点了吧，怎么还不见踪影？彩凤开始替女儿着急起来。

在门口探了几次头，又失望地回到厅堂，关掉了灯，回到房间，老伴又开始死命地咳了起来。

"咳……咳……咳……"这也奇怪，一连串地咳，咳得这老头子满脸通红，汗流浃背，气喘吁吁。以前像这样的病，用薄荷、桔子皮、生姜、枇杷叶加红糖煮上一碗浓汤，一喝便好。可是，这次见了邪了，已经喝了好几次，就是不见好。

"咳……"老人咳完，叹息了一句："静娴怎么还不回来呀。"老母亲着急，躺在床上的老父亲也揪心。

"我也感到奇怪。"彩凤附和着丈夫，细心地替他用毛巾擦了擦刚才咳嗽后流淌在脸上的汗水和泪水。

"唉……"老人又叹息。

"别操心了，现在太平，不会出事的。"彩凤安慰丈夫，自己的心里却直打鼓，看到灯光下病怏怏的丈夫着急，想着还未归屋的女儿着急。

女人啊！一个心肝百个肺，总有愁不完的事情，叹不完的息。

人生便是这样，总是愁不完的事，着不完的急。今天的困难解决了，明天又生出一个什么事来让你急得火烧火燎。从懂事之日起，到闭上眼睛为止，苦难与忧愁伴着每一天，每一个钟头……

一个未婚女人挺着大肚子，又要背着尅夫的黑锅，对着昏暗的灯光熬着那一个又一个漫漫长夜是一种什么滋味呀！彩凤感到此生已经没有多少奔头，人生再延续已经没有任何意义，她无数次地想到死，想带着腹中的孩子，一闭眼去追逐孩子的父亲，去追逐阿昆到另外一个世界上去团聚。

她想吃药，吃一剂毒药，一尸两命，一了百了。可是几次都被年迈的父母发现了。当她看见两眼泪水汪汪、白发苍苍的父母，又一次又一次地打消了念头。

这时，意想不到的事情发生了。

大概是这几个月忧伤过度，身体弱瘦，彩凤早产了。那是一个凌晨，她被剧烈的疼痛惊醒了，睁开眼就发现自己的下身湿漉漉的。出于要做人母的本能，彩凤大声呼叫年迈的母亲。

"妈……"彩凤一边呼叫，一边将房间的灯打开。"哇、哇、哇……"还没等到年迈的妈妈走进房间，小东西已经来到世上。

母亲是一个贤惠又慈祥的老人，当老人用颤抖的手将这个还带着脐带、浑身都是胎血的外孙女抱在手中的时候，口中不停地叨念着什么。然后，悲喜交加地对着对门的房间喊了一声："老达补，你当阿公了……"

这就是现在已经充满男孩性格的女儿静娴。那时她长得皮包骨头，体重大约两斤多，粉红的皮肤，小小的身子，长着浓浓的一头黑发，眼睛睁得老大老大，声音非常响亮，活脱脱像一只金丝猴。

"妈……爸……"看见从身上掉下的这团肉，彩凤伤心地痛哭了。她知道，这个小东西一降生，自己便有了一份不可推卸的责任。这是阿昆的骨肉，此生纵然再艰苦，再困难，哪怕自己死掉也有责任将她抚养成人。

此时，彩凤的心豁然开朗了。

此时，她彻彻底底地打消了自杀去追寻阿昆的念头。

此时，她立定宗旨要坚强地活下去，并且开开心心地活给所有的世人看。她向年迈的父母投以无限的感激，感激老人给自己以力量，感激这新生命给自己以希望。庆幸自己获得了新生，也在人生的磨炼中经受了重生。

那一夜，彩凤拥抱着自己的女儿，一宿未眠，重新盘算着未来的生活……

那是静娴长到六个月的时候，由于家里没有多少收入，彩凤左托人右托人，终于又回到镇医院当护士，以领取一份微薄收入贴补家用。

静娴断奶了，由母亲每天用米糊喂养。

有了这一年多家庭和自己人生的跌宕起伏，人生二十多岁，却在艰难的生活当中迅速成熟起来，自己不再那么无忧无虑，不再那么天真浪漫。严酷的现实告诉她，必须以冷静的思维，脚踏实地一步一步地走完人生的道路，肩负起这个一门寡母的苦难家庭。

想到这里，彩凤不由自主地放声痛哭。

这是阿昆去了之后，第一次发自内心的哭。

第六章

文康阿哥

也许这是老天爷的安排，老天爷的补偿。

镇医院的同事对彩凤的人生不幸给予了极大的同情和帮助。看到她重新上班工作，尤其是经历人生逆境之后，又经历了当母亲的历程，这个以往天不怕、地不怕的姑娘已经成熟起来，成为丰满成熟的年轻母亲，大家都千方百计照顾着她。

一切仿佛都在冥冥之中。

那天晚上她值班，第二天正要交班时刻，门诊医生收治了一个重病患者。据说，这个病人是天亮时在医院门口奄奄一息而被众人抬进来的，而且得了严重的肝炎病。按照要求，自己必须与接班的护士一同处理好收治入院手续，并安排好当天的注射用药才能离岗。

记得很清楚，而且一生都不会忘记。

当几个护士将病人抬放到病床上时，那人双目紧闭，全身发黄，骨瘦如柴，神志恍惚。

"大哥，哪不舒服？"按照职业要求，彩凤以特有的女性温柔询问病人。这病人看上去五十多岁，胡子拉喳，身上的衣服又破又烂又肮脏，不时地散发着汗味，还有说不出的口臭。

"唔，……这里……"病人答非所问。

"我帮你洗脸……"那脸满是污垢，当他睁开眼睛时，那眼神里充满着哀伤，充满着无奈。彩凤想先帮他擦洗干净，然后换上病号服。因为看这病人的样子，一旦住进来，没有几个月是出不去的。

"老天爷……"病人没有应答彩凤，仍然在自言自语。但那双无神的眼睛却汩汩不停地流淌着泪水。

"大哥! 你的家人在哪里? 他们来了吗? "病人要住院，一般都有家人陪伴，尤其是病情这么严重的病人。可是到目前为止，似乎没有家人在身边，彩凤不得不细心询问了一句。

"老天爷……"病人仿佛没听见彩凤的话，反复念叨着那三个字。

"……"彩凤帮他擦洗身子的手突然停了下来，她蓦然间从内心深处感悟到自己面前的这个病人一定隐藏着与别人不一般的身世，经历着与别人不一般的人生苦难。她呆呆地望了一眼，便不再询问什么了，只是细心地、一次又一次地帮他擦洗身子。然后，替他换上了病号服。这一天，她比平常迟了近两个小时才回家，才回到母亲和女儿的身旁。

此后几个月，彩凤根据医嘱比以往对付任何一个病人都更细心照料着这个病人，督促他按时服药，尽可能多吃一些有营养的东西。医院病人的伙食比较差，细心的她还尽可能每天带上一个水煮鸡蛋给他吃，以增加营养。

同病相怜，尽管这位大哥一个多月只字不吐露自己的身世，彩凤希望以自己微不足道的力量，以一个女性的温暖让这位阿哥早日康复，早日回到他亲人的身边。

两个月将过去了，阿哥的病渐渐好起来，但好得不明显。

彩凤有些奇怪，按照常规，这类肝病早该出院，到底什么原因治愈的速度那么慢呢? 她细心照料的同时，也进行细心观察。

那是一天早上，彩凤将当餐要服的药片递给他时，阿哥面无表情地接过去。可是当她转身出门时，阿哥却神速地将药从窗户扔了出去。

"你这是干什么? "彩凤愤怒地对着阿哥大喝一声。两个多月自己精心照顾，目的便是为了让他早日康复，谁知他却干出这种没良心的事，将药扔掉，怪不得病好得那么慢。

"我……"

"还我什么？你要死，还进来治什么病？"彩凤不但愤怒，而且愤怒到了极点。她想知道，这男人哪颗螺丝松动了，病成那样，没有亲人照顾，还这样作贱自己。

是啊！只有经历苦难的人，只有经历了生死离别的人才知道生命的可贵，才知道人世间的冷暖，只有生命，才最值钱呀！没有命，还能谈什么呀！

"老天爷……"那阿哥还在重复着那句说不厌的话，泪水从眼睛里默默地往下流淌着。他没有反应，只是偶尔从失神的眼睛中露出一种感激。他默默地从彩凤手中接过来一份药，就着开水，"咕咚"一声喝了下去。

又过了几天。

彩凤推门进病房，看见阿哥正将身子爬到窗口，半个身体露在窗户外面，正想往下跳。她的心砰砰直跳，一个箭步冲上前死死地拽住他的衣服，使尽全身力气往回拉。

"扑嗵"一声，阿哥拉回来，重重地跌倒在地上。彩凤也失去重心倒在一边，两个胳膊肘子被粗糙的水泥地板擦伤，流着殷红殷红的鲜血……

"你，你，你……"彩凤痛得说不出话来，她翻起身，迅速骑在他身上，大声呼救着同事："救命、救命……"

"怎么回事。"同事们蜂涌而上，看到彩凤骑在病人身上，大汗淋漓，百思不得其解。

"他要跳楼，被我拉回来了，被我拉回来了……"彩凤有些喋喋不休，不厌其烦地告诉同事。

"你们为什么要救我，你们为什么要救我，我生不如死呀！老天爷……"阿哥终于在住院两个多月后，改变了枯燥的词汇，倾泻了内心的痛苦。

"啊……"众人惊呆了。

"啊……"彩凤也呆了。她呆的是自己作为一个女子，原先对这个阿哥的判断没有错。这阿哥的心里一定有苦，一定有很深的苦；另外，她细心地发现，虽

掷菱情缘

然阿哥只是不断重复的那几句话，可是那话不是台湾话，好像那话有很重的外地口音。

"莫非……"彩凤不敢往下想，而且不想往下想。因为，在当时的台湾不想那么多会更好些。

从此，彩凤不但从药物治疗上更加细心照料，更从心理治疗上关爱有加。因为一个医务工作者的责任，一个女性特有的敏感，她想帮帮这个不幸的阿哥。

滴水穿石，真诚所至。

终于有一天傍晚，彩凤陪阿哥散步，他说出了自己的不幸，说出了自己的心声。

那天，正是太阳刚刚从东边露头的时分。

初秋的阳光金黄金黄的，洒向人间，洒在田野，洒在这镇医院的每一个角落，让人感到充满生机，充满着希望。

阿哥经过那次未遂的自杀，医院的医护人员给予了更多的温暖和照顾，他的心境似乎好了不少，彩凤请他一块到医院门口的田间小道上走一走。

"阿哥！你看这田野多漂亮呀。"彩凤没话找话地说。

"嗯，我来住院，费神啦，费神啦。"阿哥有了应答。

"每个人都有自己的痛苦和不幸，也有自己的追求与幸福。我也是一个不幸和苦难的人。在人生最困难时，我也想过死。但思前想后，还是决定不死。现在活下来了，总觉得人生幸福总比苦难多，死才划不来。"彩凤有些动情，尽管一挑起往事，语气中带着伤感，那泪水在眼眶里打转转。

"大姐也有人生的不幸？……"阿哥看到彩凤如此动情，又那么真诚，他的情绪似乎受到感染。

"你不相信吗？大哥？"彩凤是一个快言快语，心里装不下事的人，被大哥一问便如同竹筒倒豆子，一五一十，一粒不留地将自己几年的不幸及经历讲述了一遍。

一个充满悲伤，说得情深意切；

一个感同身受，听得如痴如梦。

两个命运相似的人，坐在田坎边的两块石头上没有再言语一声。

第六章

文康阿哥

讲得不想再讲了。因为，往事不堪回首。

听得不想再听了。因为，这撕肝裂肺的往事，引起了感情的共鸣，在心里掀起了无限的波涛，那凶涌的波涛奋力地拍打着海岸，撞击着心灵。

"大姐……"阿哥心里的堤坝终于支撑不住，迅速地垮塌下来了。一个大男人竟嘤嘤地哭了起来，他那骨瘦如柴的身躯在剧烈地抽搐着……

阿哥叫陈文康，大陆那边的漳州海澄人士，原是村私塾的一位先生。曾有一个幸福的家庭，娶了一房漂亮又贤惠的妻子，生下一男一女……

那是1949年秋天的一天，解放军解放漳州、厦门的炮声已经隆隆响起。国民党军队预计难以抵挡解放军的进攻，一方面溃败，一方面四处抓壮丁补充兵员。那天，文康刚从私塾回家，还未踏进家门便被国民党军队五花大绑抓了壮丁。

教书先生不知道，这些阿兵哥要将自己带到哪里去。他想奋力挣脱身上的绳索，可是一介书生，手无缚鸡之力，三下两下早已气喘吁吁，全身直冒冷汗。

就这样，他被推进船舱，经过两天两夜的海上航行，在海上像倒番薯一样在海浪颠簸的船舱里滚来滚去……

船上的人全是被抓来的壮丁，被荷枪实弹的阿兵哥押送着。他们没有出过海，没有饭吃，却被海浪折腾得头晕目眩，呕吐不止，胃里头一天吃进去的吐完了，还在吐着胃液，最后连胆汁都快吐干了……

第三天凌晨，文康一船人到达台南港，几乎都是有气出，没气进，一个个被拖离船舱，然后又被送进兵营。

那真是一个让人生不如死的岁月呀！

一进兵营，不，那是一个被铁丝网围得紧紧，几层宪兵把守，与警备森严的监狱几乎没有两样。

从此，文康和他的同伴开始了军人的生活。

接受严酷的训练，忍受着非人的生活。

那时，国民党退守台湾，原本就不富裕的台湾岛一夜之间增加了几百万人，要吃要喝还要住，到处乱哄哄，尤其是食品供应成了大问题。国民党政府带过去的无数黄金、白银不能迅速转化为粮食，军队也处于半饥半饱当中。

新兵营里境况更差，一锅青菜煮成的粥，铁勺从这头漂到那头，吃一大碗这样的粥，拉二泡尿就已经差不多了，繁重的强体力训练，对于一个文弱书生来说，无疑是度日如年呀。

有一次，训练结束，长官叫他和几个新兵到厨房里扛那大缸的粥，那一缸粥将近二百来斤，已经在训练场上体力耗尽又饥肠辘辘教书先生四肢发软，虚汗直冒，走没几步便一头栽倒在地。

"这一栽是小事，可那一缸粥倒在地上，水缸打破了，那漂着青菜的粥流满一地。"文康将头埋在自己的膝盖当中。显然，这段历史他不愿回首，但当感情的闸门打开之后，那感情的洪水却再也控制不住，倾泻而出。"那滚烫的粥浇在我身上，痛得我钻心。我那时神志还清楚，知道如果不打几个滚，纵使不会被烫死，也只会剩下半条命。于是……"未能说完，文康已经泣不成声。

"后来呢？"彩凤虽然自己遭遇不幸，但对文康的不幸经历却引起情感的共鸣，她的泪水也止不住往下流着。

"后来……"文康还想往下说，但流水已经挡住了眼帘。

"大哥……"彩凤已经被眼前这位不幸男人的痛苦经历震动了，她在一旁轻声地安慰着："现在一切都过去了，天无绝人之路呀。"

"嗯。"文康稳了稳自己的情绪："后来，因为我摔掉了一缸粥，让一个连的新兵没有饭吃，长官却没有将遍体鳞伤的我送去治疗，还被狠狠地鞭了几十鞭。结果被烫伤的伤口发炎，昏迷了好几天，还是周围的兄弟在新兵营四周采了一些红背子草，帮助消炎，才将水泡一个个消掉，勉强捡了一条命。"

"原来是这样。"彩凤重重地叹了一口气："那后来……"

"我知道，在那兵营我纵然不被饿死，也一定会被累死或打死。于是，在心里默默打算，一定要寻找机会逃出去，去寻找一条生路。"

"那……"彩凤整个心身都被文康的不幸遭遇占据了。看到文康在回忆往事时如此痛苦，本想再了解文康此后的事，但话到口中又咽了回去。

"大姐，我已经很久没有跟人说话了，你是好人，我全告诉你。"看到彩凤欲言又止，文康是个聪明人，便接过话题说："从那以后，我装得很老实，对长官的话言听计从，慢慢地得到了长官的信任。那是进入连队后一年的一天，长官派我上街买菜，我便利用这机会逃了出来。"说到这里文康轻轻地呼了一口气："当我将挑菜的担子往街边一扔，将军装上衣和帽子一脱夹在胳膊里，仿佛是跳出了苦海，使尽吃奶的力气，拼命往山上跑。我跑了一座山又一座山，走过了一个村庄又一个村庄。那时，我感到自己已经不是一个书生，而是一个运动健将，脚下生风。心里只有一个愿望，逃出去。到深山，到天涯海角，到没有人烟的地方去，过一个野人生活也绝对比自己现在的处境强，起码也能保住一条命啊！"

"那军队没派人抓你吗？"

"后来听说军队派人到处抓，可是我已经跑远了，而且身上还带着当天买菜的钱。这样，在后来的几天里，我吃饭便有了着落。"文康此时露出了难得的一笑。这一笑，倒笑得很开心，仿佛像一个小孩似的天真极了。

"你呀！真聪明。"彩凤不知什么原因由衷地赞美了一句。

"逃出了军队，我的日子也不好过。"文康说着："我没有身份证，也没有落脚之处。没多久，身上带的那买菜钱也花得差不多了。"难得兴奋一炷香功夫，文康的脸上又布满了愁云。

"那……"彩凤抬起头，痴痴地看着文康。

"后来，我在高雄县境内碰上一个小老板，他的工厂正缺人手，我想去做工。他把我从头到尾看了个遍，再听我那带大陆腔的闽南话似乎发现了什么。便说，你到我这做工，什么事我都有办法罩着，但工资要低一些。"文康松了一口气："因为，当时大陆抓来的壮丁有不少逃兵，一旦被抓回去便要枪毙，兴许这老板已经看透了我的身份，也兴许这老板在当地有相当的势力能罩住我，或许他抓住了我的弱点，趁机捡了一个廉价劳力。同时，那村正好有一个与我年纪相仿的人病死了，我便取代了他的身份，改名为李文康。于是，我便有了一个合法的身份。"

"噢！"彩凤若有所思地应了一声。

"我在那儿一干便是三年，工资却不如别人的三分之一。"文康为自己不幸的经历怨叹，但怨叹中有着一种向往，一种对人生美好生活的追求与自信。"瞎眼的小鸡终有一天会得到老天爷的照顾，自己命运如此不幸，总不至于总是那么背，总有一天清光出头之日。因此，咬紧牙关一天又一天，一日又一日，一年又一年地熬了过来。"

"大哥,你就在那一直干到现在吗?"

"没,没有。我在那呆了五年,虽然工资低,但总算身上有了一些积蓄,而且通过五年的接触,那老板看我知书识墨,感到一直留我在那做苦工也不合适。于是,给我一些补偿让我去重新找一份工。"

"大哥,你吃苦了。"女人心很软,听了文康一番回顾,同情地叹了一声。

"是啊!大姐。"文康有些无奈地摇了摇头:"后来,我找到一家养猪的人家,又后来找了看店铺的,也教过书。总之,什么都干过。这样一晃我过了二十年时间,人生步入了中年……"

"大陆家里的没有再联系过么?有消息吗?"同是女人,彩凤联想到自己的命运,不禁对文康那边的妻儿着急起来。

"……"提到妻儿,文康好不容易露出的笑脸又蒙上一层浓浓的阴影,他无言地低下了头,泪水也不由自主地流淌下来。

"那……"彩凤也陪着落下了泪水。

"也许已经带着孩子改嫁了,也许……"这个经历无数苦难的汉子哽咽了。

"那为什么变成这样呢?"

"……"文康也许内心在痛苦地煎熬着,也许他的整个心身还在思念自己远在海峡对岸的妻儿,把头摇成拨浪鼓,还不时地用双手敲击着脑袋。

"阿哥,别……"彩凤用手拉住文康的手,制止他敲脑袋的举动:"别说了,别想了,我们今天便说到这里好吗?"她不想再让这位苦难的阿哥再追忆往事而痛苦不堪。

"不。这二十多年我从未这样说过。既然今天已经说了,便说开去,也许内心会更舒服一些。大姐。"文康明知道自己比彩凤大许多,但闽南人总有一个习惯,对女人都以大姐称呼。大约这是对女人的一种尊重,也许是他对自己这个救命恩人的一种感激。

"我在高雄一个穷山村小学当先生,大约是早年身体搞垮了,再加上我无时无刻在思念着自己的妻儿。离家那年妻子已经二十六岁,我们的女儿三岁,儿子刚满月。现在妻子已经四十八岁,女儿二十五岁该出嫁生孩子了,儿子也二十二岁了。"似乎是一种作为丈夫对妻子的失职,一种作为父亲对儿女的失职,文康满脸愧意,痛苦难当地说:"我感到自己身体在不断地变化,每天四肢无力,手脚酸软,彻夜彻夜不能入睡,终于病倒在床上……"

"那没有人照顾你吗?"彩凤表现出焦虑和关切。

"……"文康还是一个劲地摇着头,把头摇得像拨浪鼓似的。"我病在床上,彻夜彻夜地做着梦,有时梦见我的妻子改嫁了,我的儿子、女儿饿得皮包骨头,软绵绵地躺在路边,苍蝇在他们瘦弱的身子上飞来飞去。我有愧呀!我良心受到谴责呀……"后几句话,几乎是从文康的嘴中吼出来的。

"大哥!别、别、别。这不是你的错呀。"看到文康如此痛苦,彩凤在一边帮他解脱。

"后来,那个村的家长看到我病成这样,怕将病传染给学生便把我打发了。"文康接着说:"于是,我拖着生病的身体四处走着,漫无日的地走着,我想大陆的妻儿,我想找医生医好病,有朝一日回去找妻儿,我想……"

一个人啊!总是那么无助,尽管有过幸福,有过追求。但当命运之神将你推到绝境之时,总会发出无助的呜咽,总会发出一句又一句绝望当中的企盼。文康便是这样,二十多年风风火火,度日如年何尝不想妻儿,何尝不想寻求一条平坦的人生之路。可是,命运总是那样无情地作弄他。由于他的病没有及时治疗,加上没吃没喝,餐风宿露。终于,在一场大雨浇淋下,他昏倒在路边……

等他清醒过来时,发现自己身边装着所有积蓄的那破包袱不知被哪个没良心的人偷走了。

"那可是我二十多年来所有的心血,也是我期盼有朝一日回大陆见妻儿的盘缠呀!老天爷……我发现此时除身上穿的一套破旧衣服外已经一无所有。我的努力,我二十多年的血汗,二十多年的期盼变成泡影,我的一切都化为乌有,我绝望,我已经没了任何活下去的信心和勇气。一个男人,一个父亲,不能庇护妻儿,甚至连自己的命运都把握不住,还有何脸面活在世上啊!大姐。"文康又痛哭流涕起来。

"这些天煞的,太没良心了。"彩凤在一边附和着。

"那天,我恍恍忽忽走到医院门口想进去求医,又想到自己一文不名。再想挪身,却一头栽倒不省人事……"文康最后几句话讲得很轻很轻,不知是累? 还是内心的痛苦。终于,在 一阵又 一阵的哽咽和抽泣中结束了谈话。

……

那次与文康的谈话就这样在充满伤感和痛哭的回忆当中结束了。

也是自从那次谈话,彩凤和文康以诚换心,逐步地彼此依恋。不久,这对苦难的男女走到一块,建立了一个新的家庭。

文康比彩凤大二十岁。

那时静娴才两岁。不久,文康和彩凤有了一个儿子,取名荣生,尽管如此,他的内心却无时无刻不在想念大陆的妻儿。

现在荣生还在台湾念大学四年级。

第六章

文康阿哥

第七章

青春畅想

阿辉紧赶慢赶,但返回家中时已经过了晚上十二点。

推开家门,走进那没有一点家的生气的屋子,竟让这位刚成年的小伙子大开眼界。也许是主人从来没有这么迟回来过,为那些老鼠兄弟留下了广阔的生存空间和充足的时间。一群老鼠上窜下跳,叽叽喳喳,追逐嬉戏,仿佛这家里它们才是正宗的主人,而阿辉不过是匆匆的过客。

一个晚上的折腾,再加上一路上几乎是跑步归来,阿辉身上又是尘土,又是大汗。那汗顺着脸颊往下流淌着,形成纵横交错的浊流小溪。

明早七点前还得赶到离家四公里远的工厂上班,晚上留给自己休息的时间不会很久,阿辉没有心思再思考着怎么办,快步走到院子里的井水边,脱下身上那尘土和汗水交织的衣服,熟练地提起一桶井水,举过头顶一泻而下。

井水非常凉,从头浇下,一股前所未有的畅快油然而生,一天的疲劳似乎被驱赶得烟消云散,浑身上下一身轻松。

刚才仓促间没有来得及进屋取毛巾,他用手使劲捋了一下头上的水珠,再全身猛烈地抖动了一下,嘴巴也不由自主地发出"哈"的一声,仿佛是武林中人在发功、在运力,水珠噼哩叭啦掉落在地上,洒落在干涸的地面上。

他有些得意，有些惬意。

忙乎了一个晚上，做了一件善事，多积了一次阴德，这对于父母长期传统教育的阿辉有了心理的满足，有了成就感。

换了一套干净的衣服，阿辉想赶快进入梦乡，以养足精神迎接第二天紧张的工作。然而，不知是刚才那几桶凉水冲洗的缘故，还是一个晚上的经历，此时的脑子却异常清醒起来，一幕又一幕经历的事情在眼前浮现……

"静娴……"阿辉的嘴巴嚅了又嚅，尽管没有发出声响，却在内心里念叨着这个陌生而又熟悉的女孩的名字。

从出生开始，伴随自己成长的只有父爱，没有母爱，更没有任何接触女性的丝毫感觉。往日虽然在路上，在田间，在厂房里偶有几个女性身影，自己却从来没有去正面看过。偶尔看了也没有丝毫的感觉。因为，在自己的心中她们与父亲，与周围的男性朋友、同事相比，除外形有别以后，便没有任何差异。可是，今天晚上自己如此近距离地，如此长时间地与一个女孩单独在一起，从内心深处却有着一种说不清楚，却又感到某些特殊和异样的感觉。

这感觉是喜欢？是一种欣赏？还是一种……真说不清一个所以然来。但有一点阿辉很清楚。家，如果想建立一个家，没有女人，是不完整的。小时候，自己家里只有一个阿爸，这个老男人，外加自己这个小男人。家里一片混乱，桌子、灶台黑乎乎的；衣服破了，脏了，没有人洗，没有人补。一切都过得那么勉强，一切都是那样的杂乱无章。

现在，阿爸走了三年多，自己没有变化，这个家没有变化。要说变化便是那老鼠更多了，鼠祖辈，父辈，子辈，孙辈数代同堂，在这里快乐地生活着。要说有变化，那便是这家更乱、更肮脏了……

要有一个象样的家，必须有老婆；

要娶一房老婆，首先要有钱；

要有钱，必须有自己的一番事业。

也许是阿辉突然发现自己已经长大成人，也许是因为今晚近距离地接触了那叫静娴的女孩，他对世界的认识，对女人的认识在变，他的诉求在变，他的人生追求与定位也发生了变化。

第七章　青春畅想

七思八想，阿辉的睡意早已无影无踪，这是人生十八年来第一次失眠。阿辉在床上反复翻身，不停地叹气。现在，他才感到这躺在床上睡不着，比干一天活还累，比一整天蹲在地上冒着酷暑握着焊枪，电弧光在眼前飞舞还累一百倍。

孤身一人；

空荡荡的家；

父亲临终前那紧紧攥住自己的手……

让阿辉再也躺不着了，再也躺不安稳了。

"索性起床吧。"他默默地想着，于是下了决心，干脆一个鲤鱼打挺翻身起床，"叭"的一声拉了一把床头的开关，然后走出房门，又接着拉亮了厅堂的电灯。

厅堂灯还是父亲在世时安装的。

这盏15瓦的灯亮了，正在嬉闹的鼠辈都四处逃去。

阿辉似乎有一种侧隐之心，自己睡不着却弄得鼠家也不得安宁。

可是，心里一产生这样的念头，却又摇了摇头哑然失笑。

厅堂里的灯被蜘蛛网遮得严严实实，原本就亮度不够，照在地上，更显得昏黄昏黄。他没有心思再去观察，只是痴痴地站在厅堂的神龛前，看着那几年来寄托父亲思念，寄托无限未来的精神支柱。

那里有父亲生前手写并张贴在那儿的列祖列宗的名字。那年代条件限制，所有祖辈包括未曾谋面的母亲都没有留下一张照片。唯有父亲在临终前两个月正好有一个走乡村的照相师给父亲照了一张相。

这是父亲一生唯一的一次照像，现在成了遗像嵌在那里，让自己每当思念他老人家时有了一种念想，能够随时再瞻仰他那熟悉而慈祥的面庞……

此时此刻，在这灯光下，阿辉仿佛感到那神龛里的父亲显得更加消瘦，脸颊上的皱纹横七竖八，脖子上松驰的皮肤搭拉着往下垂，他脖子上的那硕大的喉结更大，喉结旁边两条筋又粗又硬地竖立着。唯独那眼神栩栩如生，仿佛对自己刚刚成年的孩子充满期待，充满希望……

"阿爸……"此情此景让很少动情的阿辉喉咙里似乎被一团麻塞得紧紧的，他轻轻地呼唤着阿爸，鼻子一酸，泪水潸潸而下。

阿辉就这样在思念着远逝的父亲，他将脚步放得很轻很轻，走到神龛前小心翼翼地伸手摸了摸父亲去逝前交代的掷筊，那是回到祖籍地面见长辈的信物，是来台始祖世代遗传的遗物，更是自父亲去逝之后，让自己发奋打拼不竭的动力源泉。它，时时警醒自己，牢记祖训，让远逝的父亲安息。

屋外的鸡报晓了。

一声，二声，三声。

接着周边村子里所有的鸡都一起鸣叫起来。

阿辉转身看看屋外，那东边已经泛白，一种倦意袭来，他感到眼皮难以睁开，便顺势坐在门坎上，头靠着门框，竟迷迷糊糊地睡着了……

再说静娴喊了一声"妈"，当母亲彩凤欣喜若狂地打开房门迎接女儿时，却看见女儿一身尘土，一瘸一拐地走近面前；再一看几步路远有一个男孩的身影匆匆离去，心里"咯噔"直跳，"莫非……"作母亲的生怕自己的女儿重蹈自己年轻时的覆辙，顿时生气地问："那男人是谁？"

"哦……"母亲的质问让姑娘蓦然想起一个晚上帮自己大忙的恩人，自己连名字还没有问人家哟。于是，迅速转过身对着夜色追问了一句："喂，你叫什么名字？"

"……"黑影没有回答，阿哥没有回音，只是他那步子迈得更快。不一会儿，便消失在夜色当中。

"你叫什么？那是我的恩人哪。"女儿埋怨母亲，女儿在母亲跟前娇惯了，话中带着刺。

"什么恩人呀？出去这么久，这么晚才回来。"母亲并没有因女儿的责怪而放过这件事，她对消失在夜色当中的男人仍然耿耿于怀。

"我摔伤了，倒在地上。这个路过的阿哥素不相识，硬是这么推着车把我送回来……"静娴被母亲的话问得有些生气，重重地呛了母亲一句。

"那……那还不向人家道一个谢？"母亲感到有些鲁莽，口气变软了。

"道什么谢，我连人家的名字都还不知道，你去谢，谢什么？"女儿真生气了，瘸着脚推着脚踏车吃力地往家里的院子走，每走一步那脚都隐隐作痛。

"……"母亲觉得自己理亏，默不作声在女儿背后搭了一把手，让静娴将脚踏车支在院子里。

父亲的病原本也不太重,只是年过六十,身体虚弱,服了女儿带回的西药,又外加刚熬好的热腾腾的中药,更重要的是看到女儿长大了,又孝顺。你看,为了给自己买药不但摔得像泥猴一样,还扭伤了脚,满心欢喜又有些过意不去。

老人大抵都这样,心情好,病情也缓和了许多。

尽管夜已深了,但老俩口看到女儿平安回来,心情都不错。"阿爸、阿妈……"静娴洗完了澡,走进了客厅。

洗去了一身泥尘,穿着素色碎花布做的睡衣,留着一头披肩长发。也许洗澡时匆匆忙忙,那残存的水珠从那乌发中不停地往下滴淌着,犹如瀑布一般。她一边用浴巾不停地吸着水珠,一边笑眯眯地走近端坐厅堂的父母。

"哼……"看到眼前亭亭玉立,如花似玉的女儿,母亲故意从鼻子里"哼"了一声,装着故意不理睬的样子。

"下午我到镇子时,听到一帮人在讨论一个话题,非常感兴趣。"女儿知道母亲,一定还在为刚才那傻小子不辞而别犯嘀咕,母亲的这番神态并没有影响她表明自己观点的情绪,仍然带着兴奋的心情说:"现在,人家都在讲文化,讲文化创意,文化创意能够将商品提高价值。"

"文化?"母亲反问了一句,仍然有些不屑一顾,山上种梅与文化有什么关系呀,彩凤有些不以为然。

"于是,我骑车回来的路上边骑边思考,想出了一个好主意,包你们赚大钱。"话说到这里,静娴脸上泛着红光。可是,话到这里却瞬间换上神秘的表情,让话戛然而止。

"凭你?"母亲知道自己的女儿,尽管刚从台南科技大学毕业,但鬼主意特别多,也爱折腾。但对出自她口的包赚钱的话,却还带着许多怀疑。

"对呀!"女儿回话,好像不容置疑。

"别被风吹走了。"母亲泼了一盆凉水。

"嘿,嘿……"父亲了解这对母女,平时关系好得不得了,可拌嘴、抬杠却又是家常便饭。每当这个时候,他总是耍滑头,总以"嘿,嘿……"两个简单音符表明自己态度,却从来不掺乎。

"阿爸，你也不相信么？"看到父亲又想当和事佬，静娴不放手。

"嘿，嘿……"父亲仍然故伎重演。

"一个没文化，一个和事佬，没原则，是非不分。"静娴多少有些失望。因为，一路上为思考这个问题，不留神才扭伤了脚，付出了那么大的代价。现在，还欠那不知名的傻小子的一份人情。原想回到家里提一个建议会得到父母的大力支持，想不到母亲没兴趣，父亲不冷不热，多少有些生气。

"有话说，有屁……"母亲心细，早已洞察此时女儿的内心，想激怒她。但那不文明话到了嘴边被文康使了一个眼色，便抿了抿嘴不再作声。

"这种态度虽然恶劣了一些，但我还能忍受。"一家人斗斗嘴是常事，也是一种乐趣，每次斗嘴时针尖对麦芒，过后又打打闹闹，这母女间呀，让人感到不解，又让人感到妒忌。静娴是一个急性子，跟她母亲一样心里留不得半点事，虽然被母亲呛了几句，看到父母脸色发生了微妙的变化，心里的不快早已烟消云散，此时巴不得将自己一个晚上思考的主意和盘托出。因此便不再卖关子，直截了当地说："阿妈，阿爸，家里不是还有一大笔积蓄吗？"

"尽出馊主意。"母亲很想听女儿的主意，却不冷不热嘣了一句。

"我想，"静娴不再与母亲搭话，只是用眼神瞟了一下，接着说："我们梅山一年生产几十万斤的梅子，以往粗加工，附加值不多。如果用现代的配方加工粉碎，加上一些配料和祖传秘方，制作梅丸。同时……"

静娴了解这个家的经济现状，更了解父母亲，这几年尽管梅子卖不出好价钱，但日积月累已有相当一笔积蓄。那么，这些积蓄放在银行是死钱，如果用于投资，再加上用文化来包装，就将获取巨大的回报。钱生钱，利滚利，这个家便能迅速发达。

彩凤和文康沉下心，正在听女儿叽叽喳喳，快言快语地表达她的赚钱好主意，却突然没了声音。抬头一看静娴正端着一大杯冰冻的梅山茶咕噜、咕噜地喝着，而且喝得非常惬意。

"哦，怎么不说了？"正在引起兴趣的母亲猛然发现静娴没了声音，却专心致志地喝着梅草茶，却有些着急。

"想听了？"静娴反问母亲。

"嘿，嘿，嘿！"父亲在一边直乐。

"既然想听，我便随便说一说。"看见母亲急不可待，静娴有些得意。放下茶杯拉长声音："我们在梅山建一座土地公庙。土地公不是福德神吗？好，我们将梅丸的商标注册成'福德·梅丸'，你们说，土地公香火一旺，每个人来拜土地公的不要多，一人带一包，那算什么吧？"

"嗯……"父亲似乎将静娴的话听进去了，他的头在不时地点着。这个女儿每天疯疯颠颠，倒还有一点主意，"可是……"父亲发话了。

"可是什么？"父亲平时很少吭声，他开口一定有重要观点。因此，父亲一张口，静娴反应非常灵敏，一下便着急起来，她生怕父亲对她的建议持否决的态度。

"你知道吧，这土地公上祖传下来是我们平民百姓的保护神。你知道吗，天底下所有有华人的地方便有土地庙，这是中华文化的一个最重要的信仰。可是，你看过没有，凡是有土地庙的地方全部都是四块砖或者石头砌的，左一块，右一块，背一块，当瓦一块。连祭拜土地公也是煎两个蛋、几块年糕，就要是体现我们的诚心。哪有花钱盖大的土地庙的？"

"这你们就老土了吧。"父亲所说的情况静娴也了解过，她了解父亲做事都是有规有矩，从不跨越雷池半步。这种事情一定要将道理讲清楚，讲明白。于是，换上一种温柔的口气，撒娇地靠近父亲："阿爸，现在是什么时候了，你这种说法还是宋朝、明朝的观念。现在是什么时候？现在是二十世纪八十年代了，社会在发展、在进步，以前男人留辫子，现在还留吗？以前人们住茅草屋，现在还住吗？"

"……"两位老人气短了，不再吭声。

"既然社会在发展了，生活形态在变化了，那么以前的穷人现在都变成富人了，我们也要改善一下保护神的居住条件、生活条件。投资一笔钱，建一幢体面的土地庙让土地公住一住。你不是说感恩吗？土地公保佑穷人几十年，几百年了，为什么我们过上好日子了，还不懂得去感恩呢？"这女儿没大没小，见父亲不吭声，便趁机说起来。

"道理上说得通。"父亲终于首肯了。

"就是，还是阿爸跟得上形势。"静娴看见阿爸点头，知道事情成功已经十有八九。在家里平时父亲总是和稀泥，当和事佬。但一旦点头，母亲是绝不会打横炮的，这一点既是闽南人祖传的习惯，也是台南人家的传统美德，女人对丈夫是百依百顺的。

"一个人一包？"母亲虽然听进去了，但仍不放心。

"日积月累，我们的'福德梅丸'便谐音成'福德没完'。"静娴见父母已经完全进入了自己的思路当中。"谁不愿意家里福德没完，谁不希望自己的朋友福德没完。图个吉利，而且实惠。"

"有道理，我们家看来要发了。"父亲着实兴奋起来了，他敏捷地从太师椅上站了起来，那病也似乎痊愈了。

"别急，要想发，请出血。"静娴调皮地作了一个拿钱的样子。

"要多少？"母亲似乎在迟疑，家里积蓄可是自己几乎一生的积蓄。

"不知道。"女儿寸步不让。

"过份。"母亲与女儿又抬扛起来了。

"我哪知道呀。"静娴感到有些冤，忙作辩解说："你们如果同意，我还得请人对土地庙进行规划、设计、预算。不要这么没文化好不好。"

一家人又逗又闹，不知不觉已经深夜，彩凤打了一个哈欠，毕竟人老了，容易犯困，再看看文康身体又不好，便手一挥："别吵了，先休息。"她的话音刚落，屋外的鸡已经报晓了。

"几更了？"文康问了一声。

"谁知道，都被这家伙吵得头昏脑胀了。"彩凤伴装生气。

"谁吵你了。"静娴又想抬扛了。"别睡，还有一件事要讲清楚。"于是，她将自己一路回来如何思考问题，如何摔伤，又如何被素不相识的人送回来讲了一遍。末了有点愤愤不平地说："阿爸，我被一个素不相识的好人救了，他可是恩人哪。现在连名字都不了解，感谢就别提了。阿妈还那七猜八猜的，你说我冤不冤呀。"

"他推你走这么远的夜路，你连名字都没问吗？"父亲也感到不解。

"你不知道，那是一个闷葫芦，傻小子，一路上一句话都不说，当时我还以

第七章

青春畅想

065

为他是哑巴。后来我又摔倒了，他才吭了一声，像犯了一个大错似的……"说完自己都"咯、咯、咯"地笑出声来。

"说的是，这个年代，这样的好人不多了。知恩图报，这恩一定要报，要不叫你妈明天去访一访，我们这儿就这么几户人家，找着了，上门道个谢！"说完要起身入卧室。

"可是既不知人家的名字，也没看清人家的长相呀，怎么访？怎么认呀？"静娴真着急起来了。

"连面也未认清？"母亲有点不信。

"是啊！天那么黑，我还能贴着脸去看人家吗？"这静娴一点也不静，干脆取一个闹娴好了，亏他父亲以前取了这么一个文绉绉的名字。

"……"听了这话，屋里的三个人都面面相觑。

机遇难寻

星稀月落，万籁俱寂，山村已经沉浸在静静的休息之中。

唯有几头看家的狗偶尔传出了叫唤声。

忙了一天，

累了一夜，

阿辉在追忆往事，思念父亲，谋划未来的思绪当中越来越困倦，那靠在门槛上的身子越来越没有精力支撑着，终于迷迷糊糊地睡着了。

人，总是这样，虽然经历了苦难，但如没有确定自己的人生定位，没有核心诉求，那么纵使生活再困难，日子过得再清贫，总会带着些许满足感，带着某种成就感。可是，当有了奋斗目标，有了长期愿景，近期目标，那便会产生动力，产生危机，从而，孜孜以求地为实现这个目标而去拼搏，去努力。

人虽然在困倦中睡了，但阿辉的大脑皮层却异常兴奋，他的脑子死死记住那神龛里黑油纸包着的神秘的"掷筊"，那是父亲临终前的嘱托，那是林家在台开荒祖列祖列宗的期盼。现在，这个刚成年的小伙子，头枕在门槛上，睡得很深很深，他的身子蜷缩一团，仿佛是在累积智慧，累积能量，这种智慧和能量的累积，催他成长，给他助推力。正在这种过程中，阿辉感到自己的责任感增强了，危机感也增强了。不知怎的，眼眶里不时地流淌着清清的泪花。

"咯、咯、咯……"不知谁家的鸡受到惊吓，腾空而飞，跃过围墙，不近不远落在门前，落在阿辉脑袋枕着的门槛不远处。那掀起的风尘，那惊叫声，把这小伙子吓了一跳。

他的美梦彻底地被打断了。

当他睁开眼睛向四周一看，连脸也吓得变了色。

那太阳已经升得很高，周围的叔叔伯伯早已在田间干活，在挥汗如雨地收割着水稻。

脚踏打谷机的欢叫声，带着新刈稻草的芬芳从空气中飘散开来，给人以一种独有的清新芳香。

"糟糕，我睡着了，睡过头了。"往日这个时刻自己已经赶到上班的工厂，工作少说也一两炷香的功夫了。可是今天自己还睡在这里。没有洗漱吃饭暂且不说，还得赶二公里多的路呀。阿辉慌忙不迭，用力拍打着自己的脑袋，嘴里自言自语地骂道："死了！死了！"

阿辉的老板也是他的师傅，那绝对是一等一的生意人，抠得很，对徒弟非常严格。自己虽然出师，虽然已经正式工作，可这师傅仍然将自己当徒弟看。每天盯自己像盯小偷一样，每天的工作时间、工作量都有严格规定和考核标准。完不成工作量扣工资，揪耳朵是家常便饭，讲实话，见到师傅一家，阿辉比老鼠见到猫还害怕。前几天，阿辉正在焊一件配件，听到几个师傅在议论，听说最近师傅一连接了几摊活，可是工厂的制作和加工能力有限，丢掉订单舍不得，揽下来这几笔业务吃不下，真让那老头子坐卧不宁，几天下来掉了不少肉。

阿辉虽然没有上过一天正规学堂，但却持之以恒上了好几年的技工夜校，加上心灵手巧，在电焊和配件制作上是厂里数一数二的，在这节骨眼上迟到，而且迟到这么久，肯定死定了。

因为师傅像幽灵一样每天都在工厂里转悠，每天第一个到厂门口，最后一个关厂门。自己迟到还能逃得过吗？

阿辉边跑边想，没跑多久便气喘如牛，大汗淋漓。

"兴许师傅上厕所时，我刚好进入工厂……"阿辉很有一点侥幸的心理，他一直在思考碰到师傅如何摆脱困境。

二公里多的路是怎么跑过来的，已经没有多少记忆。

二公里多的路快走完了，却没有思考出丝毫应对之策。

"夭寿。"正在埋头跑步，又苦于思考不出对策的阿辉突然将脚步收住。他看见那铁皮搭盖的工厂门前，师傅正将双手背在后面，来回地踱着步，犹如一头热窝上的蚂蚁。

"妈呀！"阿辉想躲一躲再想办法进入车间。

可是，人总是那么倒霉，阿辉越想躲师傅，好像师傅是专门在厂门口等候他似的，转过身，正将阿辉看个真真切切。

"阿辉。"师傅开口叫了一声。不过，这叫并不像以前那样凶狠，似乎还带着某种信任和期待。

"师傅……"阿辉心里暗暗叫苦，"老天爷，越是怕鬼叫，偏偏碰上鬼。"这是乡下一句口头语，他对自己今天遇到的厄运已经没了应对的办法和主意，只好硬着头皮往上靠。

"今天怎么这么迟才上班呀？昨天晚上偷抓鸡了？"师傅的话带着一种威严，又带着一种诙谐，这是自认识他以来，从来不曾有过的怪事。

"没，师傅，我昨晚突然肚子痛。"仓促之间，阿辉撒了一个谎。长那么大，这是第一次谎，话音刚落，他自己"刷"的一下满脸通红。

"吃药了没有？夏天肚子痛，那田坎边长着的鱼腥草抓一把冲冷开水嚼下去，准好。"师傅显得很关心。

"没事，已经不怎么痛了。"阿辉心更慌了，不知这师傅还要追问什么。

"阿辉，我给你讲一个事。"看到阿辉说谎，自然逃不过师傅这个见多识广的老码头，他不再追问，却换了一个话题："你跟我四年多了，技术在厂里也算不错。我想，徒弟学成应该有自己的事业。因此，我想成全你，也不知道你能不能成器……"在踱步的师傅突然停下脚步，用眼睛久久地盯着阿辉，那目光在阿辉身上停留了许久，好像要千方百计从这个徒弟身上找到某些破绽，然后采取某些严厉措施似的。

"我……"阿辉见师傅平时少见的举动，感到十分反常，内心在打鼓，声音

发颤地应着。

"对! 是你。"师傅手指一点,"你是不是日思夜想办一个自己的工厂。"

"嗯!"阿辉是一个老实人,很直爽地点了点头,马上又觉得不妥,又摇了摇头更正:"我只有几千块钱存款,除此之外一无所有,哪有本事办工厂呀?师傅。"

"有啊! 你家房了旁不是有几亩宅基地吗,可以搭个铁皮厂房,我这里已对外签定了那么多加工合同,分一半给你做。要发财,我们师徒一起发。"师傅终于和盘托出了自己的打算。

吃不准师傅的心思,阿辉心里没底,他摇了摇头。可是,心里却激烈地盘算开了。心想,如果师傅是真心,那可是肚饥碰上大地瓜呀! 如果承接那安全门的加工活,只要有一架角钢切割机和电焊机,请几个帮手,便可办一间工厂,岂不是天上掉下的馅饼?

反正,师傅工厂这活平时都是自己干,那十几个兄弟也是自己带的。兴许是师傅那车间拥挤,签了一单大活,工钱更多,便将这工资比较低,技术含量少的活转给自己吧!

如果真是如此,何不大胆接下来?

"怎么样? 我们师徒商量一下?"看到阿辉犹豫不决,做师傅的早已看穿了徒弟的心思,他用少有的口吻跟阿辉说。说真的,只要将这批活转给阿辉,他的车间便可将人力、物力转入另一项活来干,自己还可从阿辉这批活当中提一些利润,可谓是坐享其成,又能捡个好名声。

岂不是两全其美呀!

也许这是一个机遇,也许这是阿辉人生经历的一个拐点。一个十八岁刚成年的孤儿,反正天不怕地不怕,加上昨天晚上一宿未眠确立了人生奋斗的目标。此时,阿辉被师傅一说,竟然点了头,做出了人生第一个果断的抉择。

将自己屋子周边的宅基地整理好以后,搭一间铁皮工厂,加工承接师傅签定的两个新建小区所有的入户防盗门业务。

"师傅,你要我接这个活,能否支持我,帮我解决几个困难?"走进师傅的办公室,阿辉开口了。

"说，只要我能解决的。"师傅很果断。

"你知道，我除几千元的积蓄外，别无所有。而这笔钱用来搭铁皮厂房还差一些。"阿辉想，事到如今应该将困难向师傅直说，一日为师，终生为父嘛！

师傅点了点头。

"办工厂加工防盗门，最起码要有一台角钢切割机，一台电焊机。你能不能先垫付，以后用加工费抵扣。"想了一会，阿辉嚅了嚅嘴巴，鼓足勇气又补充了一句："外加利息。"

"可以，我写一份合同定下来，亲兄弟明算账。"师傅下了决心。

"好，师傅你怎么写，我怎么签便是了。"单纯得如一汪清水的阿辉，感到命运之神如此关照自己，看着眼前的师傅变得如此和蔼可亲，差点跪下身子纳头便拜。是啊！如果今天的谈话变为现实，明天去注册一家公司，自己将实现当老板的愿望，这对于一个孤儿，一个刚成年的小伙子，无疑是人生的一个飞跃！

想到这里，他的眼眶湿润了。

一切都没有预兆。

一切又来的那么顺利。

以致让人难以意料，难以置信。

只经过半个多月，阿辉的工厂铁皮厂房基本盖完了。

自己没有多少文化，也想不出更有文采的名称，他把工厂的名称取为福德大发铁件加工厂。福德，寄意于父亲对祖籍地土地公保佑的祈祷。大发，寄托着自己的期盼。

师傅倒是很有诚信，工厂铁皮厂房刚盖好，第二天，派人送来一台角钢切割机和一台电焊机。不过，是旧的，是以前自己在那干活时用过的。

一切就绪，工友们已经四周张罗。这些兄弟都是多年的工友，平时志向相投，对自己也十分尊重，看到他们忙里忙外，阿辉有着说不尽的欣慰。他在厂房四周走了又走，看了又看，似乎还缺少一样东西。可是，思来想去，又找不到什么。于是，索性坐在地上，想稍稍休息一下。

"阿辉！"正当阿辉屁股刚着地，身边响起了阿林的声音。这是他的发小，一块儿长大。只是阿林的命运远比阿辉幸运的多，父母双全，家境也不错，读完了中学，只是顽皮没有考上大学。听到自己少年同伴要办工厂，便仗义前来投靠，加上这兄弟思维敏捷，这工厂建设的筹备工作大多由他担当，半个月被太阳晒得像一尊铁塔一样黑乎乎的。

"阿林，辛苦了。"阿辉看着小兄弟，他的眼中充满着感激。阿林的身后，跟着一个小伙子长的则与阿林相反，白白净净，文文静静，如不了解，还以为是一个姑娘。他叫阿文，现在负责工厂的行政事务和喷漆等工序的工作。

总之，这福德大发铁件加工厂的组织者和领导者就这三位十八九岁的小后生，而且以年岁最小的阿辉为首。

"阿辉，我觉得作为工厂还有一件事情没有做。"阿文说。

"工厂有厂名，还得要挂厂牌。你看，你师傅那工厂'荣昌铁件制品有限公司'，一个字三四尺大，挂在那儿多醒目，多生财啊！"阿林对阿文观点作了补充。

"是啊！"阿辉应了一声算是对同伴建议的认可。可是，他却更清楚自己是一个白手起家的人，大几千元的积蓄已经在这一段时间变成了厂房和设施。尽管原材料由师傅那里全额配给，设备也送了两台。可是，作为一间铁件加工厂，边边角角还要支付许多看不见的钱，而此时自己身上只剩下维持吃饭的钱了。

"那我去定制一块厂牌吧，虽然不可能像荣昌那么大的字，请镇上老秀才写上字，制作一块牌还是需要的。"阿林建议说。

"……"阿辉摇了摇头，"我何尝不想啊！昨天自己曾打听了一下，写那厂名几个字要二十元红包钱，再制牌要三十元钱。五十元钱，对真正的老板不足半餐的请客钱，而自己却有心无力啊！"他转过身看了看自己的朋友："阿文，你的字写的不错，要不去镇上买一瓶红漆，你写一个牌子好吗？"

"我写字牌？"阿文听了以后不敢相信，自己哪儿是这块料呀！写一个字一只手在天上，一只脚在地上，像鸡踩的一样，怎么去见人。

"对！就这么定了。牌子就是让人了解这是一间什么厂便是了。先凑合，等到以后我们有钱了，赚到了再换一块。但再有钱，再换牌，也不能超过师傅的。"小伙子显得非常深沉，非常成熟。他既为自己目前的困难而深感巨大的压力，又考

掷芟情缘

虑师傅给自己的扶持和帮助。思来想去，他感到走好人生道路的艰辛，感到要成就一件大事所面临的巨大压力。

要走向人生的成功，既要有贵人的相助，还要自己的内在努力，善于把握各种有利条件，处理各种不利因素。阿辉似乎开始学会了思索，感到还缺少的东西不是牌子，他挠着头，看着同伴，想从他们那里寻找答案。

"怎么啦？"阿林看着阿辉的神态有些不解。

"工厂该准备的事基本准备了，但我始终觉得还有一件十分重要的事忘了。"阿辉站起来走了几圈，突然，兴奋异常地说："对了，我要在厂门口供奉一座土地公，我们穷人办厂更需要土地公的保佑，这也是我阿爸以及上祖的嘱咐……"

第八章

机遇难寻

这边阿辉忙成一团，半个多月几乎东西不辨。

那边师傅却似乎减轻了巨大的压力。前一段时间，这个叫阿庚的师傅仗着丰富的人脉和多年开厂的经验，了解到国际市场上正将电热管产品搞得热气腾腾。于是，灵机一动与日本一家南芝株式会社签定了一份试制电热管产品的来料加工合同。

如果能试制成功，一个电热管足有二十多元的加工费。这东西工艺不复杂，比起加工一扇防盗门才得到不足十块钱的加工费要好几倍。更重要的是，人家给予技术指导，给设备，给原材料。在台南乡下人工便宜，按照合同规定加工数量又大，如能顺利实现，不足几年肯定盆满钵满。

合同是签了。但厂房成了问题，而且原来与一个房地产开发商签定的加工防盗门的合同就无法完成了。左思右想，能够承担这一任务的非阿辉莫属。况且这小子虽年轻，毕竟是自己一手教出来的，技术没问题，信用没问题，一推了之，自己省心多了。

现在，一切基本就绪，阿庚很有一种如释负重的成功感。

送了两台旧的设备，

卸了一个大包袱。

"啾，啾……"阿庚此时此刻，在茶壶里塞满了上好的阿里山铁观音，倒上开水，立马一缕浓郁的芬芳从那牛眼大的紫砂茶壶里涌了出来，诱得他口水直流。

"好茶，好茶。"包袱卸了，一个人顿时觉得轻松起来，老阿庚自言自语。讲实话，自生活了将近六十年，省吃俭用，精打细算，总算支撑起一片家业。这足以让自己在十里八乡当中有头有脸。现在唯一的心病，就是自己那宝贝儿子都已经二十一岁了，书不肯读，力不肯出，生不生，旦不旦，高中还没毕业便懒在家，整天游手好闲。这真成了自己的一块心病。你看人家阿辉，孤儿家一个，面朝天一只嘴巴，翻过来二个光屁蛋。可这桩这么大的活他硬生生便接了过去。

可惜呀！可惜他是徒弟。要是儿子，有自己这棵大树支撑，不出几年一定大发。

穷不过三代，富也不过三代呀！老阿庚此时此刻内心深处产生了莫名的凄凉，嘴里都难以控制地发出一阵阵的叹息。

屋外很安静，在乡下不到晚上九点钟庄户人家便进入房间歇息了。

没有文化娱乐，没有串门的邻居。

连老太婆也早早上床歇息了。

"防盗门是交给阿辉去制作了，可是那电热管的试制自己却少了一个得心应手的帮手。"高兴了一阵，老阿庚又担心明日之后不知会碰到什么困难。"一个行将花甲的老人，黄土都埋到脖子上了，还拼死拼活，可是那败家子躲在哪里都不知道。真是皇帝不急，太监急死呀。"老阿庚越想越气愤，他的头不时地往屋外张望，耳朵也极力竖起来，有没有汽车马达的声音。

"砰……砰……"突然，一种大排气量的轿车声由远及近向家传来。

"少爷回来了。"老阿庚忧愁之中，还略带一丝诙谐与幽默。

"嘎……"一声汽车的紧急刹车声，片刻"少爷"回来了。这是一个长得挺帅的小伙子，留着长发，不知是上了发胶还是上了护发油，那头发在灯光的映衬下发着亮光。一进门，那少爷便嘻皮笑脸地叫道："阿爸，你呀，真是老手，将一大块咸鱼骨头，那么轻而易举地扔给了阿辉，自己又另攀高枝。老姜，老姜。"

儿子一进门，便笑容可掬地一个劲给老阿庚嘴边抹蜜。不难看出，这少爷对老爸的这一切都十分敬仰，甚至佩服得五体投地。

"你懂个屁。如果你能像阿辉那样吃苦耐劳，还要我花这么大的心思吗？亏人家还比你小三岁。真是没出息。"父亲对儿子真有点恨铁不成钢。

"阿爸，我不是在做市场调查吗？你怎么把我和阿辉相提并论呢？我是读书人。读书人赚轻松钱，赚大钱。阿辉呢，文盲一个，只能赚臭汗钱，赚小钱。"

"凭你游手好闲？"老阿庚没有好口气。

"又老土了不是，我是机会没有到，运气还没来。"儿子还是一副油腔滑调，一种玩世不恭的样子。

"哼。"老阿庚懒得理他，将眼睛眯了一眯，索性躺在藤沙发上旁若无人地继续品尝他那紫砂壶里的阿里山铁观音。因为，此生他不抽烟，不喝酒。最大的喜好便是喝一壶铁观音，尤其是以阿里山的云雾茶最中意，喜也好，愁也好，总是抱着那小紫砂壶自我享受，思考人生的应对之策。

人老了，也应该将世间一切都看破，生养了这个不中用的儿子，下半辈子再老还得靠自己这双老手去创家业，这少爷是指望不上了。

赚钱也像舞台。舞人一旦穿上红舞鞋，再苦再累还得跳下去。老阿庚每每看到自己的儿子阿福，也每每撒手不再玩这条老命。但人要面子，面子比什么都值钱。今天有了这身价，这地位，只有硬着头皮继续往前走。阿福不争气，自己年迈体弱，身体每况日下，困难却日益增加，却要事必躬亲，天天面对。

"这可是人生的悲哀啊。"老阿庚想到这里，很是伤感。

第八章

机遇难寻

第九章

冬天没有收成

台南的冬天非常的冷。

今年的冬天比往年更冷。往年很少凝霜，今年却反常得不得了，一天接一天，足足结了十几天的冰，当从师傅那转手的那笔合同完工，顺利交付给业主的时候，阿辉被前所未有的压力和繁重的体力活压得几乎窒息，健壮的身体足足瘦了两圈，体重也减了二十斤，走起路来也似乎有点晃。

一觉醒来，人倒轻松了不少。当推开房门，脚踩在门外的冰碴子上的时候，这凛冽的寒风扑面而来，他感到一种莫名的轻松。怪不得有人说，人累，不在于体力，而在于内心。心累比什么都累，心里的压力超乎体力的一百倍，一千倍。

阿辉已经一个多月没有跟师傅联系了。每次交货也只有以师傅公司的名义去交货。现在，师傅交货的合同兑现了，他想去看一看师傅。一来给师傅道个谢。这一单合同累计加工费应该有十二万元左右，扣除工人工资和电费，外加两台设备款，自己应该还有几万元纯收入，这是自己赚到的第一桶金。滴水之恩，涌泉相报，应该向师傅道一个谢，应该有一个感恩的心。二来，这一单完了，自己在厂房也投入不少，而且还培养了一批熟练工人，看看师傅还能不能再给一个单的业务，不然下一步便没米下锅了，只能干着急。自己势单力薄，不仰仗师傅是断然不成的。

人生第一次事业成功的喜悦，给这个刚成年的小伙子以极大的自信心，他是一个知恩图报的人，尽管自己刚刚踏上创业的艰辛道路，经济的拮据，时时让自己捉襟见肘。但穷归穷，要穷在自己家里，但要见师傅，走出家门，穷家不穷路。翻箱倒柜，摸遍了每件衣服的口袋，终于凑足了三四十元钱，想先去便利店给师傅带上伴手礼，尽一份徒弟的孝心。

屋外的太阳升起来了。

那温暖的光线照射在房前屋后晶莹剔透的冰碴子上，折射出五彩缤纷的斑斓，让人感到一种前所未有的兴奋，感到身上每一根神经末梢都那么轻松。

没有错，这几个月起早贪黑，天一亮便扎进车间，连看一看周边的时间都没有。这满脑子都是活，一天到晚身上都流淌着臭汗。只有到天黑了，下班了，工友们都走了，当自己拖着疲乏的四肢回到那家时，才感到屋外刮着呼呼的山风，才感到身上盖的已经硬梆梆的棉被是那样不能抵挡屋外挤进的寒意。现在，当完成师傅转交定单的业务时，阿辉才顿时感到这一年过得如此迅速，自己却在一年艰难跋涉中真正长大。

创业是多么艰辛，付诸汗水，付诸智慧，付诸自己身心的一切。但他想明白了，没有付出，便没有成功的可能和希望，敢于打拼一定会取得成功。否则，父亲临终前的嘱咐永远不能实现，那厅堂神龛中的掷筊还会静静地搁置在那里，一代又一代，没完没了地传下去。想到这里，他的心豁然开朗起来，这一年过得不冤，这一年过得真值。

收获是多么令人兴奋。十多万元的巨款呀！这是自己人生第一次巨大的收获。尽管这一笔钱真正属于自己的也仅仅几万元，但一结清这笔钱一定要先烧一炷香，告慰已经远去的父亲，让他在那边的世界安息；还要花一笔钱，买一些冥币烧给他老人家。在世上，他吃尽了苦头，连一餐好饭，一身好衣都没穿过，现在儿子赚钱了，也先让他过得宽松一些，体面一些。

"父亲呀！你别再忧愁，把脸上的皱纹舒展开去吧。"阿辉临出门前恭恭敬敬在那神龛前，烧了一炷香，给父亲遗照鞠了三个躬。然后，带着自信，迈开轻松的脚步朝师傅的工厂走去。

他想尽快向师傅道谢，尽快拿到辛苦一年的工钱。

心情舒畅，阿辉感到今天除了天气特别好外，这脚下的沙土路面的马路也特别平坦。脚踩在上面，"沙、沙、沙"的有节奏地响着，听起来很有一些音乐感，一种愉悦的心情油然而生，脑海里似乎听过的一首闽南歌不知不觉地从嘴里嘣了出来：

一时失志不免怨叹，

一时落魄不免胆寒，

那通失去希望，

每日醉茫茫，

无魂有体亲像稻草人，

人生可比海上的波浪，

有时起有时落，

好命，歹命，

拢嘛要照起工来行，

三分天注定，

七分靠打拼，

爱拼才会赢。

唱着，哼着。前几句阿辉还能将歌词哼出来，那是平时看见长辈们碰到困难时常常唱着那首歌来鼓舞斗志，激励奋发向上的精神。后来自己偷偷跟着学；可是后半部，只有那旋律，那音符还有一些印象，而歌词却全然记不清了，只好顺着那味道哼下去。

这一唱，这一哼。阿辉仿佛长了气力，长了自信，觉得路更平坦，这脚步也更轻快了许多。

过了几个弯，下了一个短坡，师傅的工厂到了。那是据说师傅打拼了十年或者二十年才建立的益昌铁件工厂，在当地算是老牌的工厂。

距工厂还有二十多米，阿辉觉得今天这厂气氛有点不对。往日这个时候，除了门口站着保安之外，工人们早已各就各位在车间里干得热火朝天了。可是今天，门口却围着不少的人，还有一些人进进出出从车间里往外搬东西。

难道师傅大发了,

难道师傅搬厂房了,

才几个月时间,没听说呀!

阿辉心里直犯嘀咕,他不敢再瞎猜,只是不由自主地加大了步伐,朝那熟悉的不能再熟悉的厂房走去。

"这阿庚呀,心太大。苦了一辈子,才建起的家业,毁于一阵子。"阿辉还没进厂门,便听到有工人在指手划脚议论。

"是啊!可惜……"

"这阿庚呀!心太狠,连自己徒弟都矇!"

……

师傅的工厂前一片嘈杂,人来人往,指指点点,愤怒之声不绝于耳。

阿辉的脚步突然放慢了。他的脑海里涌现一个念头:"师傅,自己的师傅一定出事了。那么师傅会出什么事呢?"

容不得半点细细思考,他拎着手上的伴手礼,飞一样走进昔日自己工作的车间,心里一下子凉了半截,往日那热火朝天的车间变得冷冷清清,里面的材料、设备已经不知去向,只有一帮忿忿不平的人们,有熟悉的,也有陌生的在争夺一些小材料。

"完了,完了,师傅完了。"一种不祥的念头从他的脑子里掠过。他抬着头,瞪着眼睛在四处搜寻着熟悉的人,想了解一下几个月来师傅到底出了什么大事?一个好端端、红红火火的益昌铁件公司怎么就没了呢?

汗如黄豆一样大,像涌泉一样从阿辉头上的每一个毛孔中涌了出来,两条腿不由得直发软

益昌公司倒了。

师傅出事了。

那自己的福德大发呢?

那师傅本应支付给自己的十多万元的工钱呢?

阿辉这才感到问题严重,感到刚进门便挨到的一头闷棍是那么沉重,那么无情,那么没有天理。

"阿辉哥……"正当阿辉急得满地打转时,他的耳际边听到仿佛有一个熟悉的声音在叫着他的名字。可是,阿辉以为是急昏了头,或者是一种虚幻,他还在原地打转,他的眼前还是那些进进出出愤怒的人群。

"阿辉哥! 阿辉……"那声音熟悉而又急切,没错,这是阿文的声音,这回阿辉听清楚了。他正想在这混乱的人群中寻找阿文,突然感到手臂被人扯了一下,定了定神一看,真是阿文。

"阿文……"看到满头大汗的阿文,阿辉叫了一声,但不知该问什么。

"快! 快,阿辉哥。你师傅犯事了,他的工厂破产了。大家在抢东西,那边还有一台电热管铸造机我们抢过来抵债,不然福德大发白干一年了……"阿文上气不接下气,拉了阿辉便跑。

"这……"阿辉想到这是师傅的财产,师傅落难了,自己哪能落进下石呢? 他在犹豫,他想大哭一场。

"还发什么呆呀!"不知什么时候,那阿林也出现在阿辉身边,在催促着:"再不下手,黄花菜也凉啦!"

"我……"阿辉还站在原地。

"走呀! 快……"阿林、阿文不约而同地又推又拉将阿辉拉到那台机床前面,却见到已有不少人想搬那台机床,搬不动,想拆散了,当废铁卖几个钱抵债。

"别动。"此时的阿林仗着自己高大的个头和一身腱子肉,挤到人们的跟前:"阿辉的福德大发公司替阿庚干了一年多的活,十几万元工钱分文未取,二十多个工人干了一年多的活,要折来卖废铁也轮不到你们。"

"你是哪里来的野猴子,阿辉又是谁呀。这些事轮得到你来管吗。"阿林话还未落,周边的人便叫了起来。

"是啊,轮得到你管吗?"

"这台机器给你了,我们的债谁付呀?"

"是啊……阿庚欠我的钱找谁要呀?"

……

要债的人有些乱,但更多的是一种愤怒,争先恐后,乱成一团。这让阿辉感

掷芟情缘

到十分心酸。到现在,他仅仅是通过这乱哄哄的要债队伍了解到师傅的一些消息,师傅为了迅速扩张事业,求成心切,一连签了几笔铁件加工合同,兑现这些合同对于事业刚刚起步的他来说,资金的窘迫已是十分明显。可恰恰师傅却不冷静,又与国外这家跨国企业签定了一项补偿贸易生产电热管的合同。

为了兑现合同,他不得不将原来业务的有限资金抽调到这项涉外合同上来,结果资金周转不灵,资金链断了;再加上电热管生产的技术力量根本不具备,进来的设备没几天便被损坏,这项合同便没有能力能够履约了。

国际贸易有着严格的规定,这家公司一举将师傅的益昌公司告上法庭,除追究违约损失外,还要付出巨额的赔偿。

眼前这台机器原本是不俗的价格,可是由于知识的缺乏,现在已经被损坏,变成要债人互相争夺想送到回收公司当废铁卖钱抵债。

"那我师傅呢? 他现在哪里? "阿辉的思绪在激烈地翻滚着,他在纷繁的思考中,首先想到师傅,尽管这几年师傅对自己几乎苛求,也没少挨他的耳光和拳脚,但毕竟是师傅,毕竟师傅有恩于自己。

一日为师,终生为父呀。

阿辉着实为师傅的处境担忧。

"你师傅前几天已经走了。谁也不知道去哪里了。只是昨天晚上他不知从何处打了一个电话给法院,宣布益昌公司破产了。"阿文告诉阿辉:"我是听到这个消息后,与阿林连夜赶来的。我们来迟了,凡是值钱的东西都被搬空了。只有这台破机器,谁也不懂,谁也搬不走,还留在这里……"

"搬不走,砸烂它。"要债人忿忿不平。

"砸烂它,一个人分一块铁也甘愿。"又几个人捏紧拳头,看样子那拳头已经捏出了汗。

"对,砸了!"群情激奋,怒不可遏。

……

乱哄哄,拳头在空中挥舞着,那愤怒的情绪似乎将自己被丢失的财富的怒火倾泄在这台静卧并且毫无生息的设备上,巴不得把它砸烂、砸碎,而且搅拌成粉末才能解气,才解恨似的。

这是师傅的心血呀!

这是师傅近乎一生的心血呀!

阿辉恨自己没有能力帮师傅一把,没有能力化解师傅面临的危机。

"阿林、阿文保住这台设备,一定要保住。"片刻之中阿辉的头脑中闪出了一个念头。先保住这台设备,抬回家去。如果师傅要丢弃,自己捡起来,兴许修一修还能用,有朝一日还能研制出合格的电热管;如师傅能东山再起,那么,便算自己暂且替他保管着,到时能够完璧归赵,以报师恩。

"住手,这台设备阿辉要定了。"阿林,阿文听了阿辉的话,如两头受伤的老虎,拨开人群,跳上机台,两个初生牛犊,四只眼睛睁得血红血红,好像谁敢再动一下便要将他吞噬了似的。

刚才还嗷嗷叫的人看到那阵势,一个个惊呆了。

车间里稍稍安静下来了。

大家不约而同地看着这个小徒弟,看着这个平时不吭不哈,少言寡语的小青年,都觉得他要这台设备也顺理成章。况且,这一台设备也没有别的用处,砸碎了当废钢铁卖又不值几个钱。于是商量了一阵,便三三两两悻悻而去。

"阿林、阿文。"只是在不到一两个小时的工夫,阿辉的思绪犹如坐上过山车,迅速地起伏着,这对一个刚成年的小伙子显得尤为残酷,他摸了摸额头上惊出的汗水,浑身发软,一屁股坐在地板上。

一阵北风从被砸破的车间玻璃窗刮了进来,响起了啾啾的声音,卷起了地板上那层层的尘土。刚才,阿辉他们急出了一身汗水,被这冷风一吹,顿时感到全身颤抖,两个小兄弟看到阿辉如此惆怅,如此颓然,很有同情心地陪伴在左右,三个年轻人默默不语,对自己面临的一切感到茫然失措。

这益昌公司在他们看来,前几天还热火朝天,充满着活力。可是,转眼间变得坦荡无存,只剩下这空无一物的车间在这凛冽的寒风中,尘土飞扬。还有那堆报纸在这寒风中随心所欲在那儿打圈圈,飘浮着……

师傅前几天还是一个叱咤风云的老板,每天将那花白的头发染得乌黑乌黑,而且还打着油光的发腊,俨然一个腰缠万贯的老板。可是,也就在一夜之间,远走他乡,躲着众多债主,丢下一屁股债,落下千古骂名。

自己的福德大发铁件加工厂，二十多个兄弟流了一年多的臭汗。原本准备看看师傅，结清工钱以支付给工人们的打算变成泡影。一夜之间，自己也成了替罪羊，成了冤大头。阿辉冷静下来，看到昔日生机勃勃的车间，现在却变得如此凄凉，才慢慢感到师傅这一走，自己也陷入了困境。不用猜测，这个场面现在出现在益昌，明天将可能会出现在自己的福德大发。

一切都发生在瞬间，

一切都那么突然。

突然得让阿辉这个苦孩子刚一脚踏进职场而又对前程充满期盼的小伙子，在热血沸腾中被浇了一头的冰水，全身冷透了，从头到脚地冷透了。

又一阵冷风刮了进来，接着一阵接着一阵，空荡荡的车间只有三个青年呆呆地坐着，傻傻地思考着。可是却缓不过气来，不知道应该如何面对这眼前的一切，不知道明天如何应对这二十多工人半年没有支薪水，没有领到半分工资的兄弟。

人生啊！想打拼固然是好事，可是打拼光靠死力不行，还得靠诚信，靠文化，靠智慧，还得靠脚踏实地。不然，越想拼，拼得越苦，那么失败得便越惨重……

师傅啊！你一生奔波，怎么就落到如此结局呢？

阿辉在苦苦思索，尽管他不愿看到眼前的局面，不想面对眼前残酷的现实，但客观现实就摆在自己的面前。这一切，犹如一声警钟在耳边不断回响，刚才在车间里乱哄哄争抢东西的场面一直在眼前晃悠。

他的心灵在一次又一次地受到拷问，痛苦的内心一次又一次受到撞击，以至在绞痛，在流血……

"阿辉，怎么办？下一步你准备怎么面对二十多个兄弟？"阿林在耳边提醒他。

"是啊！阿辉，春节快到了，大家都眼巴巴等着那工钱过年呀。"阿文在替自己的小老板着急，可话一出口，他又有些后悔。因为他知道，眼前的阿辉还有什么能力可以解决这些问题呢？

"我准备一个个拜访工友们，并且写张字条连本带息一并待有钱的时候还给他们，请求他们的理解。"许久，许久，阿辉终于用伤感而又低沉的声音告诉同伴："我落难了，当了一年的小老板，却要当不知多少年的冤大头……"

"……"阿林和阿文有点吃惊，毕竟是吃了不少苦的阿辉，如今仍然这么镇定自若，如果摊上自己非得垮下去不可。

"我以这条烂命保证，我会，不，我一定会还清这笔债的。"阿辉似乎在对着苍天发誓，他的话似乎从丹田里吼出来的一样。

两个同伴很是敬佩，默默地点了点头。

又一阵冷风吹来了。

也许已近中午，这时的风却没有早上那么冷，甚至还带着一股暖意。阿辉慢慢地站了起来，看着两个还不愿离去的同伴，用一种乞求，一种可怜巴巴的声调问他们："你们还能帮我做一件事吗？"

"……"两个同伴点了点头。

"帮我找一找，到处找一找这台机器的使用说明书，车间内外，甚至垃圾堆，一定要找到它。"经过好长一段时间的煎熬，阿辉似乎清醒过来了。他在想，面对人生的挫折，绝不能失志，应该保持清醒，在绝地中求生，寻求再出发的突破口和路子。

"没问题，别的我们干不了，这件事，小菜一盘。"阿林很仗义，他不想做那种落井下石的事，朋友一场，有难，将一定帮到底。

"好，我们去找。还好，我们还识几个字。"尽管阿文不知道阿辉现在要找那说明书的意图是什么？找那东西有什么用？但看到他这么久的沉思不语，听到他那似乎怒吼的声音，心想他一定有用，他对下一步一定有自己的新的计划。

第十章

除夕之夜

土地公的生日是每年农历二月二日。

梅山那满山遍野的梅花开过之后，已经是结了满枝头的果子，也许是这个冬天雨水足，加上又特别冷，梅花开得特别闹，结果时成果率又特别地高，每一个枝头，那梅子果实一层叠一层。离成熟还有一段时间，那树枝都有一些压弯了腰。

彩凤和文康俩老人对女儿要投入巨资建土地庙的要求给予了倾力的支持。

在此之前，由于静娴特殊的出身，夫妇俩将之视如掌上明珠，尽管女儿已经长大成人，可在他们眼中始终把她当成一个长不大的孩子，真可谓百依百顺，言听计从。拿在手中怕丢掉，含在嘴里又怕化掉，每做一件事总是在她耳边唠唠叨叨，没完没了。

这，也更加助长了她的任性。

按照彩凤的话，都当阿妈的年纪了，还长不大，每天疯疯颠颠，没正没经的。

这次，静娴却语出惊人，提出了文化包装梅山产品，制造福德梅丸的思路，着实让夫妇俩吃惊不小。

将文化这个新名词与农副产品融合起来，培育品牌，还要投巨资建土地庙，不由得让夫妇俩欣慰一笑。

"我们的积蓄是土地公庇佑的结果，建一间土地庙，是对土地公的感恩，值得。"文康首先给予肯定。

"平时没正没经，说出主意倒让人感到石破天惊，这没良心的，倒还能想出一件有良心的主意。"做妈的，一边是否定，一边是肯定。但骨子里究竟是否定还是肯定？明眼人一看便清楚了。

夫妇俩讨论了几番，将自己包括上辈积累的资本砸进去，也不管这文化能否与梅丸结合起来。有一条却很实在，土地公保佑了我们庄户人家世世代代。从三千多年至今，让我们在他老人家的身上安居乐业，填满了无数张嘴巴。知恩图报，建一座土地庙是作为信徒的一种感恩，也是庄户人家对土地公的一种崇拜和一种敬畏。

钱是人赚的，也是人花的。我们在土地公身上生存发展几千年，也应该改善下土地公的生活。

老人通情达理，嘱咐女儿，既然要建土地庙，那么一定要建得气派，才能表达自己的敬仰之心。是啊！口袋里的钱是土地公保佑才取得的，滴水之恩，当以涌泉相报。

半年下来，工程进展得非常顺利。那土地庙雕龙画凤，金碧辉煌，座落在梅山巅上，站在土地庙前，山包下的几个村庄尽在眼底之中，仿佛是这里的一山一水，一草一木尽在土地公的怀抱之中，在土地公的庇佑之下……

这一切，构成了一幅完美无缺充满诗意的山水美景图。

这一切，也足以让静娴感到自己的成就感，并着实为自己半年多的努力而感到兴奋。

土地庙开光的日子选在农历二月初二。

这是有史以来中华民族有了土地信仰和敬畏之后世代传承的习俗。

乡村里总有一个习俗，大凡做庙会，各村各户都会携儿带女前往祭拜，向土地公烧一炷香，祈求土地公的庇佑，让来年风调雨顺，家庭老少安康，五谷丰登，六畜兴旺。而土地庙所在村的庄户人家自然而然便成了东道主。大家为充分体现东道主的热情，总是翻箱倒柜，把存积在谷柜、谷仓里最好的东西拿出来招待客人，那时节"全福寿、五金魁"的猜拳行令声音此起彼伏，久久不息，好不热闹。

农历新年说来已经过了好一段时间，前一段天气特别冷，农活也没有什么可以干，大家便窝在家里烤木炭火取暖。不知是土地公发现文康一家如此虔诚，帮他老人家盖了新居的缘故；还是天冷了那么长时间正要转暖。前几天，冷得连狗都懒得出门的天气，这几天却出奇地变暖起来。因此，二月初二这天，太阳刚出来，那各村各户来参加开光仪式的人们都换上最体面的衣服，将自己打扮得光光鲜鲜向梅山蜂涌而来。

平时除了鸟儿鸣叫，幽静得让人感到有点寂寞的梅山，一夜之间热闹起来。有些村落的庄户人家干脆组成一个进香团，敲锣打鼓，鞭炮齐鸣，旌旗招展，一路烟雾缭绕。人们一反以往祭拜地公能简则简，能省则省的习惯，排着队，挑着祭品，前来祭拜他们心中仰慕的土地公，表达自己对养育之恩的土地公的敬畏、敬仰与崇拜。

梅山像赶集。

梅山像过节。

梅山上下充满着无限的生机与活力。

自从益昌公司倒闭，师傅阿庚逃债之后，阿辉的心情一下跌入低谷。这个原本就言语不多的年轻人，感到自己在一种沉重的压力下生活。

欠工友们十几万元的工资，自己却一文不名。

春节到了。

看到别人家张灯结彩，贴对联，买年货，自己却一无所有。

除了还有半缸的糙米，一坛子咸菜外，便是孤身一人，还有四处找不到食物而觅吃的老鼠家庭的老老少少。

还好，这一段他找到了一个消磨时光的路子。

不知是出自偶然，还是哪路菩萨保佑。那天阿辉带着阿林、阿文整整忙了一个上午，走遍了整个工厂，最后在益昌公司车间后面的一大堆垃圾里找到了那架日本生产的电热管制造厂的产品说明书和使用说明书。尽管那宝贵的资料已经被踩得污渍斑斑,面目全非。但却几乎没有缺页,除日本文字以外,还有中文。阿辉无非读了几年的夜校,又是查字典,又是连蒙带猜,甚至对着说明书按照那台已经搬回来的机器反复比划,还是一知半解。最后,带着书到夜校找到朱云生老师,终于在他的辅导之下,花了一个来月的时间,一字一句,边琢磨,边消化。

这个春节,是自己懂事以来过得最为艰辛的一年了。

夜幕低垂,各家各户过年的气氛渐浓。经济宽裕家庭的孩子开始兴高采烈地在门口燃放焰火,那焰火有的在天空中飞溅着五颜六色的斑斓,有一种称之为地老鼠的焰火却在地上到处乱钻,引得老人孩子欣喜若狂。慢慢地,这种气氛在各村落、各家庭弥漫开来。接着,各家各户喝酒把盏声此起彼伏起来。也许大家都在热热闹闹,团团圆圆正端坐在八仙桌上过大年,吃年饭了吧。可是此时,阿辉的灶台还冷冰冰的,屋子里静悄悄的一点生气也没有。

"我也生一点火吧。"阿辉自言自语。可是,家徒四壁,想煮一碗热菜。拿起油钵,可是油钵却在手中停滞了,他发现那油钵空空如也,煮菜没有一滴油。

"看看还有什么比较像样的东西,过年总得有一些稍好的东西。"阿辉仍然不死心,在屋子里不停地打着转转。尽管他知道,这家里不可能有更好的东西。可是,却不死心,希望通过自己的努力,会像哥伦布发现新大陆一样,让自己有些欣慰与惊讶。

可是,阿辉一次又一次地失望了,眼睛却突然发亮起来,原来米缸里还有一包牛肉快熟面。

"牛肉面过年呐。"阿辉一阵欢喜。心想,不管有没有肉,可这包装里便是牛肉面,只是有些荤。幸好上次吃的时候,自己粗心落了一包。想不到这一包牛肉面,成了自己过年唯一享用的奢侈品。

不知哪家放了一串鞭炮。

紧接着,第二家,第三家……不少庄户人家都放了鞭炮。

那是庄户人家吃年饭前放的鞭炮,也许是这一带庄户人家的习俗。

可是,可是自己一无所有,自己的家静得让人害怕,静得让人感到心慌。

阿辉的心情坏到了极点,他焦虑地从屋里走到屋外,又从屋外返回屋里,思考着今晚应该如何度过人生中艰难的一年，守住这焦虑的孤单。

阿辉想哭，想大声地痛哭一场。

阿辉想哭，想趴在父亲的遗像前哭个泪水滂沱。但理智告诉他，男子汉是不能哭的，几年的孤儿生活，已经让他在不习惯中慢慢地习惯了。他知道，阿爸在那边的日子也不富裕，自己再难，自己再苦，也不能让他老人家担心，不能让他老人家挂念。

自己毕竟已经长大成人；

自己需要在困难中磨炼意志，经受历练；

自己应该在逆境中学会自强自立；

自己一定能战胜目前的困难，走出逆境，

自己……

阿辉一边吃着那碗牛肉面，一边在思考着下一步的路子怎么走。突然，他的眼睛停留在神龛中的父亲遗像。惊得张开嘴巴合不拢。"今天是过节，自己还有一碗牛肉面，可是父亲、母亲，还有列祖列宗却还在等待自己供奉啊！自己无力，自己不孝呀！光自己有吃，却忘了列祖列宗……"他深深地自责着，感到十分的愧疚。

许久，许久，他才缓过神来，顽强地控制着感情，控制那心酸的泪水不溢出眼眶，而是死劲地往肚子里流，流进去……

"砰、砰、砰……"突然，他身后的大门似乎有了敲门声。

阿辉一怔，他以为是幻觉。

"砰、砰、砰……"那敲门声越来越急，阿辉感觉到了，确实有人敲门。他内心暗暗吃惊，这个时候谁会来敲门呢。便感到自己在落难当中却又非常无助的情况，来了一位救命恩人似的，心情立马欢喜起来，快步走向大门前。

打开门闩，眼睛一亮，看见门外站着阿林和阿文，两个人手中各拿着一包东西，笑嘻嘻地站在门前。

"阿林、阿文……"阿辉有些兴奋。

"阿辉，看，我给你送猪肉来了。"两个年轻的朋友想到阿辉这个年过得一定非常艰辛，可是自己又没有经济能力，便约定偷偷摸摸背着家人各拿了一块猪肉，大约每个人一斤左右，凑起来也有二斤多，足够他吃几餐了。

"这……"阿辉有些语塞，他无法用语言向朋友表达自己此时的感激心情。

"快拿去煮，过一个年。过了年，行一个好运。"阿文毕竟有一些文化，给他讲了一句宽慰的话。

"费神，费神。"阿辉缓过神来，用感激的目光看着两个兄弟，这真是及时雨呀。落难见真情，在逆境当中送来这猪肉，自己吃是小事，关键还有神龛里的祖宗、阿爸，还有……

谢过并送走小兄弟，阿辉也不客气。转过身，将那已经生了锈的铁锅洗刷了几遍，放上清水，先将两块猪肉用开水烫好，装上大盘，恭恭敬敬送到门口的土地公边，点上三支香。

"土地公，请来年保佑弟子……"阿辉学着阿爸当年祈祷的样子，心中默默许愿，请求土地公帮助自己摆脱窘境，步入当头鸿运。

祭拜完土地公，阿辉转身将那还带着有点温的猪肉端到厅堂的神龛面前，再祭拜了阿爸、阿妈和列祖列宗，虔诚地祭拜了已经远去的亲人，祈祷先祖保佑自己来年平安顺利。

"一切完成了。"阿辉内心默默地一笑。一个钟头前还为祖宗过年没有东西祭拜而着急。现在，尽管是人家送的，但总算了却一桩心愿，尽了一份孝心。

将一块猪肉中的肥肉炸了小半碗的油，剩下的油渣，猪皮连同瘦肉合起来蒸了一大盆的咸菜。

一刻多钟，那锅里便飘出了猪肉和咸菜相融合的香味，这已经是久违的肉香味，又有那咸菜的酸味，两种味道的交融着实让阿辉情不自禁地咽了好几口的口水。于是，还没等那饭蒸得很爽，他便端起来，风卷残云地干开了。

许久没尝过肉了，碗里边好久没有油星了，一顿饱饭，心满意足。

阿辉将房间的灯开好，又专心致志地研究起那台电热管生产的设备来。幸好前一段不懂的地方都请教了夜校的朱云生老师，他是教电器专业的。虽然他对电热管生产不是很精，但解答得还算完整，慢慢啃便有了基础。

室外的风在呼呼地吹着。

那啾啾的风从木窗户的缝隙中穿进来，不时地在这潮湿而又缺少人气的屋子里打转转, 真让人感到一阵一阵地发颤。

那灯有些暗, 十五瓦的白炽灯, 在乌黑的屋里更加昏暗。

阿辉开始不时地跺着脚, 慢慢地感到这脚被冻得有点麻, 甚至失去了知觉。

他不得不停下脚步四处张望, 想找一种御寒的东西, 让自己能保持适当的温度, 将精力更加集中, 过一个年, 过一个温暖的年。

没有袜子, 没有一双能保暖的鞋子;

没有炉子, 更没有烧得起火的木炭;

在屋里转了几圈, 阿辉心里多少有一些失望。

"活人是不会被尿憋死的。"阿辉嘴里嘀咕了一下, 眼睛在黑暗中不停地来回扫描着, 希望能找到一个替代品。

"哈、哈……"突然, 阿辉眼睛一亮, 在客厅的角落上, 放着几条薄膜袋, 那是前一段为师傅加工防盗门时用来包装配件的袋子。配件用完了, 苦出身的他感到那东西丢了可惜, 便将那空袋子收集起来, 以备需要时使用, 想不到现在可以派上用场了。

第十章

除夕之夜

"天无绝人之路, 天无绝人之路啊!"阿辉似乎发现了一个巨大的宝藏, 兴奋异常, 顾不得那薄膜袋堆积着厚厚的灰尘, 挑了一个套在右脚上, 系上绳子; 然后再挑一个套在左脚上, 再系上绳子。

果不其然, 这一扎将身上散发的热气锁住了, 体外的冷风吹不进去了。

薄膜在体温和冷风当中起了一个保护和阻断作用。

脚慢慢恢复了知觉。

一股暖意在身躯里升腾起来。

"嘿、嘿……"阿辉为自己这一卓绝的发现而发自内心地笑出声来, 而且笑得那样开心, 那样天真, 那样的满足。

这一夜, 是阿辉人生第十九个年头。

大约经过这一单加工业务, 经历了人生最艰苦的磨炼, 阿辉好像自己一夜当中长大, 一夜之中成熟了起来。

不知是土地公的保佑, 还是上祖的阴德泽福, 或是天道酬勤, 或许是老天爷对阿辉的奖赏。这一夜, 他用饱满的精力在研读那电热管的说明书, 竟然通宵达旦，没有丝毫的倦意。而且，经过前一段的反复思考，终于将机器的全程使用操作及保养几乎都理清楚了。

夜已深了，

鸡啼了好几次了。

"该天亮了吧！"阿辉觉得自己已经从理论上掌握了这台机器的使用方法，揉着惺涩而发红的眼睛，他想躺下休息。

又是一阵冷风从木窗户的缝隙挤了进来，那风又开始打转转了。

阿辉好像触景生情。他知道，这鸡已啼了五遍了，天就要亮了。

"这鬼天气，钻到那老的掉牙而且已经发硬没有弹性的棉被里，硬得到处进气，比不进被窝差不了多少。"于是，一跺脚，彻底放弃了睡觉的念头。因为理论上解决了机器的操作原理，还必须从实际操作上弄懂弄透。

这一切都能完美解决，那么这台机器将是一个宝，其价值自然远远超过师傅所欠的十多万元的加工费。

这一切都解决不了，那么这台机器无非是一堆废铁，充其量最多值几百块钱。

"走，到车间去，对着说明书，去看一看，一定要把它变成宝。这样，我也不再做防盗门，而改做电热管，做一个时尚的高科技的行业。"这种念头蓦然间在阿辉的脑海里升腾起来。他心里直好笑，读了几年的夜技校，大字还有许多认不全，却去揽这个周围人只敢看，却没有勇气去摸，那么多读书人只想把它当废钢铁卖的洋机器，是不是自己有些异想天开，是不是自己头脑有些发热？

年轻人有一种闯劲，有一些不知天高地厚。尤其是阿辉，人生刚踏入十九年的门槛，几乎没有穿过一件好衣服，没有吃过一顿好饭，好不容易积蓄的不足一万元，却被师傅一年多的时间里加工走了。

那可是自己从牙缝里抠出来的呀！

一无所有，也无所畏惧，

这是压力，更是动力，

激发了难以比拟的战胜困难的勇气，走向成功的坚韧与自信心。

天刚蒙蒙亮，村庄经过一夜寒风的冲洗变得更加清新，黑墨色的四周，透出一丝金黄色的亮光，也给这个村庄带来了新的希望，新的期盼。

一些邻居已经起床了。

他们新年第一天凌晨的工作便是在家门口摆上一桌丰盛的果品祭拜各路菩萨，祈求保佑自己一家平安和顺，万事顺遂。

那袅袅的神香飘起了令人温馨的香风，让人感到一种冲动，感到一种对新的一年幸福生活的憧憬。

人总是有新的追求、新的期盼。

阿辉今年手头太紧，紧得连过年都没有丝毫的物资准备，不能像别人那样有那么丰盛的果品祭拜菩萨和上祖。这多少让这位小伙子感到丝丝内疚，感到丝丝伤感。

"各路神明菩萨，列祖列宗，阿爸、阿妈。"他感到物资我阿辉没有，但阿辉一颗虔诚的心却天地神明可鉴："有朝一日阿辉有能力了，我一定倾情相报，请各位神明菩萨，请各位列祖列宗，请阿爸、阿妈在天上保佑我……"开始，阿辉是在默念，后来声音越来越响，到最后他几乎是在喊，在吼。

一切该办的事办了。

他迈着急促的步子走进福德大发铁工厂的车间。

这已是半年多的闲置。

打开灯，车间里只有那台电热管制造设备静静地躺在那里，似乎它在埋怨："自己是一台技术含量如此之高的设备，却被束之高阁，让人痛心呀！"

心有灵犀，阿辉走近这宝贝，借着晨曦对着说明书，就像对着父亲，就像对着兄弟，动情地说："宝贝，你帮一帮我，显显灵性，我们一起创造奇迹。"

用自己的一件破衣服，阿辉轻轻地拂去那机器上的灰尘，他擦得很认真，擦得很投入，似乎生怕这宝贝受到任何伤害。

拉上开关，

接上了电源。

按照说明书上的说明，在原料入口处喂进了铝合金。那机器的绿色指示灯一闪一闪，好像一双明亮的眼睛在赞赏这个无所畏惧，却又充满闯劲的青年，流露一种赞许，一种欣喜。

一分钟。

二分钟。

三分钟。

十五分钟过去了。

那绿色的灯在"嘀"的一声中变成了红灯。

"成了,成了!"阿辉的心出现了前所未有的狂喜,他大叫一声:"阿爸,我成功了。这是宝贝,这宝贝没有坏……"

这说明书里说得清清楚楚的,绿灯一灭,红灯一亮,一个电热管则制成了……

阿辉的手在发抖,激动地发抖。

阿辉鼻子一阵一阵发酸,想大声地嚎啕大哭……

第十一章

梅山土地庙开光

农历二月初二是中华民族民间世代传承的土地公生日,自文康决定这一天作为梅山土地庙开光的日子之后,便投入紧张的准备工作。

对于文康来说,祭奠土地公生日活动并不陌生。当年还在大陆漳州海澄没有被抓到台湾前,每年都携妻儿乘着小船与乡亲们一道到厦门岛的仙岳山祭拜土地公。因为那是祖庙,每年祭奠活动人来人往,挤满那个山头。

当祭拜礼仪一结束,他总是和妻子坐在那参天大树之下,吃着家中带来的油葱米粿或者糯米巴团,一边吃,一边喝着那里潺潺而下的山泉。那时不论男女,也不论老少,大家有说有笑,谈笑风生,满山坡都充满着温馨和快乐。

一晃三十多年过去了。

当年的青年汉子,此时已经两鬓斑白,看着眼前的彩凤,看着那蹦蹦跳跳的静娴,他的眼前不时地浮现自己的结发妻子阿香,想念着自己的一对儿女。

"阿香,你还活着吗?孩子,你们已经长大成人了吗?"文康一次又一次地念叨着海峡对岸的妻儿,一次又一次地为他们的平安健康而祈祷。可是,隔着海,隔着浪,三十多年杳无音讯。前几年有些老兵回乡探亲,文康曾偷偷托人打听自己妻儿的下落,结果没有一丝音讯。

"难道他们母子……"文康不敢往下想,也不愿往下想。一种做丈夫、做父亲的深深内疚让他夜不能寝。男人啊!一边是结发的妻儿;一边是相濡以沫生活后半生的妻儿;都不能分,都不能离,一颗心在海峡两岸相互牵扯中撕裂着,滴淌着殷红殷红的鲜血……

建一座土地庙,报答土地公对自己的养育之恩,与其说是一种感恩,倒不如是一种赎罪,文康从内心深处,感到愧对海峡西岸的苦难的妻子,苦难的儿女……

你们可有饭吃?

你们可有衣服穿?

你们可还活在这世上?

你们……

一千个问,一万个牵肠挂肚的思念。

却没有任何的答案,没有任何的信息。

老人流泪了,在没有人的情况下,文康心酸的泪水止不住从脸颊一直往下流淌,顺着如沟壑纵横的脸颊往皮肤松驰的脖子一直往下流,流到那已经没有胸肌的胸膛。

"待土地庙开光之后,抽空回家乡去。活着,要看一看他们母子;死了,也要去烧一炷香。"文康咬了咬牙,下了决心:"给彩凤说,给静娴说,争取她们的支持……"

"他阿爸,好端端地怎么哭啦?"想到伤心处,文康在不停地抹着老泪。彩凤最了解自己的丈夫。尽管两人是半路结伴,但这后半生两人心心相应。文康比自己长二十多岁,如兄长,如慈父,这一点自己最清楚。

"可是,文康毕竟是一个男人,是一个曾经有过妻儿的男人,更是一个重情重义的男人,尽管现在日子过得不错,总难免会有对往事的追忆,对结发妻儿的思念……"彩凤每当看到文康在那发呆,在那流泪,总是默默陪伴左右,她不愿惊动丈夫,更不愿搅乱他那浓烈的乡愁……

"爸……"女儿也在一边不解地追问。

"静……"母亲用难有的温柔,向女儿作了一个手势,制止了女儿对老父亲往事追忆的呼唤。

"呵,呵……"被女儿一叫,文康对家乡,对妻儿的思念被打断了,他有点不好意思地用手抹了一把老泪:"阿爸在想家乡,让静娴见笑了。"

"不!阿爸,现在已经有不少人回大陆探亲了。等到这土地庙开光以后,我们选一个日子回去。我陪你回家找大妈去……"女儿直肠直肚,快言快语。

"别,别。如找到了,那你妈和你们怎么办呀?"不难看出文康此时的心很乱。因为除了彩凤、静娴之外,还有他和彩凤的一个儿子在上大学,明年就将毕业。一颗心,左右两边都是自己心爱的女人和孩子。

这真让人难以取舍,而且不能取舍。

世人都说女人命苦,只有听到女人在哭泣,尤其是碰到伤心事,女人在任何场合可以毫无顾忌、肆无忌惮地哭泣。却从来没有听到男人命苦,没有听到男人在哭泣。

动不动便称之男儿有泪不轻弹,有谁知男儿心中的苦,谁能理解男儿内心的痛啊!

文康在默默地流着泪,他的内心积蓄了几十年的血在汩汩地流淌着。

"阿……"女儿静娴看到父亲触景生情,不忍心他那老泪横流,想上前劝慰父亲一番,被母亲的手势制止了,只说出一个"阿"字,后面的话却生生地吞回到肚子里。

彩凤默默无语,轻轻地走过去,以女性特有的阴柔将手轻轻地搭在丈夫的肩上,用他们夫妻间心灵默契才能感应的语言说:"文康,走吧,外面的客人已在等候着开光仪式开始呢!"

这一招真灵,文康轻轻地点了点头,顾不得被人笑话,用长衫的袖子擦了一下双眼和流着鼻清的鼻子,站起来,理了理衣服,慢慢地走出门外。

梅山真的很美。

走出屋子,主人看了看那充满生机与活力的山色,目光所到之处,除了那已经结满果实,压弯了树枝的几千亩梅园,内心充满着丰收的喜悦。今天的天气格外清新,除风一阵阵吹拂外,那天边只有淡得一丝丝美丽的白云在山间如梦如幻,若隐若现地飘浮着,给人以神秘与美妙的美感。十里八乡的乡亲们穿着各式各样的体面的服装,带着一颗虔诚的心,聚集这里,既是对土地公的感恩,又是

对自己、家人未来的祈祷,祈祷平安、顺利,美满幸福。

锣鼓声响起来了,一阵接着一阵。

舞狮队也来助兴,好几队,那公狮、母狮在上下跳跃;

舞龙队也来了,他们在一棵棵郁郁葱葱,生机勃勃又硕果累累的梅树当中穿梭着,如那沧海中的蛟龙,让人感到眼花缭乱,充满着激情。

开光仪式的所有工作均已在几天前安排就绪。司仪是邻村一个德高望重的长辈,老人家看到整个梅山熙熙攘攘,热闹非凡,难免发出一阵阵的感叹。这个一直以为见多识广,主持过许多仪式的长者,此时见如此盛大的场面却有一些怯场。当他清了清嗓门,却发现自己因为紧张,嗓门有些沙哑、喘气,有些紧张。于是,转过身从大钵头中舀起一大碗茶水,"咕噜、咕噜"喝了下去。这一大碗凉茶水一下肚,紧张的心稍稍得到缓释,嗓门清亮了许多。

"梅山土地神庙开光仪式现在开始。"吉时一到,老人宣布。

刚刚还人声鼎沸的梅山立即安静下来。

"鼓声初严。"老人家又宣布;

满山遍野的锣鼓应声响起,一会儿则按习俗停了下来。

"鼓声再严。"老人家非常严肃地宣布;

刚平息的锣鼓声再次响起,连周边山头的小鸟儿们都不再肆意声张。

"鼓声三严。"老人家再次提高了嗓门。此时,人们仿佛觉得这老人家是一个三军司令,他的每一句话都主宰着这一仪式的起伏与动静。

"恭请主祭人、陪祭人、同祭人就位。"文康作为土地庙的投资者,组织者,又是作为这方圆几个村唯一知书识墨的先生,长期以来备受众乡邻的尊崇。因此,自然而然便成为今天的主祭人。接着司仪将名单一一念了一遍,一个个长者身穿长衫,一副虔诚的表情依次列队,排在文康身后。

"恭请主祭人净手。"司仪将声音拖得很长,那苍老的声音在山野当中回荡着,送进众人的耳中。

司仪话音一落,侍女手捧水壶、毛巾、香烛走近文康。文康迈前一步作了一个净手的程序,然后归位。

"请香。"

两位仕女递上香烛给文康，仕女文士同时将香分发给陪祭、同祭。

上述程序完毕后，司仪老人又清了清嗓门叫道："迎福德正神动乐……鸣大炮……上香……"

话音一落，满山遍野喇叭、锣鼓、礼炮齐响，在文康及同祭、陪祭的相拥之下，再次向土地庙里的土地公上香。

做完这一切，文康又再次归位。

在祭拜的过程中，所有的乡邻屏住呼吸，整个祭祀场上鸦雀无声，大家以一种无比敬畏之心，亲身参与这场肃穆、庄严的祭祀，仿佛整个心灵被静化，对未来充满无限的期待，对幸福和谐的生活充满信念。

静娴此时正偎依在母亲的身边，看到父亲那种虔诚的神态，内心的自豪感油然而生。她的手死死地抓住母亲，她隐隐感到母亲的手也紧紧攥着自己的手，而且攥得很紧，那手混漉漉的。

是啊！历经人生坎坷，又与父亲中途携手走过了二十多个春秋的母亲，看到父亲那副虔诚的表情，哪能不兴奋，哪能不激动呢？

"妈，我真想成为一个男孩，与父亲同扮一个角色，或许同祭，或许陪祭，也足以让我心满意足。"是的，在乡间这种庄重而富有浓厚传统习惯的祭祀仪式，是男人的专利，根本没有女人插手的地方。

生性好强，又有一富男儿气质的静娴觉得满心委屈。

"别乱想，这是规矩。"母亲严肃地制止了女儿的激动，用力将手中紧攥的女儿的手捏了一下，以为警示。

在这众多的乡邻之中，有三个人不能不提及。那便是阿辉和他的小兄弟阿林和阿文。那天，阿文不知从哪里听到梅山建土地庙要举行开祭仪式，便生拉硬拽将阿辉拉出门外。"走，阿辉，我们一起去梅山，也去给土地公拜个生日。"阿文说得非常认真。

"去吗？我可身无分文呀。"阿辉很想去，但除去了家里备有香烛之外，连买个鸡蛋煎给土地公享用的钱都没有，真是没面子呀！阿辉心里很为难，很矛盾。

"买两个鸡蛋的钱我有啊。"阿林很慷慨，说完便从口袋里掏出了几张皱巴巴的小票。

"不！不！不！"阿辉的头摇成拨浪鼓。

"那又为什么呀。"阿文有些不解。

"这祭拜神明菩萨，祭拜上祖要自己的钱，别人的钱不成。"阿辉老神在在地说道。这也是事实，这种说法全村老少都知道。

"咳，"阿林苦笑一番："这种事要解决不是很简单吗？算我借给你，以后你发了，便连本带息还我。"

"是啊！阿辉。"阿文感到阿林的想法很合理，便在一旁帮腔。

阿辉眼睛一亮，讲实话，土地公敬仰从父亲那便有，自己办工厂也迎了土地公。去梅山拜土地公何尝不想，只是身无分文，太没面子。既然阿林有钱，又愿意借给自己，岂不两其美呀。他看着小兄弟默默地点了点头。

三兄弟，每个人各买两个鸡蛋，煎好了。点了三炷香在土地公前三叩头，许了愿，便在梅树荫下坐着一边休息，一边看着司仪在祭拜土地公，看得非常投入。当然，阿辉更多的是期待这土地公能早日赐福给自己，让自己摆脱厄运，让那台电热管生产设备早日生产出合格产品。

赚一笔钱，发展一下自己的事业，争取早日实现阿爸的遗愿，带着那传承了十多代人的掷茭回到海那边，回到厦门湖里去。当然，当前最急的是如何改变自己人生最难堪的窘境。

梅山周围村落不多，况且每个村庄也不大。半年多前的盛夏之夜邂逅了梅山那姑娘，对梅山还是略有了解，只是那晚夜色朦胧，没有看清那姑娘的面容。

而那栋夜色当中给自己留下难忘记忆的屋子便在眼前，还记得一清二楚；

而姑娘如画眉一样好听的声音还常常在耳畔回荡，那叫静娴的名字还在脑海中留下难以忘却的记忆。

"阿辉，你在发什么呆呀。"阿辉的思绪在追忆往事当中，那爱说话的阿文却在耳边叫了一声，刚成年的青年似乎被人看透了内心的秘密，心里一阵发慌。

"没，没什么呀！"阿辉被阿文一叫，急促应答着好友。

乡亲们很热情，一个个屏住呼吸，睁着大眼认真地观看这场从未见过的土地公开光仪式。这里与其说是一场乡亲们对土地公报恩的一场祭祀仪式，倒不如说是乡亲们对土地公养育之恩的一种感恩，一种报答。

掷茭情缘

"奏……乐。"山野间司仪沙哑的声音再次响起，那声音拉得很长很长，掠过了梅山的梅林、田野，传递到每个乡亲的耳际。

话音刚落，云集在土地公周围的各乡村乐开始响起，几支乐队，锣鼓喧天，乐器齐鸣。

文康带着众人在这热闹的鼓乐声中，以崇敬肃穆的心情走到土地公跟前肃立着。

"一叩首……"

"二叩首……"

"三叩首……"

这一切尽管由司仪导演，但心怀无比虔诚的乡亲们在文康身后站成一排，连成一圈又一圈，都有条不紊地叩着头。

"兴。"老司仪又叫了一声。

接着十二位仕女送上花篮，牲礼由文康向土地公献上香花、牲礼。

"乐止，恭请主祭人献祀文……"

这时，仕女端祭文上，文康跪献，司仪老人以微微颤抖的双手接过祭文。

开始诵读献文：

自古而来，土地负载万民，生养万物，育五谷而饲苍生，生棉麻而衣百姓，历万年而不缀，经百代而不衰。天地万物，天生地养。皇天后土，功至大，恩至深。人乃万物之灵，岂可忘乎天地之恩德，而不时时感念，铭刻于心。

兹值颂典良辰，虔诚礼拜同申祝祷，仰期土地公降福，保赤子之康宁，佑国家之安泰，教我生民，知感恩、爱乡土、诚诚信，九九归一，发展和谐。

公德圣听，鉴此赤忱，伏惟尚飨！

"恭请主祭人归位，初献毕。"

阿辉以为，祭祀土地公的仪式终于结束了，想挤进人群，走近土地公再烧一炷香，对未来许一个愿，但脚还没迈出去，那梅山的锣鼓和乐队声又骤然响起。

只见文康又站在前头，他的身后仍然是满山遍野一脸虔诚的乡亲们。

"四叩首……"

"五叩首……"

"六叩首……"

紧接着,文康接过十名仕女端来十盘水果上祭台献果。

"为什么那么复杂?"阿林看在眼里,有些好奇地试探地问了一句。

"别乱说,这是规矩。"阿文打断了阿林的问话。

谈话间,鼓乐队又第三轮响起。

三响鼓乐让从来没见过这种阵仗的年轻一代喜出望外,大开眼界。平日里只有随长辈到土地公前烧三炷香,送两个煎蛋或几小盘果蔬什么的。今天,却如此排场,又如此非凡,真是长了不少见识。

"七叩首……"

"八叩首……"

"九叩首……"

司仪老人话音刚落,又有早有准备的两名仕女各捧一坛老酒,十名仕女捧着二十六杯老酒,恭请主祭人、陪祭人献酒了。

主祭人献酒瓮于供桌,跪地接酒碗。

二十四位陪祭人各取一杯,高捧过头,依次献酒地上。

"这又是一场什么礼呀?"阿林改变不了好奇的习惯,在一边悄声问道。

"别声张,听!"阿文有点老气横秋地加以制止。

"这叫献礼酒。"一旁的老人告诉后生。

"哦!"听到有人回应,阿林有一点得意。

此时,唯有阿辉的脑子还在认真地在琢磨家中厅堂中父亲留下的世代遗物,不禁心事重重,等到自己有一番事业,自己有一番能力,能够出资兴办这样的祭祀,能够像那文康阿伯一样多好呀?

可是,到那天到底还需要多久?

"恭请主祭人焚祭文。"司仪老人的声音又响起来了。

这时文康阿伯取过祭文,毕恭毕敬在土地公前的香炉前点燃祭文,然后轻轻放置地上。那祭文燃起了一团红红的火,又慢慢变成了灰烬。

那灰烬又被山风一吹,离开地面,慢慢的飘浮起来,旋转起来,并在人们的头顶上转了几个圈,飘呀飘,一直飘向天空,飘到让人们睁大眼睛都无法看见远方。

"好啊! 好! 土地公真开心, 土地公真高兴。"一旁的老人再也抑制不住内心的欣喜, 乐得眉开眼笑, 高兴得咧开嘴, 露出了那满嘴已经掉得差不多了的牙, 像一个个乐不可支的少年。

"送梅山福德正神。"随着司仪老人的声音, 梅山上鼓乐缭绕, 礼炮齐鸣, 众人欢呼, 祭祀土地公仪式达到了高潮。

阿辉对这一切看得很入神, 他的思绪在不停地翻卷着。但是, 不管怎么想, 怎么转, 思考的集中点仍在这梅山主人的身上, 一直不忘那天晚上与屋里姑娘的巧遇。

"静娴, 静娴, 这静娴到底是一个什么样的人呢?"阿辉心里不时地念叨这个名字, 多么期望她能出现在这个祭祀仪式上, 也好见一见自己曾经帮过忙的姑娘的芳容呀!

"阿辉! 阿辉……"阿文见土地公开光仪式已经结束, 想叫阿林和阿辉到梅园当中走一走, 看看风景, 凑凑热闹也是一种不错的选择。可是, 当他回过身, 却看见平时本来就少言寡语的阿辉, 今天变得更加深沉, 那表面上似乎平静的面容下, 嘴巴却在一张一合, 他不知道这阿辉到底是在默念祈福, 还是另有所思。于是, 拍了拍他的肩膀, 叫了他一声。

"哦……嗯……"阿辉的思绪再一次被阿文打断, 心里难免有一些不快。但他是一个沉得住气的人, 当然也不愿扫朋友的兴, 更不愿意让他们看穿自己的心思。

"你在想什么?"阿林似乎也看出一些端倪。

"没, 没有呀。"阿辉应付着。

"我们走一走吧, 到梅山人家那看一看。你看, 那边很热闹。"

"好, 好啊!"阿辉抬头一看, 那儿离这边不过一箭之地。仪式一结束那里似乎特别热闹, 梅山人家屋子前卖各种小吃的乡亲们竟然在那里摆起了小摊, 一些年轻人和孩子在那儿争相购买乡村小吃, 在那儿相互追逐着, 嬉戏着……

"走……"阿文已等不及半点拖延, 拉了兄弟便大步走去。

"阿爸……阿爸……"阿辉与同伴朝那梅山人家小屋走去, 想往那走, 自然有各种力量的吸引, 自然还有一些说不清, 道不明的理由。这些吸引力, 这些理由到底是什么？阿辉自己也难以表述。此时，他突然听到一种熟悉的声音。对，就是自己一直以为是画眉鸟叫的声音。

这声音让他心情为之一振，这声音让他感到浑身上下少有的轻松。

阿辉抬头看去，那梅山人家旁边的小山坡上，一个姑娘兴冲冲地从泥土台阶上冲下来，跑到刚刚那土地公的主祭人身边。你瞧，相差距离不足一两丈远，这姑娘清晰得不能再清晰，束着马尾巴头发，一米六左右的身高，上着花格子衫，下着九成新的牛仔裤，长得丰满的身躯，让人看起来充满着青春与活力。该大的地方非常丰满，该小的地方曲线凹凸。从那小台阶上下来，马尾巴左右摇摆着，丰满的胸脯活像两只小兔子有规律地上下蹦着。她的脸上充满着成熟少女的美丽，又弥漫着乡间少女难有的天真与纯朴，一路走过无不洋溢着青春的美丽与活力。

"静娴，静娴……"兴许是女儿看到父亲刚才在土地公开光仪式上那种令人仰慕的形象，姑娘兴高采烈地从家中蹦蹦跳跳地迎了出来，也许是父亲看到女儿如此聪明，能干和可爱，双方都表现得如此开心，如此幸福与满足。

"就是她……静娴……"看着近在咫尺的情景，阿辉有些失态。这是一个如此漂亮的姑娘，而且是自己晚上单独与之相处，同时为她帮忙的姑娘。尽管那天晚上没法看到她的面容，而此时见到，却让他感到心在"怦、怦、怦"地剧烈跳跃。尤其是她那充满活力的胸脯，是那样充满神秘、充满磁性，只看一眼，便令人脸上猛然热乎乎起来。

周围还是那么热闹。阿辉这时才觉得自己此时精神有些恍惚，自己的心有一些慌，竟然莫名其妙地用自己的手摸了摸自己的胸脯。那里是两个结实而又有力量的胸肌，却没有静娴刚刚快速下台阶的那种活力；自己的胸脯硬梆梆的，却没有她那份可爱。片刻，他对姑娘增加了一份好奇，这是以前不曾有过的好奇。

他感到有些失望，似乎觉得与姑娘的各部位相比，自己身上难以找到姑娘的那份可爱，那种令人难以自制的魅力与神奇。

这是少男们青春期的一种萌动，是阿辉以前从来没有过的感觉。

阿辉为自己那天晚上的表现感到内疚，更为自己在人家一直追问姓名连头都不抬而消失在月色当中感到后悔，他真想此时冲向前，并且大喊一声："静娴，我叫阿辉，就是那天晚上那个阿辉！"可是，嘴巴张了几下，却没有勇气说出……

第十二章

春的喜讯

一种新的感悟，一种新的责任。但这种感悟，这种责任到底是一个什么东西？苦思冥想却没有一个所以然。但一种好奇心，一种追求告诉他，人生必须去打拼，必须去奋斗，才能有出息，才能有长进，才能摆脱目前的困境。

兴奋了一整天，脚步与心情一样轻松了许多。回到家推开家门，当他抬头看见厅堂神龛中阿爸那消瘦、慈祥而又充满期待的脸庞时，蓦然之间心情豁然开朗起来，男人要成功，必须要有事业，突破困境要有自己的一番事业。

事业在哪？除了这间祖传的破屋，那么便剩下厂房中那台已经沉睡了好几个月的电热管制造设备。

想到这台设备，他的心里顿时亮堂起来了。这台机器是完整的，尽管师傅引进来将近一年时间，没有保养，但是几乎没有使用过。而且，听说外面正在将使用电热设备当作一种时尚，煮开水，煮饭，炒菜……都要用电，而用电的设备当中这个电热管却是心脏，却是核心。

自己已经拥有这台制造时尚小家电的核心设备，那便是一笔潜在财富，发展自己便有了基础。

男人要立业，立业便能够成家，成家便要拥有静娴一样那么漂亮的姑娘。

想到这里，阿辉情不自禁地哼了一句闽南歌曲——爱拼才会赢。他把赢字唱得特别高，特别大声，自信心特别的足。

不知是那天参加土地庙开光仪式，土地公给这个贫困的年轻人以庇佑和指路的缘故；

不知是那天看到静娴那充满青春活力形象的激励；

不知是在天之灵的阿爸在暗中相助。

此后的日子里阿辉跟以前判若两人，他向阿林借了一辆破脚踏车，经过几个钟头的试骑后，便冒着随时摔倒的危险，开始到镇里、县城里去了解信息，打听有没有加工电热管的业务。

他相信自己，更相信自己的能力。

只要能接下一张单，揽下一笔加工业务，那怕再薄的加工费，只要能赚到饭吃，只要能赚回成本，便一定要接下来、出成效。

说来也巧，巧到真可以写一部书。

这是梅山土地庙开光仪式后大约一个月以后的第六天吧。这一天，天气不错，在台南已经是充满春意的日子，乡村四周插下的秧苗已经绿油油的一片，到处一派生机盎然。看着这种好天气，阿辉骑着从阿林那里借来的破脚踏车，"咯吱、咯吱"朝县城骑去。

这脚踏车尽管老得掉了牙。但是，老归老，骑在脚下也挺累，但比起走路来，速度却快得多，而且轻松得多。几十里路，使尽浑身解数，一路狂奔，他无不默默地为这种科技的发展和社会的进步而若有所思。他以前在师傅家看见电炉，煮开水不用点火，只将插头插入插座，那炉丝便红得像火一样，只需片刻那壶里的水便咕噜、咕噜地开了。

快捷，干净，简单。当时他感到神奇。可是却感到不安全，他怕被电电了。有一次他搞电焊，插插座时手指触到电，全身顿时麻得发昏，冷汗冒了不少。当时，他一直在思考如果将那火包起来，保证不被电电，又不被火烫，那么这个电炉则多好呀！

制造电热管便是解决这问题，只是台湾当时还比较落后，除了有几家厂家在替外国厂家试产这种东西外，并没有生产电热管小家电的工厂，包括有实力的大老板都还在观望。

这里仅仅是台湾南部的一座县城。

人口不多，那街道也没有人们所想象的那么热闹。这地方，阿辉当徒弟时，师傅曾带他来过，记得那次进城是帮师傅挑着七八十斤重的五金配件样品，走街串巷，大汗淋漓，嘴巴干得像快死的鱼一样，一张一合，但师傅并没有正眼看过他一眼，只是一间工厂一间工厂地叫卖着，签订单。

现在这一切已经过去多少年了。师傅到哪里去了呢？师傅一家，包括那个比自己年长三岁的师傅的儿子阿福到哪里去了呢？阿辉一边骑着脚踏车，一边向四处张望着，希望通过那些张贴的广告当中寻找自己所需要的东西。当然是寻找有没有加工电热管的业务。

谢天谢地，土地公保佑；

谢天谢地，阿爸保佑我。

阿辉心里想着，却发现肚子在咕咕直叫。他看了看街道的商店墙上的挂钟。哟，已经中午二点钟了。

摸了摸口袋里几张皱巴巴的票子。那是前一段时间为了寻找商机，下了下决心从阿林和阿文那里借来的。

"要一碗面条吧。"阿辉问街边面摊老板娘："多少钱？"

"十块！"老板娘挺面善，长得白白胖胖，笑起来很富态，看着眼前这小青年答道："来一碗吧！"

阿辉心里吓了一跳，摇了摇头："两个馒头多少钱？"

"五块。"

"来两个吧！"阿辉想这馒头里放了一些糖，吃起来有甜味，也可省一些钱。于是，掏了掏口袋将五块钱递过去，接过两个馒头。

"小兄弟，看你骑车骑得满身大汗，这两个馒头吞得下去么。"老板娘还是满脸的笑意。

"可以的，肚子饿了，田螺除壳，牛牯除角，我什么都可以吃下去。"阿辉难得幽默地应了一声。

"我送你一碗面汤吧。"老板娘看到这年轻人，不知是出于怜悯，还是对阿辉这满脸憨意特别欣赏，"不要钱，别担心。"

"费神了。"阿辉满心感激，不好意思地接过面汤，就在脚踏车旁最近的餐桌狼吞虎咽起来。

"小兄弟，看你不是县城的人？"已经过了吃午饭的时间，这面摊也没有多少生意可做，看到阿辉坐下吃得那么香，老板娘站在旁边非常关切地询问。

"对！阿姆我是梅山脚下那个村的。"阿辉怯生生地应道。

"置办东西？"

"不！"阿辉对这老板娘的热心心存感激，也一扫以往的少言寡语，"我想找一些业务来做。"

"哦，不容易，这小小年纪，老成，老成。"老板娘原本对这纯朴的小伙子印象很好，现在又看到他风尘仆仆地要找工做，更是赞扬有加，"找什么工呀？"

"我想找电热管加工。"阿辉原想说这些东西，这老板娘也未必了解，想简单应付一下，自己可以赶紧吃饱，再转几圈抓紧回去。现在仍然一无所获，再拖说不定要空手而回了。

"电热管？这是什么碗糕？"老板娘追问不止。

"电热管便是用在家用电器上的，好像电饭锅，开水器呀……总之，很多很多家用电器都用得上，我也说不全。"

"这样啊！我知道了。"

"你知道什么了。"阿辉有些迟疑地问。

"前几天，也有两、三个人在这儿吃面条，他们说，在台中便有一个日本的老板想请人做这个活，好像还有德国老板也想找人干这个。但是……"老板娘讲到这里突然不说话了。

"但是什么呀？阿姆。"街边摊，来用餐的各色人都有，大家边吃边聊，无数的信息在这里交汇。难怪不少乡亲都说，这面摊是县城的新闻发布中心。这老板娘也是有心人，她只是街边听到，看到阿辉挺可靠的，便脱口而出。

可是这回轮到阿辉迫不及待地想刨根问底了。

"但是听说工钱都很低，他们说划不来的。"

"他们在哪里？我不怕低的。"老板娘的话似乎是一针强心剂，让阿辉全身一振。他把剩下小半块馒头往嘴巴一塞，端起面汤一饮而尽。

"阿姆，他们现在什么地方，快告诉我。"听到这一消息，这一剂强心针足以让阿辉感到兴奋至极，他迫不及待地朝老板娘说。但话刚说完似乎感到有些冒失，甚至有些缺乏教养。是啊，请人帮忙，却用那么不恭的口吻，于是补充了一句："行吗？阿姆。"

"扑哧。"老板娘被眼前这位纯朴而又老成的后生逗乐了，想想自己也是穷苦出身，她体会的到年轻人创业的艰辛，便继续用那慈祥善良的口气说："不急，那公司一个叫茂祥公司，老板姓陈，就在离这儿两条街，一问便知；另一个叫金威公司，老板姓杨。他们平时都是好朋友，公司很大，在这县城人缘极好。你上门找他，想必一定帮助你的。"

老板娘说得言之凿凿，阿辉乐得喜在心头，向她深深地鞠了一躬，也不再言语，牵上那破脚踏车，也顾不得骑上去，而是疯了一样跑了起来。

"哈！哈！哈。"他的身后老板娘乐得前仰后合。

转了两条街，前面是一栋高楼，那外墙都是用玻璃装的，下午的阳光照在那玻璃上，折射的光让阿辉睁不开眼睛，在门口站了许久，阿辉揉了几次眼睛，终于认清楚了那公司的名称正是茂祥公司。

"阿伯，陈老板在家吗？"阿辉看见那大门厅前坐着一个身着保全衣服的长者，估计五十多岁，一头花白头发，便先鞠了一躬，然后怯生生地问道。

"是老板约你的吗？"阿伯看到眼前的年轻人是一个道地的乡下青年，用一种审视的目光扫了一眼，但口气倒还亲切。

"不……"阿辉回答的很诚实。

"那找陈老板可有事情，他非常忙的，上午出去，到现在还没有回来。"听说不是老板约见，老人的态度似乎有些慎重起来。

"是的，我有一个非常重要的事情，是那条街上卖面条的老板娘指点我过来的。"一看到老人的态度发生了变化，阿辉心里开始着急起来，赶快把卖面条阿姆的话也搬了出来。

"哦，那我打一个电话问一下，问一下他什么时候回来。"不知是老板娘的面子大，还是老人原本便是个热心人，拿起电话便联络陈老板。

"多谢，多谢。"真是碰上好心人了。看到老人如此热心，阿辉满是感激。趁着老人跟老板联系，他将眼睛朝那大厅看了一圈，不由得倒吸了一口冷气，"夭寿。"这家公司真是富得流油哟。你看，那地板光滑得让人身影都能照得出来。阿辉蹲下身子，用手触摸着那地板，又光又滑，连苍蝇站在那儿准得摔断胳膊。他正要迈开步子走一圈，猛然一抬头，发现头顶上从几层楼高的地方垂着一盏巨型的吊灯，足足装着几十个，不，几百个灯泡，还有那闪闪发亮的灯片，让人一看便眼花缭乱，这与自己家那黑漆漆的房间相比，让他足足几分钟也缓不过神来。

阿辉有些发呆，看着这金碧辉煌的大厅傻傻地发着愣。

"喂，这位小哥，陈老板今晚回不来。要有急事，你明天再来。八点钟在这儿等，一准能碰见。"正当阿辉像刘姥姥进大观园，手足无措的时候，那阿伯叫了一声。

"嗯。"阿辉听到叫声，有些兴奋。但后半截话告知今晚不回来，却让他心里凉了半截，"那，那……"

"怎么啦，事情那么急？"老人看见阿辉那神态如此焦虑，似乎也跟着着急了起来。

"嗯……不。"阿辉心里确实急，一是这一线索太重要，看这公司如此气派，如见上老板能给自己一些活干，只要从指甲缝里抠一点活，足以让自己的设备吃得盆满钵满；二是，这天已经不早，今天晚上赶回去，明天再赶回来，一来一往足足要六个钟头。不赶回去，自己身上只有几张小票子，吃两碗面的钱都不够，自己今晚要在何处安身呀！

这可是四五月的天气，哪里可以楼身呀？第一次自己单独出门，能不着急么？

"小兄弟，你是不是有什么难处？"兴许是正如老板娘所说，这陈老板人缘极好，受老板的影响，手下的员工也很和气的。

"我……"阿辉想将自己焦虑的心情给老人说一说，如果今晚没法回去，能否借这大堂的一个角落，让自己躲避一下寒风，等到陈老板回来能见一个面。但

掷菱情缘

这种念头只在一刹那便消失了。一来这大堂那么漂亮，自己打扮得像一个叫花子似的，呆在这里有碍观瞻；二来，那老板娘不是还介绍有一个姓杨的老板吗？

离天黑还有一段时间，不如先找金威公司的杨老板去。阿辉灵机一动，瞬即又摇了摇头，"阿伯，没事情，没事情。那我先去找金威公司杨老板，明早我再回来。好吗？"

"好！好！好！杨老板跟这里的陈老板是一对把兄弟，也是一个热心肠的人，你先去找他，有困难回来找我。今晚我值班，不回去。"老人一副热心肠，一直把阿辉送出门外，还细心地指了指路。

从茂祥公司出来，到金威公司还有二三公里的路，阿辉的心一阵高兴，又一阵紧张，经历了半年多的挣扎与沉寂，自己已经从人生的窘境当中冲出重围，自信心陡然大增。更重要的是，今天到了县城已经有了收获，对这电热管生产有了一些了解，尽管老板没见上，但眼前已经露出了一丝曙光，只要自己能吃苦，有诚心，就一定能有所收获。

贵人指点，还要爱拼才会赢。

高人相助，才能人生中少走弯路。

阿辉此时走过几条街道，看到这县城的人一个个穿着光鲜，喜形于色。他不由地感叹，这人生必须经过奋斗，一身的光鲜，只有靠自己用无数的辛勤汗水才能换取。

茂祥公司到金威公司中间隔着一条河，那河上是一座刚架设不久的一座钢结构的桥梁，桥上走汽车，设计和建设者为了让市民充分享受这河滨的美景，在桥下建了一条人行栈道，供人们休息晨练之用。

牵着那架只有铃铛不响，全身都响，快散架的脚踏车，阿辉似乎来了兴趣，脚不由自主地踏上了人行栈道。

这河里的水很清，清得非常透彻，河床里有一群群二三个指头大的小鱼在游弋着，它们成群结队在河中茂盛的鱼草中来回穿梭，一点也不紧张，一点也不匆忙，一副悠然自得的样子。再一抬头，这桥在两岸的桥墩下还设置了种花的花池，只是那花池里没有种上花草，上面铺着用包装厢拆开后的厚纸板，而且也挺干净。

阿辉眼睛一亮,似乎发现了新大陆。于是,对自己今晚的安身之地有了一番打算。

太阳快下山了,晚春的台南还是一番让人感到冬天未尽的感觉,寒风又开始刮了起来。阿辉用力蹬了下车,让那脚踏车加快了前行的速度,不一会儿,金威公司的办公楼出现在眼前。

比起茂祥公司,金威公司气派稍稍逊色了一些。看了看天色,阿辉已没有心思在观看这些,他匆匆忙忙在办公楼前支好那脚踏车,一头扎进大厅,想在杨老板下班前,见到他一面。

"后生家,找谁?"阿辉没有顾及别人,却一头碰上从楼上下来的一位长者,他看到这年轻人风风火火往楼上冲,料定有事,便主动打了招呼。

"哦!费神。请问杨老板在吗?"被人叫住,阿辉感到不好意思。但他始终记得以前父亲的话,出门路在嘴巴上,要讲规矩。于是,最大限度地露出笑脸,看着正面迎来的陌生人。

"你认识他吗?"对面的人似乎感到有些奇怪。

"……"阿辉摇了摇头,但仍露出一脸真诚的笑。他知道不管眼前是什么人,笑能得到人的理解,取得人的帮助,因为拳头不打笑面人,微笑能让自己交上更多的朋友。

"找他有什么急事?看你这满头大汗的。"还是这人紧追不放。

"我想……"阿辉被这个人如此认真的神态问得难以回避,于是又将面摊老板娘如何介绍的事情说了一番。

"你能生产电热管?"不说也罢,一说倒让这人感到有些惊讶。面前刚从楼上下来的人将阿辉从上到下,从左到右反复看了几遍,好像是在审视一个小偷,一个骗子似的。大约过了一两分钟,来人微微一笑地说:"我就是你要找的杨老板。"

"是吗?"阿辉将眼睛睁到最大。然后,喜出望外地从身上背着的早前自己琢磨试制的二块电热管交给杨老板:"这是我工厂试制的样品,你能将一些活交给我做吗?"

"这是你自己生产的产品?"看到这刚刚成年的后生,再掂掂自己手中的产品，杨老板似乎有些怀疑。

"是啊！"阿辉回答的非常肯定。

"你的工厂？"

"对呀！"

"你的厂现在有多少工人？"看来，杨老板似乎发生了强烈的兴趣，刨根问底地问道。

"杨老板，我的不是工厂。"诚信是做人最起码的要求，阿辉看到面前的杨老板如此感兴趣，自己也没见过多少世面，担心自己的活让别人错判，便赶快补充说道。

"后生，有话慢慢说，你一会儿有工厂，一会儿又说没有工厂。没工厂怎么做出这电热管来？"在当时，电热管生产整个台湾的厂家也是屈指可数，看着眼前这个刚成年的孩子，而且前言不搭后语，杨老板开始有了警惕。

"不，不，不！"看到杨老板变了口气，阿辉有些急了，汗水刹那间从额上直冒。

"不要急，不要急。"杨老板也被说得云里雾里，觉得这孩子风尘仆仆来寻，一定有原由，凭着自己人生的经验，他绝对不会是那混迹于大企业骗吃骗喝的小混混。便放缓口气地拍了一下阿辉的肩膀说："来，到我办公室慢慢说，好吗？"

"好，好，好！"阿辉擦了一下额上的汗水，他恨自己笨嘴笨舌，连一句话都说不清楚。当在杨老板办公室坐定后，便将自己来前的情况一五一十说了一遍。

"哈，哈，哈！原来是这样。"杨老板听了以后会心一笑，他被眼前这位老成持重而且敢于打拼的后生感动了。"阿辉，制造这电热管也不是我和陈老板的单，而是我们从日本一个制造商那里得来的信息，只是工价太低，而且技术标准又高，我们觉得划不来。"

"杨老板，我是一个白手起家的人，如果你能信任我，便请你将单签下来，转给我做，扶我一把吧。"阿辉可怜巴巴地看着老板。他心里在想，你们是大公司人员多，成本高，做不了。可交给我，只要开始时扶我一把，我只要能赚得到饭来吃，便可以了。

况且，我就一台机器，除阿林、阿文外，再聘几个朋友，便可以开干了，成本肯定比他低的。

"这笔单不算太大，如果你们组织得好，那一台设备也足够了。如果交给你们做，要什么条件？"看来杨老板被眼前这单纯的不能再单纯的孩子发生了强烈的兴趣。

"我也说不清楚。但起码要几个条件：一是提供原材料……"

"这不是问题。"

"适当的流动资金。因为，我除了有一间简易车间，那台机器和力气及几百平方米的厂房之外，别的一无所有。"

"要多少？"

"不多，交电费，和请工人的最低工资。"

"这也不是问题。"

"对每台的加工费有要求吗？"

阿辉坚定地摇了摇头，他看到杨老板如此和蔼可亲，他和陈老板的房子那么大，坚信他们不会欺骗自己。讲实话，他们身家那么大，只要拔一根毛，足以让自己发展起来。再说，自己还没起步，也没有任何份量可以给人家谈价格："只要您关照我，您赚大头，我只要不亏本便可以了。"

看到阿辉如此执着，又如此诚实，杨老板在激烈地评估着。讲实话，给日本一家制造商电热管代工之后，自己和陈老板便绞尽了脑汁。合同签了，承接下来自己做，忙忙碌碌，赚不到几个加工费，而且把整个设备和力量都摊上了，再无力接别的活。不接这单，又恐失去诚信，丢了这个多年合作的合作伙伴。

如果能将这单转给这小后生，为保证产品质量派一人去指导，这岂非两全其美？

"杨老板，您看？"看到老板在思忖，阿辉担心刚有一些眉目的线索又中断，有点迫不及待。

"阿辉，这件事非常重要，不论对你，还是对我和陈老板都一样。"杨老板开口了："这样吧，天已经黑了，你也回不去了，就在县城找一客栈住下来，明早，明早……"他停了停："明早你到茂祥公司去，等我们的消息。"

"茂祥公司的陈老板不是出去了吗？"阿辉反问。

"对！陈老板出去联系业务。今晚回来我们商量一下，明早告诉你结果。"杨老板还是面带笑容。"明早八点半，我一准到那里去跟你见面！"

"好！我一定在那儿等您。"阿辉听完杨老板的话，很兴奋。他仿佛觉得胜利就在前面。

"我这有一些钱，先拿去住客栈。"杨老板是一个细心人，刚才听了阿辉的话，已感到这后生不寻常，而且肯定身上没有带多少钱，便从口袋里掏出一叠票子塞给他。

"不！不！不。杨老板，我有钱。我带有钱。"阿辉心里一热，慌忙不迭地推辞。自己还没给人做事，收人家的钱不合适。尽管自己口袋空空，但穷，也要穷得有志气。

"真的吗？到这里不要客气！"

"不客气，不客气。"阿辉口气十分坚定。

"那明天见。我今天已约了朋友，不能请你吃饭了。"杨老板将阿辉送出门外，亲昵地在他的肩膀上拍了一下，又补充道，"明天早上八点半，茂祥公司见。"

第十三章

寒风中的思考

从金威公司走出来，那风却一个劲地吹着。

刚才在杨老板的办公室紧张地思考，阿辉沁出了一身汗水，现在走在大街上更加感到凉意习习。

街道上的路灯已经亮了起来，行人们步履匆匆，与白天相比人也少了许多。县城多好啊！晚上路上还亮着这么多的灯，那灯装的又高、又亮，一准是有100瓦的大灯泡吧！阿辉第一次自己进城，又是第一次独自在晚间的街道上行走，一切都感到新奇，一切都感到不可思议。

在家里一年四季，春夏秋冬都没路灯，人不还是照样活，路不还是照样走？这，真是太阔气，太浪费了。

"这路灯的电灯费是谁交的呀？他一定很有钱哟？"阿辉边走边想，边走边思考。不知不觉又来到中午吃馒头的面摊前，看见那卖面的阿姆在紧张而忙碌地招呼客人，忙得真有点团团转。

"阿辉你又转回来了。"不愧是做生意的人，那面摊的老板娘阿姆尽管生意如此繁忙，长期的职业习惯真是眼观六路，耳听八方。听见阿辉那快散架的脚踏车声音，仅一面之交的人，竟然像老熟人一样打招呼。

"阿姆,我给你帮忙。"看到老板娘生意如此红火,这阿辉也学得乖巧起来,将那破脚踏车一支,便快步走上前,如一家人一样帮起忙来了。

客人很多,阿姆不停地边吆喝,边打面,还边往围裙的口袋里收钱。

那油渍渍的围裙大口袋被大票、小票塞得满满的。

那阿姆始终咧着嘴微微笑个不停。

阿辉此时一点也不见外,帮着端面条,送碗筷,俨然一个称职的帮手。

月亮从天空中透过薄薄的云彩露出了笑脸,在寒风中,在这昏暗的灯光下,食客们一人个摸着圆圆的肚皮惬意地离去。

面摊前终于冷清下来。

阿姆终于疲倦地一屁股坐在条櫈上。她满意地看着站在一旁傻笑的阿辉:"阿辉,快自己打,要吃面,要吃馒头随便拿。费神了。"

"嗯!"被阿姆这一提醒,阿辉觉得自己早已饥肠辘辘,中午的两个馒头早已无影无踪,也不客气,一口气吃了一碗面条和两个馒头。然后心满意足地摸了摸口袋,将钱递给老板娘:"阿姆,给!"

"看你这后生,你干了一晚上的活,我请你吃碗面是应该的,还应给工钱才对。"说完,一边用手挡住阿辉递来的钱,另一手则去那油渍渍的围裙中掏钱。

"要不得,要不得。"阿辉忙推辞。于是,一老一少,推来推去,没完没了。

"阿姆来一碗面,我快饿昏了。"正当二人谁也说服不了谁的时候,街道上传来一声画眉鸟的声音。

"嗯!"阿辉一听这声音很熟,他猛然抬头看见静娴也风尘仆仆赶来吃面条。不觉有点奇怪,这么晚了,一姑娘家也在县城里?

"来了!大碗,还是小碗?"阿姆一如往常,右手拿起舀面勺,左手准备下面,那都是手工面条,大碗大份,小碗小份,加工出厂的时候便定了量。

"大碗的,阿姆能加点蒜茸醋吗?"静娴说的还是那画眉声。

"好!好!好!有!有!有。"老板娘满口应承着:"要加鲜虾、猪肉或牛肉吗?"

"那就加鲜虾和猪肉吧。我不吃牛肉。"在闽南和台湾南部的原因,闽南迁徙去的乡亲为了表达各路神明菩萨的敬畏与虔诚是不吃牛肉的。

"来呐……"只一会儿，老板娘将一碗热腾腾的面摆在静娴面前。

站在一旁的阿辉心怦怦直跳，自从那次梅山土地公开光典礼以后，自己曾无数次在脑海里浮现着静娴的形象。尤其是梦中，静娴漂亮、活跃、泼辣的举动，让这位小后生一次又一次感到脸红和心慌。他曾反复自问，为什么一个与自己几乎不相干的姑娘会让自己如此思念，为什么一想到这个萍水相逢，甚至对方连自己名字都不知道的姑娘自己会脸红，会心慌？

现在，自己在梦中无数次思念的女孩就在眼前，就在几步之遥的餐桌上吃着面条。阿辉好几次张开嘴，他想跨前一步告诉静娴，自己就是那天晚上帮她忙，忙了一个晚上推她回家的"大哥"。可是，身在异地，又时过境迁，感到有些失礼，甚至怕静娴产生误会。

阿辉拳头握了握，一次又一次地鼓励自己，前去认这位叫静娴的姑娘。但多次想，却又多次犹豫不决。

看来这静娴很累，

看来这静娴已经很饿。

"唏哩呼噜"一碗大份的面，风卷残云，现在只剩下一点剩汤，如再不前去，这机会一准失去。

"如这次失去，也不知什么时候才有机会跟她说上话了。"阿辉心里非常矛盾，他嘴巴在张，他的脚在慢慢地移动。

"这面真好吃，老板娘多少钱？"静娴终于心满意足地要掏钱走路了。

机不可失，时不再来。

阿辉觉得自己应该有一点男子汉的勇气，他暗暗为自己鼓了鼓劲，反正认识她，正正派派，又不是偷东西，何必如此心虚？

阿辉想着，终于憋足了劲，叫了一声"静娴，你怎么这么晚还在这里？"

"哦……"正要结账的静娴冷不丁发现身后有一个陌生的男人在叫她，吃惊不小。但仍不失礼地问："请问大哥，你是谁？我不认识你呀？"

"我是，我是……"阿辉有些吞吞吐吐。

"有事吗？"静娴最看不惯吞吞吐吐的人，尤其是男人，她心里有一些不快。

"我是那天晚上送你回家的大哥呀，我住在梅山脚下。"被静娴的话一呛，阿辉倒冷静了许多，回答也自然流利起来。

"啊！怎么会是你？大哥！"静娴听完阿辉的话，上下审视了阿辉一番，眼睛一亮，不过她眼光所到之处，发现自己那天因为天黑根本没有看清对方的脸，无数次称他为大哥。可是，眼前的这位被自己称之为大哥的兄弟，剃着板寸关，结结实实的身子，似乎还一脸羞涩，嘴唇上的胡子还长得茸茸的，明显比自己小得多。"你呀！怎么一走便没了信息，害得我到处打听，也没音讯。"

"我也想你！"不知怎么搞的，阿辉将心里话抖漏了出来。

"想我，想我，连名字都不留便溜走了。"听到阿辉的话，静娴嗔怒着。

"哎哟，你们认识？"阿姆在一旁看得真切，便指着阿辉："这真是个好仔呀！勤劳哟。你看今天中午见了一面，晚上帮我干了一个晚上的活。"

三个人，一人一句，正说得起劲。突然远处传来了跑车飞驶的马达声，这种高级跑车，在当时的县城是很少听见的，三个人的谈话戛然而止，抬头一看，一束强光直照面摊，强大的光束让三个人都睁不开眼睛。

"静娴，我听说你来县城，让我好找。"话音刚落，从车上跳下一个青年人。阿辉似乎对那声音很熟，不看不知道，一看吓一跳。原来，那青年便是师傅阿庚的儿子阿福，在梅山乡村大家都称之为少爷。

阿福一表人材风流倜傥。他走上前旁若无人地一把手搭在静娴的肩上："走，怎么吃这种面摊，我请你宵夜。"说完拉着静娴的手便要离开。

"阿……"阿福的突然出现让阿辉感到吃惊，他不知道已经许久没有音讯的阿福会在这个地方，这个时间突然出现，而且在偶然之中了解了师傅逃债的真相，更重要的是师傅的儿子会跟静娴那么熟悉，这让他感到全身猛然一颤，原本想跟他们打一个招呼，却又改变了主意。

"阿福，你死到哪里去了？一年多没有音讯，今天从哪里冒了出来？"看来静娴原来与他很熟，但没有什么好感。

"我能死到哪里去？老头子弄了一笔钱到台北去发了，我也去了。这不，想你了。我今天回到梅山，却听说你到县城来了。"那阿福趾高气扬。"因此，我又追过来了。"

"呸！原来这两个都不是好东西。"阿辉听了阿福的话，有些恍然大悟，他对这阿福印象更不好。这段时间，自己还蒙在鼓里，阿福的一席话让他吃惊不小。还以为师傅是破产，现在终于了解到这师傅也不是好人。可是，他们不是好人，你静娴不是不知道呀，怎么跟这帮人渣粘粘乎乎？他心里狠狠地骂着。心里凉了半截。刚才已经到喉咙的许多体己话想跟静娴表达，此时早已气不打一处出，骂了一声，推了那部破脚踏车，火速蹬上，"格格吱吱"离开了面摊。

"阿辉，阿辉……"他的身后传来了静娴那画眉一样的声音。不过，此时这声音已经缺少了往日的魅力。

阿辉听起来甚至还有一些厌恶。

那朦胧的月色越来越暗淡了，县城进入了梦乡，那街道上的路灯也一片又一片地熄灭。只有阿辉孤独的身影在朦胧的月色下显得又高又瘦，那破脚踏车的声响，在这宁静的夜色中显得特别刺耳。

到了深夜，县城人家养的鸡开始报晓。阿辉的心还停留在刚才的情景之中……

静娴……

师傅……

阿福……

还有那笑容可掬的面摊阿姆。

天下一样饭养育着千万种人，千万种性格。阿福的几句话深深地刺痛了阿辉这颗年轻人善良的心。自己把师傅当成父亲，但关键时刻师傅却坑了自己一下。这一下坑得很惨。本来就没有家底的自己，经过半年的挣扎至今都没缓过神来。而师傅却到台北去发了，这阿福却在招摇过市……

这静娴在自己的心目中一直是一个孝顺的姑娘，尤其是梅山土地庙开光，足以让自己崇拜得五体投地，可是真不该与阿福这路人搅在一块呀……

再想想那慈祥的面摊阿姆……

阿辉的思绪显得杂乱无章，几个话题，一组人物形象在脑海里轮番跳跃着，他漫无目的地在街道上走着，骑着，像一个幽灵，像一个没有人领养的孩子在彷徨。

万事诚为首, 别人怎样我管不着, 我要踏踏实实地走自己的路, 像面摊阿姆一样热情诚实地做人。

晚春的风还是那样凛冽, 足足走了几个钟头, 阿辉感到忙了一整天, 确实有一些累, 两条腿又酸又痛又沉重, 他感到一种前所未有的疲惫。他想找一个地方落脚, 找一个地方避一避风。但, 眼睛在周围扫了一圈, 都没有合适的地方, 尤其是这街道上穿堂风特别厉害, 现在已经是下半夜, 如再呆上半宿一准冻出病来。

明天八点半还要到茂祥公司。

"现在已经三更过了吧? 走到哪儿去? "阿辉的脑子一转, 想到下午去找金威公司杨老板时路过那大桥底下的栈道, 那栈道的尽头, 那靠岸的桥墩下有一个包装箱铺就的花池。

"到那里度过下半夜吧! 一定是一个不错的选择。"主意一定, 他骑上脚踏车一路狂奔, 不消片刻便到了。还好, 这里仍然像白天一样静悄悄的, 阿辉不再犹豫, 迅速爬上花池, 用随带携带的一条绳子将脚踏车系在身上, 再将双手反扣着脑袋, 准备美美地睡上一觉。

绳子将脚踏车与身子系在一起, 是防止小偷在自己熟睡之后被偷走, 那车尽管破, 但毕竟借来的呀!

"天快亮了, 睡一阵吧, 明早还要见陈老板和杨老板。"阿辉反复叮嘱自己, 希望在脑海里迅速抹去几个钟头前的不快。然而, 这人便是这样, 你越要让自己不去想, 却偏偏思绪飞扬。阿辉越不想想静娴, 那静娴充满青春活力的身影老在眼前晃来晃去, 她那原本非常悦耳的画眉音尽管已经变了调, 却反反复复在耳际边挥之不去。

"此生如果能取上这样漂亮能干的女人多好啊! "望着桥畔已经沉寂得死一样的县城, 再低头望看了看那无声无息流淌着的河水, 阿辉感到静娴这样优秀的人竟然与阿福这路货色勾肩搭背, 实在有一点不可理喻。

"太可惜了! "阿辉在胡思乱想, 阿辉在为静娴惋惜。同时, 又在为自己身无片文, 却胡思乱想而感到可笑。是啊! 抓鸡还要一把米。要想讨静娴当老婆,

用什么讨,用要饭的勺子么? 想到这里,心里感到一阵阵的酸楚。

阿辉在不停地翻身。

阿辉在不断地遐想。

注意力太集中了,大脑皮层太兴奋了,新事旧事如同放电影一样在脑海里交替出现,驱走了睡意,同时也赶走了寒意。

再说静娴,刚才与阿辉相隔一年后第一次相见,真有一点欣喜若狂的感觉。她是一个性情中人,容易激动,如果不是在这大街上,如果不是在这县城,或许在田野,或许在某一个没人的地方,她一定会不顾一切地冲上去,拥抱这个小弟弟,拥抱这个给予自己帮助,却有近一年才重逢的恩人。

现在,由于阿福的突然出现,这位恩人,这位小弟弟却带着那么不愉快的心情离去了。

"他这深更半夜,骑着那破脚踏车会到哪里去了呢?"

"为什么梅山下,几公里的相隔他却在这县城才相认呢?"

"为什么原来谈的那么兴奋,却在阿福一出现他便迅速离去了呢?"

静娴有许多个为什么要问自己? 可是,问来问去,却没有问出一个所以然;问来问去,自己却越来越糊涂。

"你发什么呆呀! 看见那小徒弟走了魂不守舍,值吗?"静娴在思考当中发着呆,阿福却更加不解。

"喂,你认识阿辉?"阿福的话,让静娴迅速从纷繁的思考中转过身来,问了阿福一句。

"谁不认识,这小子是一个孤儿,纯一个小叫化子,在我父亲身边当徒弟,如果不是我们家,他早饿死一百回了。"阿福不屑一顾地回答。

"你说什么? 他是你爸的徒弟?"

"能成为我爸的徒弟是他的福份。你以为。"阿福的话有一种说不出所以然的味道。

"你爸便是那阿庚么?"在一旁的面摊阿姆再也看不一去,质问了一句。

"没错? 关你什么事呀?"阿福不改那傲慢的口吻。

"畜牲。古话说，虎毒不食仔。亏你还敢说阿辉是你爸的徒弟，哪有师傅坑自己徒弟的？"中午吃馒头时，阿姆心痛阿辉这个小后生，话说出口，积压半年多郁闷，且又没有多少人关心冷暖的阿辉便向像母亲一样的阿姆说出了自己的不幸，说出了自己这么多年经历的艰辛。当时，阿姆真为这不幸的后生产生了一种母性的怜悯与同情，随着他的诉说，阿姆的泪水也直流淌。

女人的心很软，女人的泪水很容易流淌。

阿姆看到这后生真是命苦，但更看到这后生有志气，她想帮一把阿辉，但靠卖面摊维持自己一家老少的生计，自己力量有限。因此，当他了解到阿辉要制造那电热管，便将杨老板和陈老板的情况介绍给他。

杨老板和陈老板是阿姆的老顾客，二十多年都在这面摊上用餐，关系甚深。打着她的旗号上门，这二位老板都会尽力给予帮助。

"我爸怎么坑他啦？"阿福声音很大。

"难道你们是在帮他吗？他们父子二人几千元积蓄砸下去了，十多万元工钱被你爸卷空了，一个孤儿欠人家一屁股债，过年连买一斤猪肉的钱都没有。到县城来找业务，连一碗面都买不起，只好干吃两个馒头……"阿姆是一个很有正气感的人，一口气将自己的不满向阿福倾泻，动情之处，数次哽咽，泪水直流。

"你胡说……"阿福不知道这阿姆对这些情况会了解这么细，听了阿姆这言之凿凿的话，让他瞠目结舌，却仍然强词夺理。

静娴听了面摊阿姆的一席话，犹如茅塞顿开。她愣了许久，终于明白了为什么阿辉会对自己的态度变化如此大的理由。想必他发现阿福对自己如此亲热，因而彻底失望了，愤愤而去。

"那么，这夜深人静，按照阿姆所说，他身上没有几个钱，是断然不会像自己一样去客栈住宿的，他会到哪儿去呢？"眼前两个男人，阿福，自己原本就对他没有好印象，只是因在一个镇，总有不少相见的时候，也只知道这男人行为举止十分轻薄，平时唯恐躲闪不及。可是今天，今天不知什么缘故被这个冤鬼冷不丁给撞上了，更不知这只"金头苍蝇"却在暗恋着自己，而这一切偏偏又被阿辉碰上了。

这，让静娴感到一种莫名的苦恼，更为阿福刚才跟面摊阿姆的一席对话而感到愤怒。

静娴善良的心被外力猛撞了一下，她为自己的恩人过着如此艰辛的生活，甚至过年连一片猪肉都没有，自己却未能报恩而感到内疚。

望着这茫茫的夜空，姑娘的眼神充满着一种伤感，一种自责。

这一碰见，伤了阿辉这颗纯朴善良后生的心；

这一碰见，想必也毁坏了自己在阿辉眼中自己的形象。

"一定要设法找到阿辉，给恩人以应有的支持与帮助。"乡下人的心最纯朴善良。讲实话，从那天晚上阿辉离开后，父母也多次念叨这个神秘而又不留名的青年。当今社会，人心都无比浮躁，没有做什么善事都要挖空心思编出一套感天地，泣鬼神的故事出来。那干了善事却不留名，不图回报的有几个呀？静娴在暗暗下了个决心。

阿福被阿姆一席话塞得一句话都上不来了。

这面摊难得的寂静。三个人都彼此不再搭话，静娴拿起桌上的坤包，抽出一张百元大钞递给阿姆："老板娘，买单。费神了。"

阿姆也不再想说什么，仍然从那油渍渍的围裙口袋里掏出钱，找给静娴，嘴巴动了动，才用低沉的声音告诉静娴："姑娘以后眼睛要亮一点哟！"因为，她看见阿福刚才的轻佻，估计他们之间一定不是陌生人。

"知道，阿姆你的话我会用纸包起来，放在心间的。"静娴对阿姆满怀感激，是这位素不相识的面摊老板娘一席话，让自己感到人善良与邪恶的本质，给自己上了一堂生动的人生观的课。

静娴看看手中的表已经十二点多，再看看那星星布满天穹，自己的内心一阵阵发酸，一个十几岁便失去双亲的孩子，在人生的旅途上舍命相搏，按理这个社会应该有更多的人去关照和提携。可是没有。反而，却有这么一个无良的师傅，那样无情卷走了他的一切。让人掉入陷阱，苦苦挣扎，至今仍然背负着沉重的债务。有些人，靠着老子的庇荫，花钱如水，拈花惹草，还以此为荣耀；而阿辉尽管人生一路艰辛，却充满自信，百折不挠……姑娘想着，想着，发现自己的眼眶有些湿润。她为自己能得到这么一个贫困的后生无私的帮助，可自己却没有给予任何回报而产生着深深的愧疚。

掷姜情缘

"静娴，你去哪里，我开车送你。"阿福见静娴站起身要离开面摊，赶快上前想用手拉着静娴。

"滚开，希望你以后别再叫我的名字。"静娴几乎是在吼叫，这是她记忆当中第一次用这种愤怒的声调，这是她第一次感到对这个男人的无比厌恶。

"我……"阿福还不想离开。

"快滚开……"静娴已经一刻也不能够再容忍下去。

"哼，有什么了不起，村姑一个。"阿福多少知道静娴的性格，一旦她翻脸是难以再挽回的，这棵梅子是不可能吃上了，阿Q精神让他嘟哝了一声。

那洋跑车轰鸣一声一溜烟便没了踪影，那束强烈的灯光在夜幕中变得虚无飘渺。

"阿姆，你知道阿辉这个时候会到哪里去吗？我要去找他，我要去帮助他……"静娴的泪水终于突破眼眶，顺着脸颊流了下来，她在向阿姆讨教，向阿姆求助。

"是啊……"阿姆被静娴问得一时语塞，刚才这一切发生得太突然，来得也快，去得也快，大家都来不及反应，大家都没有问及阿辉这后生今晚会在哪歇息。

"这孩子会到哪去呢？他身上没钱呀。"许久，许久，阿姆不无担心地自言自语……

第十四章

寒风瑟瑟

阿辉在花池里反复辗转，往事历历，让他睡意全无。那桥下的风也不停地刮着，躺得时间长了，寒意陡增。

东方已经开始泛白，那拉大粪的拖拉机从桥上驶过，这形成的辗压力让整个桥墩都颤动起来。"既然冷，又没睡意，干脆坐起来靠着坐一会吧。"他索性将身子靠着冰冷的桥墩静静地坐着，等着那天亮，等着这县城的人都从梦中苏醒过来。

一夜未眠，总觉得这双眼又酸又痛。他情不自禁用手死劲地揉着。希望这一揉能够驱走一天的疲劳和一夜未眠的困倦。但是，毕竟年纪轻，那睡意赶也赶不走，揉也揉不掉。于是，阿辉便在这似睡非睡，似醒非醒中迷迷糊糊中过了几个钟头。

"应该快八点半了吧！别失信。"想到昨晚与杨老板的约定，阿辉不敢再懈怠，翻身跳下花池，刚牵上那辆脚踏车，又感到还有一件事没有做，便又重新将车支好，蹲在河边，用手撩起河水洗了一把脸。

当他踩着那部全身都发出声响的脚踏车赶到茂祥公司时，时间还早，大家都还未上班，支好脚踏车，他想在周边走一走，令他惊讶的是那街道上一个熟悉的身影朝自己走来。

"静娴，那是静娴。"阿辉的心猛地砰砰直跳起来，她是来办事，还是知道自己会到这里？还是偶然相见？昨天晚上阿辉无数次想着她，眼帘无数次浮现她的身影。但一想到阿福与她那亲热劲，心里却感到一阵阵难受。现在，当她朝自己走来时，阿辉脑海里闪现的第一个念头便是想躲开她。

主意一定，他又重新推着脚踏车想离开这里，可是与杨老板昨日的约定时间又快到了，这可是大事呀！这让阿辉左右为难，举棋不定。

"阿辉！阿辉！你想去哪儿呀？"看到阿辉想走，静娴有些着急，还差着几十米远，便着急地打着招呼。

"我……"阿辉头也不想抬，只是默默地将目光盯在地上。

"你昨晚在哪里呀，真叫人担心！"走近了，细心的静娴似乎发现了什么，轻轻地帮助他拍打着身上的土尘和草屑。这一拍，尽管动作很轻，却如重锤一般砸在这个几乎没有得到过女性关爱过的后生身上，让这颗年轻而又纯洁的心灵受到亲情的撞击。

阿辉没有离开。

阿辉没有拒绝。

活像一个未成年的孩子，低着头，沉默不语地接受了。

"阿辉，你的情况我从面摊阿姆那里了解到了，你碰到这么多困难，为什么不去找我呀？"静娴用咄咄目光看着被自己以前称为大哥的小弟："我真不知道你过的那么苦……"

"我去找过你……"阿辉的声音很小，小得如同蚊子一样嗡嗡地叫着。

"什么时候？为什么我不知道啊？"静娴似乎有些着急起来，她感到自己的一种失职，一种没良心。

"土地庙开光的时候，可是你很忙……"阿辉说到这里立即调过话题："你为什么跟阿福好呀？他是什么人？"

"我哪有跟他好呀！"这句话，让聪明的静娴了解了阿辉内心的一切，她娇嗔地拍打了一下阿辉的肩膀。然后，欣喜地擦掉了挂在眼角上的泪珠："有什么困难，我来帮你，我一定帮你到底。"

"不……"阿辉想拒绝，但在这位似姐姐，又充满母爱的女性面前，他觉得这句话说不出口。

"阿辉……"俩人正说着，茂祥公司的保全老人叫了一声："二个老板来了，他们请你去。"

"我也去吧？行吗？"静娴用征询的眼光看着阿辉。

"嗯……"阿辉像一个孩子，答得非常乖巧，非常听话。

两个人一前一后由保全老人引进陈老板的办公室，阿辉看到杨老板和陈老板笑眯眯地站在会客室迎候他，这种高级别的待遇真让他无所适从。因此，刚进门便有一点傻乎乎地楞在那里。

"坐啊！阿辉。昨晚很晚才回来，没有招待你，请你原谅呀。"陈老板一脸笑容。

"不客气，不客气。我只要解决做工的业务，其他都是小事。"阿辉是一个实诚人，开门见山地应道。

"你昨晚住哪间客栈？"杨老板看到身上还有许多灰尘的后生，也不见外，这位生意场上的前辈已经猜出几分，这后生一定是在野外某一角落度过一宿，心里有些怜爱，更有一些钦佩。是啊！现在的年轻人没钱都要装个大款，如此吃苦打拼的后生，不多见，更值得信任。

"我……"阿辉想撒一个谎，可是对县城不熟悉，想编也编不出来。何况此时根本不想编。自己穷小子一个，身无分文，只是靠自己的力气、智慧与力量去打拼，靠自己的诚信去赢取人家的信任。

正因为如此，反而陡然增加了两位老板对这后生的好感。

"哈，不必说了，我们一切都清楚了。"两位老板会心一笑。他们已经从他身上的一切猜到这后生在哪里过夜了。

"这……"阿辉脸上红了一阵。

"我们商量了一下，你提出的条件我都答应，如果你认为可以，我们签一个合同。然后，今天去你家看一下，今后我们派一个技术员住在你那边，帮助技术指导。"陈老板仍然笑眯眯地说着，还用不时地看着阿辉的反应。

他不想去揭开后生的秘密。

"那，更好。"阿辉点了点头。"现在便去？"

"……"两位老板会心地点了点头。于是，大家走出陈老板办公室。刚出门陈老板发现阿辉身后的静娴便问："这位是……"

"喔，我忘了介绍，她是我的堂姐姐，刚才在街上碰到的，她正好来县城办事。"阿辉急中生智，因为他真不知如何向老板介绍静娴是什么人，这是他人生说的第一句谎话，话一出口已经满脸通红。

阿福那晚被面摊阿姆揭穿了底细，恼羞成怒。他横行乡里，那里受过这等委屈，加上他痴迷静娴姿色多少年了，竟然在那天被阿辉搅了局，弄得垂头丧气，心灰意冷。可是，被奚落也好，受委屈也罢，他却得知阿辉竟然将那阿爸当作废钢铁的机器修理好了，还准备大干一场生产电热管的事业，真是心有不甘。于是，气不打一处出，连夜开车返回台北，想将消息告诉父亲，夺回这台机器。

因为，他多少知道这台机器的价值，那是阿辉工钱的好几倍呀！

可是，不知是土地公不保佑，还是恶有恶报，他在返回台北途中精力不济，半途出了车祸，那部洋跑车一头从快速路上飞了出去，冲出了大路，飞到了稻田里。虽然经过路过司机的抢救捡回一条小命，但是腿已经造成终身残疾。从此，走路一瘸一拐，成了瘸子阿福。

而阿庚自从一年前为了卷款外逃，将众多债权人的资金变为己有，绞尽脑汁设计了一场完整的计划后，却躲到台北的一个乡下办起了一间工厂，几百万的资产让他的荷包迅速鼓了起来。但是，阿庚并非就此满足的人，他在用自己一副貌似诚实的脸继续扮演着一个演员角色，计划着一场更大的生财计划。从台湾南部乡下到台湾最大的城市台北，人生地疏，租定房子安顿家人后，他便四处了解信息，寻找着下一步的生财机会，一个偶然机会他在报纸上看到一则日本商人寻找小家电生产厂家的合作对象，心里一阵欣喜。心想，自己这几百万的资产始于家电配件的制造，尽管机器未有开启过，但白花花的银子却进了腰包，这些财富来得轻松，也来的顺畅，应该是自己来日成为千万富翁，乃至亿万富翁的好兆头。

钱，可以成为推动社会前进与发展的润滑剂，甚至成为强大的助推力，可以造福苍生百姓。

钱，也可以成为某些人掠夺社会资源，欺凌社会百姓的帮凶。

为了钱，有些人可以铤而走险，不择手段，甚至丧失理智，丧失人性……

总之，钱是好东西，这是指在好人的手中；钱是罪恶，是魔鬼，这是指在丧失人性的坏人手中。

在坏人手中，在他的灵魂深处，对钱的贪欲是没有止境的，有了十万，便猖狂地希望有一百万；有了一千万，便疯狂地要掠夺亿万、十亿万，甚至更多，更多……

阿庚出身乡下，祖辈本是一个本份的农民，并不宽裕的家庭生活，他没上过几年的学堂，从小便去学打洋铁，敲敲打打，学着师傅的技艺打一些洋铁桶、澡盆等制品，应该说在台南乡下他的工夫是有相当名气的。然而，这种小打小闹的铁工厂，赚些蝇头小利，虽然养活家人还有一大笔盈余。可是儿子长大之后挥金如土，大事做不成，小事不想做，享受摆阔却精得不能再精。当他买了一部洋跑车在那乡间道路开得发疯，那灰尘卷起一阵旋风，那马达轰鸣能把四村八邻震撼时，他开始对这个不肖之子恨得咬牙切齿。后来，自己看到儿子那洋跑车一开过，却引来大家的目光，吸引着众多羡慕和敬畏的眼球时，这位作父亲的便不再对儿子的一言一行有反感了，而且似乎对这一切多了一份欣慰，多了一份荣光。

对，应该多赚一些钱，让儿子更风光，让家人更风光。假如自己此时的身家有几千万，甚至上亿，自己儿子开一部百把万的洋跑车算个什么？说不定，自己也买他一部，往闹市区一停，连警察都不敢管，甚至还要点头哈腰进贡点什么。

租的一幢小别墅不算大，此时的阿庚尽管已年近五十，那不算大的脑袋上头发已经稀疏却悠然自得，沏着一壶上等乌龙茶美滋滋地品尝着。

有钱能使鬼推磨，有钱便有一切啊！人们只羡慕你有钱。可是，却没有人去追问这钱是什么地方，用什么方式方法赚来的。贩毒者的钱黑不黑？黑。这还要问么？婊子那卖身的钱脏不脏？脏。这也要问么？可是，我赚了一笔钱，马上搬迁到一个地方，谁知道这钱从哪里赚来的。这脏钱洗干净了，这钱也漂白了。人家不知道，那钱便自然而然是干净的，是香的！阿庚虽然文化不多，但却富有丰富的想象力。对自己的理论，对自己的设想觉得十分高超，觉得心安理得。

想到这里，阿庚手中的报纸已经在思考中捏得有些湿润，那是刚才想到兴奋之时,手心出汗把这报纸弄得湿润的。

闽南先民把水当作富贵,财富的先兆,湿润便是水,便是财,便是真金白银哟。阿庚想得舒服,想得甜蜜,他拿起身边的电话,想照着那报纸的广告约厂家驻台北代表谈一谈,准备在台北投资一间小家电生产公司。

"这个公司当然比电热管生产要有更高档次,更赚钱。"阿庚在细细地掐指盘算。

"老板,老板……"正当阿庚拿起话筒要拨号时,门外传来了保姆焦急的语无伦次的叫喊声,接着那位四十多岁的女人便踉踉跄跄一头栽进客厅里来。

"什么事,慌慌张张,乡下人,没见识。"阿庚自认是大户人家,虽然自己脚上还沾满泥土,而且是匆匆忙忙刚从田里爬上来,还来不及洗干净,却对乡下人不屑一顾。

"老板,阿福,阿福他……"保姆满头大汗,语无论次。

"阿福?阿福怎么啦?"听到宝贝儿子阿福的名字,几乎让阿庚丢了魂。

"阿福在台南回来的路上翻车了,翻……"

"什么?人呢?在哪里……"听说儿子翻车,别的车翻了问题还不大,那洋跑车跟飞机一样几乎贴着地皮在飞,这一翻还会有命吗?阿庚的精神被这一消息迅速击溃了,顿时觉得天旋地转,便由保姆领着走出屋门。

那里早已有一辆警察局的车等在那边,一个警察走上前没有半句话,便一把将他推上车,关好门……

阿福在医院里住了七七四十九天。

花了一大笔钱,儿子的小命是捡回来了。但却腿瘸了,再也风流不了了。记得那天儿子从昏迷中苏醒过来,睁开眼睛看到父亲,看到这棵替自己挡风挡雨的大树便失声痛哭,讲到了自己到台湾南部乡下被人奚落,受尽委屈的事添油加醋说了一番。同时还告诉父亲,"你那个死徒弟阿辉把我们家那台制造电热管的机器搬去了,现在正跟台南的老板合作生产电热管呀!"

听了儿子的话,阿庚脸上的表情并没有发生多大的变化。因为,他想过自己卷了台南乡下乡亲五百多万的资金,当然这笔钱还包含徒弟的十多万工钱,家里值钱的东西,能拿走的东西不足五十万。而那台机器充其量也就是值十几万元,

第十四章

寒风瑟瑟

况且自己根本不懂得使用，更出不了产品，充其量是一堆废铁而已，给了阿辉抵工资亏不了多少。

五百多万与五十多万，那是一种十倍的利润呀。何乐而不为？

只是，自己的宝贝儿子什么时候受过这样的委屈呀！我阿庚是个什么人呀？打狗也得看主人，莫说那不是狗，而是我的宝贝儿子！想到这一点足足让阿庚火冒三丈。

"少跑一些，多做正经事。"做父亲的心里有事，也找不到更好的话安慰儿子，悻悻地离开了医院。

在医院门口，他手一挥招了一部出租车直奔那寻求合作生产小家电的日本厂商，阿庚已有自己一整套成熟的计划。他要做整个台湾小家电生产的大佬，你阿辉也罢，还有茂祥、金威也罢，别看你们今天那么神气，到最后还要成为我的配套商，成为我阿庚的马仔。

台北城市并不大，出租车转不到一个钟头便到了目的地。

寻找合作对象的是日本东林株式会社，驻台代表叫东进一郎，四十来岁，个子不高。当阿庚一走进其办公室，由于此前有过多次电话沟通，尽管今天第一次见面，似乎已经有了相见恨晚的感觉。

"阿庚兄，您好。"这东进一郎来台时间很长，普通话讲得很溜，而且见面便称兄道弟，活像早已经是老朋友了。

"东进兄，久仰、久仰。"阿庚虽然生长在乡下，今天特地穿了一套笔挺的名牌西装。但平时邋遢惯了，那条鲜红的领带系得像猪大肠似的，松松垮垮，既没棱也没角，更要命的是这西装穿在身上，左右不舒服，走起路来手足同步，特别别扭。

"阿庚兄，你这一套西装价格一定不俗哟，看穿在你身上很有气质哟。"这东进一郎不知出于赞扬还是出于嘲笑，打趣地问了一声。

"嘿，嘿，嘿，东进兄有眼光，有眼光。"

一阵寒暄，一阵彼此恭维，加一番讨价还价。最后，便由东林公司委托阿庚生产东林牌电热管系列产品，包括随手泡壶、煎蛋器、咖啡壶等产品签定了代工合同。

"东进兄，不是我阿庚吹，原来我在乡下白手起家，靠着自己的智慧和掌握的技术，曾生产过无数的电热管系列产品，你尽可将心一万个放在肚子里。"签完合同，阿庚忘不了自我吹嘘一番。

"这个自然相信，要么怎么跟你签定合同？但是，我要提醒阿庚兄，这是一份国际贸易合同，要兑现的哟。不然，谁违约，谁便难堪？"东进说得很轻松，似乎在开玩笑，似乎又在警告阿庚。因为，这一段东进在台北接触了不少当地的制造商，生产电热管系列产品，别的容易解决，唯独这电热管作为核心和心脏，本地技术不稳定、不成熟。谈了几家，大家都没有承揽的信心。

想不到，这个困扰东进一郎好一段的难题，现在突然如此简单地解决了。

"那，回见。我等待您以来料加工形式的合作形式，第一笔工钱款到后便投入生产。"阿庚以为这事来得那么简单，想告辞。

"哦，别急，阿庚兄。"东进将小眼睛转了一下，"今天我们签的是一份意向书，这里有一项条款，我们的技术人员要先到你公司看一下技术设备和厂房后，才正式签定合同。只有这份合同签定了，报公司总部才会打第一笔款的。"东进一郎的脸仍然微微地笑着，仍然十分善意地提醒阿庚。

"这样啊……"阿庚原本识字不多，对这种以来料加工的贸易形式十分陌生。听了东进的话，心里有些失望。理智告诉他，要取得第一笔加工款，自己必须先投入一笔巨资，征地、盖厂房、购设备和原辅材料。否则，纵使签了合同，也不过是一纸空文而已。

"怎么样？阿庚兄，有困难么？"日本生意人精明得很，不会轻易上当的，更不会像台湾南部乡下的阿辉们一样轻易上当。

"没困难，没困难，那……"阿庚心里直打鼓，但仍装得很镇静，"待我将一切就绪后再联络，再联络。"

"好！阿庚兄，我期待着你的好消息。"东进一郎向走出门外的阿庚鞠了一躬。

从东进株式会社台北办事处走出来，阿庚这才发现自己的知识是那样的肤浅，这世界上的空间是那么大。在台湾南部乡下，自己尽管谈不上叱咤风云，却可以在乡间人五人六目空一切地谈古论道。现在到了台北，跟这日本鬼子谈生意，才令自己吃惊。这日本人尽管个子矮，但心眼特别多，脑子特别好使，要从他们那里抠几个钱，不多长几个心眼确实不成。可是，东进的那笔合同的钱如何才能进入自己的荷包呢？思来想去，这阿庚想到头都有点昏昏沉沉的，他深深的感到自己知识的贫乏，自己那宝贝儿子没念上书也算了，现在成了废人一个，真是没有风水呀！

　　一边是日本东林株式会社那笔巨额加工费的来料加工合同，这合同充满着诱惑力，足以让人垂涎欲滴。可是，台北这么多公司，台湾这么多公司为什么都没有一家出面参与洽谈承接呢？这件事情原本精明的阿庚引起了深深的思考。另一方面，如果自己按照合同要求，先行投资建厂，购置设备的义务。那么业务延续问题，技术质量保证问题，每一项工作都将是套紧自己脖子的一根根绳索，只要在这件事实施过程当中稍有疏漏，条条绳索都可能让自己倾家荡产，到最后落得个想人家一尺布，反而丢了一条裤的结局。这　段时间以来，一直打着如意算盘的阿庚，此时却猛然觉得自己似乎盘算到了进退两难的地步。

　　在台南乡下，卷了家产，卷了众多商场伙伴的钱一走了之，出奇的成功；

　　儿子将车开到稻田里废了条腿打击不小。

　　这场以为可以用乡下那种办法套日本人钱的如意算盘，想起来胜算把握不大，可退又不甘心。

　　再选择别的生财之道，要迅速而又轻松地掠财谈何容易？

　　阿庚陷入了沉思，整个脑子乱哄哄的，那往日的乌龙茶似乎也没有那般香纯。经过一番苦思冥想，他的心里有些说不出的滋味："干妮姥，这世上要轻松干活，轻松赚钱还真不容易呀。"

　　阿庚叹息着，恨自己为什么年轻时读书那么不用功，更恨那儿子花了那么多钱，读了那么久的书，却不能帮老子一丝的忙，这脑子怎么就不那么活络。

第十五章

福德梅丸

转眼间到了初夏时节。

自从梅山土地庙建起来后，这原本人迹不多，人气不旺的山野变得热闹起来，初一、十五带着乡下乡亲一颗虔诚之心的庄户人家，总会带着自己家制作的特产，来到这里敬奉土地公，报答他老人家世代养育之恩，祈求一家老少平顺，周围村子的农户也利用这有利时机，摆着一个个小摊点，卖一些土特产，方便香客带回一筐筐的梅子。

"那梅子个大，肉多又甜，是梅山土地公保佑才有这种好味道，我那小孙子前一段晚上常常吵闹不停，还尿床，我上香时带回一筐，你看，这孩子一吃百无禁忌，现在长成铁砣子一样呐……"

"那没假，不要说小孩子，大人吃了梅山梅都消痰化气的。"

……

乡下的庄户们，心诚，心更纯。纯得比梅山上潺潺山泉还清纯。谈起梅山，谈起梅山的梅子总是眉飞色舞。大家传递着内心的期盼，口口相传，成了有鼻子有眼睛的各种真实故事。又在一传十，十传百的过程中添枝加叶，将这里的土地公描绘得尽善尽美。甚至还有人传说，这土地公呀，对梅山人家兴建土地庙非常欣慰，也一改以前有求必应的被动式作风，经常在夜间微服私访，走家串户，哪家老人身体不适便送上梅粉、梅丸，只要开水一冲服下，便能消除百病；哪家小儿爱闹夜，便从口袋里递上一颗梅子，那小儿像吃糖果一样"叭嗒、叭嗒"吃后，便安然入睡……

总之，以前传说中的土地公这位为贫民百姓服务的神、百姓的保护神，现在生活改善了，作风更加亲民了，树上的梅子更甜了……

对土地公的美传已经沸沸扬扬，山上山下老人孩子无人不晓，更无人不知。最高兴的莫过于彩凤和文康夫妇，老俩口从耳朵里听到，眼睛里看到这梅山日新月异的变化，感受到这口袋日益鼓起来，眼睛都乐得眯成一条线。尤其是这一段时间，每日上梅山的人多了，那树枝上的梅子每天都卖了不少，不但价钱好，而且还省了采摘梅子的工钱。更重要的是，那梅子加工厂，加工的梅粉、梅丸，冠以福德商标后，竟然从台南销往台北。最后那静娴还咧着嘴告诉父母已有一个外国客户要订一大批货，准备销往日本。

建梅山土地庙的初衷是自己的一种报恩，报答土地公的世代养育之恩，扪心自问自己压根儿没有想回报。可是，目前的回报那是夫妇俩当初想都不敢想的。

"阿爸，阿妈！"这时节正是初夏，天气不冷不热，在梅山上走一走神清气爽，惬意至极。文康和彩凤兴许是这一段心情好，气色也相当不错，以往长在脸上的皱纹似乎舒展了许多。此时二人正在盘算下一步工厂生产和销售的事，静娴骑着自行车兴高采烈地闯进家门。

"又碰上什么事了，这么高兴。"母亲以前总跟女儿抬扛，讲不到几句话往往不欢而散。现在，看到这鬼丫头还真能折腾，以前的看法得到了完全的颠覆。因此，见到女儿回来，赶快倒了一杯梅汁解渴。

"妈，我这次到县城碰上那次送我回来的傻小子了。"被母亲一问，静娴高兴地先报了一个喜讯。

"哪个傻小子？"母亲很警惕。女儿大了，该出嫁了，可是这丫头眼高，人家上门求婚好几个都被冷落，现在没头没脑地又说起傻小子，做母亲的特别小心。

"那个呀！"被母亲一问，着急的女儿卡壳了。

"哪个呀？二十多岁人了，要正经点。"母亲着急起来，老毛病又犯了。

"哎，气死人。"静娴喝了一口梅汁茶："上次晚上我摔倒，送我回来的那个傻小子呀。"

"哦，那可是我们家的恩人呐。"这回父亲反应得很迅速。

"对呀！对呀！对呀。"看到父亲那么热情，女儿眉飞色舞，"他叫阿辉，是一个孤儿……"

"那，赶快送一些礼物，去谢人家呀！"母亲也脱口而出。

"不是，他可是很棒的人哟。"母亲没有理解女儿的心思，却急坏了女儿。

"喂，不要东一句，西一句。慢慢说，都长这么大了，别人都当妈了，连一句话都说不清楚。"

"我哪里说不清楚呀，是你们还没听我说完就打断我的话，还说我。"女儿撒着娇，将那天晚上一直到刚才的所见所闻如竹筒倒豆子，说了个彻彻底底。当然，也有一些添油加醋的情节。

彩凤没有吭声，只是将目光投向文康；

文康也没吭声，目光在这母女俩之间来回移动。

"看我干嘛？"女儿有些不解。

"你想干嘛？"母亲用目光逗着女儿问。

"是啊！静娴。"父亲的话声很平静，"你是想叫我们同意出资帮他办电热管厂？还是……"文康本来想问女儿是不是对阿辉这小伙子有那个意思的，但后半截话他忍住了，没有说出口。

"除了出资办厂，还有别的事情吗？"看到父亲问话问得那么神秘，静娴反问父亲。但话刚出口，那本已红扑扑的脸更红了，还渗出了细细的汗珠。

"没有了，没有了。"父母相视一笑，因为女儿的表情已经告诉了自己，这丫头已经对这阿辉有了意思。他们知道，这女儿任性，一旦她看上了，想干的事是谁也拗不过来的。

况且自己年岁也不小了，而女儿已经长大成人，更重要的是她在思考和处理问题时有着成熟的考虑与谋划，一般情况是不会吃亏的。

女儿的咸带鱼是不会洗淡来吃的，这一点文康夫妇心里十分有数。

"投资电热管厂我们不了解，你自己决定。我倒是担心……"彩凤想说说自己的担心，却被这女儿不客气地打断："这山上山下没几里地，我又不是嫁出去，我两边都可以兼顾。"

"去吧！"文康是一个开明人，用手一比划，作了一个支持的姿势。

静娴不知道这件事会如此顺当地得到父母的支持，或许是在此之前自己建议修土地庙的事干得漂亮？或许是土地庙建成后家里家外一片兴盛？或许父母亲一生主张从善，一生主张人与人和谐亲近，一生非常注重报恩？总之，一切皆有之，一切皆为今天能顺利出手帮助阿辉奠定了基础。

一家人才两三天没见面，一见面便热热闹闹地争执和讨论着，不知不觉那太阳早已西下，夜幕把梅山上下遮了个严严实实，归巢的小鸟在那梅树上跳来跳去，吱吱喳喳，梅山又归于宁静，可静娴觉得自己的肚子却咕噜咕噜地叫唤起来。

"妈，你也太那个啦！"女儿又在撒娇了。

"太哪个啦？一回来给你倒酸梅汁喝，你要求做的事，我们百分百支持，还不够呀？还要抱着、背着呀？"彩凤知道自己的女儿，稍一宠她，一准得寸进尺。

"我都快饿死了，还不煮饭！"

"哦……"女儿不说，这煮饭自己还真忘了，彩凤摸了一下鼻子，自知理亏赶紧进厨房做饭去了。

父亲仍然像往常一样，眯起眼睛，手握着那紫砂壶，悠然自得地品着壶里泡得很浓的乌龙茶，偶尔还发出"啾、啾、啾"诱人的品茗声。

看到父母各有事情，静娴走出客厅，依在大门的门框上，眼睛久久地看着山下的那片村庄。夜幕降临后，月亮还没出来，那山下的一切都是朦朦胧胧的。尽管再次认识阿辉只有三天，那天从茂祥公司处见面以后，陈老板和杨老板亲自驾着一辆皮卡，阿辉和自己把脚踏车放在车后斗上，三十多里路，汽车没多久便到了。

正如阿辉自己所说，他的家是一无所有，一间二房一厅的典型的闽南民居小屋，里面空荡荡的，邻着屋子是他那几千平方米的车间和空地，里面的那台电热管制造设备静静地躺在那里，却擦拭得干干净净，而且还用破被单遮得严严实实。

静娴记得，那位陈老板看了阿辉的家，再看看眼前这位诚实的后生，讲了一句耐人寻味，又让人深思的话："我们将活交给人做，犹如嫁女选婿，我们要的是秃头山上的那棵挺拔的大树，而不是那茂密森林里的那棵歪脖子树。"

"老哥说得对，这阿辉人品没问题，吃苦打拼的精神没问题，这些足以让我们放心。"杨老板由衷地赞同陈老板的话。

这场合同便在老板对阿辉的评价中敲定了。这两位老板的一问一答至今仍在静娴的耳旁回响着，不时地激起内心的一层层涟漪。

此时，阿辉你在干什么呢？

在那只有自己一个人的黑屋子里煮饭？

在那车间里琢磨那台电热管制造设备？

在为工厂开工的资金筹措发愁？

……

静娴在猜测着阿辉此时在何处，在干什么？不瞒你说，此时尽管姑娘已经完全发育成熟，可在此前从没有认真思考过自己的婚事。因为她在人生的道路上，所见所闻都是以为只有男人需要有一番事业，却从来没有听说过女人也要有一番事业。既然如此，她想做一次人生探索，尝试着闯荡一下，女人也要闯出一条属于自己的创业之路。

她把自己的婚事放在脑后，还有一个重要原因，迄今为止，自己还没有一个男人能进入自己的视野。准确地讲，也曾有不少乡邻介绍对象，可就是不来电。

那个晚上，自己的脚扭伤了。

这是自己二十年人生最背的时刻。

脚伤了，站立都有问题，骑车平时是自己的喜好和强项，可那时却成了奢望。当自己痛得几乎失望大叫的时候，那黑夜中却不见一个鬼影。

看着漫漫星空，看着四周寂静的田野，只有蝈蝈的叫声，她感到非常无助，只好静静地坐在那浮尘堆积的沙土公路上，等着幸运之神到来。

在那无助的时刻，时间一分一秒不断流逝，她的心在煎熬着，一直等了两个钟头后，才看到一个人在黑暗中走来。

那时，她的精神一下子兴奋起来。

那时，她不顾一个姑娘家的羞涩，向这个黑夜中出现的幸运之神求助。

那时，她曾经想过，世界上的爱情和婚姻都有说也说不清的、数也数不尽的浪漫故事，如果土地公保佑，这个时候送一个自己可心的男人，那么自己一定要勇敢地迎上去，义无反顾地嫁给他，永远爱着他，为他生许许多多的孩子……

这种在危难当中的胡思乱想会变成现实吗？如果能，一准是天底下最为浪漫的爱情故事，如果写成书，一定让后人永久传诵。

后来，这个人竟然在黑暗中消失，而且没有留下任何信息；

后来，又在县城见面了，这准是土地公的安排；

再后来，自己眼中似乎与自己要求有些落差的阿辉，经过几天接触似乎是一块被泥土包裹着的金子，在接触和了解中，犹如泥土慢慢被蹭掉了，蹭得干干净净，露出了他原本熠熠的亮光。这亮光有些让自己想不到，甚至有一些耀眼。

姑娘最富于想象。有些没文化的人说，在情人眼里，对方放的屁都是香的。这话对静娴来说，她决不苟同。但是，也绝对不持反对的态度。

静娴是姑娘，自然也少不了这份浪漫。此时，人在家中，虽然盼着母亲早点做饭，以安慰咕咕鸣叫的肚子，但此时她的心已经掠过这茫茫的星空，飞到几里外的那间破屋，飞到那曾经被自己称为大哥的阿辉身边。

她已经抱定宗旨，心有归属，一定要嫁给阿辉。

"只是等恰当的时候，他不说，我自己去说，我先说。这，不丢脸……"静娴在想着，脸不由地刷地红到了脖子根。

"人回来了，魂还没回来。"彩凤的手脚很麻利，三个人的饭菜三下五除二便料理清楚了。她眼巴巴指望女儿能帮一把手，谁知饭菜端完了，碗筷拿好了，还见那静娴痴痴地依着门框看着山下出神。过来人，也知道女儿正处多情的时期，做母亲的只好无奈地嘟哝了一声。

"……"女儿没有回音，女儿仍然一动不动地凝视山下。

"莫非这阿辉是一个帅哥？"彩凤把目光投向文康。因为听静娴介绍，他家一贫如洗，是一个孤儿。家产，尤其是万贯家产是绝对没有的。

"……"文康摇摇头,他没见过,当然没有发言权。

"吃饭了。"母亲有些不耐烦地催促女儿:"静娴。"为了引起女儿的重视,后来的名字叫得特别重。

"噢,好!"母亲的话终于打断了静娴的思绪,这才感到自己现在不只是饿得慌的问题,而且饿得发软。被母亲一叫,她好像在田径场上竞赛的运动员,几步跨到饭桌旁,端起母亲盛好的一大碗米饭,狂吃了起来。

"慢,这几天被关进监牢了。"母亲最看不惯女儿那吃饭粗粗鲁鲁的,又唠叨了一番。

"妈!你别看我左右不顺好吗?你以前不是告诉我,吃饭的时候男人要猫吃,女人要虎吃吗?我是按照你教的吃法呀!"你看,这女儿强词夺理,明明母亲教她男人要虎吃,女人要猫吃。为了回敬母亲的批评,她却篡改一番为己所用。

"吃……"听了女儿这一说,文康忍不住哧了一声,差一点把饭喷到餐桌上。

"瞎说八道……"母亲可不依,认真地作了纠正。

但静娴却没这心思再搭理父母,那大碗米饭吃了两碗,又往嘴里塞了一大夹菜,便起身离开餐桌,"我到梅丸厂去了。"

"还没塞饱便走了?"母亲不满意,牢骚一番,好毫无办法地摇了摇头。

福德梅丸厂就在家不足百米的后山坡上,占地也不算大。现在是梅子采摘季节,除了上香、观光客带些鲜果走之外,大部分还要请采摘工摘好放进仓库里通风。然后生产几个种类的产品。

福德乌梅干:将青梅放在木炭上慢慢烘干,然后再上一些中草药,这产品开胃,降血脂;

福德梅粉:将梅干烘干后,配之以仙甘藤、金钱草、臭屁藤、鱼腥草及多种中药,粉碎包装,这种产品用水冲便成为梅汁茶,用水直接冲服还可解暑消炎。而用来沾着芭乐吃,那芭乐的味道则变得更加鲜甜可口。

福德梅丸:是在梅粉作为原料的基础上加上适当的野山蜂蜜调制,更便于携带和服用。

这些产品生产工艺十分简单,也没几台机器。但配方却相当讲究,上述说的配方不是这些产品的全部要求,有些祖传秘方只有静娴一家三口才知道。

做完这些产品，通过福德文化加以包装，既有丰富的药用价值，更有丰富的文化内涵，土地公的身影在每一件产品中若隐若现，消费者自然趋之若鹜。自从冠以福德商标之后，身份陡增，市场迅速扩大，份额自然也不断上升。这就难怪彩凤和文康夫妇每天眉开眼笑，脸上、额上的皱纹每天都处于递减的趋势。

月亮已经冲上山头，尽管只有半圆，但照到的地方却透亮透亮，十步八步的距离一目了然。静娴的脚步异常的轻盈。这条路，人生二十二年她走过无数次，可是今天走起来内心的愉悦却是以前从来没有感受到的。

土地庙建成了，将父母对土地公的感恩之愿得以了却；

土地庙建成了，梅山上下得到土地公的庇佑和恩赐，山上山下充满着和谐，对未来增加无限的期待；

土地庙建成了，福德梅子产品系列开发，效益在望，事业成功了；

土地庙建成了，心目中的郎君找到了。尽管阿辉没有向自己表白，那不过是时间问题，他的眼神已经让自己心领神会；

土地庙建成了，要搞好梅子加工生产和销售。还要将积蓄的资金将电热管办好，当然还应该将系列产品和高端产品开发出来。

这样说来，这福德食品公司的重要性就显而易见了。

"万财叔，你辛苦了。"静娴一走进工厂迎面正碰上一个六十多岁的老人，他便是这个福德公司的厂长，与梅山人家相随相依了几乎一辈子。原来他是被雇来摘梅子的，后来办起了加工厂，他便成了厂长。万财，也是梅山人家最信任的资深员工，这几类梅制产品的中药配方除家人外，唯独只有他一个人知道。

"哟，静娴。你不是去县城了吗？"万财对她一家是非常了解的。

"对呀，刚回来。"

"哦，哦！"万财老人满脸堆笑，这个孩子从小到大，他抱了不少，现在有了出息，老人也感到非常荣光。

"万财叔，今年工厂怎么样？"静娴笑嘻嘻地问着老人，顽皮得像一只小猴子，歪着头，还不停地眨巴着眼睛。这哪是在问老人呀，不是显而易见在显摆吗？

"好了，赶快找一个老公嫁出去。正经事不做。"万财叔是她的长辈，甚至比长辈还长辈，看到这孩子岁数算不小了，该找个人家嫁出去了。不然常听到现

掷芰情缘

在台北有许多读完大学的姑娘, 七挑八拣, 结果变成了老姑娘却嫁不出去。

"喂, 阿叔, 我哪里得罪您啦? 哪里对不住您啦? 怎么老赶我去嫁呀! 我嫁了谁帮你出主意办厂呀。"这姑娘口不饶人, 扯着老人的胳膊。突然把声音放的很低:"阿叔, 我有意中人了。"

"是吗?"老人看着静娴那样子, 有点半信半疑。因为, 这种大事情, 文康夫妇是一定会告诉自己的, 请自己去当当参谋。

尽管自己与他们不是一家人, 但几十年的朝夕相处胜似一家人。因此, 静娴的话只当是玩笑而已。

"阿叔, 今年我们的收益应该是去年的两倍左右吧?"静娴觉得在阿叔面前自己是一个孩子, 闹了一阵, 便转入正题。

"嗯, 可能还多一些。"

"是吗? 这么多啊!"静娴有些惊讶。

"就等最后从树上摘下来的那批鲜果的数量, 约摸已摘下来和已经卖出去的鲜果大致产值就接近两倍了。"老人是一个实诚人, 对每件工作都非常认真, 虽然是长辈, 但对这小侄女他一直高看, 而且老跟文康唠叨, 如果这静娴是一个男孩多好啊!

"那今年可以提出一百万支持我发展新的事业吗?"听到阿叔那充满自信而且细致的解答, 静娴的心里彻底地放下了。这一块工作有父母和万财叔已经稳如泰山, 自己当前的任务是从这福德厂抽调一百万资金将那电热管厂做起来, 而且一定要做强起来, 做大起来。

想到这里, 静娴觉得自己的脸颊有些莫名其妙地红了起来。

第十六章

安泰公司

夏天快到了，阿辉的房子便热闹起来了。因为处在农田中间，周围都被绿色和米黄相间的一片水稻包围着，屋子里除了原先上窜下跳的老鼠家族外，有新添了蚊兄蚊弟。

"吱吱喳喳"的老鼠嬉戏声，

"嗡嗡嗡嗡"的蚊子鸣叫声，

相互交织，这些顽强又顽皮的生命在这间小屋形成了不成乐章的交响曲。

阿辉仍然坐在客厅前的那张已经陈旧的老掉牙的餐桌前，认真地研读电热管制造的有关技术资料。这是那天杨老板和陈老板带来的。这份资料有日本文字，有中文，还有英文。对于前面和后面的两种文字，阿辉自然如同阅读天书。中文呢？也无非上了几年夜校，半懂半猜，前后贯连着理解。一次，两次，三次反复阅读，才勉强能够读懂那资料的意思。

也许快到梅雨季节了吧！

这天特别的闷热，身上的汗急不可待地想涌出来，可是那毛孔却又紧锁着，那想流淌又出不来的感觉，似乎是一个得了前列腺肿大的老人，想尿又尿不来的感觉，难受死了。

这也罢了，那些该死的蚊兄蚊弟们却趁机添乱，朝着他的身体裸露部位轮番轰炸，轮番叮咬，弄得全身奇痒无比。

幸好，自己的皮肤有过多年历练，被咬一口，叮一下，就抓一抓，纵使破了皮，也没有任何痕迹。

听说田头上长的布荆树枝有驱蚊的功效，阿辉傍晚折了几枝，现在一边看书，一边不停地拍打着横行霸道的蚊虫，倒是让自己减少了蚊子的欺凌。

前一段时间，茂祥公司陈老板，金威公司杨老板来到家中，看了这台设备与车间，决定将那笔补偿贸易的合同交给自己来执行。自己除那厂房和那台设备外，犹如一贫如洗，两位大老板竟然将这么重要的加工合同交由自己来执行，实在是对自己的一种信任，一种提携。在此之前，自己是无论如何不敢奢望的。

想到这里，阿辉的脑海里又莫名其妙地想到静娴。那天她一直陪着两个老板，然后一直等到客人走后才离开。

他清楚地记得，那天两位老板走后，静娴要求自己带着她看一看家中的一切。

"别看了，姐。这个家除了老鼠、蚊子，剩下的还有我，又脏又乱，会让你难受。"阿辉看着眼前向自己投来火辣辣目光的静娴，慌忙不迭地婉言谢绝。

"进去吧，让我看一看。"静娴那漂亮的脸上充满着真诚，更充满对自己的一种说不出情感，让阿辉有一种忐忑不安的感觉。

"还是别进去了，我……"阿辉非常难为情。

"走，……"静娴没等阿辉再说什么，一把拉住阿辉的手，先行一步跨进了厅堂。然后，在神龛父母和列祖宗的祖牌前伫立了许久。

阿辉不敢抬头，更不敢看此时此刻静娴的面容和神态，只是低着头搜肠刮肚地猜测着她非要看这又脏又乱的屋子到底为了什么？

两个人站在那静静的。

一分钟。

二分钟。

三分钟。

不知过了几分钟，自己没有手表难以判断，反正时间很长，很长……

"弟，你过得太苦了，为什么不早点告诉我呀。"突然，静娴转了一个身，将阿辉紧紧地拥抱在怀里，口里喃喃地说着，她的手有些微微地发抖，声音有些哽咽。

阿辉没有任何的防备，

心理上的防备没有；

身体上的防备也没有；

只是头脑"嗡"的一声，感觉到自己的身心已被一团炽热的火球包裹着，他的胸脯正好贴在静娴丰满的胸脯上。

那是两座高耸的山峰，那是那天让自己难以忘怀的两只活泼的兔子，此时正毫无缝隙地粘贴着自己。一股浓烈而且又清雅的女人身体的芳香直扑鼻子，刺激着阿辉的五脏六腑。

这是阿辉人生十九年第一次闻到女人的体香；

这是他与成熟却又多情的姑娘的肌肤接触；

这是他第一次感受到女人浓烈气息的刺激。

这一切来得如此突然，仿佛饥肠辘辘天上突然掉下一个香喷喷的馅饼；又犹如刹那间把自己扔进蜜罐，猝防不及，至使阿辉的脑子一片空白，呼吸紧张，四肢瘫软……

阿辉从理智上想推却，想挣脱，想与静娴保持着一种距离；但本能上却那样无力，他浑身酥软无法拒绝……

静静的，只听到静娴胸腔里那"咚咚咚"的心跳声，阿辉适应了。不，是浑身酥软了。

阿辉已经没有勇气，他从思维到行动已经彻彻底底地投降了。

他再也没有拒绝，压根儿不再想挣扎。他把头低下去，幸福地深深埋在静娴的双峰之间，贪婪地吸吮着这突如其来的女性胴体焕发的芬芳，这来自女性的伟大母爱。

只是不知不觉将自己的双手紧紧地把静娴的腰肢搂住，搂得紧紧的，死死的，不愿松手。

屋子里又静下来了，静得让人感到有些窒息，唯有两个成熟男女急促的呼

掷芰情缘

吸声。

那些老鼠们也非常知趣，睁着那发着绿光的小眼睛注视着这屋子里从来没有发生过的事情。

那些蚊兄蚊弟们也老老实实，趴在阴暗的角落不敢随意飞翔。

又过去了好几分钟，可是他们谁都不愿意松手，谁也不肯松手，完全沉浸在这种从天而降的甜蜜与幸福之中。阿辉感到口异常地渴，他的身体从脚跟到发梢都在燥热，仿佛每一根神经末梢都在贲张着，这身子随时随地都可能被这幸福之火点燃，甚至被化为灰烬。他那结实的胸肌只隔着一层薄薄的布紧贴在静娴那丰满的胸脯，传递着她那胸腔里蕴含着炽热的火焰，还有咚咚发响的心跳声，他真切地感受到静娴的身子在不停地颤抖，嘴巴一张一合急促的呼吸声。

阿辉感到手足无措，不懂得此时此刻自己该说什么话，该如何摆平静娴已经几乎失控的心。

不知不觉，也不知过了多久。

阿辉感到静娴将头仰起来，静静地看着发黑，而且织满蜘蛛网的屋梁，身子却在抽搐着。许久，许久，她把头低了下来，一滴又一滴的泪水随之落在阿辉的脸颊上，落在阿辉张开的嘴巴上。

阿辉情不自禁地咋巴了一下，那是咸咸的味道，迅即似乎变得很清甜、很清甜。他不知道这静娴怎么啦，心里"咯噔"一跳，有些傻楞楞地问："静娴姐，你哭了？"

静娴没有回答，双手抱着阿辉的头，对着他的嘴，使尽全身的力气，运足全身的情感疯狂地亲着，亲着……

阿辉完全处于被动之中，但却感到静娴伸向自己口腔的舌头特别柔软，特别炽热，自己满口生津，那口水犹如潺潺泉水丝丝入扣，幸福地从彼此的口角中汩汩下流……

"静娴姐，你太好了，谁能娶你当老婆一定很幸福。"阿辉脱口而出。

"乱说，只有你才有资格娶我。"屋子里有些昏暗，静娴的话却让人不容否定。可是，阿辉却被吓了一跳，我哪有资格呀？一无所有，一贫如洗……

阿辉吓得非同小可，他紧搂着静娴身子的手，突然松开来了。

第十六章

安泰公司

"不行，静娴姐，你看我这样子，自己都养不活，还能让你来吃苦受罪么？"阿辉的心慌乱起来。

"谁要你养我来的？我自己有手有脚。"静娴后面的话，声音很大。她低下头，迅速地在阿辉脸上深情地亲吻了一下，然后，便一声不吭大步跨出门外，消失在夜色之中。

"静娴，……"阿辉愣了许久，他的手还像机械一样保持着拥抱的姿势，等到回过神来，却又不知道静娴为什么要突然离开。叫喊了一声，便急冲冲地追出门外。

可是，静娴已经没了踪影。

这时，阿辉才感到尽管跟静娴相处不过两三天，但彼此之间却是如此默契，如此不可分离。这似乎是土地公在暗中庇佑着，又是冥冥之中天的注定。

夜幕降临了，阿辉仍然若有所失地看着静娴走过的那沙土公路，他杵在那发着呆，久久地凝视，久久地思考着……

"只有你才有资格娶我……"突然，阿辉想起了静娴留下的话，感到自己身上有着一种前所未有的责任感，产生了一种强大的原动力：

男人要有事业；

男人要打拼；

男人要娶老婆；

男人要有一个家。

一阵凉风吹来，刚才因为激动而渗出一身汗的阿辉顿时感到身上一阵凉意，他脑袋清醒下来了，知道静娴这个梅山人家的女儿是看上自己了，尽管自己光棍一条，一无所有。男人必须有一种自信，有一种自我。

他索性走近井水旁，轻松地拎起一桶水朝着自己的头上浇了下去，再抹上香皂，用力地搓着，这几天到县城居无定所，身上充斥着汗酸味，该洗个干净，应付今后的挑战。尽管眼下自己穷得叮当响，但阿辉偏不相信，堂堂一个男子汉，顶不住这间屋，撑不起这个家。

他在安置父亲神龛前的八仙桌前用铅笔写了一排又一排歪歪扭扭的字：

掷芰情缘

尽快注册公司，公司名称安泰电器有限公司；

上学去。读夜校，学技术，学中文，也学洋文。

生产电热管，一定要生产最好的电热管；而且，还搞小马达。

搞好家庭，娶静娴做老婆。

阿辉还想写几条，一则有些字想不起来；二则写那么多也没有用，关键是要做得到。于是便放下铅笔，将那写好四条奋斗目标的纸条叠得方方正正的。然后，在神龛前鞠了三个躬，郑重其事地许愿："阿爸，你在天上保佑儿子，早日实现这四条。儿子求你了。"心在想，嘴在念，阿辉的眼角有一点湿润，他顺手一抹，自言自语："难道我也会哭吗？"

对于选择阿辉为自己公司电热管生产的代工企业并将投资予以扶持，对于茂祥公司陈老板和金威公司杨老板来说，确实需要很大的气魄和决心，或者用时髦的话来说，是一次艰难的选择。

论资产，阿辉只有一间几百平方米的厂房和一台还算像样的电热管制造设备；

论技术，阿辉几乎是一个文盲，无非在夜校上了几年技术学校而已；

但两位老板却看到了阿辉身上最闪光的东西，就是他那百折不挠，敢于吃苦，敢于打拼的特质。这个一出生便没有母亲，十三岁便成了孤儿的阿辉，犹如路边的一棵铁丝草，千人踩万人踏，却有着异常旺盛的生命力，战胜人生道路的千难万险，跨过一条条常人难以逾越的鸿沟，顽强地活下来。

他们不想去谈论阿辉那个阿庚师傅，竟然向自己这么贫穷的徒弟下毒手。却从中看到阿辉这个后生惊人的创业精神及其足以让人炫目的闪光点。正如陈老板所说的，他是在选定秃头山上那棵挺拔的大树。

那天，他们到了阿辉的家，看到那令人落泪的家，不由得去追寻这后生人生的艰难经历，再看到那几乎被翻烂的机器设备说明书和经过他摸索掌握的那台电热管设备。这一切，足以让二位老板潸然泪下。

于是，在现场他们就横下一条心，决心将工厂设在阿辉家。

这一决定，与其说是一种抉择，倒不如说是两位老板做一件善事，用自己的一颗善良的心去发现培育一个未来的企业家。

从这个角度看，两位老板需要勇气，更需要有一个睿智的眼光，有一个犹如伯乐一样的远见卓识。

"阿辉，这几天你先将房前屋后整理一下，把你以前的兄弟召集起来，我们五天内会再带一批人过来。"陈老板像将军。不，像元帅。他指着那车间旁边的一块宅基地："这边，再建一栋车间，再安装两台机器。"

"是吗？老板。"站在一旁早已诚惶诚恐的阿辉不敢相信自己的耳朵。因为，从县城一路回来，坐在老板的皮卡车上，当皮卡车在那沙土路面的乡间路上颠簸时，阿辉的心几乎要蹦出来。自己如此清贫，还如此斗胆去求两位大老板，而且还引着人家来看厂房，觉得自己有点太不识时务。因此，当两位老板推开自己从来未曾上锁的家门，看见两位老板将眉头皱得比喜玛拉雅山峰还高的一瞬间，阿辉后悔至极，甚至觉得自己有些发慌。现在，当陈老板说了这番话这后，足足让阿辉激动得发晕。

得到消息，脑袋有点发晕的还有阿林和阿文，甚至周围乡村的叔叔伯伯，大哥大嫂们。大家都围拢过来，七嘴八舌，你一言我一语。听说这个孤儿要在村里办厂，那简直是一种讲古一样的事情。但事实便在眼前，几天工夫，阿辉屋子前后左右杂草丛生的宅基地已经被除得干干净净，接着有几台汽车拉着建筑材料，拉着两台机器直奔这里。

正当大家在比比划划、指指点点的时候，正好看见阿辉和静娴骑着车回家。

他们是去当局管理部门登记注册公司的。为了将这公司早日注册登记下来，静娴一口气从福德梅丸厂转了五十万新台币，作为阿辉安泰家电公司的注册资金。仅用几天时间，公司一切手续搞定。

看到静娴如此钟情于阿辉，文康夫妇尽管连面都没见过，赞成心里没有数，反对也没理由。而且，他们都知道自己这个宝贝女儿不是谁都可以驾驭的，她要做的事九头牛都拉不回。想想那天晚上的事，老俩口也觉得阿辉有些可爱，修善积德，现在这样的年轻人已经没有多少。人品应该没问题，那欠缺的便是太穷了。这也难怪，孤儿家嘛，既然如此，这钱是静娴赚来的，自己年岁大了，既吃不了多少，也花不了多少，更不可能带到棺材里去。因此，当静娴要转五十万新台币给阿辉注册公司时，尽管彩凤嘀咕了几句，却又迅速被静娴回敬了回来，考虑再三也就不再吭声。

现在乡邻们看见阿辉和静娴肩并肩回到家里，手中拿着注册为安泰公司的营业执照，都议论纷纷：

"干妮姥，这林老头子没福气，苦了一辈子，生了一个阿辉，如此出息。可是自己却没命享受，早早归西了。"这个老人以前跟阿辉的父亲同一个村生长，看到这栋屋子几十年来似乎没有过多少生气，现在看到阿辉出息了，难免想起他当年的伙伴时有些伤感。

"这小子哪有那么多钱呀？刚被阿庚骗走十几万元，现在一夜之间建这么大的工厂，莫非去贩毒了。"一个比阿辉稍大一点年轻人，看到这个平时一声不吭的憨人，转眼之间要大兴土木办工厂有些不解，但更多的是一种嫉妒。

"听说还是梅山人家那静娴家投的资金，这个姑娘也真的说不清，长得如花似玉，家境又好，那儿找老公不成，还倒贴，犯贱。"邻村的一个阿姆更是忿忿不平，自己家的儿子，要个头有个头，要钱财远比阿辉家好得多，可是东托西托，现在儿媳还不知在哪个亲家母的肚子里。你看，这阿辉兴许是踩上狗屎了，时来运转，钱运滚滚，还找了十里八乡一个数一数二的姑娘。老人家说着，一张开那几乎没有牙的嘴，溅出的唾沫星子洒了满地。

……

总之，这个已经几十年没有人正眼瞧过的破屋子，这几天里里外外围了一圈又一圈的乡邻，他们脸部的表情不一，有褒的，有贬的；有发自内心的羡慕的，也有嫉妒的；有支持的，也有怀疑的。总之，一样饭养着千万种人，乡下的人离夏收夏种又还有一段时间，农闲在家没事可干，嚼一嚼舌头，论一论是非，落个舌头快乐，也是一种娱乐。

至于熟是熟非，只有老天才晓的。

在左邻右舍正唾液星子满天飞的时候，静娴正满面春风地张罗着。此时她似乎是以这栋小屋子女主人的姿态出现在众人面前，忙里忙外，见这么多感情又如此丰富的乡邻笑得满脸如桃花一样，看到大家站在屋子四周，别说有茶水招待，连放一个屁股，歇息一下的地方都没有，便招了一下手，叫住正忙着的阿林和阿文。

"阿林，麻烦你辛苦一下，骑个脚踏车到我家载一桶梅汁茶下来给大家喝喝。"静娴发布了第一道命令。

"我?"阿林正为兄弟的事四处张罗，听见静娴在叫他，停了手中的活。

"嗯! 行吗? 辛苦你了。"静娴此时心情好，那画眉音也更加悦耳。

"好! 好! 好! 嫂子叫，还能不去吗。"阿林在乡间也是一个调皮捣蛋的角色，看见阿辉不知哪里得来的狗屎运，白捡了一个这么漂亮的嫂子，扮了一个鬼脸，便一溜烟走了。

"别胡说，皮痒了?"静娴脸一红，满脸娇嗔地斥责了一声。转过身，她又叫住阿文："阿文，你能不能到邻居家借几张条櫈摆上，让大家有一个地方坐坐，行吗?"支完阿林，又叫住阿文。这个静娴毕竟是女人，又在家里使唤人惯了，做起事情还真有一种很强的组织能力。

"我马上!"

阿辉在准备重要的事情。他跟陈老板和杨老板已经约定，今天是农历六月初二，选这个农村祭拜土地公的日子，准备在新车间动工之前先安奉一间土地公的神位，时间定在上午九点八分举行仪式，至时两位老板要和自己一道上香迎候土地公，以保佑日后安泰公司能名符其实，鸿运当头，财源广进。

长期以来，自己一个人在这破屋里孤孤独独惯了，每日除了与老鼠和蚊子作伴之外，就没有别的生命相伴。今天，乡邻突然造访，小孩大呼小叫，老人指指点点，耳根里充满着各种赞扬声和窃窃私语声，反倒有些不习惯。

阿辉一会儿要进屋里，可进了那黑洞洞的屋子里又觉得没什么事可做；一会儿走出屋外，又看见那么多熟悉的，陌生的面孔，又不知道如何应对。屋里呆也不是，屋外呆也不是，真有一点无所适从，甚至连自己的手该怎么放，走路的姿势如何摆都感到非常不自如，急得额头上的汗水不断地往下滴。

"别着急，你作一个深呼吸，完了在路边迎候两位老板，时间快到了。"看到阿辉那种难堪的样子，静娴走过去，以女性独有的温柔在他耳边轻轻说了一下。她自己却将准备迎候土地公的香纸、蜡烛、礼炮及干果准备就绪，送到昨日已经用四块砖砌好的土地公神位前摆好。

152

这是由四块青砖砌成的土地公神位，左一块，右一块，后一块，上面当瓦顶一块。这是沿续千年民间的规矩和习惯，土地公最朴素，他不讲奢华，却极尽全力庇佑着所有的苍生百姓。

"陈老板来了，杨老板来了。"突然，两部轿车停在路边。两位老板一反常态，今天没有穿西装，而是穿着唐装，满面春风地走近土地公神位。

"阿辉你先上香。"时辰一到，陈老板像长辈一样叮嘱阿辉。

"不，您跟杨老板在中间，我和静娴在左右。"阿辉手上点燃了一大把香，那香烟袅袅，浓浓的清香迅速弥漫了四周，激起了无限的生机与活力。

"还是你在中间，阿辉。我和陈老板在旁边。"杨老板与陈老板一样，是一个难得的谦逊的长辈，他珍惜这后生，按照民间习俗，烧头炷香的人是必须有地位的。

"万万不可，没有二位老板，我能有什么？"阿辉很动情，他是一个不善言辞的人，心里充满着感激之情，却憋得满脸通红而无法表达。

"二位老板，今天按阿辉说的做一次吧。"看到两位老板如此谦让，静娴劝着两位老板，口气中充满着祈求。因为，她知道阿辉的心，阿辉是一个懂得报恩的人。

"那……"陈、杨老板相视一笑，"恭敬不如从命。"

陈老板、杨老板在中间，阿辉、静娴一左一右，四个人肩并肩，以虔诚的心向土地公三鞠躬，然后插上香。

四个人都默默地许愿，祈求土地公的庇佑。

"安泰公司今日成立，请土地公保佑安泰公司和他的主人阿辉，从此鸿鸿顺顺，财通四海。乡亲们，阿辉年少没有本钱，没有经验，我们共同请求，愿各路菩萨神明在天之上保佑他，也请乡亲们支持他。今日开水一杯，来日好酒相待。鸣炮……"突然，年过半百的陈老板心情一激动，提高嗓门说了一段激昂的话，算是对安泰公司成立的宣示，又像是对安泰公司和阿辉的深深祝福。

炮仗噼哩叭啦地响了起来，几个大的鞭炮在地上飞来飞去，充满着无限生机和希望。

人群中许多乡邻们兴高采烈地冲上前向阿辉道喜、祝福……

第十七章

大有集团

这一年多时间，阿庚经历了人生的过山车似的命运。本来，自己有一间公司，尽管规模不大，实力也一般，但应该说他有一套五金配件方面的加工技术，还有一帮以自己徒弟为骨干的技术工人队伍，如果好好经营，把握好机遇，择机升级换代开发一些新的产品，那样稳扎稳打，发展空间是无可怀疑的。

可是，问题就出在这里，当这个原本老实巴交的乡下企业家发现不少人一夜暴富之后，心里总是奇痒无比，这边一折腾，拐个几百万；明天做一个假生意卷他个几百万；一来二去成为乡间大富大贵的人家。加上儿子阿福买了一辆洋跑车招摇过市，每当看到乡邻那羡慕的眼神，尽管心里骂儿子是败家子，心里却涌起一种莫名的骄傲，心里得出一个结论，钱，是一个好东西。于是便挖空心思去寻找发财致富的捷径。

他策划了与日本公司的加工合同，预收了加工费，那是一笔可观的加工费；

他把在此之前承接几个房地产开发商的防盗门加工业务，转包给几个徒弟去干，那些加工费早已进了他自己的腰包；

他还……

眼看自己的腰包鼓起来了。他来了一个遁地术，一夜之间人间蒸发，卷走了所有的近几百万台币,却把债务留给了徒弟们,留给他加工业务的承接人。

当然,他不会不知道这是一笔别人的血汗钱,攥在自己手中会受到良心的谴责。他躲了起来,闭门谢客,让人感到他已经消失在众人视野当中。

可是,自己躲得了可阿福这败家子在家呆一天还可,两天也差不多,时间久了,便留住心留不住人了。那天,他竟然开着那台洋跑车回到南部乡下,而且还见了静娴,甚至看到了徒弟阿辉,了解到他正将坏事变成好事,要开工厂生产电热管,这多少让这个当师傅的有些吃惊。

惊的是自己给这个贫困的徒弟留下的债务会不会向自己来讨要;更惊的是发现这徒弟不简单,要是自己的阿福有这番吃苦精神多好呀!

穷不过三代,富也不过三代。自己刚富起来,如这阿福不争口气,不出几年又要回到贫穷的境地中去。

每当想到这里,阿庚总会感到痛心疾首。

然而,痛心的还远不止这些。这次阿福活蹦乱跳地出去,回来时却变成了瘸子……

前几天,有人从南部乡下带来了信息,说那阿辉得到茂祥公司和金威公司的支持,竟然建了一个安泰公司,专门生产电热管,而且工厂还开得很大,年产量可达二十万个电热管。这则消息对于阿庚来说,无疑是晴天霹雳,如头顶上一个炸雷,他便被震得眼冒金星。

对于生产电热管这行当,阿庚又悲又喜。喜的是,他的第一桶金源自于这行当的加工费;悲的是,当时自己太贪财,卷款走了。如果一年前自己沉下心,沉下力去做,说不定现在已经是另一番景象了。

现在不论是台湾市场,还是国际市场,小家电业迅速发展,对电热管的市场需求量很大。只是要实打实地干,还要钻一钻技术,确保耗能逐步降低。这一点是自己的弱项。自己读书不多,现在黄土都埋到脖子根了,对那些技术参数,一看便头脑发胀。能否办好这行当的工厂中气一直不足。如果稍不小心,在目前竞争的年代,一陷进去,那便要倾家荡产。

可是,要不花汗水再弄个几百万、上千万又谈何容易。

正因为如此,几个月前与日本东林株式会社驻台代表处的东进一郎签定的意向书至今未下定决心，也没转化为正式的合同。

"歹命呀！别人到这个年龄都要抱孙子，享清福了，自己却像头老公牛在拉破车，叽叽咯咯，一步三回头，气喘吁吁……"阿庚叹着气。

"阿爸，我知道你在想什么？"老头在叹气，儿子阿福却拄着拐杖摇摇晃晃，嘻皮笑脸走进了。

"凭你？"见到儿子，阿庚有些不屑一顾，除了吃喝玩乐，他还懂得什么？风水不好呀！出了这么个不肖之子。

"对呀！我尽管不怎么的，但我经常在外面转，信息特别灵。"这阿福说的也没错，尽管他现在脚瘸了，但开车还行，每天还在城里转悠。那天，他在台北街头的一间咖啡馆里听见一个日本商人跟一家老板在谈小家电的交易，得到一个非常重要的信息。"目前小家电市场非常大，尤其是中国大陆，改革开放以后，民众生活水平迅速提高，台湾生产的小家电，贴上日本的品牌商标，一上架都抢着买。"

"大家抢着买，那是大陆。"阿庚没有好心情，呛了儿子一句。

"阿爸，你又老土了是不是？"阿福看到阿庚最近心情不好，正是在投资上举棋不定，便加了一把火："小家电火了，电热管需求变大了。如果我们与那个日本鬼子叫什么来着……"

"东进……"阿庚仍没好口气。

"对，跟东进联手，注册一家集团公司，把台湾东西南北的电热管企业联系起来，垄断价格……"说到这里阿福笑而不语，只是眯着那小眼睛，眨巴眨巴看着父亲。

"垄断以后又怎么着？"老人还不明白。

"垄断价格，那阿辉的厂，哪有我们集团公司的实力呀，总有一天还是回来当徒弟不是吗？"阿福用神秘的目光看着父亲，并细心地观察他的表情变化。

"那他不甘愿呢？"

"不甘愿，他没市场，那便得破产！"阿福信心满满。

"甘愿靠过来，又怎么样？"

"甘愿靠过来，他充其量便是集团公司的一个小厂，要上交利润，也就是管理费。"阿福更自信："他，连同茂祥公司、金威公司也永远是你的徒弟。这样不好吗？"

客厅里一片宁静，看来这老阿庚的心动了，他第一次发现，眼前这个不肖之子并非自己所想的那么坏，这脑子还是很灵光的，确实是一个难得的人才。

"怎么样！"儿子在耳边追问。

"这个主意不算坏。"父亲实际上是给予肯定。

"那，你相信儿子去办？"阿福主动请缨。

"为什么？"父亲对儿子仍不放心，因为到目前为止，他还未办过一件让自己放心的事情。

"你去跟东进商量，将意向书转化为合同书。"儿子在使唤老子。

"我……"

"对！我呢！你将全部身家给我，我们注册一家集团公司，投资额越大越好。只是目前我们还调度不了那么多钱，要么注册一个亿，这样增加我们对那些小公司的吸引力。"阿福此时绝对是一个总设计师总工程师，又是总建筑师，说得已经几个月满脸倦容的老阿庚眉开眼笑，哈哈大笑起来。

"你呀！如果有阿辉的一只手就好啦！"老阿庚不知是想赞美阿辉，还是想借机批评阿福。

"阿辉一只手，不如我一句话，一个点子。我是劳心者，他是劳力者。"阿福内心充满着得意之情。

"嗯！"尽管老阿庚不知道什么叫劳心者，什么叫劳力者，可是阿福将自己与阿辉作了一个比对，却让老阿庚不但口服，而且心服了。

这当儿，心烦的老人除了老阿庚之外，还有两个人，那便是文康和彩凤夫妇。

不过，他们的烦与老阿庚却完全不一样。

自从那天晚上静娴回来告诉父母找到恩人之后，便开始三天两头往山下跑，最近更是早出晚归，好像这梅山成了客店一样。

女儿养大了，肯定要飞的。但自己家的女儿好像跟别人家不一样。钱，打了五十万新台币；人，三天两头见不着。而那个叫阿辉的后生，也好像无心无肺似的，从来不来见见老人家。

这让文康和彩凤怎么样也接受不了。

夫妻俩一辈子也是经历了不少人生坎坷，承受了不少人生的苦难，但是这儿女间的烦恼事还是第一次经历过。这样下去，纵使自己不烦，乡间这么多邻居，这么多长辈什么的，人家也少不了会有闲言碎语呀！

老人们总是这样，愁食愁穿这些问题解决了，却又得愁女愁儿。那儿子还在台北上大学，这女儿静娴却足以让夫妇俩坐卧不宁。

时间过得真快，转眼又要过年了。

这天，天又要黑下来了，那梅山上的小鸟都纷纷归巢了，成群成群地站在梅树上，尽管入冬以后，叶子掉落只剩下光溜溜的树枝，但这小鸟却是有着浓厚的家庭观念，夜幕一降临总是从四面八方归拢回来，一只只在枝头上飞来跳去，叽叽喳喳一家子一家子在交流着一天各自的经历。那热热闹闹，卿卿我我的场面，充满着温馨，充满着乐趣，充满着和谐。

"该回来了吧！天都黑下来了。"老母亲一会儿看看那暮色浓浓的山下，看看那蜿蜒向山下伸展的马路；一会儿却贪婪地听着那老梅树上鸟儿的鸣叫，羡慕那树枝上一户户家庭的欢乐。

每当此时，文康总是不吱声，他还是那样面无表情，手握那已经乌黑发亮的紫砂壶在旁若无人地"啾、啾、啾"地喝着浓浓的乌龙茶。他的内心有着更复杂，更丰富的情感。是啊！每天这个时候，小鸟都准确无误地归巢，可是自己自从被抓到台湾，现在已经将近四十年了，却从来没有一次归巢过。

自己作为人夫，作为人父，当为头鸟。此时却在妻儿们不知道的地方喝着这乌龙茶，在这儿心安理得地坐在太师椅上。妻子在哪儿？儿女在哪儿？他们是否还安在？是否也像彩凤一样倚在门前盼望着我归巢啊……

前一段，这山下也有一个老兵。虽然他来自山东，但彼此都知道各自的底细，借着上山来祭拜土地公的机会，登门拜望。看着彩凤出去，偷偷告诉文康，已经有许多人借着海员出国的机会给那边寄信，打听家人的消息，他在山东老家的亲人已经打听到了。

"我的太太还活着，还在等着我回去。我的儿子，离开时才三岁，现在孙子都十多岁啦！我当爷爷啦。"老兵一边说，一边抹着眼泪："可是，我这边又有一家子，我怎么开口？怎么回去？下辈子下到阴间，阎罗王一定会把我用力劈成两半，一半给这边的妻子，一半给那边的妻子。这也罢了，那边的妻子为我守了一辈子活寡，我这债怎么还呀……"

老兵一口气将自己的情况告诉了文康，伤心动情之处老泪纵横，让文康看到后触景生情，泣不成声。

"真的吗？"天天躲在梅山，三步门不出，尽管朝思暮想四十年，却从来没有得到过如此振奋人心的消息。听完那位老兵的话，文康似乎疯了一样地追问。

"我都这般年纪的人了，还会骗你吗？"老兵回答得很简单，很肯定。

"能不能帮我的忙？"文康迫不及待地问，老兵的话，已让这位年过花甲的老人的心飞过海峡，飞到妻儿的身边。

"没问题，你把那边的地址详细地写给我。"老兵挺热情，也许是共同的命运让这一代人相互照应，而且把相互帮忙当作一种责任与义务。

文康的手有些颤抖，他走起路来有一点跟跄，走进屋子里，他一拿起笔，想起这是自己离开他们四十年后的第一封信，又考虑到时局限制不能随便乱写。否则，事情不成还会牵连这边的妻儿，写了又撕，撕了又写。让老兵在客厅里老听到撕碎纸片的声音。

"文康兄，不能写信，只写那边的地址和收信人名字，听说那边也很严，不要四十年没照顾他们，反而给他们惹祸。"老兵俨然像一个老师在提醒文康。

"噢……"客厅老兵的话，让文康的手停住了，匆匆忙忙写下："中国大陆福建省漳州府海澄县石码乡八里街三十八号王香兰，落款加上一行台湾梅山陈文康。"刚走出房间门，又匆匆忙忙从抽屉里取了一叠红红绿绿的钞票，"这里不知是多少钱，你也帮托回去。少了点，少了点，以后再多一点。"

"文康老兄，你糊涂了不是。现在带这个不方便，况且人还没联系上呢！"接过纸条，老兵推回了文康递钱的手。

"哦，哦，哦，这也是，这也是。"文康满心感激。此时，他的心跟当时老兵的心是一致的，尽管这里彩凤、静娴和儿子一家子挺亲热，而且是自己在最困难的时候彩凤收留了自己。但，在海峡那边也是自己的妻儿呀！而且已经四十年都没有音讯呀！

两个老兵边谈边流泪，这一切都被从屋外回家的彩凤看在眼里。她没有惊动两个苦命的老人，只是坐在门槛外静静地听着他们的对话，陪着他们暗暗地落泪。

这件事已经足足过去三个多月了。虽然那老兵也常来，却没有带来海峡那边的消息。"莫非香兰母子他们……"这个最不愿提出的话题仍不停地浮现在脑海中，魂牵萦绕，让文康常在梦中惊醒，又常在梦中开怀大笑。

现在，长大的静娴将要像翅膀硬了一样的小鸟飞出去了，家里将少了一份叽叽喳喳的声音，又让自己少了一份儿女的亲情。怪不得这彩凤一到太阳下山，总会在门口与客厅前不断地来回走动，就是等待二十几年在耳际的烦人声音，从而让这烦人声音伴随着一种人生的快乐。

"文康。"老人还在对往事的回想当中，已经有些烦躁的彩凤从门口走了进来。

"嗯……"文康看着相伴二十多年的妻子，心里已经明白，她等女儿等得有些不耐烦了。于是，装着宽心的样子笑了笑，用手招呼她坐下歇息。

"明日，对，明日上午，我们偷偷下山去看那阿辉到底怎么样？"你看这不是彩凤想女儿想急了，突然蹦出一个主意。

"为什么呀？"文康有些不解。

"还用问吗，莫非这阿辉有什么魔力？好好一个女儿，连魂带魄地就这么跟他跑了？"彩凤是真急了，反问文康，"难道你不急？"

"你呀！坐下，听我说。"文康心里直想笑，一把拉着几乎上火的老伴："人家是跟阿辉共同办厂，办厂知道吗？很多事情要做的，又不是唱歌、跳舞那么轻松。你呀！省点心，老得慢一点。"

"那也不应该是这样？"

"不这样又要怎样呀！办电热管厂是好项目，我们不会亏。再说，选一个好的合作伙伴，同时又报答阿辉的恩情，没错。你不是常教育他们兄妹要懂得报恩,要知恩图报吗?"文康极力想缓解彩凤思念女儿的焦急心情。

"那,那,静娴是不是要嫁给他呀!"彩凤又急了:"青年男女天天在一块……"

"嫁与不嫁,得由静娴做主,我们能做主吗?现在都时兴婚姻自主,都什么时候,什么年代了。"文康真拿彩凤没有办法。女人呀,到了这个年纪是非特别多,什么事情念念叨叨,盘算十二遍。她可能是心烦,生理现象嘛,也算正常,可搅得文康也好像是更年期似的。

"静娴这么野都是你惯出来的!"彩凤被文康说得没有话可以应对,索性生气起来。

"好!好!好!都是我的错。"文康是一个读书人,一生脾气都改不了,要逼他生气还真不容易,被彩凤这么一顶,干脆全包全揽认下来了。

老夫妻恩爱半生,这种争执不少。惯了!

"阿爸,阿妈。"老夫妻正争执着,静娴推开门,风风火火地走来:"我饿死啦,快吃饭吧。"

"你们公司没开饭呀!快饿死才懂得回来呀。"母亲又来气了。

"妈!我不回来你有意见,回来你又有意见,干嘛那么多意见呀。"女儿最不怕母亲,母女俩的感情比谁都亲,但体现在嘴巴上却变了味道。

骂归骂,烦归烦,母亲还是乐颠颠地快步走进厨房把温在锅里的饭菜端了出来。

"呐。"文康给女儿呶了呶嘴,暗示母亲生气了,下次早一点回来。

"我知道。"女儿头一歪,看见母亲还在厨房煮汤,便伏在父亲耳朵边悄声说:"爸,现在很多老兵都托人到大陆寻亲了,我大妈他们……"静娴鬼着啦,怕母亲伤心,讲了一半,点到为止,她知道父亲一定理解了。

"又在鬼鬼祟祟地讲什么?"谁知母亲出来正看见那一幕,她心里有数,这个静娴尽管不是文康亲生,但感情却比亲生还亲,有时候亲得连自己这亲生母亲都感到嫉妒。

"对呀!我讲你的坏话啦,说你太赤啦。"女儿故意激母亲,回过头又将话音提得很高朝父亲说:"阿爸,我们工厂现在一天可以生产三百多个电热管啦,而且质量很好。既省电,发热量又高,把那陈老板、杨老板脸都乐歪了。"

"是吗? 静娴做事我绝对放心的。"文康看到女儿神彩飞扬, 乘机夸奖一番, 然而又不失时机地加了一句: "加上那么优秀吃苦的阿辉。"

"阿爸, 看你。表扬我就表扬我, 干嘛还扯上他呀。"女儿在父母面前表现出少女的羞涩。

"说又怎么啦, 人家阿辉不优秀, 两位老板能看中吗? "母亲在厨房里也搭话了。

"你们的关系进展到什么程度啦。"文康细心地问了问女儿, "如果成熟了, 可以请他来提亲呀。"

农村男婚女嫁都必须请媒婆先提亲的, 有彩礼没彩礼另说, 但乡间风俗, 规矩不能少。文康朝厨房里看了看, 提醒自己的宝贝女儿。

"人家很忙, 而且又是孤儿。哪有时间, 请谁来提亲呀。"女儿满脸绯红, 却理直气壮。

"这倒是。"文康有同感。

"就你会做好人, 总是惯着她。再惯会飞了, 什么规矩都不懂。"母亲在厨房里耳朵很尖, 嘟嘟哝哝地发牢骚, 她把女儿的一切不是都归咎到文康身上。

"好! 好! 好! 按照你妈的训示, 一切按规矩, 过年前把静娴嫁过去。"文康想想也是, 便作了一回主, 他想亲自处理这件事, 也算尽了一份做父亲的责任。

"为什么年前嫁过去呀? 你们嫌我多余了? "静娴得了便宜还卖乖。

第十八章

商场较量

日本人对台湾有着一种浓浓的情结，这种情结非常特殊，尽管第二次世界大战失败以后，台湾回归到祖国的怀抱，但在台湾的日本公司及其日本人都念念不忘这块拥有肥沃土地的宝岛。因此，从一八九五年以后的一甲子时间里，这里的物产，这里的人民养育着好几代的日本人，也为日本军国主义称霸亚洲，屠杀亚洲人民提供了丰厚的人力、物力的保障。因此，尽管日本人的殖民统治已经结束四十多年了，但那些商人仍然对台湾特别钟情，呆在台湾的各个大、中、小城市，甚至每个乡村角落，寻找商机，千方百计捞取不义之财。

这个东进一郎便是这样一个角色，他是一个什么碗糕？明眼台湾人一看便知道。自从四个多月前与老阿庚签定了投资电热管产品的意向以来，老阿庚虽然经常与之联系，甚至还请他上一些馆子，吃一些台湾美食，但合作一直没有实质性的进展，那正式合同一直没有签下来。

东进一郎年纪不大，四十多岁，梳着贼亮的一顶头发，三七开分梳着，抹上发油，在太阳底下总是反射出亮亮的光芒。在签意向书前，他曾详细了解过老阿庚的背景。知道这个乡巴佬尽管其貌不扬，土得掉渣，但却雄心勃勃，歪点子不少。这种人，东进见的不算太多。中国人都讲良心，讲信誉，还非常讲情义。因此要跟他们合作搞一些虚无飘渺的歪生意很难有成效。可是，眼前这个老阿庚却跟大部分中国商人有些差别。这个差别便是他喜欢钱，但却不喜欢流汗，也就是中国人常说的他不喜欢赚辛苦钱，赚血汗钱。

东进一郎觉得可以利用老阿庚的这种奇异性格和他作为台湾人人熟、地熟、习俗熟的特点，用其所长，争取获取最大的利益。

一晃冬天来了。台北进入了严寒的日子。这几天阳明山顶上堆积着厚厚的积雪，到阳明山观光的车辆不得不装上防滑链，还要将车速降到最低限度，在那盘旋的山路上爬行，那山上的游客稀稀拉拉为数不多的人在欣赏雪景。

等了老阿庚几个月，一谈合作的事，那老家伙总是不着边际，不谈实质内容。东进看透了这个老家伙充满矛盾的内心。他想赚钱，却又没把握，想撒手，却又对生产电热管这行业可能获取的巨大利益垂涎欲滴……

东进很自信，这一单的合作，肯定能成，肯定能赚钱。只是时间问题，只是不要着急。因此，他做起了姜太公，静静地等候着老阿庚上钩。

冬天的景色那么美，何尝不去阳明山走一遭。看看雪景，兴许还能碰上一个美女聊聊天，运气好还可尝个鲜？这小日本总是有一个怪癖，平时小气透了。吃东西，省着；穿衣服，抠门；可是看到一个心仪的女人，他可以倾家荡产，一掷万金，不搞到手决不罢休。

这便是东进一郎这个日本人的劣根性。

决心下定了，东进一郎穿上厚厚的衣服，走进车库将那部四轮驱动的三菱越野车开了出来，朝着阳明山开去。

天很冷，一张开口便哈出一团团白白的雾气。

去阳明山的路又陡又小，几个锐角弯如果新手难免会胆怯。东进一郎驾着三菱V6越野车充分发挥了其爬坡越野优势，非常轻松地便走完了那一段令年轻驾驶员生畏的路段，终于在离蒋介石行宫不远处的一座酒楼门前停了下来。

登高远望，那山上玉树琼枝，山峦叠翠，空气清新，只有少数勇敢的年轻人在追逐嬉戏，东进一郎觉得内心有一阵惆怅。当他登上一个小山包往台北俯看时，这整个城市的美景尽收眼底，心里不由得为自己的父辈当年征服中国清朝统治者，将这美丽富饶的宝岛变成自己的殖民地而自豪，又为后来的统治者无能被中国人战败，使这块璀璨的明珠得而复失而痛心疾首。这便是犹如一个血气方刚的汉子好不容易抢了一个如花似玉的花姑娘未能尽兴，却又被人夺了回去一样的痛苦啊！

东进一郎想到这里，似乎若有所失，刚才一番兴趣，一番浪漫也随着呼啸的寒风刮得干干净净。

"回去！回台北？"他在一棵大树下伫着脚，转一个身一种冷彻全身的东西伸进脖子根，让他打了一个寒颤，他不由自主地伸手去摸了一下，原来是一棵已经冻成雾凇的枝条伸进了自己的脖子，这一伸让他清醒了许多。这时他才想到，这种冰天雪地花姑娘是不可能单独上山的，而上山的一定是成双成对的情侣，还有的便是诸如自己这种光棍们。因此，不要说一个上午，或许一个冬天也难在这里有艳遇。

没了艳遇的可能，再呆下去便如同嚼腊。

东进一郎失去了再在这冻死人的天气里呆下去的兴趣，他想找一个咖啡店喝上一杯咖啡。另外，看看还能不能有一些意外的收获。

离自己十几步之遥有一间三层的小屋，门口挂着"真爱咖啡"。东进一看便来了兴趣，踩着"格吱、格吱"冰渣子的声响，一步一滑地推开门。

不推门，不知道，一推门吓了一跳。

这咖啡屋里的一个包厢里正端坐着老阿庚和一个貌美的姑娘。

"老东西，老得已经不成样子，土得连渣都掉了满地，还在泡这么漂亮的姑娘。"东进一郎心里骂了一声，也不知什么吸引力，他来不及打招呼便跨进了老阿庚包的那间包厢。

"不请自来，而且连招呼都不打。"正在与年轻女人打情骂俏，满口黄段子的阿庚见东进一郎进来，心里自然有些不快。但来都便是客，立即将笑容堆在脸上，起身迎接："东进兄，您也有这种雅兴？"为了表示恭敬，他还故意将"您"字说得特别慢，特别重。

"哪有阿庚兄的福份呀，是这咖啡的浓香把我从冰天雪地里吸引过来了。这不，又正巧遇上阿庚兄在这儿享用。"东进一郎应付得滴水不漏，满脸的笑意中隐含着某些神秘，可是那小眼睛却死死盯着年轻女子的脸上，像一只饿狼用

一双绿眼睛盯着食物不肯离开。

"哦! 哦! 哦。"那年轻女子是自己刚刚招来的, 自己还没尝上味道, 自然不会高风格相让, 东进好这一口却是心知肚明, 老阿庚打着哈哈地说。

"这阿姐真漂亮, 真让我魂都难守了。"东进一郎迫不及待, 要出手了。

"哦, 东进兄, 楼上, 对, 三楼还有更水灵的, 更水灵的。"虽然这是一个应召女子, 但自己选上的却要被夺走, 老阿庚满腹不快, 用手轻轻地挡住东进刚伸出要摸那年轻女子脸的手。

"真的?"东进半信半疑。

"当然真的。"老阿庚言之凿凿, 就是比较贵, 但绝对物有所值。

"哪里?"东进巴不得立即吃进嘴里, 想起身。

"三楼, 我带您去。"老阿庚知道下一步要跟他合作万万得罪不得。将他支走, 至于价钱的问题, 小日本不缺钱。对那姑娘自己曾想过了无数次, 就是因为价钱太贵, 自己下不了决心, 可这东进一郎绝不会在这方面怕花钱。

东进一郎由老阿庚领着走到三楼, 那是一间装修得非常豪华而且高雅的楼层, 一进门便有一个四十岁左右的老鸨笑脸相迎。

"二位先生, 想开开心。"这女人粉抹了好几层, 浓烈的香水味直扑鼻子。如果在她跟前重重一跺脚, 一准掉下一垃圾斗的粉块。

"叫那个最水的姑娘出来, 这位阿哥想请她。"此时这老阿庚盛气凌人, 别看土里叭叽, 却俨然像一个爷。

"是叫晶莹的那个吗?"老鸨献媚地问。

"对呀! 不然还有哪个?"老阿庚很牛。

"你不是嫌贵不要吗?"老鸨一脸正经, "我告诉你, 这晶莹可是我们的一等精品, 没有讨价还价的哟。"

"谁还价? 是我这位兄弟要的。"老阿庚说完朝东进使了一个眼色, 又不轻不重在他的肩膀上拍了一下, 便哼着小调下楼去了, 走了半梯又急忙中返回来: "我在楼下等候东进兄, 不要着急, 慢慢来。"

"去吧。"东进一郎头也不回, 应了一声, 由老鸨引着往内间走去。

这是一间装修得无比素雅的房间, 走进屋里, 老鸨带着东进先在会客厅停了一下脚："这个姑娘能书能画,能歌善舞,但接客这价格可不俗哟。"

"多少?"东进一进门没看见人,却老听到钱的问题,在台湾有个五六千台币就已经足够了,还能贵到哪里去呀。五六千在东进一郎看来绝对是小菜一盘,算不了什么。

"这个数。"老鸨作出了手势。

"七千?"东进一郎表现出不屑的样子。

"加十倍?"老鸨加大了语气。

"七万?"东进一郎张开的嘴几乎难以合上。

"没崩溃吧?怎么样?知难而退。要么再走一步便要刷卡了。"老鸨是一个久经沙场的人物,故意在激东进一郎。

"……"东进一郎站在那里没有再挪步。

"现在退回还有机会。"老鸨又用激将法。

"什么金枝玉叶呀。"东进一郎自言自语。但又转念一想:"既然已经进来了,去享用一下何妨?钱是人赚的,也是人花的,人生苦短,何必那么寒酸。再说,我大和民族子民从来做什么事都不曾退却过,这时退出,在台湾还怎么混呀。"心里想着,阳刚之气陡然倍增,便义无反顾地大步进入内室。

老鸨眉开眼笑,乐颠颠地转身关上门。

东进一郎睁开眼睛,看到眼前的女人用赛貂蝉来比喻实在是恰如其分,这个叫晶莹的姑娘正身着薄纱,走着碎步款款而来,那樱花小嘴一张露出一副洁白而又细细的两排牙齿,脸颊上一对小酒窝让人着迷。

她没有穿胸罩,下身穿着一件薄薄的三角裤把那隐密处弄得隐隐约约,二个雪白雪白的奶子不断地轻轻跳跃,那腰肢细得只要用手轻轻一掐随时都可能断掉……

"哥!来呀,我给你弹奏一曲好吗?"一声鸟莺般的鸣叫让东进一郎眼睛都快拔出来。讲实话,风月场中他去过无数次,翻云覆雨之事经历过万万千千,但这么美貌的女人却是今天第一次遇见,这面前的女人足足让东进一郎愣了许久许久也无法反应过来。

"哥……"那姑娘奶声奶气地催促了一番。

"哦，宝贝。"东进一郎像一头饿狼一样扑过去，他恨不得一口将这姑娘吞下去，吞到肚子里，咬得粉碎，熔化在自己的血液中……

"慢慢来，哥，不要着急。好东西要慢慢地享受，心急吃不了热豆腐。"看着东进一郎迎面扑来，那炉火纯青的晶莹稍稍闪了闪身子："我先给哥奏一曲。"

"不要，不要，上床吧。"东进一郎急不可待。

"唔，哪有这么急的呀？没情趣。"晶莹对东进一郎这种急切不怒反嗔，仍然娇滴滴地应付。

"我……"东进一郎跨前一步用手抓住晶莹的胳膊摇晃着。

"哥，哟，你都把我手捏疼了。"晶莹扭了一下很好看的屁股："那我们先沐浴吧。"

"好，好，好，阿庚兄。"东进一郎一边允诺她一边从心里恨老阿庚恨到出血。突然，他似乎想起一个问题，七万元新台币去玩一个女人，代价太高，说起来有些贵，有些冤。但这次既然是阿庚引荐的，自己既然来了，而且不想退却，便思考要有所值，甚至加倍地值，以至让各方面都增长见识，留下深刻的记忆。

东进一郎不是省油的灯，想到这里他的脸上浮现出让人难以觉察的微笑。他趁晶莹不注意，从口袋里掏出两片蓝色的药片迅速地放进嘴巴里吞下去。

然后，非常轻松坦然地走向浴缸。

洁白而带按摩功能的浴缸；

焕发幽香，飘着五彩缤纷的玫瑰；

催人青春勃发的古典音乐；

已经脱得一丝不挂，且阿娜多姿的晶莹，她那起伏有致的身段，白花花的奶子，殷红殷红的小奶嘴，以及那长着茂密阴毛底下蜷缩着的碗糕……

这一切犹如一幅春宫美人图，倘若不是风尘女子，眼前的晶莹一定是一件不可多得的艺术精品。不知是眼前的一切让东进一郎热血沸腾，血管贲张，还是那两个蓝色药片发挥了作用？或许是东进一郎内心隐藏着什么。他无心去欣赏这一切，而是一跃而起，将湿漉漉的晶莹抱起来，快步向床走去，重重地把那艺术品扔向床上，并迅速地像野狼一样扑上去。

"哥，你轻一点，温柔一点好吗？"这晶莹尽管入行时间已经不短，但还是用老的套路去迎接这位哥哥。

东进一郎没有对晶莹那夜莺般的声音作出回应，而是运作全身力气，朝那碗糕猛烈地插了进去。

"啊！哥！别那么用力，别……"晶莹应声尖叫了起来，她发现自己的下身似乎被撕裂了，一种剧烈的疼痛迅速传递到全身，传递到每一根神经末梢，汗水从全身无数个毛孔中喷了出来。

东进一郎感到一种满足，这不是生理的满足，而是花了七万元，"要有所值"的心理满足。

晶莹的呻吟声便是印证。

"哥！我痛死了，求你了，别了，我让妈妈把钱退还你。"东进一郎感到自己身下的女人变成一堆颤抖的肉，一堆任由他宰割的一摊肉，这种满足感令他更加淋漓畅快。于是，又向那身下的那堆肉发起了更加猛烈的，犹如骤风暴雨般的冲击。

"妈妈，我受不了啦。救救我。"晶莹开始杀猪似地嚎叫起来，她感到这浑身上下一种前所未有的撕心裂肺的剧痛铺天盖地向她压来，她的意识开始出现了一些混沌，呼吸也不再那么均匀，一双手死劲地抓着床单，一双腿在无力地乱蹬。

"妈妈救我，妈妈救我……"从挣扎，再挣扎。可是，她发现身上那一百多斤的东西根本没有怜香惜玉的反应，而且仍然像一台大马力的钻床死劲地向她无情地冲击……

她被彻底地击垮了。

可是她身上的大马力钻床仍然开足马力……

老鸨原来乐不可支地等候刷卡，后来听到晶莹那呼天喊地的呼救，感到有点不对劲，想推门进去，却发现这门被锁得死死的，急得像热锅上的蚂蚁在房间门口团团转，她担心这个身子不高，表面上还算斯文的东进一郎伤了她的摇钱树，甚至断了她的经济来源。

屋子里的声音从惨叫声到呻吟，从呻吟到无声无息。

老鸨在门口焦急地来回踱步，她的一双手胡乱地搓着，搓出了汗，搓得发烫。

不知熬过了多长的时间，那间房门终于打开了，东进一郎一脸苍白地从房间里走了出来，将口袋里的银行卡往老鸨手上一塞，面带胜利者的微笑，潇洒地将长发向后捋了一下，说："刷卡吧。"

老鸨想先进去看看自己的摇钱树，又恐失了收钱的机会，只是用哆哆嗦嗦的手将卡在POS机刷下七万元钱，然后将卡递还东进一郎。

"多谢！"老鸨说完，一头冲进了房间。

东进一郎若无其事地从三楼走到一楼，看见老阿庚仍然坐着与那年轻女子悠然自得地喝着咖啡，也没打招呼便自找了一个位置坐下。老阿庚一看这东进一郎脸色苍白，便有点讨好地说："东进兄，过度兴奋了吧？怎么样？"

"哈，阿庚兄，值……"东进的话还没说完，却听见那楼梯上出现一阵零乱的脚步声。

"救命呀！快救我的宝贝女儿。"阿庚抬头一看，却见那老鸨慌不择路，语无伦次地从楼上下来。

"发生什么事？"老阿庚看看东进一郎，他却若无其事地继续喝着手中端着的咖啡。

"你这个牛，你这个……"老鸨下了楼，看见那东进一郎还端坐在那里，指着东进破口大骂，浑身哆嗦。

"怎么啦，妈妈。"老阿庚是这里的常客，彼此都很熟，他不知道这个老鸨到底碰到了什么？那晶莹小姐到底怎么啦？

"可怜呀，我那可怜的女儿，被这头牛搞到下身全烂了，血流了一床，现在没有半年都不会做事啦，救命呀！救……"老鸨子想到的是钱，她呼天喊地要赶快把晶莹送到医院去……

东进一郎仍然面无表情地喝着咖啡。

与老阿庚同坐的那位年轻女人吓得浑身如筛糠似的不停地发抖。她没有经历过，也没敢想过竟然有这样一个男人可以把这个让人开心，让人销魂的碗糕搞到伤痕累累，血溅床沿。于是，找了一个借口，吓得连老阿庚的小费也没敢要，便逃之夭夭。

老阿庚有着一种负疚感，他曾无数次对晶莹的美貌垂涎欲滴，想牵一下手都害怕自己的手玷污了她的纤纤细手。可是，这个东进一郎怎么会如此残忍，将这个如花似玉的姑娘搞到遍体鳞伤，血溅床沿呢？

"畜生……"老阿庚从心底里恨恨地咒骂道。

可是，这只是骂在心里，而眼前这个不动声，仍然一本正经地喝着咖啡的东进一郎却像这一切与他没有任何关系一样。

又过了好一阵子，东进一郎放下手中的咖啡，面带笑容地朝老阿庚笑了笑，叫了一声："阿庚兄。"

"哦，东进兄。"老阿庚正在琢磨着眼前的东进是一种什么样的货色，思考着他今天为什么如此摧残晶莹。被他突然一叫，有一点虚惊的感觉。

"这情场跟商场一样。"东进的话慢条斯理："凡事总需要付出。如果将人分为四等，那么一等人：付出之后要加倍的投入，要有丰富的回报；二等人：付出之后，收回略高于付出；三等人：付出去收回成本；四等人：付出之后，连本都收不回来。"

"一等人、二等人、三等人、四等人？"老阿庚不知道这东进一郎突然说这话的目的，有点丈二金刚摸不着头脑。

"我只会做一等人。这是我的习惯。"东进一郎很自信："我决不会做其他等级的人，你的明白？"

"哦……"阿庚若有所思，一股恐惧感从内心升起。他知道，自己这个乡巴佬遇上了东洋大盗，上了贼船，已经无法再下去了。现在，唯一的选择便是跟他登船赚大钱，冒风险去。

于是，他将自己思考的建立大有集团公司的打算和盘托出。

"东进兄，您看？"老阿庚有些献媚地问。

"高？阿庚兄。实在的高。"东进一郎拍了拍阿庚的肩膀，两个人不约而同发出哈哈大笑声。

第十八章

商场较量

第十九章

梅山之喜

转眼间冬天已经来临，春节也相差不远。

今年的春来得特别早，年二十便是立春，明年是个无春年。

自从那天晚上静娴跟父母在斗嘴当中达成共识，文康要在春节前将静娴嫁出去，并要自己亲自操办这件事后，彩凤夫妇便紧锣密鼓地筹划起来。

这个年代办事比较便当，只要有钱到县城里走一趟，准可以备办的清清楚楚，这一点文康和彩凤都没有任何的担心。半个月前，文康夫妇给了邻村的媒婆一个红包，请她作为阿辉的媒婆前来求亲。

自己出钱请媒婆，来自己家商量娶自己的女儿，这种事情无论在城里、在乡村可能都是绝无仅有的。

但是有什么办法呢？阿辉是一个孤儿，又和静娴料理那安泰公司的业务，每天脚底朝天，不可能有分身术。

自导自演，一切都按程序，一切都十分顺利。

现在的问题是，阿辉那屋子几十年没有修过，屋顶漏雨，屋里漆黑，家俱、餐具没有一件像样的，纵使静娴不挑剔，也难免让乡亲们说闲话。

想到这里，老夫妻总是长吁短叹，气得直摇头。一个家境这么好，长得也不难看的女儿谁也不嫁，却偏偏找一个孤儿阿辉。

为这事，文康没有少做妻子的工作。那天，为了照顾妻子的情绪，他们还专门抽空到安泰公司看了一下，与其看公司，倒不如说是去看看阿辉这个未来的女婿。

那天上午，老夫妻走了三四公里的马路，经过许多人的指点才来到离路旁几步远的安泰公司，看见那约七百余坪的厂房里几十个工人在忙得热火朝天。为了不影响他们，文康与彩凤在不远处的屋檐下静静地观看。只见有一个一米七左右的后生进进出出，一会儿在那台机器前指指点点，一会儿又把那刚出厂的产品在细细端详，他的脸上一直挂着笑意，额头上的汗水却一直流淌着。

那后生太忙，忙得一边讲话，一边演示，汗流下来，顺着脸颊流入嘴巴里，只是用舌头推出来，发出轻轻的"呸"声。他们在猜，每个工人都有自己的岗位，唯独这个后生似陀螺一样在不停地旋转着。

"如没有猜错，那个后生便是阿辉。"文康用手推了推身边的妻子，轻声地说。

"就你神，没有人介绍，这几十个后生，你便认的出来？"彩凤乜视老公一眼，有些不以为然。

"你瞧，这叫心有灵犀。"文康自信满满。

"打赌？"彩凤对这后生也特满意，从内心深处也希望这后生便是自己未来的女婿阿辉。

"怎么赌呀？"文康眨巴着眼睛，打趣地说："丈母娘。"

"老不正经。"彩凤很难看见自己的丈夫那么开心，话中充满着柔情。

"谁输，谁负责给阿辉修理房子，置办家俱。"

"什么？连这事也管上了。养女儿真不如养老鼠。"彩凤心里叫苦，别人家女儿出嫁，男方彩礼一大车，而自己从头贴到尾，现在连房子修理，家俱置办一应照单，这冤不冤。女儿出生像小猫一样大，把屎把尿养育成人，连一杯茶水都没有回报。

"一个女婿半个子，一样一样。这阿辉一旦与静娴结婚跟儿子有什么差别？少见识。"看到老伴满脸生疑，文康开导了她一番。

"爸，妈。你们怎么偷偷跑来了。"正当老俩口在争执，静娴不知从什么地方冒了出来，在身后大叫一声，着实让老夫妇吓得不轻。

"没大没小，大呼小叫的。"母亲看见女儿穿着工作服，一身灰尘，佯装生气地说："这是我女婿的房子，凭什么偷偷来呀！我是大白天，光明正大来的。"

"阿辉，阿辉，你看谁来了？"父母的到来，让静娴兴奋不已，她伸出右手，不断地向车间招手，叫阿辉出来。

阿辉正在研究最近的质量问题。讲实话，这几个月的产品合格率都是百分之百。但为了在今后市场上有更强的竞争力，阿辉叫几个比较吃苦，又比较有文化的工友，请来夜校教电学方面的几位老师作指导，成立创新改造技术小组，对技术工艺进行改造。现在，第一批样品已经试制出来，节电能力大幅提高。刚刚他从这台机器到那台机器，对三台机器生产的电热管进行测试比对，一般都可以达到百分之五的节电能力。

"这无疑是一种突破！"阿辉喜出忘外，兴奋异常。

"阿辉哥！静娴在那儿向你招手呢。"阿文推了推与工友们交谈的阿辉。

"是吗，叫她等下。"阿辉头都没抬。

"她身边还有两个老人，莫非是她爸爸和妈妈？"阿文提醒。

"是吗？"听说静娴的父母来了，这让阿辉心慌意乱。天作之美，这静娴一不小心闯进了自己的生活，使自己的整个生活发生了巨大的变化。可是，两个人一来一往也认识很久，已经定了亲，却没有机会去看一看两位老人，说来也实在是令人惭愧。

不是自己不想去，确实是没时间呀！

一个孤儿，一个几乎是文盲的孤儿。

却要承受如此重大的压力，去办一个工厂，要去发展一个全新的事业，其压力是难以言表的呀。

"你们再分析比对一下，看这节电、发热两个方向能不能还有改进的余地。"听说未来的岳父来了，阿辉不敢懈怠，急冲冲将手头的工作交给阿文和阿林，半跑着冲向静娴和父母。

"阿辉，快叫爸、妈！"看得出此时的静娴非常高兴。

"爸！妈！"阿辉听到这陌生的字眼，再看看眼前两位慈祥而陌生的老人，愣在一边无所适从。因为，从小到大，他的嘴巴里还没吐过妈这个字眼，他没有享受过一丝一毫的母爱，爸爸也只陪伴他走过人生十三年的历程。

爸和妈两个字眼是那么温馨，那样充满着亲情，可是在自己的生命当中却又那么陌生？妈在阿辉的脑海里没有任何印象，只是走在田头，走到乡间的小路上，看到同龄人呼喊妈妈时，心里有一种不断涌出的酸楚，有一种难以满足的渴望。

他多么希望自己也有一个妈妈，多么希望也能高高兴兴地叫一声妈妈呀。可是，人生二十年来没机会，也没条件喊一声妈，没有这个命享受一丝的母爱。

"叫呀！叫爸爸，妈妈呀。"看见阿辉在那儿发愣，静娴在一旁催促着。

静娴的父母看到此时阿辉这孤儿复杂的内心世界，慈祥地微笑，宽容地等待着。

阿辉抬起头，正要张口，正好看见文康老人那微微一笑而又特别宽松的慈父般的脸容，他蓦然间想起了自己的父亲，想起父亲临终前死死攥住自己的双手，想起父亲临终前那充满期待而未能合起来的双眼。他的全身一颤，鼻子里涌出了一阵阵的酸水，"扑嗵"一声跪倒在文康夫妇面前，大喊一声："爸，妈，儿子不孝呀！"

这一声哭声，源自二十多年从未落泪的后生之口，让人浑身一颤，肝肠寸断；这二十多年的人生，多少个春秋，多少个夜晚，饱经苦难，阿辉没有低头；多少个日日夜夜，多少艰难困苦，阿辉没有落泪。可是，今天却在静娴父亲这对似曾熟悉，又十分陌生的老人面前，阿辉的感情闸门被彻底打开了，那累积了二十多年的丰富情感，犹如咆哮的洪流夺门而出……

阿辉把头在地上一次又一次地磕着，伤心地哭着，眼泪、鼻清交织在一起，顺着眼眶、脸颊、下巴汩汩而流。

"孩子，你吃苦了！"文康和彩凤也是经历过无数人生苦难的人，他们看着伏在自己脚跟前泣不成声的未来女婿，弯下身子慈祥地扶了起来。"苦难过去了，孩子，以前的日子不会再出现了，爸妈希望你跟静娴美美满满过日子，过一辈子好日子。"彩凤有些激动，她的思绪在剧烈地起伏着，作为母亲紧紧地把阿辉按在自己的怀里，用母爱温暖着，滋润着这孩子干涸而渴望得到母亲的心田……

父母看了未来的女婿，中午跟所有的工友一样蹲在地上吃了简单的午饭。因为，家里还有梅园，还有梅丸厂的事业放不下心，便先行回去了。但阿辉的纯朴与实干却给老人留下深刻的印象，打心底里称赞静娴为自己选了一个可靠的丈夫。

父母走了，阿辉和静娴相视一笑，在与静娴相识这么一段时间里，这个在苦难中成长的阿辉开始学会了观察，凡事都心细了许多。今天与静娴父母见面，发现一直乐呵呵的静娴心里似乎有事情没有说出来。

这是以前从来没有过的。

尽管很忙，细心的阿辉还是叫住了静娴。

"静娴。"阿辉拉住她的手。

"嗯！"静娴回答得很简洁。

"你心里还有事？"阿辉用炯炯有神的眼光看着她。

"没！没……"静娴想回避。

"不，你没说老实话。"阿辉口气很肯定："说吧，没关系，我什么都经历过。"阿辉以为这个事情跟自己有关联，任何事情他都有最坏的打算。

"没有，跟你没关系。"

"那……"阿辉紧追不放。

"好吧，我告诉你。"静娴看着阿辉，把他拉到厅堂里的条凳上坐下："刚刚父母还没来前，邻村的老兵，对，就是上次说是山东人的那个老兵又来了。"

"来了，好好招待，也没必要愁成这样呀？"阿辉有些不解。

"不是这样的。"静娴看阿辉有些着急，便直截了当地告诉阿辉，几个月前阿爸思念在大陆的大妈他们，委托老兵帮忙去信寻找，现在那边有消息了，大妈还健在，阿爸的女儿当年饿死了，儿子现在已经四十多岁，而且孙子也快二十岁了。

"这不是好事情吗？阿爸这一生也够苦了。一颗心挂在大海两边。"阿辉听了以后有些兴奋。

"哪有那么简单呀！大妈找到了，那我妈呢？"静娴一急，眼泪差一点都要掉下来。

"爸、妈知道这消息了吗？"阿辉也跟着着急起来。是啊！阿爸这一代人真苦，思念了大半辈子，现在真找到了，怎么办呀？一个男人二个家庭，分别在海峡两边。

人生呀！为什么有这么多难办的事，有这么多困惑，为什么总是让人伤心，让人流泪啊！

二个年轻人犯难了，不约而同地说："怎么办呀？"

"只可惜……"阿辉从心里想出了一个好主意，但话刚出口，自知心有余而力不足。

"怎么样？"静娴听了阿辉半截子话，感到纳闷。

"只可惜我没有钱，要吗，我自个儿先去大陆，带些钱给大妈，安慰她老人家，等到以后再安排爸爸回去。"阿辉想到一个女人大半生拉扯儿女长大，盼着丈夫，结果有了消息却还回不去的心情，心里挺着急，但自己现在正泥菩萨过河自身难保，这一主意也只能说说而已。

"这也不是长久之计呀！现在大陆那边也不缺钱呀？更重要的是两个老人隔海思念了一辈子，是盼望能见面，钱能替代得了么？"静娴不同意阿辉的想法。

"倒不如直接告诉阿妈。"

"那我妈承受得了这种打击吗？"

"静娴，这件事情迟告诉倒不如早告诉，阿妈了解这件事无非是迟早的事。"阿辉感到对于历尽人生苦难的人来说，真实最重要。况且，那边已经反馈了信息，我们晚辈人捂着也不合适。

"我没有想不告诉他们呀！"左右为难，足以让静娴的脑瓜有点不适应，一着急眼泪都快掉下来了。

"那……"阿辉看到静娴着急的样子，心同感受地用焦急的目光投向静娴："倒不如现在去你家。"

"为啥？"静娴大吃一惊。

"将这一消息尽快告诉二老，说不定，你妈会很高兴的。"尽管阿辉没有跟静娴的母亲有过接触，一则他觉得，阿爸、阿妈相伴了半辈子，对阿爸的历史应该了如指掌，思想上应该早有准备会有这一天；二则，说不定阿爸联系大陆的妻子时阿妈早已了解；更重要的是，既然有这样的消息，是好事，无论从哪个角度上看都应立即告诉长辈。于是，阿辉将自己的想法一五一十告诉了静娴。

"……"静娴没有应声，只是默默地点着头，她觉得，别看阿辉平时不大讲话，但心却很细，大事面前思路尤为清晰。

"怎样？"

"我看有道理。"被阿辉一追问，静娴的心情似乎开朗了许多，她随手抹去眼角的泪水，看的出，她是一个通情达理的姑娘，尽管知道将这个消息告诉阿爸。阿爸的爱将会横跨海峡两岸，这种私心，不论哪个作母亲的肯定会跟自己一样。但自己想得开，经历过人生无限苦难的母亲也一定能想得开。因为，对岸的大妈、兄弟吃得苦比自己这边一家人还多，甚至多上几十倍，几千倍。他们的心灵已经伤得千疮百孔，更应该得到治疗和慰籍。

如果母亲有什么想不通，自己应该开导她，让她理解父亲，让父亲尽快抽空回到大陆，会一会已经离别数十载的妻儿，享受一下天伦之乐。

"走吧，阿辉。你今晚陪我一块回去。"静娴用平静的口吻告诉阿辉。现在，他仿佛感到大是大非面前还是需要男人。不要看男人平时粗枝大叶，但每当遇到大事大非总是清清楚楚，阵脚不乱。莫看自己平时泼泼辣辣，但大事糊涂，小事清楚。怪不得造物主要有一个阴阳之合，天地之作。

想到这里，静娴从内心深处涌现了一阵甜蜜。

夜幕彻底降临了。

那一轮明月悬在空中，皎洁的月亮洒在台南乡村的道路上，秋收已过，那层层叠叠的田野上已经没了稻浪的踪影，只有那被翻了土的稻田，月亮之下视野更加开阔。刚刚两个年轻人在思考着对策，一旦达成共识，内心也更加豁亮，一阵寒风吹来似乎有一丝的寒意。

"静娴把外衣披上，这冬天特别冷。"刚要走到屋外，阿辉关切地摸了摸静娴的胳膊，细心地将挂在墙上的衣服披在她的身上。

"阿辉……"静娴心里一热，她感受到了自己心爱的人那份真诚的爱，热烘烘的爱。她脚没有迈出门坎，转过身，像一头温驯的小猫偎依在阿辉的怀里。

阿辉没有丝毫的心里准备，赶忙用手将她搂在怀里，用怜惜的口吻说："静娴你怎么啦。"

"我们先在屋里呆一下再走好吗？我想在你身上靠一靠。"屋里静悄悄的，她用一种少有的温柔恳求着说。

"嗯!"阿辉将头朝屋外张望,那车间灯火通明,工人们正在为赶任务挑灯夜战,他担心那些弟兄们会将色迷迷的目光在盯着自己,赶快反手将屋门关好,闩上。然后,使尽全身力气将静娴抱在自己的怀里。

"阿辉……"静娴嘴巴喃喃喊着阿辉的名字。

"我,我在……"阿辉一惊,刹那间一股热血往脑门上冲,他将嘴巴紧紧地贴在静娴的嘴上。这一贴,似乎有一股电流迅速传遍全身,每个毛细血管都瞬间贲张开来,嘴巴里立即有了一股股如清泉涌出的感觉。但是,阿辉却感受到,除了那越来越生津的感觉外,还恍恍惚惚中静娴那柔软的舌头在自己的口中来回转动,他感到自己难以自制。他双手从背后抚摸着静娴的背部,然后又向前延伸,当无意中他的手触及到静娴的胸罩时,便笨手笨脚地将它解下。同时,用力地将静娴的身子转向自己,上下左右胡乱地抚摸着她那丰满而又富有弹性的山峰。

静娴一阵一阵地抽搐着。

她没有挣扎,没有拒绝,仿佛这是有生以来最大的一次享受,最温馨的幸福,是人生的第一次幸福指数的最大飚升。

她像一条草蛇在阿辉的身上不停地紧紧地缠绵着,嘴巴里发出一阵阵幸福的呻吟声。

阿辉亢奋得难以控制。他感到头一阵阵晕眩,犹如高血压患者那种晕眩,四肢不停地颤抖,于是索性借势一屁股坐在地板上。那地板很凉,但此时比起浑身炽热的体温已经微不足道。他将静娴拥抱得紧紧的,搂在自己的大腿上,尽情地享受着男女肌肤相贴的刺激与快乐。

静娴还是那样享受着激情与快乐。

阿辉却越发疯狂,越发粗鲁,他猛烈地掀开静娴的上衣。刹那间,这个血气方刚的汉子惊呆了。往日感觉有些昏暗的灯光,此时却变得柔情四溢,轻轻照洒在静娴的身上,映照着那白花花的奶子上。于是,一股急促的呼吸声冲了上来,强烈的贪婪欲占据着整个躯体,他伏下身子……

阿辉感到自己的身躯被烈火燃烧着,尽管这火已经烧遍全身,焚烧着每一根神经末梢,形成燎原之势。可是,越这样缠绵越是如火如荼,仿佛要将双方都

烧得干干净净,变成灰烬。于是,他又仗着胆子,色胆包天,得寸进尺,将那有些忘情的手朝静娴的私密处摸去……

因为,那里是令自己更向往,更神奇莫测的地方。

"别,别,别,阿辉……"静娴如一头任人宰割的羊羔猛然清醒过来,慌乱当中断断续续地请求着说。

"别怕,让我摸摸,让我轻轻地摸摸……"男人的欲望是没有止境的。强烈的占有欲,让此时的阿辉无法满足,他的每一个细胞,每一根神经都亢奋到了顶点,几乎到了近乎崩溃的边缘。

他有些疯狂,有些丧失理智。

"我今天不方便,不方便……"静娴似乎在哀求。

"有什么不方便,家里只有我们两个人……"尽管阿辉和静娴以往都没有过经历,但对这种事,似乎人人皆无师自通。

加上此时阿辉已经昏了头,而且老土,没文化。

"不是,我来例假了,来例假是不可以的,不可以的……"静娴用手死死地捂住自己下身,这不是为了保护贞操,而是以前老师教的,这个时节,这地方很神圣,不能碰。可是,看到阿辉如此疯狂,她可怜巴巴看着阿辉,泪水哗哗地流了下来。

无疑,这是一种幸福的泪水。

"什么叫例假,什么……"阿辉有点像白痴。

"傻瓜,这是女人家的事,以后我再告诉你……"静娴腾出一只手,像爱护小弟弟一样,亲昵地在阿辉的脸颊上抚摸着,趁这机会,她迅速起身,还没忘给阿辉一个香吻。

阿辉有点莫名其妙。他傻愣愣地站在昏暗的灯光下,痴痴地看着静娴在利索地拍打自己身上的泥土,整理着凌乱的衣服。阿辉仿佛像一个犯了巨大错误的孩子,可怜兮兮地看着静娴,自己双手不停地,反复地搓着,头低低地看着地板。

"傻瓜,还不赶快走?看阿爸、阿妈去。"静娴看到阿辉那副窘态,"扑哧"笑出声来,娇嗔地盯了他一眼,拉着他的胳膊快步走出门外。

掷芟情缘

第二十章

应对严寒

前一段时间，因为公司发展的需要，也因为有了加工费的收入，阿辉的经济状况自然而然得到了改善，为了方便联系，由静娴作主购置了一部摩托车。因此，回趟梅山当然便不必费太多的时间。

"砰、砰……"踩了几下离合器，那新购入的摩托车便如一头小狗似的，"唰溜"一声窜出了老远。静娴胆子大，当驾驶员，阿辉只好老老实实坐在后座，老老实实搂着她的细腰。

刚刚兴奋异常，因为例假的事，让这场熊熊烈火戛然熄灭，对于正值青春年华的阿辉来说真有一点余犹未尽的感觉。现在，坐在摩托车的后座上，搂着心爱人的细腰，当摩托车在那坎坎坷坷的沙土路面奔跑时，震得阿辉有点心旌摇曳。

阿辉的手又想不老实起来了。

"别动，你不怕摔呀！"静娴警告说，话从她的口里说出，但经山风一吹，到了阿辉的耳朵却有些摸糊。他以为静娴嫌这还不过瘾。于是，又想更放肆。

"叭。"静娴心里又好气又好笑，抽出一只手，不重不轻地打在阿辉伸过来的手上。

"干嘛。"阿辉有点委屈地叫了一声。

"没干嘛，坐摩托不比脚踏车，老实一点，规矩一点。"静娴歪着头警告身后的傻小子："迟早是你的，心急吃不了热豆腐。"

两个年轻人边骑摩托边闹，转眼间便到了静娴家门口。

父母见到两个年轻人成双成对突然在晚上回来，觉得有些突然。但新女婿第一次登门，却让两位老人喜出望外。

"烧开水，泡茶，泡茶。"文康尽管这一段时间一直在盼着海那边的信息，可是身边的女儿又要出阁，喜与忧犹如打翻的五味瓶，在肚子里交织着，其复杂的内心说也说不清，道也道不明。尽管家乡有句话，手心手背都是肉，但毕竟在海那边的妻儿几十年未曾谋面，而且杳无音讯，这为人之父，为人之夫的的责任常常在谴责着自己的良心。

人啊！真是，做一个人为什么这样难呐！

"好！好！好。"彩凤唯唯诺诺，又是烧开水，又是拿梅干配茶。屋子里好一阵忙乱。但再忙乱，老人心里却是乐呵呵，乐得如同掉进蜜罐子里。

"中午都不吭一声，阿辉第一次到家里什么都没准备。"丈母娘特别爱女婿，据说这是一种普遍规律。而且，这种规律具有着普遍性和适用性，今天，在彩凤的言行当中表现得淋漓尽致。你看她在客厅与厨房当中进进出出，忙里忙外，不亦乐乎。可是，她的眼神似乎就没有离开过阿辉，她的脸上总是带着幸福和满足的微笑。是啊，半份女婿半份子，况且阿辉是一个孤儿，一个勤奋而富有上进心的孤儿，如果不是与静娴之间相差三岁，那确实是百分之百的美满婚姻。

闽南人的习俗，夫妻之间相差三岁是小冲。小冲倒不怕，并无大妨。但，旧的传统习俗，总感到这对婚姻多少有些欠缺，这也是彩凤唯一的遗憾。

一家人坐定，高兴自不必言表。

唯独静娴此时越坐越感到不安，看着眼前父母之间的美满幸福，又想想在海峡彼岸还有一个望眼欲穿，思念父亲四十多年的大妈。她在思考，在阿辉家火急火燎想将那边反馈的消息告知父母。可是，现在到了家，父母就在眼前时，这嘴巴又好像被针线缝得连缝都没有，想张嘴可是无论如何都张不开呀！

"阿爸，阿妈，你们真好。"唯有那傻愣愣的阿辉，看到眼前二位老人慈祥可敬可爱的脸，憋了老半天才憋出一句话。当然，这句话尽管没有一丝华丽，却是这个孤身渡过二十年的年轻人的肺腑之言。

"嘿，嘿，嘿……"文康还是那样，越是看到眼前的妻儿女婿，越是思念那久违的海峡对岸的妻儿。他时时为自己人生的不幸叹息，更为这么久得不到消息而不安。

"阿爸，阿妈……"静娴可不是那种肚子里可以藏事情的人，用乡里人的话说，是一根直肠子，从嘴巴里捅到屁股眼，直来直去。回到家这么久了，大家嘻嘻哈哈，但话却始终没有转入正题。这话叫那笨嘴笨舌的阿辉说，自然不成。叫他说，也不合情理。于是，她深深地吐了一口气，拉开了架势。但是看看环境，似乎又有些迟疑。

"又有什么新闻要发布？"彩凤看见女儿如此神秘兮兮，将目光盯住静娴。

"噢，是这样。"被母亲一追问，平时口齿伶俐的静娴此时却有点舌头打结。

"慢慢说，静娴。"看到静娴如此慌乱，阿辉在一边干着急，汗都要急了出来，便急中生智，在一旁提醒她。

"哟，我的宝贝女儿，还有如此慌乱的时候呀！"谁知母亲却没有放松对女儿的追问。这母女俩呀！

被母亲一呛，静娴更加言塞，她的目光看着父母，再看看阿辉，只有阿辉的目光在鼓励着她。她不能预测这个消息说出来后，产生着什么样的结果。但可以想象的是，无论对父亲，还是对母亲，都将是一个不小的感情冲击。

"说呀？平时伶牙利齿，关键时刻怎变成受潮的炮仗。"母亲不知道女儿要说的内容，还是像以往一样跟女儿抬着扛。

"阿妈，阿爸。"静娴鼓足了勇气，"我说了这个消息你们谁都不要急，如何处理，我们再细细商量。你们看行吗？"静娴的神情非常严肃，她的脸上出现了从来未有过的严肃，这是父母从来没有见过的。这倒引起了彩凤和文康的兴趣。

文康点了点头，表示赞同。

"阿妈，阿爸。下午我见到了老兵阿伯。"静娴终于将话说出口了。这话一出，她的眼睛发现，父母的身体都不约而同地微微地一抖。

"哦！"父母好像有预感，老兵的消息必然与大陆那边有关系，可是这老兵怎么就不直接将消息告诉我们，而告诉女儿呢？

"哦！"母亲似乎已在预料之中，她的表情也在发生着微妙的变化。

"阿爸，阿妈，阿爸在大陆的大妈已经联系上了。她身体状况还好。那个大姐由于阿爸离开，从小便夭折了，大哥此时已经当了爸爸。阿爸，您现在已经是一个九岁孙子的爷爷了。"静娴努力控制着自己的情感，用最平缓的口气告诉年迈的双亲。

屋里静悄悄的，静得有点让人感到恐惧。静娴和阿辉两个年轻人都明白，这个消息对于大半生相濡以沫的老人来说，都是巨大情感的冲击，都将面临着人生的一次情感的煎熬。

文康的身子好像被人猛推了一下，但饱经人生沧桑的他，努力地镇静下来，将眼睛向陪伴自己大半生的彩凤看去，这是一张经历人生苦难却又被岁月慢慢抚平伤痕的脸。同时，这又是一张闽南妇女少有的传统而又贤惠的脸，如果不是与她这二十多年的相依相伴，如果不是她这二十多年的精心照顾，也许自己早已离开这个世界，甚至成了孤魂野鬼……可是，他的心又在隐隐作痛。

四十多年前，自己原本有一个美满的家，贤惠而美丽的妻子，儿女成双成对。可一根绳子却把他绑到了海这边。

四十多年啊，望眼欲穿，却音讯全无……

呼天天不应，喊地地不灵。

如今两鬓花白，传递来的消息，却是女儿已经先自己而离去，那是一个伶俐又懂事的孩子，现在她却一个人离开那爱她疼她的父母，孤伶伶地到了另外一个世界去了。年幼无知，身边没有兄妹作伴，没有父母的爱怜……

她，三餐有饭吃吗？

她，冬天有衣服穿，会冷吗？

她，夏天有夏装穿，会热吗？

还有那香兰，那儿子毛头……

还有那已经九岁却从未见过面的小孙子……

文康的脑子在这瞬间如同翻江倒海，巨浪滔天，这汹涌的浪无情地拍打着堤岸，无情地拍打着他的心弦……

文康没有勇气再看彩凤，他的泪水止不住夺眶而出，他的脑子一片空白。四十多年无时不刻在思念着他们。现在，有了消息，面对身边的妻儿，思念彼岸的妻儿，两边都舍不得，两边都那样与自己的心血相通，十指相连……

彩凤此时却一反常态，心情异常的平静，当年看到文康实在是有点同病相怜，更重要的是不忍心看到这么一个优秀的好男人再遭受那命运的无情摧残。后来，命运之神把他们系在一块，二十多年的风风雨雨，彼此的生命已经融为一体，那是已经不能分离，也无法分离的。

这里还包括静娴，这个文康不是亲生，却胜似亲生的女儿，还有在台北上学的儿子。

看到这屋里的空气似乎已经凝固，彩凤默默地站起身，迈开脚步缓缓地走近文康，把他搂在怀里，像母亲对待自己的儿子，像姐姐对待自己的弟弟一样，小心翼翼地擦拭着文康眼角的老泪，哽咽地说："文康，同床共枕二十多年，我知道你是一个负责任的老公，负责任的父亲，我也不想离开你。但我是一个女人，我理解你这几十年来对那边大姐和儿女的思念，你陪了我二十多年了，我心满意足了。你回去吧，回到那里去，陪陪我那苦命的姐姐和侄儿……"

说着，说着，彩凤再也控制不住内心的伤痛，嚎啕大哭起来。

"彩凤，我离不开你和孩子呀。"文康这个经历一辈子苦难坎坷的男人，也失声痛哭起来。

"不，一定要回去看看，我是女人，我理解那盼了你一生的姐姐。"彩凤突然歇斯底里大发作，一反平日的温柔和贤淑，大声地训斥着丈夫，训斥着这个比自己大了二十多岁的丈夫。

"……"文康错愕，他还是第一次发现彩凤生这么大的气，发这么大的火。

"记住，两边走走，两边都不能忘。两边的女人都是你的女人，两边的孩子都是你的孩子。"彩凤哭着，哭着，眼泪鼻涕交织在一起，她一反平常清静的习惯，用手揩了一下从鼻子流出的鼻清，用手甩了一下，那一大片的鼻清不偏不倚在

空中飞了二圈，落到了丈夫文康的脸上。

文康吃惊地看着妻子，看着这个大半生萍水相逢，又患难与共的妻子。他没有用手去抹，而是一跃而起，像血气方刚的年轻人，把妻子紧紧地搂在怀里……

这一搂，集中了他全身的气力；

这一搂，倾注了全身心的感情；

这一搂，坦露了中华民族传统文化熏陶之下，走过这人生大半历程的丈夫、父亲蕴藏在体内满腔炽热的火，炽热的情。

"文康，"彩凤在哭泣着，在喃喃自语："按照家乡习惯，大陆的姐姐为大。我，不要名份，我做二，她比我更苦，她更需要你……"

"我，彩凤，我难呀！"文康的精神世界仿佛被摧垮了，起码是在摇摇欲坠，他抱着彩凤的手有些发抖，而且越来越激烈地发抖。

这足以让彩凤的心出血，在汩汩地流淌着殷红的血。她咬了咬嘴唇，努力地平息自己的情感，伏着身子，对着文康的耳朵，放低声音，安慰着自己心爱的丈夫："好了，好了。别哭了，别哭了，孩子们在看我们哪……"

"嗯……"文康像一个未成年的孩子，彩凤刚才的最后一句话让他听得真真切切，他用袖子替彩凤擦干了泪水，然后再擦了自己的泪水，反过来安慰妻子："别哭了，给孩子们弄点点心吧。"

"嗯……"彩凤点了点头，她勉强地从脸上挤出了一堆笑，这笑中让我们感到作为一个妻子内心的痛苦，又看到这位中年妇女伟大而宽容的内心世界。

静娴心里很乱，乱得已经没有勇气再看父母的表情，她低下头在默默地沉思。面对父母的情感煎熬，面对父亲这种艰难的抉择，作为下一辈该怎么办？

"苦难的父母啊！多灾多难的父母啊！儿女该怎么帮助你们，作儿女的此时该怎么办呀？"她一次又一次地拷问自己，反复深思，最终却无奈地低下了头。

"静娴。"正当静娴感到左右为难，感到自己不能为父母搭把手，帮把忙而深深自责的时候，彩凤从厨房里端来两碗热腾腾的汤丸，叫了一声女儿。此时的她已经恢复到往日的神态，满脸堆笑地站在丈夫和儿女面前说："你准备一下，陪你爸回大陆去看大妈，准备一些东西，钱什么的。春节在大陆过……"

"不……"彩凤此话一出，如同一声炸雷，惊得文康目瞪口呆。他没有想到与自己朝夕相伴的女人是这样的大度，是这样的贤淑，是这样的宽容，"可是，春节这边呢？还有静娴春节前的婚事怎么办？"

"不要再争。大陆的大妈盼了几十年呀！回去，一刻也不能停，马上去办手续，这几年不是很多老兵回去了吗。"彩凤的话语十分肯定，不留任何回旋余地："你爸身体不好，一定不能让他自己一个人走，你去照顾他。其他事以后再说。"

"彩凤……"这回轮到文康急了，他被妻子的决定深深地震撼了，看着妻子无言以对，只是默默地落泪。

"好，妈，我听你的话。我还年轻，先回大陆看完大妈回来再办婚事。"看到母亲下了决心，静娴刚才的担心犹如一块石头落了下来。比起多灾多难的父母，自己这一切算不了什么，一件让自己揪心的事情，有这么一个良好的结局，确实让自己宽慰。

父母这一代人经历了太多，失去的东西也太多。可是，父母之间的那种情，那种爱却是令人动容，令人敬仰的。

"阿辉对不起，对不起你……"作了决定，静娴想到几个小时前阿辉的那种狂热，心里感到一丝不安，这回轮到她内心的愧疚，回过头亲昵地走近阿辉，柔情似水地说。

"爸，妈，静娴，别这么说。我完全赞同妈的决定。再说，春节后也没多久，你好好照顾爸。我好好管企业，晚上我回来陪着妈。"阿辉从头至尾几乎一言不发，但此情此景足以让他深受教益，让他感受到人间的真情，感受了骨肉之情，与其说这是一场家庭生活的浪花，倒不如说自己的情感受到一次庄严的洗礼。

"好！阿辉。这一段你辛苦一下，每晚都回来陪妈。"看到阿辉这么懂事，彩凤欣慰地笑了。

瞧这小子，妈没看错。疼你呀，值！

这一夜，一家人谈得非常融洽，几乎到了天亮时节，文康才安排床位，让阿辉住在家里。

阿辉躺在未来丈母娘给他准备好的房间，心头涌现一种无比温馨的感觉。

崭新的被子，

柔软的丝面被，

舒适柔软的床。

坐上去，一坐一个空位，还得许久许久才反弹回来。这是自己长到这么大也没有这份福气可以享受得到的。尽管一天的工作疲劳，尽管一个晚上近乎通宵感情的剧烈起伏，情感的炙火把他烤得浑身酥软。可是，一旦躺在这床上，却让他的每一根神经都兴奋起来。

那至今未谋面的母亲；

那已经逝去多年的父亲；

那远隔海峡彼岸的大妈及兄弟；

那一脸无奈，又充满怜爱的阿爸；

那一脸泪水，却又如此贤淑大度的阿妈；

还有，亲爱的静娴……

一张张脸，一张张喜怒哀乐，溢于言表的脸……

白天，晚上，一幕幕情景像放电影一样历历再现，一幕幕展现在自己的眼前。

这是一种人间真情，

这真情无价，

这真情比火还炽热，比金子，不，比钻石还珍贵。

想到自己多难的人生，

想到自己幸运地遇上了如此恪守民族品德的家庭，

想到自己面对的长辈和静娴，

阿辉感动不已，他的泪水不由自主地流了下来，并不停地流淌在那洁白而柔软的枕头上。

他感到遗憾，

自己的母亲是那样早逝，没有看到自己的骨肉在苦难跋涉中已经长大成人。

他感到伤心。

自己的父亲半路丢下自己，没看见自己的儿子在众多长辈的呵护、提携、关照下过上幸福的生活。尤其是碰上了静娴一家……

阿辉觉得眼睛很沉很沉。

屋外无比寂静，狗没吠，鸡没啼。

甚至连山上的鸟儿也没鸣叫。

突然，门外传来了"砰、砰、砰"的敲门声，而且一声比一声响，一声比一声急。

"谁？"阿辉下意识地踢开盖在自己身上的被子，翻身下床，却见阿爸、阿妈和静娴都穿着睡衣走出客厅，阿妈正给来人开门。

大家睁开眼睛，发现太阳已升到一根竹竿高，那金灿灿、暖洋洋的阳光照在梅山上，那整个梅山已被金色掩盖。唯有那晶莹剔透的露珠在阳光的照射下，折射出五光十色璀璨耀眼的光彩，使这梅山冬天的世界更加美丽，更加妩媚，让这里的主人更感到神清气爽。

"谁这么早？"静娴还在朦胧睡眼之中，穿着拖鞋，边走边问。

"是啊。"阿爸也感到非常奇怪地反问。

"阿辉，快回去，陈老板和杨老板来了。"大门一打开，一阵凛冽的寒风把阿林推了进来。他嘴里哈着白花花的热气，气喘吁吁地说。

"出了什么事？"两位大老板这么早便来，一定有急事，阿辉预感一定出了问题。

"不知道。"阿林有些紧张地说，"不过，两位老板脸色不好，预计碰到什么难事了。"

"快去，马上回去。"静娴心里一惊，知道一定是两位老板碰到了问题，而且大问题。否则，他们绝对不会这么早一起赶来的。

"那……"彩凤看见两个孩子如此着急，原想准备早餐，他们已经消失在寒风当中。

第二十一章

人生之路

　　阳明山的冰雪很冷，冷得几乎滴水成冰，让人感到刺骨。

　　可是，见识了东进一郎付出七万元，却将晶莹整得足足三个月没法接客，这个小日本报复心之强，手段之毒辣，让老阿庚回想起来比那数九寒冬的经历更加瑟瑟发抖。原先，他还想内外通吃，可是这一次见识，却让他不得不调整自己的策略，重新思考自己的定位。

　　"惹上这个小日本，可是惹上马蜂窝呀！"阿庚回想起来很有一点不寒而栗。

　　毫无疑问，这东进一郎是一个啃不烂的货。要啃，准得蹦了牙齿，也尝不上一丁点的肉腥。既然如此，倒不如联合起来，收编台湾的小家电制造商和配件制造。

　　"当老大，占山头，将阿辉挤出去，或者把他撅倒在地，喝血扒皮。"这一段时间，当听到阿辉这个自己昔日的徒弟，竟然占据自己的那台电热管设备，与茂祥、金威公司联手制造电热管，并且如火如荼，大有占据台湾市场的架式，老阿庚恶从胆边生。他坐卧不安，茶不甘，饭不香，想出了一条让人难以理解的毒计，准备联合东进一郎挤垮安泰公司。

　　"东进兄，"这天，老阿庚带着瘸儿子，走进了东林公司驻台北办事处，见到东进一郎眉开眼笑地又点头，又哈腰："我们共同投资建一个集团公司吧，专门生产小家电及其配件，把全台湾的制造厂商和配套厂商整合起来，全部冠以贵公司的商标，利润分成你六，我四，投资股份则你四，我六。如何？"

这是自阳明山之后，几个不眠之夜让老阿庚作出的痛苦抉择。他在思考，仅凭自己的财力，不管是制造，还是技术创新，要发展，决非易事，要依仗着东进一郎的力量才能成就一番事业。他心里明白，东进一郎这小子刀口舔血，没油脱不了锅，必须让他吃饱喝足。

"罢，罢，罢，舍不了孩子套不了狼，舍不了老婆逮不住流氓。"老阿庚牙一咬，与其就此沉没下去，倒不如出一些血，换来主动，联手东进，击垮安泰，树起一杆旗，称霸一方？

"你说什么？"听了老阿庚的话，这个东进一郎似乎有点不相信自己的耳朵。他了解这个老阿庚，骨子里实在是一个切蛋也要舔一下刀的角色，他的咸鱼是不会洗淡给别人吃的，投资的时候是六比四，收益分配却是四比六。"他的脑子还没有进水吧。"但东进一郎是一个生意场上的油子，只是不露声色。

"我是想，投资你少一些，利润您得大头。"老阿庚极尽阿谀，努力挤出一堆可爱的笑意。

"不，不，不。"东进明白了，老阿庚是了解东进在台湾与日本之间信息的，东林株式会社驻台北商务处是日据时期便有的老机构，在日本人脉十分丰富，日本企业在台的很多业务都是委托这个商务处打理，包括电热管等配件乃至小家电生产中的马达类和电热类的产品订单，几乎都掌握在东进手中。这一块业务信息多，业务量大，只要自己表面上让利一点，却可以靠在这棵大树下避风躲雨，还可享受夏天的凉快，冬天的温暖。

否则，靠自己千万不到的本钱，是很难有这样的成效的。

"为什么不？东进兄，我是仰仗您东林株式会社这棵大树啊！"老阿庚心里有一些着急，接过话题问道："那你的意思是？"

东进一郎一眼看穿了老阿庚的花花肠子，更把握了他急于坐大，既缺资金，更缺人脉的焦燥心理，用不愠不火的口吻说："我们株式会社在这里已经几十年，再投资公司没有必要。既然阿庚兄有这般热忱。我想……"东进看着阿庚把眼睛睁得比牛眼还大，知道对方一定想迫切了解自己的想法。于是故意吊他的胃口，将话戛然而止。

"您想怎么办？东进兄？"果不其然，老阿庚的想法被否决之后，东进却不直接谈自己的打算，虚晃一枪在作弄老阿庚。

"你说呢？"东进微微一笑，他继续着自己的计划。

老阿庚摇摇头，吃不透。

"那我们联手吃掉台湾的大小家电生产商吧。"老阿庚着急，他的瘸儿子更着急。

"这还不是跟共同投资公司一样么？"东进还是稳坐钓鱼台，悠然自得当起了姜太公。

"那，那……"老阿庚的脸着急得泛起了红光，他的话语也不够流畅了，有点坐不住的站了起来，眼勾勾地看着东进，看着他那不动声色的面部表情。

"坐吧，阿庚兄。"东进看机会成熟了，便准备打开潘多拉盒子，抖落自己前一段一直思考并和诸多日本驻台商会老板商量的意见："我们决定在台北设立日本商会联合会。"

"日本商会联合会？"东进的话音一落，着实让老阿庚吃惊不少，自己是台湾人，也不是多大影响的企业家，建立台湾日本商会联合会，无疑是堵死自己与他们合作的路子，把自己摒除在他们的圈子之内。这些小日本鬼子，歪主意太多了，绕了这么久，还不动声色，老阿庚心里恶狠狠地诅咒着："这小鬼子不得好死！"

"是啊！你以为不行吗？"东进看到自己话音落后，老阿庚面部表情变化很快，知道这老小子有些不安，反问了一句。

"好啊！好啊。只是……"阿庚被东进问得有些言塞，但内心的不满却暴露无疑。

"只是什么？"东进心里一乐，追问了一句。

"只是我再也无缘跟东进兄合作了。"老阿庚终于说出了自己心中的遗憾。

"是啊！我和阿爸就想找东进叔叔合作。"儿子腿瘸了，无法像以前一样四处游逛，拈花惹草，也开始念起了生意经，学起好来了。

"不，我们合作机会太多了。"东进点了一支香烟，微微将头抬起，似乎很有学问的样子悠然自得地慢慢吐着烟圈，"我聘请你到日本商会联合会当商务专员，专门做台湾小家电企业和配件加工企业的联络工作，吸收他们成为我们的关系企业。订单由商会联合会统一接，然后统一价格，统一派单，统一质量，统一……"东进洋洋得意，他为自己精心策划的方案而眉飞色舞。因此，话一出口，洋洋洒洒，一连讲了好几个统一。

而这几个统一，实际上便是为日本商会联合会在台垄断搭起了一个巨大的框架；而聘请老阿庚这样一批人，便是马仔，为其搜刮利润，为其垄断做马前卒。

"这样啊！"老阿庚听完东进的话，心里凉了半截。他是一个聪明人，知道了自己的角色定位。干这个角色撑死了每个月万把块钱薪金，这与他的初衷落差太大了。

"阿庚兄不满足？"东进看到这个老阿庚不以为然，反问了一句。

"不！不！不！"阿庚慌忙不迭，他不知如何应答。

"这个商务专员，底薪一万，还有业务提成。"东进的脸上充满着诡秘的神情，说到兴奋之处，那闪亮的额头渗出了细细的汗珠。

"这样啊……"毕竟商场与社会上混不是一回事，老阿庚心里仍然没有底。

"阿庚兄。你呀，聪明一时糊涂一世。这有何难呀？我给你的是日本商家的价格，我要的是质量有保证的产品，你在台湾本地的人脉如此丰富，多少钱可以加工成，是你的本事，其间也有的是你效益的空间……"东进觉得自己的话讲得已经太直白了，再讲下去自己都变成白痴了，便又点燃一支烟，不想跟阿庚再说下去了。

"噢，你看，你看。东进兄，我这猪脑子，让您讲了那么久才开窍。谢，谢，谢谢。"这下老阿庚似乎茅塞顿开。他眼睛发亮，这种合作比自己掏腰包成立大有集团要好得多，不用投资，说不定还可以获得更加丰厚的收入。空手套白狼。好啊！

"明白了？"东进又问了一句。

"明白了。"老阿庚喜形于色。

"明白了就好。"

"东进兄，那我们……"阿庚觉得心里还不踏实，作了一个手势比划着。

"你是说？"东进明知故问。

"我们什么时候签个合同？"老阿庚觉得机不可失，签个合同有个依据，可以用白纸黑字明确自己与日本商会联合会的关系。

"现在。"东进不动声色，叫秘书将一份早已准备好的合同递到老阿庚的面前："签字吧，签完你便是我大日本驻台北商会联合会的商务专员，明天，你便可以印一张名片，在全台湾开展业务了。"

"谢谢！谢谢。"老阿庚父子感恩戴德地学着日本人给东进躬了一个躬。

再说，阿辉和静娴回到家里，陈老板和杨老板已经在家里坐了将近半个钟头，看到静娴将摩托车一熄火，便反客为主走出客厅外迎接。本来，这安泰公司成立这半年多，生产的电热管节能效果很好，质量也稳定，产量也不断提高，合作各方都为这一段获取的良好效益感到满意。

自从前一段台北成立日本商会联合会之后，这种状况发生了剧烈的变化，让两位老板猝防不及。

原先，安泰公司的订单是茂祥和金威两家公司与日本公司直接签定合同下的单，每个电热管大约二百元左右，扣除工资成本每件也只有四十元左右的纯收入。这一年多来，几乎将那两台新进的设备折旧完毕，厂房折旧刚过五成。

现在，日本商会联合会一成立，日本将这些合同授权联合会承办。商会要利润，商务专员还要从中提成，每个电热管的定价变成一百七十元左右，工资成本是不能减少的，每件利润剧降到十元左右。

如果不与日本商业联合会合作，那这工厂便得停工停产。

为这件事，两位老板急得头发都发白了，一连研商了几个晚上，决定将这一困难告知阿辉，以商量一个应对之策。

原来，阿辉与静娴在一起是沉下身专门研究制造技术和对产品的节能进行创新，市场主要靠两位老板把握。现在市场出了问题，陈老板和杨老板都束手无策，对于阿辉来说更是一个天大的难题。

"阿辉，现在是接着干，无异于针尖削铁，等于替人作嫁衣裳；不接着干，又拿不到订单，怎么办？"陈老板满脸难色，他自己着急，更为眼前刚刚舒展满脸愁云的年轻兄弟着急。

"是啊! 阿辉, 我们佩服你的人品和打拼精神, 下一步我们也爱莫难助了。" 杨老板的话有些沉重, 有些伤感。

这消息来得那么突然, 阿辉真的感到脑袋有些发晕, 尤其对市场的研究, 这一段时间也无非靠一纸报刊和收听一些广播获取, 在台湾, 这类单主要是日本市场的。一旦这条渠道掐断, 那只有三条路可以选择。

第一条路, 继续跟日本商会联合会合作下去, 那么结果很清楚, 利润几乎被层层剥光, 给人家当孙子去。

第二条路, 另攀高枝, 在国际市场上寻找合作伙伴, 这条路值得探讨, 可是却没有丝毫信息, 只是了解到除了日本, 欧洲市场有很大空间。

第三条路, 自己生产配件, 制造成品, 并自创品牌, 开拓一条属于自己能左右的市场, 参与市场竞争的道路。这个问题自己曾多次思考过, 但自己的财力实在是有限, 原来希望做几笔大单, 偿还两位老板的设备款和厂房建设经费后再努力的。现在……

屋里又恢复了宁静, 四个人坐在那里, 尽管天气冷, 却不停地喝着热水瓶倒出来的温开水, "咕噜、咕噜" 阿辉一连喝下好几杯, 却又还再喝, 好像这一杯杯开水是知识, 是智慧。能给人以睿智, 给人以力量似的。

"咕噜、咕噜……" 阿辉还在一个劲地喝开水……

"阿辉? 你看怎么办呀! 两位老板在等候着你决定。" 静娴看在眼里, 急在心头, 她不了解此时的阿辉为何如此钟情于开水, 她无论如何都无法领略这白开水到底为何有这么大的魅力。

看到阿辉这神态, 再看看静娴那番焦急的样子, 唯有经历过人生创业艰辛的两位老板心领神会, 他们用手摇了摇, 制止静娴的催促。

"陈老板, 杨老板, 你们对我的栽培我阿辉刻骨铭心, 永志难忘。" 沉默了许久, 喝了好几杯开水的阿辉终于开口了。

"这个, 便不再多说了。阿辉, 我们相识实在是一种缘份, 这个缘份则是你的打拼精神让我们二个年长的深受感动。" 杨老板说得有点动情。

"我请求你帮助小弟, 拉我一把。" 想了许久, 阿辉终于下定了决心: "安泰公司无论如何要坚持下去，这一点请相信我，不论再大的困难我都会这么做的，而且我相信一定会成功。不过，这成功的时间是一年、二年，还是三年的问题。"

陈、杨两位老板静静地听着，不停地点头。"你看有哪些事要我们帮，我们又能帮的？"

"我想了许久，实际上我们一合作时我便在思考这个问题，我想自创品牌，生产属于自己的小家电产品，马达类的我暂时没有能力，电热管类的，核心技术我们已经解决。这一点我非常自信，目前台湾生产的电热管我们的品质最好。你想，在这基础上生产电热管类小家电只要再投资一笔钱便没有问题。我请求二位阿叔，将前一段的设备、厂房未折旧完的折一个价，算是贷款，利息照算，我来日偿还，以让我再发展。"

阿辉的话一出，足以让陈老板和杨老板吃了一惊，想不到这个年纪轻轻的后生竟然有如此气魄，他们愣了一下异口同声地说："没问题，这项投资设备厂房残值也所剩无几，就算我们两个当哥的给你发家的起底费吧，不算了。"

"不，算，一定要算，亲兄弟明算帐。况且你们是叔辈，来日我一定还。"阿辉的口气非常坚定。

"那好吧，你估一个价。估多少，我们认多少。"陈老板被阿辉的认真与坚毅深深地折服了。

"还有呢？"陈老板问了一句。

"对，还有什么困难？"杨老板也充满着真诚。

"还有便是借我五万元吧。"阿辉舒了一口气说，"最好是换成美金。"

"美金？美金拿来干什么？"静娴知道阿辉省食俭用，连新台币都几乎不花，要美金干什么？不由得心里纳闷。

"二位阿叔，我想到德国走一走，听说再过半年在德国柏林要举办一次家电配件订货会，我想去一下，却没有盘缠。"

阿辉终于将自己的想法和盘托出。

这话一出口，足以让在场的人目瞪口呆，而且很久都缓不过神来。唯有静娴听出了一些门道，怪不得前一段时间，尽管办厂的事情那么多，阿辉还时不时抱着那本英语书在哼哼哈哈，开始不以为然。后来，偶然一次引起了她的兴趣，便装着若无其事地偷听。

那是一个早上，离上班时间还有一刻钟左右，阿辉在用手指比划着。

"Morning, M、o、r、n、i、n、g"然后阿辉又念着"摸您"。

"您想摸谁呀？"静娴听后扑哧一笑，冷不丁在背后拍了一下阿辉。想不到这位兄弟对开拓国际市场早有准备呀！想到这里着实让静娴更加敬重这个兄弟，觉得自己没有看错人。想着，想着，心里乐滋滋的。

这些都是往事了。

可是，今天阿辉说想去德国参加订货会，却让静娴着实吓了一跳。"书，没读几天夜校，凭那发音都不准的三脚猫英语，要参加德国国际商品展览会？"她真有些不放心。

"不，我不这么认为，陈老板说：'世上无难事，只要有心人。'我完全相信阿辉能成功。这笔钱，我刚才跟杨兄商量一下，我们一人出一万作为兄长送给老倪的路费。"

"注意，这是路费，是学费，是不要还的。今天，三当二面我们讲清楚了。"杨老板语重心长，"兄弟，人生无坦途，处处是坎坷，人人都一样，无须畏惧。过了这个坎，前面便是成功。我和陈兄祝福您。"

陈老板、杨老板带着宽慰的心情要回去了。

阿辉和静娴一直把他们送出门，送到路口，一直等到那两部轿车在大路上绝尘而去，才恋恋不舍地回过头相视一瞥。

"阿辉，此时你是不是感到压力特别大？"静娴看着脸上没有一丝丝笑意的阿辉，心里有一种说不出的滋味。昨晚家里的事情刚刚解决，今早又碰上这种事情，能让人不担忧吗？

阿辉摇了摇头，困难地露出一种感到难以理解的笑。

太阳出来了。

金色的阳光照在路旁已经被冬天严寒摧残的路边野草上。那野草的叶子已经枯黄，那叶子被路人踩得剩下光秃秃的、细细的茎。不知是刚才思考得太激烈，还是从昨天晚上到现在，年轻人接连经历了两件大事的历练，阿辉的心却异常迅速地成熟起来,他非常深情地蹲下身子,用手轻轻地扶起那已经被严寒冻枯,又被路人踩扁的野草茎,发现四周一片枯黄,这野草的叶子早已被风化作灰尘,唯独这草茎却还青青的,充满着生机,充满着无限顽强的生命力。

"如果到了立春,这草一定能昂起头,生机勃发,一定会郁郁葱葱。"阿辉自言自语,他小心翼翼充满爱意地扶起那一棵棵路边草,心里在联想,"人生如一年四季,有起有落,每个人如这路边的野草,要经历物竞天择,适者生存的历练。但无论如何,熬过冬天,春天便在眼前。"

春夏秋冬,循环复始,以至无穷。

掷爱情缘

第二十二章

回家的梦

一架空客宽体飞机在海峡上空飞翔。

这天的天气特别的好，天上一片湛蓝，连一丝云彩都没有。机翼之下是万倾碧波，那里无数艘巨轮犹如玩具船一样在那大海中畅游着。静娴一上飞机便靠在座椅上歪着脑袋静悄悄地睡着了。她睡得很甜蜜，睡得很香甜，也许此时她在梦中正与阿辉嬉闹，也许此时她在梦中正与阿辉调情，也许……

"小姐，请给一张毛毯。"看到身边的女儿在梦中仍沉浸在幸福之中，文康招呼空乘小姐拿了一张毛毯轻轻地盖在女儿身上。

"阿辉……"果不其然，静娴在说梦话，她的手却在胡乱地摸着，幸福地连口水也不停地流淌着。

"这疯丫头。"文康看着女儿，用手轻轻地打了打女儿梦中拥抱阿辉的手，以慈父的目光看着眼前不是己出，却胜似己出的女儿，内心充满怜爱之情。可是他的心却像倒翻的五味瓶，甜酸苦辣一齐涌上心头，他想到离别四十多年，少小离家，现在两鬓斑白，几十年的梦想到今天才如愿以偿，即将回到那魂牵梦萦的故乡。

"香兰啊？你还是当年的香兰么？还是当年那么年轻漂亮，那样贤淑大方的香兰么？女儿啊！你苦命呀，走在父亲前面，父亲想亲你，想摸摸你的小脸，想疼你都不可能了；胜儿啊，为父走的时候，你还没满月，现在却成了九岁儿子的父亲了……"文康不时地在思考着，极力地从纷繁而又零碎的思绪中去捕捉四十多年前残存至今的一些零零碎碎的记忆，思念着这四十多年已经堆满灰尘，已经在记忆当中有些模糊的概念。他在想，下了飞机，走进家里，香兰是否还记得起我；胜儿是否还认我这个不负责任的父亲，父母的坟头上是否已经杂草丛生；自己那栋祖屋是否已经残破……

文康思绪起伏，浮想联翩。此时，他没有一丝睡意，在座位上不停地变换着坐姿，四十年的往事，历历在目……

"各位旅客请注意，我们的飞机正遇上强大气流，目前正在颠簸……"果然，飞机正在上下起伏跳动着，这种颠簸既打断了静娴甜蜜的梦，也打断了文康对往事的回忆。

"爸，我们已经到哪儿了。"静娴眼没睁开，似睡非睡地问了一声。

"也许是快到厦门了吧。"文康心不在焉。因为，登机起飞后，空中小姐告知从香港到厦门空中飞行时间大约一个小时，现在半个钟头过去了，那么很快这架飞机的飞行高度将下降。

厦门快到了。

久别了四十多年的家乡快到了。

这边的家快到了，那边的家则离得更远了。

文康刚才还在追忆着往事，极力搜寻香兰的影子，此时，却不由地思念起彩凤，思念起离别前的一切：

文康回乡寻亲的事经过层层申请复核，恰恰在农历十二月初才得到批准，拿到回乡证，六十多岁的老人竟像小孩一样嚎啕大哭起来。一边是盼了四十多年的结发妻子和儿子；一边是陪伴了自己半辈子，相濡以沫的彩凤。回到大陆自然是重享天伦之乐，过一个四十多年后的团圆年。可是，彩凤和儿子却要过一个二十多年来第一次残缺的年。

这对于大半生历尽劫难，尝尽离异之苦的文康来说，走，不是；留，不是。内心充满着伤感，也充满着矛盾。

"文康，别哭了，回大陆不是你多年的梦想吗？旅途那么远，吃好饭，睡好觉，快快乐乐地回去，快……"看到丈夫成了一个孩子，彩凤的心犹如小刀在自己身上一块一块地剜肉。她想说让丈夫快快乐乐回去，再快快乐乐回来，但后半句讲了一个字便再难启齿。

因为这海峡将两岸隔了几十年，彼此没有音讯，文康回去，还能回来吗？如果不回来，她还能快乐吗？

以前，她曾听说，当年长辈来台湾垦荒。对，当时称之为渡东，一路艰辛跋涉，最怕是海浪无情，渡东的小船随时都可能在海峡被无情的海浪卷入海底喂鱼；另外，还有一种危险便是碰上那残暴的海盗，抓到你搜尽身上的财物便是小事，关键是发现你家境不错，便派人索取金银财宝赎人，那赎金高得惊人，如果家中贫寒或凑不齐海盗要求的数额，他就把抓来的人当人质。听长辈说，当时家那边有一对兄妹，父辈先行到台南垦荒成了远近小有名气的富商后，便捎信叫儿女到台南团聚。结果半路被海盗掳走，哥哥被扔到大海，还好他命不该绝，除了有一身好水性外，又碰上路过的好心船长，把他带到台南。妹妹被抓到海盗船上，索要高额赎金，等到台南父亲凑足银子驾船去赎女儿时，早过了海盗的赎人期限，那可怜的一个长得如花似玉的女儿，被绑在桅杆上脱光衣服，海盗们用尖刀一块块地凌迟，从奶头开始，一直被凌迟至死……

那时父辈当年教育孩子要乖乖听话，别乱跑，乱跑便会被海盗掳走，会被海盗凌迟……

这种凌迟没有多少人见过，更没有多少人经历过。

可是，那带着鲜血的悲惨故事至今听起来仍然让人不寒而栗，令人的内心一阵一阵地剧疼。现在，陪伴自己大半生的文康要过海了，他会不会像以前一样被海盗掳走？会不会从此两岸分离？会不会从此生死两茫茫？彩凤一次又一次地反问自己。可是，自己又一次又一次地摇头否定。

她的心在剧痛，如同凌迟一样一阵接着一阵地剧痛。

她深知这二十多年来偎倚在老公怀里睡觉的安稳、温馨与欢快，感觉了这二十多年在大事小事之中丈夫作为家庭顶梁柱的踏实。然而，她不是不明事理的女人，她了解文康这四十多年来与结发妻子因人为阻隔，两岸分离之苦；也体验得到他那结发妻子带着儿女在生活中艰难跋涉的痛楚,更能体会作为一个女人在孤灯之下,独守空房的难熬……因此,自从那天晚上静娴和阿辉回来告知老兵已帮助文康寻找到大陆的结发妻子后,便以中华民族传统女性特有的包容心,义无反顾地支持丈夫回到大陆去,回到他久违的妻儿身边。因为,他们与自己一样祈盼着丈夫的归来,像自己的孩子一样祈盼着父亲的归来。

彩凤在默默地流泪,那泪水如同泉眼一样,白天、黑夜二十四小时不停地流淌着,流淌着自己的心声。

晚上流泪,只好紧紧地把丈夫搂在怀里,将自己一丝风情竭尽所能,倾泄而出,希望丈夫能多闻闻自己的体香,留下更加深刻的记忆;甚至赤身裸体,尽可能最大面积地将自己的肌肤紧紧贴着丈夫的肌肤,激发起文康对自己的更多兴趣和欲望。

白天流泪,她又怕别人看见。包里揣着钱,一次又一次地跑镇里,到县城,思考着大姐的年龄、长相,到商店里为这位从未谋面的大姐挑选衣服,挑选日用品。她不知道,在海峡那边的生活水平到底怎么样,也不知道与丈夫年纪相仿,已经六十多岁的女人该穿什么,喜欢什么?

买吧,衣服;

买吧,化妆品;

买吧,鞋子、袜子,甚至卫生巾……

后来,彩凤总想让丈夫回去得更体面,更能在结发妻子跟前表现一种爱,一种情,一种久违的愧疚。再后来,彩凤觉得自己有些荒唐,这几天自己的思绪有些杂乱,为丈夫考虑太多,多得有些让人感到幼稚。譬如,已经六十多岁的人了,那卫生巾还用得着吗?

"彩凤……"看见妻子在眼前呆呆地站立着,嘴巴在张合之中,文康知道她与自己相伴二十多年的深厚感情。二十多年呀,生儿育女,渡过多少难以忘却的人生困苦。一夜夫妻百夜恩,现在却要离开了,离开这边熟悉的一切,回到年轻时那难忘的家,那让自己感情煎熬又难忘的家。他恨,恨自己的命那么苦;恨,恨自己不能在此时此刻一分为二,同时兼顾让自己魂牵梦萦的牵肠挂肚的两个苦命的女人。

掷芳情缘

文康着实为难，着实难以割舍，着实举棋不定。

"来，把这套西装试试。"彩凤在客厅与房间之间走来走去，进进出出，她不知自己在干什么，心里只想将丈夫回去的一切料理得有条不紊，却在来回之间，丢三落四。说起话来也前言不搭后语。最后拿出了一套新西装，让文康穿上试一试。

"可以的，不必试了。"文康被妻子的行动感动，满心愧意地看着泪水在眼眶中打转转的彩凤。

"试一试吧。"彩凤像当年成亲前的那般妩媚，她的眼中充满着娇嗔。

"嗯！"文康不再坚持，顺从地脱下身上的外衣，伸开手将衣服试了一下。

"挺合身，人家一看准是老帅哥。"夫妻在相互温存，门外却闯进静娴和阿辉，女儿在一旁起哄。明天爸爸带着女儿要回大陆，两个年轻人提早下班回家了。

"没大没小。"妈妈瞪了一眼女儿。

"妈，明早我和爸爸从这儿出发，下午高雄小港机场的飞机飞香港。然后，后天搭飞机飞厦门。"静娴毕竟是年轻人，她知道爸妈的恩爱，却难以理解这对多灾多难的夫妻此时此刻的心情。

"明早？"听了女儿的话，彩凤似乎有些吃惊，反问了一句。

"是啊！再不走，便赶不上到大陆与大妈一道过年了。"不知是静娴为了宽慰母亲的心，故意说几句宽慰的话，还是这丫头没心没肺。

"也是，也是……"彩凤应道。可是，她的心一阵紧缩，文康到那边过年，那边团团圆圆吃年饭，那我这里可是孤孤单单的呀。老天哟，彩凤嘴巴在"也是"这个词中停滞了，她反复念叨着，忘却了自己手上还端着一杯茶，竟在心烦意乱中掉落在地上，摔得粉碎。

"……"正在沉思的文康有些吃惊。

连平时叽叽喳喳，没完没了的静娴也有些吃惊。

"噢，噢，噢……"唯独彩凤像做了错事的小孩一样，强张着笑脸，慌忙地弯下腰，想打扫干净，擦干地板。

"好兆头，好兆头，岁岁平安，岁岁平安。阿爸，静娴此行大陆一定平平安安。"此时唯独沉默寡言的阿辉语出惊人，一句话便消解了当时客厅里的尴尬气氛。

"岁岁平安，岁岁平安。"前天晚上，夫妻俩在床上不停地翻着身子，从天黑到天亮尽管嘴里没有多说什么，因为这一段日子以来那些吉祥的话已经讲了无数遍，再说也没有更多的新词汇。可是，心里却一直在默念阿辉的那句吉语："岁岁平安"。

……

飞机在空中抖动了一下，文康的心被重重一击，静娴从窗户往外眺望，看到机翼下的碧海蓝天，以及与这碧海蓝天相映衬的美丽的海滨城市，似乎像一个小孩，抑制不住内心的狂欢，"阿爸，你看这城市多漂亮，像美丽的夏威夷？像威尼斯？我看这飞机下面的城市远比夏威夷、威尼斯漂亮……"

年轻女孩是浪漫的，静娴大呼小叫，文康却是心烦意乱，愧疚的心情有增无减。他理解女儿对这城市的评价，理解她此时的狂热和兴奋，可是对自己四十多年来对家乡毫无建树，对妻儿毫无作为感到深深的自责。

"各位旅客，本次航班的目的地——厦门就要到了……"恰在此时，飞机上的广播响了起来，空乘小姐那清甜悦耳的声音分别用国语、闽南话和英语广播着欢迎词，介绍着厦门的历史，现状……

就在这瞬间，文康的心像被火烫了一下，泪水已经止不住涌了出来。

"阿爸，这里怎么也说台语呢？"静娴聚精会神地趴在窗户上，一边兴致勃勃地观赏着窗外的美景，一边如同发现新大陆似的对这闽南语在飞机上的使用感到惊奇和不解。

文康没有回答女儿，那飞机每降低一个高度，他的心就会剧烈地颤抖一下，女儿在耳根边叽叽喳喳地点评着窗外的美景，可是，文康却没有这份心思去欣赏。作为机翼下这块土地的子孙，少小离家已经四十余载，那里的妻子从年少到老年，幼子亦迈入了中年。可是，这四十多年自己不曾尽丝毫的责任，尽丝毫的义务，这对于这里的子孙来说还能比这更不肖的么？

"爸，您怎么不回答？"静娴只顾自己开心，却忽略了老父亲此时此刻即将踏上家乡土地的感受。当她发现父亲几次都没回音，转过脸看父亲时，发现阿爸泪流满脸，才发现自己的粗心，发现自己只顾得意忘形地观看美景，却忽略了阿爸的感受。于是，孝顺地把那湿纸巾撕开，细细地替父亲擦拭着满脸的泪珠。低声地说："爸，原谅我，原谅女儿不懂事。"

"静娴，你没有错。"文康被女儿的孝顺感动了。他调整了自己的情绪，看到身边无邪的女儿，从内心深处涌现出一种满足感，一种刚才还深深自责的内心有了些许的慰籍。

是啊！扪心自问，文康不应列为不肖之孙之列。远离家乡已四十多年，是历史造成的，这笔账不应算在某个人头上，是民族分离，众生被涂炭啊！有谁能逆转？有谁能改变？

这四十多年，他作为游子，在历尽人生劫难的同时，自身的生存都是一个问题，历尽九死一生，在彼岸建了一个家，养育那里的儿女。却对生我养我的家乡，对结发妻子和儿女，只能隔海兴叹。

这是民族的不幸，是民族子孙的不幸。是千万个香兰，千万个彩凤的不幸啊！

静娴很能干，毕竟常出门。她感受到了父亲的内心在痛苦地挣扎，尤其飞机落地以后，原本有强烈自尊心的父亲，尽管已经六十多岁了，却被自责和愧疚之心压得头脑乱哄哄的，他的头脑一片空白，他的脚步沉重，而是被女儿牵着，机械地甚至有点踉跄地从候机楼走出来。

走出机舱。

走过机桥。

再到候机楼外，区区几百米，他感到仿佛日月轮回，如此漫长。因为从二十多岁离家，如今已是六十多岁。

茫茫海峡，区区几百里路，可是，对于人生却是那么漫长，自己整整走了四十多年呀！

文康的脚踩在地上像棉花一样软绵绵的。静娴将父亲的胳膊拉得那么紧，那么扎实，她生怕父亲经不起感情的冲击而摔倒，又担心父亲从此从自己的身边走掉。

对于年轻的姑娘来说，脚下的这片土地，自己完全陌生。尽管在此之前她到过世界上的许多国家，她在那里观光、考察，虽然她曾经在那名胜山川，那洁白的沙滩流连忘返，留下了许多倩影。可是脚下的土地尽管属于自己的民族，自己的国家，自己的土地，却还是第一次踏上，因而感到完全陌生，唯有这熙熙攘攘的人群当中有那熟悉的乡音，有那台语，不，台语便是闽南话。而对于年迈的父亲来说，尽管他生在此地，长在此地，可是少小离家，如今黄土已经埋到脖子根了才得以回还，这周边的事物已经在四十多年光阴荏苒中发生了沧海桑田的变化，年轻时的记忆已经成为了历史。

候机楼的行人总是行色匆匆。

到港的旅客急冲冲，希望早一点到达目的地；出港的旅客更是三步当作两步走，希望准时登机，准时起飞，准点到达。

静娴知道，回大陆前曾用电报跟大妈联系过，她和大哥会租一部车，专程赶八十多公里的路程来接阿爸。现在自己的任务是将父亲扶到行李认领处，领取行李，联系上大妈和大哥，再走八十多公里的路程，便顺利到达了。

行万里路半九十九。尽管从台湾回厦门，几经辗转已抵达家门口，但最后剩下的这一段路走起来却比任何时候都艰辛。因为，尽管父亲平时身体不错，但四十多年的思乡之情，四十多年的情感累积，他老人家身上背负得太沉重。以前他靠得是一种信念，一种期盼。现在，曙光在前，大妈和大哥可能已到达厅前，谁能料到当双方见面时，老人家能否经得起这场四十年相思之苦激烈情感的冲击呢？

静娴这才越来越感到自己肩上的担子是那么沉重，犹如千钧之重。

接机大厅的门外人山人海，还未到出口，便看见比自己先行一步的旅客当中，有许多人已经认清了自己迎接的客人，倾时哭声一片，泪洒一地，一幕幕场面，令人肝胆俱裂，泪水横流。

那是一个近九十岁白发苍苍的老太太，兴许是由子孙们搀扶着，老太太稀疏的白发，被大厅喷出的暖风吹得四处飘散着；她的眼前跪着一个六十多岁的老男人。不用猜，眼前这位阿伯必定是跟阿爸一样是离家数十年返乡的台湾老兵。

"妈……不孝男万春回来了。妈，你的儿子万春回来了……"老兵声泪俱下，

掷芰情缘

跪在老母面前，将头磕在大厅里光滑如镜的花岗岩地板上，发出"砰、砰、砰"的响声，他的眼泪、鼻涕如同春雨泼洒在那光滑的地板上流淌。

"死仔，你没死呀！你还回来呀。"那已是风烛残年的母亲看到这个多年杳无音讯的儿子，盼了四十多年，早已认为不在人世。现在还能见上一面，不知是高兴，还是咋的，竟然挣脱旁边搀扶她的年轻人，踉踉跄跄，冲上前去，朝着跪在地上的老儿子，不轻不重地打了好几个耳光。

而在不远处的另一个出口处，又见一对老母子再次上演了这母子重逢的感人场面：

"死仔，你不孝呀！一走几十年。你阿爸死了，你查某改嫁了，你儿子夭寿了。你呀！你还敢回来呀。"那老母亲一见面便不停地数落着儿子。

"阿母呀！不是儿不孝呀？是儿子歹命呀！四十多年呀！儿无时不在想念阿母、阿爸，想查某和仔呀！儿歹命呀！阿爸、查某、仔也歹命呀……"那个老人看来比父亲凄惨，满脸皱纹，佝偻着身子比父亲更苍老，更憔悴。如果土地公公保佑他，那他一定到了爷爷，甚至太爷爷的年纪了。

静娴搀扶着父亲，呆呆地看着这一切。尽管父辈的人生自己没有经历过，但眼前的一切足以让她刻骨铭心。只是，当她搀扶父亲的手感觉到一阵阵的颤抖时，才更加体会到此时的父亲的心身一次被眼前的情景所融解，他的心一定在汩汩地流血……

"阿妈……"老儿子撕心裂肺的哭声；

"死仔……"老人肝肠寸断的恸哭；

一声声，一句句，催人泪下，在接机大厅里回响着……

接机大厅门外，东一堆人，西一堆人，大多是迎接这班由台湾经转香港的航班，旅客当中有不少台湾老兵，这让人催人泪下的场面比比皆是。静娴怕父亲经受不了这种刺激，一手推着行李堆得如小山一样的手推车，一手拉住父亲的胳膊，眼睛在茫茫人海中寻找着有举着接"文康"纸牌的人。

她在寻找六十多岁的女人，或许是四十多岁的男人在举牌，那牌子上写"文康"字样。

可是，无论怎么走，怎么看，这样的女人没有，这样的男人也没有。

那样的牌子更没有!

"难道……"静娴有些着急，一种不祥的预感涌现心头，"这是那天电话上与大哥直接约定的呀!"她反复思忖，为了不让父亲操心，便将父亲安置在一张不锈钢制作的靠背椅上，并细心地交代："阿爸，您在这里看住行李，我去找大妈。别着急，我前天晚上联系好了的，兴许是他们来接我们的路上塞车了。"

"你去吧，别跑远了。"文康点了点头，顺从地坐下来，可是他的眼睛也在四处搜寻，搜寻四十年前那无比熟悉的身影。

不知过了多久，文康伸长脖子盼望着女儿回来，盼望着接自己的香兰和儿子到来。

可是，一次又一次，文康失望了。

又过了约莫半个钟头，静娴低着头回来了。她走到了接机大厅的各个门口，都没有看见自己要找的人和牌子。

接机大厅里的人慢慢散去了，又来了一批人，是接下一班机的人。

文康将眼睛睁得很大很大，但仍然一无所获。

静娴伸长脖子四处张望，希望自己寻找的身影能出现。但是，送走了一批批悲欢喜合的人群，却始终没有一丝一毫自己所希望的信息。

一种失望的打击铺天盖地朝这对父女的头上袭来。

"怎么会……"年轻人有点不耐烦了。人生地疏，身边有年迈的父亲以及母亲为大妈准备的犹如小山一样的行礼，焦虑的情绪陡然滋生出来。但她是一个理智的姑娘。理性告诉她，此时此刻父亲比自己还急，父亲那身躯里累积了四十多年丰富的情感犹如炽热的岩浆，随时都可能喷发出来，自己必须保持冷静，保持一种开心。

她又在人群当中转了几圈。转过身，伏在父亲的耳边轻声地说："阿爸，别急，门口有投币电话，我拨一个电话，联络大妈和大哥……"

"嗯，去吧。别急!"已经着急上火的父亲却反过来安慰自己的女儿。

第二十三章

在海峡那边

在机场接机大厅前等了一个多小时，室外已开始被夜色笼罩，城市的路灯，星星点点的城市灯光发出璀灿的光芒。可是，这接机大厅好像没有晚上的概念一样，到达的人流仍不停地从机桥方向涌来。

大家行色匆匆，南腔北调。

客人一批又一批地走出去了。

文康仍然坐在那冰冷的不锈钢制成的靠背椅上，好像没有人认领的遗物，静悄悄，孤孤伶伶，这让老人本来不安的心倍感凄凉。

"爸，大妈家我一连拨了几次电话，都没有人接……"正当文康焦虑情绪陡增之时，静娴也回来了，尽管室外那么冷，可是她却满脸通红，额头上还渗出细细的汗珠。

"静娴，如果再等一下仍没有消息，我们就先找一个旅馆住下来，明天再想办法吧！"文康在行李车前反复地无休止地踱着步，老人想以此掩饰自己不安和焦急的心。是啊！自己尽管生长在这里，可是四十多年过去了，这里对自己来说已经面目全非，完全陌生。况且此时天色已晚，只有先住下来才能考虑下一步怎么办。

"来了，阿爸……"父女俩正在束手无策，准备联系旅馆住下来时，静娴惊喜地叫了一声。原来接机大厅外急冲冲走进一个年轻的女性，手中拿了一张用桃红纸电脑打印的接站牌，上面端端正正，明明白白写着："接台湾陈文康先生"。

一进大厅，那姑娘急冲冲，四处张望，还不时地擦着额头上不时流淌的汗珠。显然，她正为自己的迟到，没有赶上接机时间而心急如焚。

"可她又是谁呢？既不是大妈，又不是大哥？"文康父女俩都感到非常纳闷，心里又增加了一层忧虑。

"阿爸，你别动，我过去看一看，问清楚再说。"此时的静娴一反平时风风火火、毛毛躁躁的性格，一把按住父亲想站起来的身子，快步走近那女孩，问道："你好，我是陈文康的女儿。你是接陈文康的吗？"

"是啊！是啊。"那姑娘与静娴年龄相仿，看到自己要接的人就在眼前，紧张的情绪立即放松下来，露出了十分甜美的微笑："请问文康先生在哪里？对不起，我来迟了……"

"我们是联系香兰大妈和我大哥来的，他们……"初到大陆人生地疏，静娴怕有误，更怕被坏人钻了空子。

"噢，这样。"姑娘兴许是刚才赶路，赶急了，口里发干，她干咽了几下口水，接着说："我叫陆兰，是中山医院的护士，下午香兰老人和她儿子来接文康先生前香兰老人突然生病，住进了我们的医院，因为在抢救，等他儿子忙了一阵之后，误过接你们的时间，便叫我代劳……"陆兰讲得很急，话也表述得不是很顺当。

"啊！那大妈现在怎么样？"听到大妈生病，千里迢迢赶回来的父亲一定很着急，静娴想了解一下她的病情。

"可能是这一段盼望着文康先生的归来，她原本身体便很差，因此在来的路上突然晕厥，现在还在医院检查……"陆兰此时的心情已经比较平静，看见静娴也十分着急，便说："姐，怎么称呼你，我们安排你们在医院附近的酒店住下，大妈全家都在那里，行吗？"

"好！好，赶快，让我先去看看香兰。"不知道什么时候，文康已经站在两个姑娘的身后，她们刚才的对话他听得清清楚楚，他接过话题，又想转过身推行李车。

"阿伯，不着急。阿姆应该没事，你放心。"陆兰很懂事，尽管年纪不大，却十分理解文康的心情，竭力用平缓的语气，轻描淡写地劝说着急万分的父女俩。

"是，是，是。走吧，走吧。"文康努力按捺着内心的不安，他盼妻子盼了四十多年，如今已到家门口，却听说她发病住院。尽管陆兰把病情说得很轻，但他非常清醒，人生到了这个岁数，怎能经受得起路上的颠簸和思夫心切的煎熬。现在，彼此就那么一点距离，却要在医院那种场合见面，怎不让人揪心？

文康的心早已飞过这夜空，飞过星星点点的灯光，巴不得能够跃过这林立的高楼大厦的层层阻隔，飞到香兰的身边。可是，机场到城市中心还有一段距离，尤其正值交通的高峰期，载着他们的那部丰田旅行车，走走停停……

这足以让文康急得直跺脚，可是他努力地克制着，没有表现出来。他不停地向车窗外张望，希望眼帘里能够出现中山医院的牌子，能早一分钟见到已经四十多年一万六千多个日日夜夜思念的香兰。

香兰得的是脑溢血。

听说久别四十多年的文康要回来，这位苦了大半生的农村妇女，流了一生的泪水，这次却连眼睛都没有湿润，她脸上的表情十分平静。因为她充满信心，充满期待，每逢初一、十五，都要到土地庙那里去祈祷，祈求土地公保佑杳无音讯的文康能活着，能平平安安地回来，回到自己的身边。

在那人生最困难的时期，也就是一九六〇年，大陆遇见了百年未遇的旱灾，农田里几乎颗粒无收，千里炎炎赤地，政府有限的救济粮只能让两个已经饿得皮包骨头的儿女吃。就在这个时候，女儿夏天得了麻疹，在医院里住了几天终于不治而亡。

那时，真是天昏地暗呀！

老公文康一走十年杳无音讯，

儿子还在上小学，瘦得像一只小猴。

一个女人，用瘦弱的身体支撑着这个残缺的家。

现在，心爱的女儿又离自己而去。香兰从公社卫生院出来，抱着身体已渐渐变凉的女儿，悲痛欲绝，看着不远处奔流西去的九龙江，她咬了咬牙，飞快地走了几步，想追随心爱的女儿，在那江水之中了却自己的残生……

"阿妈……"可是，就在这时，她的身后突然传来了儿子悲伤的呼喊。正在疾跑如飞的香兰好像突然被一个重拳狠狠地击了一下，那飞跑的腿好像一部正飞驰在高速路上的汽车突然没了油而戛然而止。她转过头，看见儿子跌跌撞撞地朝自己扑过来……

苦难的妈妈为难了。

她脚一软，"扑嗵"一声跪坐在地上，嚎啕大哭起来。

自己跟着女儿走了，这身后的儿子怎么办？

文康日后回来怎么办？

香兰在江边哭着，哭着，

从早上哭到中午，

又从中午哭到晚上，

泪水哭干了，

噪子哭哑了。

好心的邻居帮她草草地埋葬了身体已经僵硬的女儿。

她却把儿子紧紧抱在怀里，望着四周漆黑一片的夜空；她把嘴唇咬到出血，咬到那血从嘴里一直流到脖子上。大约是出于一种母爱，一种闽南妇女的贤淑和坚毅，从此，她放弃了自杀的念头，咬紧牙关，盼望着丈夫早日归来。

因为，她坚信文康也是身不由己，否则他一定能回来。

因为，她坚信文康是个负责任的男人，他不会丢下妻儿不管。

因为，她相信文康命很硬，他不会半世夭寿。

因为，他相信文康有土地公的保佑，纵使碰到天大的难事，也一定能逢凶化吉。

带着这种信心，香兰日日盼，月月盼，年年盼，盼着丈夫的归来。

就这样，一盼盼了整整四十多年呀。

就在上半年，突然有人传来消息，说文康还在台湾，还活着，香兰再也抑制不住内心的兴奋，一种生活的希望之火熊熊燃烧起来，他赶快把儿子从内地找回来，将那一个小纸条递给他："儿子，你阿爸有消息了，他还活着⋯⋯"

那天，她顾不得许多，竟然在儿子、儿媳和孙子面前痛哭流涕，哭得既伤心，又淋漓畅快，她尽情地哭着，哭着，想把积压在内心深处四十多年的情感、委屈、痛苦和思念哭个底朝天，哭个云开雾散。

四十多年的等待是多么漫长，多么难熬。但是，真正的难熬是在香兰接到文康回来的消息这两个多月。以前是为等待而活着，为将儿子抚养成人而活着，那种难以回首的四十多年是在一个又一个漫漫长夜的孤灯下度过。可是，这两个月却被她掐着天，掐着时，掐着分度过。

她把家里一遍又一遍地打扫着；

将当年她们结婚的床一遍又一遍地擦试着；

然后，又端来一盆盆清水，对着镜子一次一次地洗着。这时，蓦然之间发现，自己四十多年不曾留意的脸容，当年水灵灵的脸庞此时已经沟壑纵横，粉嫩粉嫩的脖子已经被又黄又干又皱的灰暗掩盖得严严实实。

四十多年弹指一挥间，

当年的香兰此时已经人老珠黄，

青春已经远远离去，一去不复返。

迫切期盼看到结发妻子的文康，在陆兰的引导下，带着女儿将脚步放得很轻、很轻地走进病房。

那一刻，整个病房中的人都摒住了呼吸，都在看着这对苦难夫妻分别四十多年后的首次团聚⋯⋯

文康的脚步在香兰的病床上停住了。他感到这脚如同灌了铅，挪都挪不动，他的双眼尽管被泪水蒙住了，却极力在搜寻着香兰当年的影子。那时的香兰剪着一头短发，佼好的面容，脸上留着一对难以忘却的酒窝，右下嘴唇有一颗不大不小，长得很好看的红痣。双颊一年四季都是红扑扑的，不论见到谁总是露出甜甜的笑。那笑，让人感到身心的愉悦，那露出的两排洁白的牙齿让人难忘⋯⋯

可是，岁月无情，这一切已经被那四十年无情的光阴带走了，消失得无影无踪。

沧桑岁月把该带走的都带走了，不该带走的，也带走了。只有右嘴唇下方的那颗红痣还残存着对香兰的依稀记忆。

文康鼻子发酸，而且是一阵一阵地发酸，一阵比一阵更强烈，倘若不是那颗红痣，纵使夫妻见面，也是难以相认的。他的泪水禁不住夺眶而出，肩膀抽搐着，竟像小孩似的嚎啕痛哭起来……

此时，四十年离别，四十年日夜思念的香兰，静静地躺在病床上，手上还插着针管，那抢救生命的药液正通过那管子一点一滴地进入她的身体。

她的鼻子还插着氧气，那"滋滋滋"的氧正在挽救着这条苦难的生命。

她的脸比那床单还白，白得如一张纸，没有情感，没有表情。

文康的身子摇晃了一下。

老人控制不住自己的情感，因为他根本没有想到，离别四十多年，日夜思念的苦难妻子，盼星星，盼月亮，却盼来了在这种场合，这种地方的相聚。

"香兰……"他顾不得护士陆兰的嘱咐，歇斯底里地哭出声来，"扑嗵"一声跪倒在地，跪在香兰的病榻前。

文康这一哭惊动了主管医师，为了病人的健康，只好劝他暂时离开。

刚出病房，儿子永胜带着妻子、儿子"扑嗵"又跪倒在文康面前。这个走时还在襁褓之中的儿子，此时已经是人到中年，身边九岁的儿子已经上了小学，"阿爸，您的儿媳、孙子来接您回家呀。"永胜把头磕在地上，"砰、砰、砰"作响。原来，一家人租好一部十二座的丰田旅行车，赶到机场迎接父亲，可就在离机场不足十公里的路上，母亲发病了。看着母亲的病来势汹猛，已经乱了方寸的永胜束手无策，后来在司机的建议下，将汽车直接开到了中山医院急诊科，因此，误了迎接父亲的航班。

周围的医生、护士，还有病房的病友都为这个家庭的团聚而祝贺，为这对苦难夫妻劫后余生感到庆幸，更为他们有生之年还能相见而表达深深的祝福。

文康用颤抖的手将儿子、儿媳和孙子一一扶起，看着眼前自己的亲骨肉，愧疚的泪水不住往下流淌，他哽咽着对儿子说："胜儿，阿爸对不起你和你妈。阿爸没脸见你们哪……"

"爸，别说了，你这一辈子吃苦了。你比我们还苦，儿子也没有办法尽孝呀……"永胜哭成泪人似的。

"永胜，这是你妹，静娴，在台湾还有一个弟叫荣生，还在上大学，这次没有办法回来。"文康叫女儿见过儿子、嫂子和侄儿。

"永胜哥，谢谢你照顾大妈。"静娴看到永胜已经非常疲倦，更考虑到父亲年事已高，加上一路奔波，又受到感情刺激，便建议先在宾馆住下来，再考虑明天的事。

"阿爸，静娴妹。"听见静娴要先住宾馆，永胜有些着急，便说："阿妈前一段已将家里家外整理得非常干净，她反复讲那是你的家，已经四十多年没住过，这次回来一定让你回家去住……"

"是啊，应该，应该。"说到家，文康的心里涌现一种五味杂陈的痛楚。离开这个家已经四十多年了，多少个夜晚他曾在梦中回到这个家，回到结发妻子的身边。那泪水湿透了枕头有多少次，只有他自己心里清楚。

在离开台湾前，文康便盘算好今晚要住在家中，要在自己离开前的房间与香兰通宵达旦地畅谈，重温那已经久违的温馨，给结发妻子以丈夫离别四十多年的情感补偿。"可是，可是，胜儿。现在你阿妈病成这样，我能在家里住得安心吗……"

真的，离开家乡四十多年，何尝不想回到家里重温儿时的梦，年轻时的梦。可是，当他看见病床上无声无息，而且生死未卜的香兰，文康心如刀绞，当着后辈的面一次又一次掩面而泣。

"那……"儿子有些为难，父亲的概念他非常模糊，当这个父亲出现在自己面前的时候，四十多年未曾叫过一声父亲的永胜，张了几次口才从内心深处呼唤而出。那是母亲四十多年数不清的教育的结果。现在，这个满脸沧桑，满脸憔悴的老人与自己一同站在母亲病床前的伤感，做后辈的十分理解。但父亲毕竟已六十有余，旅途奔波，疲惫至极，总不能让他一直这样站着陪着母亲啊！

左右为难，左右为难啊！

"阿爸，先在宾馆住下来吧。这几天，我们可以一直陪伴着大妈。"静娴很冷静，提出了自己的建议。

第二十三章

在海峡那边

215

"慢，静娴，你与永胜出去给我买一套被子，我睡这张床旁边，陪着你大妈。"文康觉得这是一种最好的办法，睡在香兰病床前，多少可以照顾她，尽一份丈夫的责任，这也是对离别四十多年的香兰一种最好的补偿。

因为，这次回来台湾当局有时间限制，自己还得回到海峡那边。否则，以后就再也回不来了。

"这样行吗？"静娴有些犹豫，这是重症病房，院方不一定同意。

"这个……"文康也觉得有一定的困难，但他决心已下，准备向陆兰小姐说明理由，以得到院方的同情与帮助。他转过身对身边的儿女们说："你们住宾馆，我住这里。这事别再争来争去了。"

"嘘……"一家人正在争论，陆兰进来打了一个手势，制止了他们。

"陆小姐，我在这打地铺照顾香兰，行吗？"文康用一种乞求的口吻对陆兰说："我知道，这样做一定让你为难。请你与你的上司理解我这个不称职的丈夫的心。"

"这……"陆兰确实为难。

"陆小妹，要不你陪我见你上司。我这辈子没有求过谁。这次，算我这个年将七十的老人求你了。"文康非常动情，脸上流淌着泪水。如果不是身边永胜和静娴搀扶着，他一定会向这个二十多岁的护士下跪求情。

"那好吧，老先生，我理解您的心情。但您要听话，别激动，一切按护士要求做行吗？"看样子是主管医生进来了。他在此之前已经知道这对老夫妻人生的不幸，看到文康的举动，深为感动，点头答应了。

"医生，我太太的病情严重吗？"看医生答应了自己的要求，文康十分兴奋。但转念一想，自进入医院那刻起一切都那么紧张，可是香兰的病情却未来得及询问。

"这个你放心，我是一个经历过许多灾难的人，什么风浪都见过了。医生，请告诉我实情。"文康充满着真诚。医生看了看眼前老人坚毅的神情，轻声说道："夫人得的是脑溢血。"

"这样……"文康、永胜和静娴不约而同地吸了一口冷气。

"别紧张！"看到这一家子如此慌乱的神情，主管医师将他们叫到走廊上，然后告诉他们："还好，病情不是十分严重，出血面不大。再加上非常幸运，发病后病人没有太大的搬动，又得到了及时抢救。尤其是医护人员被你们不幸的人生所感动，院领导高度重视，调集了由全院医术最精湛的医护人员组成抢救团队，制定治疗方案，同时，用了当今世界上最好的药物，如果不出意外，二十四小时后病人便会苏醒过来。"主管医生充满自信，乐观地告诉文康一家。

"谢谢，老天爷，土地公……"文康将头轻轻抬起，看着那天花板，看着那天花板上的灯光，泪水又情不自禁地涌了出来。

"拜托，拜托……"静娴看到大妈有惊无险，双手合十一次又一次地向医生鞠躬。她知道，大妈的安危此时已不仅是让年迈的父亲能够安度晚年的关键，也是关系到海峡两岸两个家庭的幸福。

"阿弥陀佛，土地公保佑，保佑大妈早日康复，保佑父亲与大妈能够在晚年度过一段幸福的时光。"静娴在心里一次又一次地祈祷着。

"医生，那需要很多钱吗？"永胜听了医生的话，特别着急钱的问题。因为，在农村一个人生了一场大病，对于家庭来说，无疑是一场浩劫。

"永胜哥，你放一百个心。只要大妈身体能康复，钱，不是问题。"静娴用肯定的口吻说。她非常明白钱，世上赚来世上用，生不带来，死不带去。只要父亲和大妈能在晚年度过一段美好时光。这钱，还算是问题么？

第二十四章

梅山除夕夜

台南又一个冬天即将到来。可是，今年的冬天姗姗来迟。

尽管快过春节了，梅山四周还有许多红叶。那枫树、朴树叶还有一些叫不上名字的树叶，红的，红得耀眼；黄的，黄得金灿灿。加上那一年四季郁郁葱葱的马尾松，杉树等等，那山峦叠翠，相互映衬，给人一种五彩缤纷的视觉冲击，置身其中，仿佛进入了一个如梦如幻的世界。

自从文康和静娴离家到大陆以后，在台北大学读完四年课程，又去实习的儿子荣生被彩凤提前召了回来。一是家里多一个伴；二是阿辉那里要创自己的电热管类小家电品牌没有人手。他回来后，毕竟在大学学的是设计创意专业，恰好可以弥补阿辉的一些弱项。

安排好这一切，彩凤便在家里洗洗涮涮，准备春节的年货，准备过一个缺少文康和静娴的春节。

这是二十多年来的第一次这样过春节。

现在，时钟还指在下午四点的位置，彩凤感到一切就绪，便走出屋子，坐在离家不远的小山包石头上。

在那里可以顺着那平缓的山坡，将山下，包括两公里之外阿辉的厂房看个大致的轮廓。另外，还可以看见山下乡亲在辛勤劳作的远影，看到一群孩子在已经收割干净的田野上追逐嬉戏。

另外，顺着这条路往外走，便是通往机场、通往香港、通往大陆的路。

文康和静娴便是从这条路离家的。回来的时候，他们也一定还是从这条路回来。

彩凤眯着眼睛看着那有几丈高才下山的太阳，尽管冬天的野外一阵阵寒风扑面而来，但是这阳光照在身上却多少有些暖意，尤其是在这夕阳之下，一番山村美景尽收眼底，对于孤独一人在家的彩凤来说，心里增加了一份充实，增添了些许的希望。

彩凤此时的心有些伤感，二十多年来与文康同床共枕，深夜睡眠渐浅的文康总是把自己搂在怀里，一边细心地抚摸着自己，让自己尽情享受做女人的快意；一方面向自己进述他童年、青年的故事，那故事不管是真是假，却充满着童真童趣，有时令人忍俊不禁，一阵阵欢笑声不时地从房间里穿透出来。

现在，文康回大陆了，回到了他结发妻子的身边。尽管时间不长，但作女人有一种特殊的敏感，这夫妻之情无论从哪种角度看都很难让人分享。然而，与文康的夫妻之情却又有别于他人。因为对岸那大姐是他结发妻子，当年与他结婚时，文康就诚恳地说得清清楚楚。

他没有骗自己，他一切都那么真诚。

这二十多年，他在自己身上和孩子们身上倾注了全身心的爱。

屈指算来，父女去大陆已经六天了。

每当走进房间，看见那伴着自己已二十多年的身影没有出现在自己的眼帘时，觉得一切都是空荡荡的。

台南冬天的夜晚是那么湿冷，被子潮得不行。彩凤钻进被窝，少了文康那充满阳刚的男人气息，冷得四肢发麻。快五十岁的女人，气血渐虚，快一个钟头了，身子还不敢舒展开来。

一个女人要度过漫漫寒冬长夜是多么的艰辛。彩凤以一个女人特有的感受，陷入了痛苦的情思。自己对六天的时间都感到如此漫长，而远在大陆的大姐四十多年呀！在孤灯下思念丈夫，渴望着丈夫的温情和爱抚，却遥遥无期……

自己需要文康；

大姐也需要文康；

都是女人，都需要得到男人的爱。

可是，文康只有一个。

"怎么办？人生的路……"泪水止不住流了下来，彩凤在对文康的思念中充满着矛盾，又充满着期待。既希望文康能每时每刻陪伴左右，又不希望海峡那边的大姐独守空房，她也是女人呀……

"阿妈……"突然，一阵摩托车的马达声由远及近，彩凤抬头看去，那沙土公路上阿辉骑着摩托车带荣生回来了。荣生这小子，手上还举着一包什么东西，尽管距离远看不清楚，但从那喜形于色的样子看，一定有开心的事。

"小子，你好命哟。"看到阿辉和荣生那开心劲，再想一想阿辉那么老成持重，彩凤一扫伤感，心情立即变得开心起来。

"嘎……"风驰电掣的摩托车在沙土公路上卷起一道黄黄的尘土，犹如一条腾飞的龙从山脚下向梅山飞来，转眼工夫停在彩凤面前。

"别开那么快，让我看了都心跳。"彩凤看见两个后生仔回来，站起身笑吟吟地埋怨他们。

"没事，你看阿辉哥经过几天努力，已经生产出一批随手泡、电饭锅、煎蛋器样品，你看。"荣生将手中那一袋东西举过头顶："今天过年，阿辉哥说，先送回来，我们用这东西先煮一次。"

"这样啊！"彩凤将那随手泡拿在手上，翻来覆去，看了一遍又一遍，然后高兴地说："真是漂亮，真是漂亮。阿辉，尽管你没读过多少书，可是搞这一行当，是一个怪才，绝对的怪才。"

"荣生也出了不少力，他学的是设计和创意，正用的上。阿妈，这么漂亮的东西都出自他的手。"被彩凤一表扬，阿辉像女孩一样羞答答，满脸通红，但他没忘记赞扬了荣生一番。

"阿妈，我毕业了，干脆不找工作了，回来给阿辉哥帮忙好了。"荣生也挺快乐的，这一段姐随阿爸去大陆了，他正好发挥了作用。

"阿妈，难关终于熬过来了。"阿辉看着眼前的彩凤，一阵欣慰，发自内心地说了一句。

尽管此时的阿辉与一年前相比，其经济状况有了根本的改变，不再是三餐没粮，锅中生锈，而且靠着自己的打拼，靠着茂祥公司陈老板和金威公司杨老板的支持，靠着阿林、阿文一帮兄弟的支撑与帮助，安泰公司以其顽强的生命力，办得红红火火，热热闹闹。

可是，外人却没有看见，外人也无法看见，这一段时间，阿辉却承受着巨大的压力。

静娴随父亲回大陆去了，婚事不得不往后推，这一段时间阿辉身边已经是既无参谋，又无助手。记得十余天前，静娴第二天要经香港回大陆，那天晚上，两个年轻情侣谈了许久许久。阿辉知道，静娴随阿爸此去大陆，少说一个月，多则两三个月，时间之久，是他们认识以来最长的分离，尽管两颗心难舍难分，但是比起父母四十多年的分离能算什么？因此，两人只是紧紧地将对方拥抱得很紧。

一阵狂吻，一阵似乎失去理智的抚摸。

这一次，静娴没有丝毫的拒绝之意，也许是经过这么长时间的了解，她已有将自己的一切交付给阿辉的打算；也许是按照乡间习俗，定亲了便是阿辉的人；也许是看到阿辉在事业、家庭的发展上拼搏，已经将每一根神经绷得太紧，贤惠的静娴感到早点将身子交给他，可以让他放松身心；也许……

总之，两个人终于难以抵挡内心深处迸发的欲望，他们突破了防线，享受了人生的第一次。

"静娴，从这个时候起，我们已经不能再分开了。"一阵翻云覆雨后，阿辉兴奋地喘着粗气，似乎还不够解馋，又将静娴抱在怀里，疯狂地吸吮着她的乳房，那贪婪的吸吮发出了一阵阵的声响。

"好了，阿辉别过度，过度要伤身子的。"静娴知道这一段日子以来，尤其在自己走后的的时间里，阿辉要承担巨大的体力和心理压力，身体的健康是非常重要的。

"放心，我身体很好。"阿辉拍了拍满是腱子肉的胸脯，仍然用那贪婪的目光盯着静娴丰满的身子："静娴，你放心去。家里的事包括照顾阿妈，我每一件都会做好的。"

"你呀!真是,就像一头牛。"静娴当然放心,阿辉的勤奋和打拼精神她已经了如指掌。

"这一段日子。不,到除夕前我先生产一批电热管类小家电样品,向阿妈报喜。同时,做好明年五月份到德国柏林参加世界电子电器配件供应商博览会的准备。"阿辉真是一头牛,心也大,决心也同样大。

现在,在静娴面前夸下的海口终于变为现实,安泰公司自己设计,自己制造的电热管类小家电样品问世了,这难道不值得兴奋吗?

太阳快下山了。

山下的村庄纷纷放起了鞭炮,开始是一起,不一会儿像是凑热闹似的,此起彼伏,一阵接一阵,一片连一片,"噼哩叭啦"热闹异常。

各家各户都已进入用年饭的时间。

"阿妈,我们的年饭准备好了吗?"荣生听到那燎人心弦的鞭炮声,手中的春联刚刚贴好,一边从门前的小梯上跳下来,一边催促着母亲赶快祭拜天地神明,然后赶快用年夜饭。

"好了,好了。"彩凤在厨房里应了一声:"阿辉你们赶快将祭桌摆好,香纸、蜡烛、鞭炮在厅堂里。"

"我正在办。"阿辉应着,真有点手忙脚乱。

讲实在话,自从十三岁父亲去逝,每年过年都是东一顿,西一顿。在师傅家当学徒时,自己是外人,看到人家忙得团团转,自己在一旁无所事事;后来,学徒出来,三餐没盐,四餐没米,过年与平时没有差别。

记得去年,还是阿林和阿文从家里偷偷摸摸弄了两块猪肉,自己才让那生锈的大铁锅里有了油腥。

那日子真是难熬呀。可是,再难熬也熬过来了。

现在,半份女婿半份子,却成了这个家庭的一份子,阿辉感到无比满足,自然乐得屁颠屁颠的。

一会儿,祭祀天地神明和上祖的双三牲全部摆设就绪。阿辉笨手笨脚地接过彩凤递过的三支香却无所适从。

"阿辉,你和荣生站在我左右。"阿妈声音很低,不难看出,此时她的心情一定很复杂:"我们一起祈祷天地神明,列祖列宗保佑你阿爸平安,保佑他们父女俩平安归来。"

"嗯……"阿辉兄弟唯唯诺诺,包括平时调皮得像一个孩子的荣生,此时也是满脸严肃,一本正经。

"天地神明,列祖列宗……"彩凤将八个字叫得很响,然后便默默地许着愿,她的话后半截只有她自己清楚……

阿辉看到,才几天阿妈似乎苍老了许多。那习习寒风不时地将她那已经有不少发白的头发吹起,鬓角、眼角的皱纹仿佛也增加了许多。

是啊!一个即将进入五十岁的妇人,在与自己日夜相伴的丈夫回大陆与结发妻子团聚,而又恰恰选在这个万家灯火的春节,她的心情是何等煎熬呀!

彩凤对着苍天虔诚地鞠了三个躬,然后将手中的香插进香炉里,阿辉分明看到,她的手在不停地颤抖,那双眼里噙着满满的泪水。

"阿妈,您别难过,阿爸很快就会回来的。"阿辉经历了人生的无数苦难,他理解阿妈此时此刻的心情,宽慰道。

"嗯。"彩凤应了一声说:"阿辉放鞭炮吧。"

"好。"乐不可支的荣生自告奋勇,将祭桌上的一大串鞭炮点燃。瞬间,那鞭炮声充斥了屋里屋外,浓烈的硝烟味与那烛光,那袅袅香烟相互交织,这春节的浓厚氛围瞬间降临到这梅山人家。

一桌非常丰盛的佳肴:

干蒸鸡,糖醋鱼,荔枝肉,大萝卜。

虽然只有三个人,却整整摆满了一桌。

还有只有梅山人家秘制的各种腊味,热气腾腾,香飘四溢,诱导着人们的食欲。荣生有点按捺不住,拿起筷子,径直对那一个肥大的大鸡腿,兴奋异常地往自己的碗里夹。

"荣生,那是天地神明和列祖列宗享用的。"母亲没有原谅儿子的幼稚,用筷子夹过那只大鸡腿,放在八仙桌上空位的碗里,然后倒上自酿的米酒……

"天地神明,列祖列宗在上,请在云端之上保佑文康平安,保佑全家老少平安。"阿妈嘴里念念有词。这几天似乎她的心，她的魂都已经被阿爸带走，带到海峡那边去了。

"阿妈，你不必为阿爸担心，静娴在他身边，你放心好了。快吃年饭吧。"看到阿妈那充满忧郁的眼神，阿辉心里涌出一层层的伤感，他用筷子夹了一块肉多的鸡块放在阿妈的碗里。

"你阿爸走几天了？"彩凤对阿辉的孝顺只淡淡地一笑，喃喃自语关心起文康来。

"已经去了十一天了。"荣生应道，却埋头吃那大鸡大肉。

"哎，这个时候是不是也在吃年夜饭呢？"阿妈对那满桌的好菜似乎没有一点胃口，仍不停地念叨着阿爸。

"阿妈，你别担心阿爸，这春节是我们中国人的习惯，这与敬土地公是一样的。说不定这个时候阿爸和静娴也像我们一样热热闹闹过年呐。"看到母亲这样魂不守舍，荣生有一点不以为然，他一边嚼着鸡肉，那大块鸡肉的油不停地从嘴角上往外流淌，一边劝说母亲。

"那为什么这么久都不打一个电话回来呢？"彩凤还是不放心。

"也许在农村打电话不方便吧。"荣生淡淡地应道。

"阿妈，你趁热吃一点吧。"看到阿妈不停地挂念着阿爸，阿辉被长辈这种真诚的夫妻之情深深地感染了，萍水相逢，却相濡以沫，真是患难见真情啊。但同时他又为阿妈这种内心深深的痛楚而担忧，毕竟阿妈年近五十，这样下去会生病的。静娴走前，自己曾拍着胸膛要保证照顾好阿妈的，现在阿妈这个样子自己能保证得了吗？

"吃吧，我刚才已吃了一些。"阿妈仍然没有动筷子，她的心已经不在这个家，已经飘到了海峡那边。

"妈，要不我给大陆那边打一个电话，你跟阿爸说一说话。好吗？"阿辉是一个很沉得住气的人，看到阿妈如此伤感，灵机一动提出了建议。

"这电话能打吗？"在愁肠百结当中，彩凤听了阿辉的话，眼睛一亮，不用说，她非常迫切地想听到丈夫的声音。

"能！能！静娴走时留有那边的电话。"阿辉看到阿妈高兴起来，觉得在茫然之中找到了良策，心境也豁然开朗起来。

"0086596—5……"阿辉动作十分麻利，从口袋里拿出一张小纸条边念边拨了起来。彩凤、荣生也放下手中的碗筷，弯着腰，将眼睛睁得老大老大，好像那不是座机电话，而是一架可视的电话，一通便可以看到阿爸似的，每根神经都异常兴奋起来。

"嘟……

"通了。"阿辉见电话接通，赶忙递给彩凤："阿妈，给。"

"我……"彩凤有些迟疑。

"快，妈。大陆的电话比国际长途还贵。"荣生也在一边催促。

"嘟，嘟……"话筒里一直响着，可是响了许久却没有人接听。彩凤刚刚舒展的面容又皱了起来："没有人接听……"

"不会吧，这个时候家家都会在吃年饭。"阿辉心里咯噔一跳，心想会不会自己将电话号码拨错了？于是又说："兴许是刚才拨错了，我再拨一回吧。妈，你万万莫着急。"

"0086596—5……"阿辉认真看着静娴留下的电话号码，仍然边念边拨，然后将话筒放在耳边，听到了"嘟，嘟……"的声音。

"通了，我来听。"阿辉作了一个手势。

"嘟、嘟、嘟……"

大家都摒住呼吸，充满着期待。

"喂……"有人接了，阿辉兴奋不已。

"喂，你找谁。"电话那头是一个女人的声音。

"我找文康先生或者静娴小姐。我是台湾打来的。"阿辉憋得满脸通红，听到对方的声音，声音喊得很大。

"他们去医院啦……"

"谁去医院？喂，喂……"阿辉大吃一惊，突然电话断线了。阿辉的心简直要从胸腔里蹦出来似的，对着话筒"喂，喂……"喊个不停。

可是话筒只有断线的声音。

"谁去医院了？啊！"彩凤着急了，"霍"地一下站了起来。

"不知道，讲一半便断了。"阿辉刹那间急得满身大汗，"我再拨，阿妈，你别急。"说罢，又疯了一样狂拨起来。

然而，话筒传来的仍然是一阵阵断线声。

"再拨，荣生，你拨。"阿辉看到阿妈如同热锅上的蚂蚁，生怕她急出病来，本来他处事非常冷静，此时也一反常态，大声叫上荣生。

"好……"荣生应道。

一次；

二次；

三次；

……

那电话始终接不上，话筒里一直都是忙线的声音。

"文康，你到底怎么啦？"突然，彩凤再也控制不住自己的情绪，放声大哭起来。

"阿妈，你怎么啦？"看到老人那焦急万分的神态，阿辉和荣生束手无策。这里离大陆尽管不远，但天下人都知道，虽然同为一个国家，隔着一弯浅浅的海峡，可是彼此往来，比出一趟国都难。而且，这个长途电话费也比任何一个国家的资费要高出好几倍。难道阿爸刚回去，真的生病住院了吗？不可能，绝对不可能，可现在正是吃年饭的时间，那……

阿辉也是思不得其解，想努力从中理出一个头绪来，既要安慰阿妈，又得应对大陆那面可能出现的不测。

"阿辉，是不是你阿爸生病住院了？"阿辉急得在客厅不停踱步，彩凤一边抹泪，一边不断追问。

"不可能，阿妈，阿爸的身体很好的。"为了尽可能减缓阿妈对阿爸的思念，阿辉努力用最肯定的语气回答。

"那电话里怎么说去医院了？而此后便拨不进去了呢？"彩凤说着说着竟又嘤嘤地哭出声音来。

这一问，把阿辉也问住了，他与荣生四目相对，感到这里一定有问题，是什么问题呢，却又无从解释。

周边的村落中鞭炮声、焰火声一阵接着一阵，大概是年饭过后，各家的孩子、大人们在燃放鞭炮和焰火，在欢天喜地迎接新的一年的到来。可是，这个家二十多年来一直团团圆圆，其乐融融，今年家长不在，静娴不在，似乎少了那种氛围，少了那份欢乐，而是笼罩着阵阵的伤感。

"荣生，阿辉，再续一炷香，叫土地公保佑你阿爸平平安安。"彩凤发话了，她的心里只有文康，只有这与自己相伴相随的文康。

"嗯……"阿辉和荣生应着，他拿起三支香，在寒风中将香点燃，学着阿妈的样子，鞠躬、祈祷。突然，阿辉似乎悟出一个答案，兴奋地说："阿妈，也许是那边乡下人，没有多少见识，听到台湾来的电话，心里一紧张便说错了。然后，又没把话筒放好。因此我们打不进去了吧。"

"对，阿辉哥的话有道理。"荣生极力支持这种观点。

"可是，那静娴为什么不给家里打电话呢？"彩凤反问。

两个兄弟又语塞了，彼此相视良久，却再难自圆其说。

第二十四章

梅山除夕夜

第二十五章

安泰文化

　　"砰、砰、叭、叭……"梅山脚下一簇簇礼花似锦,那低空的焰火,中空的焰火,在星空当中绽放着,再加上小孩的欢呼雀跃声,让人感到这除夕之夜的热闹和温馨,体验到这万家灯火,共享天伦之乐的幸福。

　　别说是年轻人,小孩子禁不住那美的诱惑,那令人陶醉的视觉、听觉的驱使,不顾这凛冽的寒风,冲出家门,走向村子中央,城镇中心狂欢着,尽情享受这一年一度的欢聚时刻,驱逐一年辛勤劳动的疲倦和烦恼,迎接新的一年的美丽与幸福。

　　可是,在梅山一家,彩凤和儿子、女婿都静静地坐在客厅里,大家似乎都缺乏食欲。被阿妈反问之后,阿辉和荣生都没有话语回答母亲,而海峡对岸的电话无数次拨号,却无数次的占线。

　　烦恼、担忧和种种猜测占据着每个人的心胸,占据着这个往日热闹而温馨的屋子。

　　"嘀,嘀,嘀……"突然一阵清脆的电话铃声打破了屋里的沉寂,电话铃响了起来。

　　"这么晚谁还打电话?"彩凤第一个站起身,她用一种惊恐的神态,想伸手去接那电话,但手刚伸出去,又有一点胆怯,似乎那勇气消失了一半。她的内心惴惴不安,这一通电话传递的不知是福,还是祸,不知是喜,还是忧。

"嘀，嘀，嘀……"那电话铃声还在响着，阿辉看到阿妈那举棋不定的样子，大致猜到了她矛盾的心，快速将电话筒拿起。

"阿辉吗，怎么这么久才接电话？"话筒那边是静娴那十分悦耳的声音。

"静娴，静娴。你好！阿爸好吗？你在哪里呀？"十几天没见面，让阿辉一听便从脚跟到脑门出现一种前所未有的兴奋。

"我还在大陆。刚从医院回来。阿妈好吗？阿爸叫我打电话向阿妈和你们拜年。"静娴很兴奋。

"静娴，静娴，我是阿妈，我是阿妈。你阿爸怎么样啊？谁去医院了啊？"一旁的阿妈听到是女儿拨来的电话，迫不及待地从阿辉手中夺过话筒，放开喉咙大声呼喊着，那声音似乎不是在打电话，而是对着海峡彼岸呼喊。

"妈，你讲什么，声音太大了，我听不清楚，声音小一点，我听不清楚。"

"哦！哦！哦。"彩凤发现自己想文康想得有些失态了，看见身边的儿子和女婿有些难为情，便迅速调整好情绪："静娴，你阿爸好吗？"

"阿爸很好，身体很健康，回到家乡他变成一个老小孩了，还不时地哼着《爱拼才会赢》的调子，大口吃肉，又大碗喝酒。"

"你大妈呢？"

"噢，妈，我上次打电话没告诉你，大妈因为思念阿爸太久了，这次听到他要回来，兴奋异常，就在到机场接我们的那天，她得了轻度脑溢血，我们在医院陪她，住到今天才出院回家，现在正在准备年饭哪。"

"大妈现在怎么样？"听到文康的原配妻子得了脑溢血，善良的彩凤心里一惊："苦命的女人啊！你要好好活呀！"

"已经康复，今天刚出院，现在身体比较虚弱，但已经没有问题了。"静娴怕母亲担心，又作了补充。

"这几天为什么不打电话呀？让我们着急得不得了。"本来彩凤想说急死了又觉得这句话不吉利，改了口。然后又将刚才打电话的事情详详细细说了一遍："你们呀！让我担心呀，吓得我一餐年夜饭都没吃好。"

"妈，没事的，刚才那电话是嫂子接的，她听到台湾来的电话，有些害怕，话也没说清，后来又没把话筒放好。好，我们没事的，待大妈身体稍微康复一些，我和阿爸便回去了。您保重身体。阿爸要我向您拜年，祝您健康平安……"静娴稀哩哗啦，不停地说着。

"再见，照顾好阿爸……"彩凤轻轻地舒了一口气，泪水已经布满了整个脸颊，她顾不得用手去擦拭，而且用手指了指阿辉："快，快，快，把菜热一下，我们也要高高兴兴地吃年饭。然后，荣生放焰火去，我已经买了不少……"

"好！妈妈真好。"年轻的荣生无忧无虑地生长，虽然年纪比阿辉小不多，可是生长环境比较优越，性格十分活泼，俨然像个小孩似的，活蹦乱跳。

"砰、砰、砰……"荣生的话音刚落，门外由远及近传来了摩托车的马达轰鸣声，一会儿"嘎"的一声在门前停下来了。

"荣生，快开门，阿林他们来了。"阿辉在厨房里叫了一声弟弟的名字。

"谁来了？"彩凤瞬间经历了喜怒哀乐，现在总算回过神来了。

"妈，我约阿林几个人今晚来商量安泰公司的文化问题。"

"那我来把菜热好，叫他们一起吃年饭，一起喝几杯酒。"彩凤心头的巨石放下来了，她又恢复了平静与贤惠，满脸绽放着笑容："阿辉，你去陪客，我来。"

门打开了。

阿林、阿文带着一个陌生人进来了。

那个陌生人便是阿辉夜校的老师朱云生，现在成了安泰公司营运总监。

阿林和阿文也今非昔比，今年安泰公司经营不错，他们各买了一部摩托车。

阿林是技术总监；

阿文是行政总监。

"阿辉，天助我们也。这一年尽管艰辛，但没有白过。想想去年、前年我们是怎么度过这春节的吗？"阿林做了一个鬼脸。

"这些事终生难忘，对我来说每当想起，总是一个助推力。它教育我要持之以恒，不懈地追求，不懈地奋斗。"阿辉被兄弟们纯朴的情感所鼓励。每当回忆往事，他表面上似乎十分轻松，可是在内心深处总是沉甸甸的。往事不堪回首，可往事却是畅想未来的动力，是警钟，让自己不能有丝毫的懈怠。

阿林三人已经在家里酒足饭饱，尽管彩凤热情相劝，盛情难却之下只是象征性地喝了一杯酒，加上还要研商公司文化等事情，大家都很有分寸地喝了一些梅汁便开始商谈工作。

"上次我们已经拟定了公司的八字经营理念，叫作'团队、诚信、创新、感恩'。还有什么要细化的项目吗？"阿辉经过这一年多的磨炼，口才和组织能力已经令人刮目相看，此时，他将征询的目光投向兄弟们。

"这个事还得请老师，我们书读得不多。"阿林将目光投向朱云生，他是台北文化大学管理专业的毕业生，又在技师学院任教多年，肚子里尽是墨水。

"还是我们老板先说，我来帮助细化。"朱云生很是谦虚。

"朱总监，万万别客气。以前你是我的老师。现在仍然是我的老师呀！"阿辉谦逊地说。

"那……"朱云生还在客气。

"朱老师，请您别再推托了，此事非您莫属。"阿辉诚恳地说。

"那我就不客气了。"朱云生边说边从西装口袋里拿出一个小本，那小本上写着密密麻麻的字。"阿辉的公司一开始便将文化建设当作重要的工作提出来，这非常了不得。因为，中国人办企业往往忽略了一个关键的工作，那就是忽略了文化是这个企业的魂，也就是这个企业员工队伍的精气神。"

几个年轻人觉得这朱云生不愧是先生出身，讲起话来条条是道，语出惊人，一个个像学生一样不住地点头称是。

"这一段时间我反复思考，安泰公司也罢，阿辉也罢，你们信奉的是土地公福德文化，对土地公的信仰便是对福德文化的信仰，这是安泰公司的精神支柱，是吸引优秀员工的一杆旗帜。因此，上次确定的公司经营理念尽管比较仓促，但却十分准确。细化了便是：

以团队的精神——发挥整体力量；

以诚信的态度——永续经营企业；

以创新的理念——追求卓越品质；

以感恩的心情——回馈社会大众。

朱云生俨然是一个谋士，又像一个学究，说得头头是道，让后生们心悦诚服。

"除了经营理念外，还要加什么项目吗？"阿辉很高兴，尽管自己靠夜校和自学懂得一些知识，但听到朱云生这么一说，心里豁然开朗，不断点头称是。

"有，有，有。"朱云生看到后生们称是，心里也挺畅快，更加兴趣横生："还要有发展愿景。"

"发展愿景？"

"对，对岸共产党的发展愿景是为实现共产主义远大理想而奋斗终身。共产主义是什么？那便是人尽其才，物尽其用，按需分配……总之，要有一个目标，有一个吸引人去奋斗的终点。"朱云生说着又翻到了小本的第二页

"我们安泰公司不是政党，不谈政治，但要谈企业的文化，企业的精神，企业的奋斗目标。"阿辉心里越来越亮堂，他觉得以前在夜校听那么多老师上课，唯有朱老师讲得最好，可是眼前这种课到哪里去听呀？

"以创意设计整合为核心的跨国集团公司。"朱云生脱口而出，"另外还要加上经营哲学：研究创新，教育提升。"

"是这样呀！"几个后生不约而同称赞着。

"再加两项。"朱云生拉开架式接着说："第一项，安泰精神：有活力，有希望，有爱心，有自信，追求卓越。第二项，文化标语：重视人才，讲究品质；顾客至上，团队观念；不断完善，努力发展；善于沟通，注重安全；美化环境，致力创新。"

"朱老师，还有吗？"阿辉听得津津有味，似乎还不解渴地追问。

"先说这些吧。"朱云生说："我对公司也还不够了解，而且公司刚起步，待到不断发展时，我们再不断修正，提炼和丰富。"

"还有一件事请大家帮助参谋一下。我们生产的小家电，完成试制便送质检部门检验，目的是自创我们民族品牌，争取早日与那东林株式会社一比高低。那么，人家东林株式会社的商标是东林牌。我们取什么商标注册呢？"阿辉用征询的目光看着大家。

"这个呀？"阿林挠着头，露出难色。

"梅山牌行吗？"荣生试探性地问。

"……"阿文也沉默不语。

"阿辉，你自己的想法呢？"朱云生不愧是一个道道地地的老师，他的目光

注视着阿辉。因为，他觉得阿辉尽管没上过一天正规学堂，但多年的夜校学习，再加上自己的勤奋与善于钻研，对很多问题都很有独到的见解，确实有别于这个岁数的年轻人。

"这个问题我想了很久，有时真想得连觉也睡不踏实。"阿辉有些为难。

"那说出来给我们听听。"荣生很有兴趣，他觉得这阿辉真的不简单，仅比自己大一岁多，书没有读几天，能力却大自己几倍。

"对，阿辉你先说说看。"朱云生在一旁鼓气。

"我一直在想，我的祖辈信仰土地公，静娴一家也信奉土地公，我的安泰公司商号也包含这方面的内容，有史以来全中国的平民都把土地公当作自己的保护神。如果这商标加入土地公文化的元素岂不很好？"阿辉说完这几句话停顿了几秒钟。然后接着说："因此，我想将商标定位为一个慈祥的土地公形象，取名为福德安泰牌。你们看，行吗？"

"好思路，福德安泰，又吉利，又能引起众多土地公信仰者的感情共鸣，未来可以争取更多消费群体。"朱云生手轻轻地往桌子上一拍，好像他是老板，高兴得差点跳起来。

"那，那就这么定了。"阿辉想不到自己老土一个，还会得到朱云生老师的如此肯定，心中很是高兴。他把头朝向荣生："荣生，下一步你专门做文化创意的事，先将今晚研究的事情付诸实施，设计一个公司的产品商标。另外，二月初二是土地公生日，我们公司做一次头牙，将公司文化好好宣传一下，希望土地公保佑安泰公司，新年行鸿运。"

"财源滚滚，好运连连。"几个兄弟异口同声地附和着说。

"喔、喔、喔……"大家正在兴奋之中，突然不知谁家的鸡鸣叫了起来。这一叫，梅山上下的鸡一起啼了起来，一阵接一阵，此起彼落，与那照耀半空的五彩缤纷的焰火交织辉映着，让人感觉到这个年夜过得特别有意义。

"你们再稍坐坐，先喝一杯梅汁茶，我去给你们做点心。"彩凤看到年轻人挑灯夜战，没有丝毫倦意，她不知什么时候已经站在旁边，热忱地招呼大家。

"阿妈，您怎么没睡呀，这都快天亮了。"阿辉感激地看着丈母娘，关切地问道。

"哎呀！你们谈话谈得这么热火，声音那么大，我能睡得着吗？再说，这年三十不是要守岁吗？"彩凤尽管一夜未眠，眼睛布满了血丝，却难掩内心的欣慰，看到女婿如此老成持重，心里甜蜜得跟年轻人一样。"现在已经是年初一了，我给大家热菜温酒，请大家喝一杯发财酒，平安酒，祝福大家平安幸福，也祝安泰公司今年财通四海。"她的话音还在客厅，可是身子已经走进了厨房。

阿辉和众兄弟们看见老人如此开心，心里一阵感慨。一个晚上大家的心情波澜起伏，阿妈却如此包容，如此关爱，怎不令人感叹。

"阿辉，你这丈母娘这个。"朱云生竖起大拇指，对彩凤的这种只有中华民族女性才有，只有闽南妇女才有的独特个性，表示发自内心的赞颂。

"朱老师，我做的不好吗？"朱云生手指未放下却被彩凤得看真切，她知道朱云生在女婿兄弟面前夸奖自己，却明知故问。

"阿姆，不是不好，而是太好。下回我要带我那查某来向你学习。"朱云生吐了吐舌头，笑了笑，"老天爷，我好在没有说阿姆的坏话。"

"哈！哈！哈！"兄弟们发出了开心的笑声。

"荣生，给你姐打一个电话，给你阿爸，还有大妈拜年。"彩凤在厨房里发号施令："祝他们开开心心，告诉你爸，如果在那里住得惯，就多住几天，多陪陪你大妈。"

"啊！"荣生不敢相信这话是从母亲的口里说出来的，真有点吃惊，更为母亲的坦荡、大度、宽容而感慨，也为自己平时没有发现母亲这种高贵、贤淑而惭愧。

"啊什么啊！儿子啊，人生在世，宽容第一。宽容能让家庭和睦，宽容能让社会和谐，宽容能让生意兴隆，宽容能让身体健康。宽容便是福啊！"彩凤像是告诉自己，又像是告诉客厅里的后辈。

"妈，我记住了。"阿辉听进去了，记住了。自己在少年时吃了不少苦，但人生的历程很短，很短。虽然很难像弥勒佛一样做到"大肚能容，容天下难容之事，笑口常开，笑天下可笑之人"，但一定要诚实做人，诚实做事，与土地公的福德精神，与我们老祖宗世代相传的美德一脉相承。苦难虽然过去了，但只有修善积德，诚信处事，乐善好施，才能让自己的一生坦坦荡荡。

好人有好报,修善积德,才有善终。这,应该是自己的立人之本,更应该成为安泰公司发展之本,兴旺之本,强盛之本。

阿辉看到那东方已经泛白,他一挥手告诉身边的兄弟。"来,我们一起到梅山土地庙,给土地公烧第一炷香,请土地公保佑我们大家新年平安幸福,保佑我们的安泰公司兴旺发达,财通四海吧。"

"好! 走。"兄弟们应声而出。

那梅山,一阵早来的春风迎面吹来,几个年轻人披着晨曦,踏着露珠,迈着轻盈的步子,快步向土地庙走去……

笑声,轻松的脚步声惊动了早起的鸟儿,划破了梅山早晨的沉寂,给梅山带来了充满青春与活力的气息。

阿辉心里一阵激动,脑海里突然想起了不知谁讲的一句话:人生充满着坎坷,充满着挫折,也充满着胜利与希望。唯有不断打拼,不懈追求,才能不断地收获每一份成功与喜悦。

第二十六章

梅花盛开

今年的冬天来得特别迟。可是要来时，则说来便到，仿佛一夜之间便完成了季节转换。

除夕一过，刺骨的寒风便夹杂着绵绵细雨，没日没夜铺天盖地而来。人们瞬间将家里所有能穿的衣服不断地添在身上，有的人甚至还躲在家中烤起了木炭火，干脆闭门不出。

这正好应了梅花苦自严寒来的传说。这种难得的寒冬唤起了梅山那数千亩梅林的花儿争先恐后地怒放，在凛冽的寒风中争奇斗艳，分外妖娆。

那梅花开满了每棵梅树的枝枝桠桠，洁白无瑕的花瓣上闪烁着细细的雨珠，当那已经没有丝毫阳刚之气的太阳光偶尔露头的时候，那花瓣，那雨珠便折射出五彩缤纷的光影，令人眼花缭乱，心旷神怡，体现了这梅美人的妩媚与娇艳。

那早晨的寒风吹拂着，梅花花瓣在风的摇曳下在飘落，花粉在飘洒，纷纷扬扬，芬芳浓郁，那早已闻香而来的成千上万只蜜蜂辛勤地趴在那一簇簇，一丛丛的梅花当中采集着那芬芳的花蕊，酿造着沁人心肺的蜂蜜。据说，这冬天梅花酿造的蜜是蜜中极品，除了口感特别之外，还有许多微量元素，促进人体的健康。因此，在梅山四周的许多蜂农都将这一阶段生产的蜜冠以梅花蜜，它的身价远比其他季节出产的蜂蜜高出许多许多。

梅花的盛开，也自然而然吸引了山上山下，十里八乡，甚至县城里的人来赏花，来分享蜂蜜丰收的喜悦。

每年这个季节，梅山人家的主人彩凤总是忙得不辨南北，每天总要起得很早很早，烧好一大桶一大桶的梅汁茶，招待着远近慕名而来的乡亲，甚至还要备好许多酒菜款待新朋故友，酒席间叙叙友情和亲情。

梅花盛开的季节犹如梅山一年当中的第二个春节，而且这个节从梅花开放到凋谢，时间很长很长。

这天，经过一周左右的阴雨天，天空开始露出了太阳花，梅山下周边的乡亲便挑选了这个难得的好日子，一个个穿着光鲜，兴高采烈地向山上涌来赏梅花。

有白发苍苍的老人；

有呀呀学语的孩子；

有血气方刚的男人；

有令人魂不守舍的女人。

他们有的三个一群，五个一伙，也有的成群结队而行，携老扶幼，带着一年开春的兴奋，带着对那梅花的欣喜，沿着上山的公路纷至沓来。他们充满着对春天的希望，带着对梅山土地公的虔诚，上梅山祭拜土地公，欣赏梅花，追逐春天，祈盼着新的一年走鸿运，赚大钱。

梅山清晨本应是宁静的，尤其是这严寒冬天，除了那诸多叫不出名字的小鸟在跳跃和欢歌外，很难有别的杂音。可是，这一段时间因为梅花的怒放，山下的年轻、年老的乡亲早早来祭祀土地公，观赏梅花，到了太阳初升时，这里已经热闹起来，那宁静被打破了。

土地庙前，早已被一群群的乡亲们聚集得热热闹闹。

一盘盘掺上红釉的米粿；

一盘盘冬天的时令水果；

一盘盘肥得流油的三牲祭品；

一缕缕袅袅香烟；

一声声春天的祝福；

一句句乡情乡音；

一片片人间虔诚。

还有一声声乡亲们的祈愿，那听不清的祈祷声从他们的嘴里虔诚地说出来，谁也听不清是什么内容，唯有祈祷的人们心里如明镜一样清清楚楚，明明白白，那便是祈求土地公保佑家人新年平安吉祥，五谷丰登，财源广进。

另外，还有一批赏花的年轻人，他们高高兴兴，烧完一炷香后，便嘻嘻哈哈地在梅海中间追逐奔跑，在凛冽的寒风中在梅林中穿梭，陶冶情操，净化心灵，放松身心，享受着青春的无限浪漫。

彩凤一家忙忙碌碌，阿辉和荣生到工厂去了，家庭主妇一个人屋里屋外忙得东西难辨。前天，静娴从海峡那边打了电话回来，告知母亲，她和文康今天将回到台南，回到梅山。

离开二十余天，但在彩凤记忆当中比二十多年还漫长，比二十多年还难熬。这也让自己感受到，这女人啊，平时嘴巴说起来很好强，可是离开男人的日子是多么难过呀。自己二十多天尚且如此，海峡那边未曾谋面的大姐四十多年离开丈夫，拖着一对儿女，独守空房的日子是怎么过来的呀！彩凤想着好像回到少女时代，脸颊也不觉地发起烧来。

女人考虑什么事情都会将心比心，都会设身处地。这老天爷怎么就不能帮助自己安排得两全其美呢？

再说文康，这是他一九四九年离开家乡到台湾之后第一次回家，是与彩凤相伴相依二十多年后的第一次离别，更是第一次分开过春节。

这二十天犹如二十年，甚至更久远。

在台湾，对分别四十多年的香兰牵肠挂肚，朝思暮想，一头乌黑浓密的头发在漫漫长夜中变成花白，现在已经全白，而且数量越来越少，稀疏的头发被风一吹，那头皮依稀可见。当飞机把他带到对岸，希望夫妇能在机场相见，希望四十多年前那年轻漂亮的妻子能再现自己眼前的梦想破裂时，自己的心在颤抖，在滴血。记得那天，当陆兰小姐告诉自己香兰因兴奋与疲劳造成脑溢血正躺在医

院时，自己的整个身心仿佛一下掉进冰窟窿。如果不是顾及女儿在身边，他当时真想嚎啕大哭起来。当文康怀着一种忐忑不安的心踏进病房，看到病床上那面无血色，命悬一线，四十多年未见的香兰时，文康的心有些凄凉，记忆当中年轻漂亮、天真活泼的香兰已经被无情的岁月带走，眼前的是一个满脸沧桑，皱纹纵横，一头白发的老太太，那双眼睛是那样混沌。当文康伸手去拉香兰的手时，发现那曾经纤秀的手是那么粗糙，长满了扎人的老茧，仿佛是高山顶上顶迎风傲雪的松树皮。

文康在病房里的地板上睡了整整十五天，从香兰昏迷、苏醒到康复，一直陪伴在香兰身边。他想在那有限的时间里，尽可能多地给结发妻子以关爱。

现在，飞机又将文康送回台湾。

飞机在高雄小港机场一落地，女儿静娴便在耳边告诉他："我们租一部出租车，直接回家吧？"

"回家？"文康有些迷茫。家？哪个家？大陆那边是家，台湾这边也是家。我现在是离家？还是回家？

在台湾，想念大陆的那个家，思念着香兰；

在大陆，惦记台湾的这个家，挂念着彩凤。

做人啊，总是那么难；

人生啊，总是那样充满着矛盾。

做男人难；

一个男人惦记着两个女人难；

一个男人惦记着海峡两岸两个女人更难。

文康的思绪在激烈地翻腾着，他的心在海峡两岸来回地奔波，眼帘里香兰和彩凤不断地更替……

"阿爸，您在想什么？"静娴看到父亲脸上十分平静，可是他那细微的表情变化却瞒不住女儿的眼睛。

"嗯……"文康含糊其辞，没有回答女儿，却从眼眶里流淌出两滴混浊的泪水。

"阿爸，是想阿妈了？"女儿总是喜欢打破沙锅问到底，"不要紧，出租车很

快便到了，一两个小时便可以见到阿妈了……"

"嗯……"父亲还是没有回答。因为，他难以准确回答女儿。

"那，您是不是又想大妈了。"静娴天真无邪地追问父亲："我们不是刚离开大陆吗？"

"嗯……"文康还是那样答非所问地应答女儿。

静娴看到父亲仍目不转睛痴痴地向车窗外张望，蓦然间从那已经过早苍老的面容上，似乎深刻地理解了老人此时此刻的心情，理解了老人此时内心的伤感与痛楚。

这一段的创业经历再加上随父亲到大陆走了一圈，静娴对人生有了更深刻的理解，有了更深刻的感悟。

"土地公，请保佑我的父亲、母亲和大妈，让那些伤感、痛楚早日过去，让他们度过一个幸福的晚年吧。"静娴在为父母和大妈祈祷。

而此时在台北，在日本商会台北联合会里却是另外一番景象。

与台南相比，台北的冬天更冷，台北的阳明山的每一棵树木上都挂满了晶莹剔透的挂冰，行人在台北街头，缩着脖子，埋着头，一步一步艰难地移动着，还不时地擦拭着流出的鼻清。满街奔跑的汽车排气管里排出一阵一阵白雾。

老阿庚坐在自己的雷克萨斯小汽车里，走在凯达格兰大道那林荫道上，这个在这一年时间里皮包迅速膨胀的乡下人，充满着投机取巧者暴富之后的成功的喜悦。他坐在副驾驶位上，新年伊始，踌躇满志。

"开快一点，东进君还在等候我呢！"老阿庚催促着驾驶员。

"老板，我们不能开那么快，少老板的车还在后面，我怕他跟不上。"驾驶员是一个刚从军营退役的士兵，他讲的少老板便是老阿庚的儿子瘸子阿福。

"不要紧，我们开快了，他会跟上来。"老阿庚心里高兴，双脚翘在驾驶台上，点了一支雪茄，半闭着眼睛美美地吸了起来。这种坐着豪华轿车上风光无限的感觉，让他感到很有脸面。

雷克萨斯在繁华的台北街道上转了几个圈，终于在一座气派的大楼前停了下来，那楼门前挂着日本商会台湾联合会的牌子。

老阿庚的驾驶员急匆匆下了车，然后绕了一个圈，恭敬地给老阿庚打开了车门。

"嗯，去照顾阿福。"老阿庚将头微微向上扬，径直往那大楼走去。

一踏进这联合会大厅，立即有一股暖风扑面而来。仆人将老阿庚引进贵宾接待室，里面东进一郎等一些日本商人早已在那谈笑风生。那壁挂式的高档空调不间断地向室内输送着足够的暖气，给他们以春天般的享受。老阿庚感到这屋内与屋外冰火两重天，足以让自己这个乡下小老板能够进入台北高贵阶层高雅殿堂而感到满足和自豪。

"恭喜发财，恭喜发财。"一进门，老阿庚便学着日本人的礼节，一边向东进一郎等日本商人行了一个日本礼，一边用中国的吉祥语拜年。

"同喜，同喜。"已经对中国传统习俗了如指掌的东进一郎笑得很开心，他向老阿庚作了一个请坐的手势。

围坐着一排沙发，品着台湾上等的阿里山茶，还配着无数的台湾茶点，不知是过去的一年他们的计划实施得很顺利，还是这春节期间这些人沉溺于酒肉之中，度过了一段惬意的时光，此时，这些日本商人个个脸上泛着红光，精神也格外亢奋。

"阿庚兄，春节过去十五天了，该歇的也歇够了，有什么打算？"东进一郎犹如一只贪婪的狼。去年，台湾本土企业给日本几家株式会社的代工订单几乎都被其垄断，他凭着联合商会这个平台狠狠地吃了顿饱餐，吃得满嘴流油。那老阿庚冲冲杀杀在前头，自然也少不了捡到一些残羹剩菜，有了好大一份收获。

然而，台湾本土企业却狠狠地被剥了一层皮，有几家代工企业却因此断炊停产。可是，东进一郎仍不罢休。

"新年行鸿运，发大财，这是我们中国的传统习俗。"老阿庚有一些得意，他看看那坐在贵宾室的一个个日本商人，为了显示其才能，索性站了起来："各位老板，各位先生，做家电这一行我是外行，但搞经营、搞业务我却有极大的优势。"

"你？"有几个日本商人不以为然。

"各位不相信？"看到日本人投来不信任的眼光，老阿庚有些气愤，但脸上仍然装得若无其事："现在台湾从北到南为日本各株式会社代工的企业大小总共六十八家，去年已经有四十二家与我们总商会签了合同，这个利润各位都分享到了。"

"嗯……"东进一郎点了点头。

"那还有二十六家呢？"另一个日本商人咄咄逼人。

"是啊！阿庚先生，那二十六家都是实力比较大的，也是难以驾驭的哟！"一瘦个子日本商人问："你有什么办法啊？"

"这个不要紧，这些企业自我配套开发产品的能力非常有限，只要今年把日本市场代工合同掐死，熬不过半年，他们便会乖乖就范。"老阿庚将头晃来晃去。

"这么简单么？"东进一郎多少知道这老阿庚心狠手辣，他也在此之前听说过这老东西为了骗钱连自己徒弟都不放过。如果不是这个徒弟有应变能力，有朋友帮忙，说不定早已被逼得跳楼。

"确实不复杂，小菜一碟。"老阿庚信心满满。

"你知道吗？你的徒弟阿辉不但不参加这里的代工合同，而且还试制了电热管类的系列小家电样品。"还是那瘦个子日本商人问道。

"哦，那小子更不足挂齿。"老阿庚虽表面轻松，内心倒有一些吃惊，但表面上仍不动声色地说："纵使他做出样品又如何，台湾人会买吗？能站得住市场吗？"

"好了，阿庚兄，今天我们不说这些事，你是营销专员，今后有两项任务。"东进一郎自从老阿庚成为他的营销专员后，便成了老阿庚地地道道的老板。东进一郎出主意，把老阿庚指挥得满台湾转。至于老阿庚为完成他的指令，使什么歪手段，下九流的计，他没有必要，也没有兴趣去管。

"哪两项？"有了这一个专员的职位，老阿庚父子自然收入不少，听说有了新任务，跃跃欲试起来。

"一是，最大限度地将小家电配件供应商的制造力量转移到我们大日本商会联合会旗下，转不过来的，想办法让他们倒闭。"东进一郎说到这里，眼睛里露出一股凶光，可脸上仍堆满笑容。

"嗯!"老阿庚点了点头。

"二是, 拿出最大的精力, 把日本产、日本品牌的小家电推销到台湾的各个商场, 迅速占领全台市场。"东进强调: "这个市场份额应该是绝对优势。"

"那我们……"老阿庚感到自己的任务越来越重, 业务面也迅速扩大。但他考虑的是利润, 考虑的是自己的收益。

"这个我已有安排, 决不会亏待你。"东进一郎作了一个手势, 表示事成之后, 将给老阿庚的所属大有集团提取的利润比例。

"这个……"老阿庚看那手势觉得比例稍小了一些。

"不少了, 你不要胃口那么大。业务变了, 只要做得成, 其利润将十分可观。"东进似乎没有退让的意思。虽然对老阿庚那贪婪的样子有一种反感, 甚至恶心, 但是脸上却没有改变泛着红光的微笑。

老阿庚还是不点头, 因为, 他知道干这种事情, 外来人是办不到的, 台湾本土人谁也不会干这种被人戳脊梁骨的事情。除了我老阿庚之外, 东进找不到更好的合作者。

"好了, 别再嫌不足了。年底, 我再我的利润中给你拨一些。"东进一郎看到这老阿庚仍不松口, 咬了咬牙作了小小的让步。

"既然东进兄如此真诚, 我少赚一些, 甚至亏一点也认了, 就这么着吧。"老阿庚看着满屋的日本商人慷慨地说道。其实他心里非常清楚, 这样赚钱比办两个代工厂要来得轻松、来得容易。他不是一个糊涂人, 也不是一个不会算账的人他心里还有另外一本帐。这样一年下来, 自己虽然赚了百十来万, 可那东进一郎一来一往却超过自己收入的数十倍, 甚至上百倍之多。老阿庚心里的算盘拨得"啪啪"地响, 眼睛在"滴溜溜"地看着满屋子的小鬼子, 心里暗骂: "这些小日本, 真是小气到家了, 可是玩起女人来却毫不吝啬, 一掷千金。"

"哦, 阿庚兄, 令郎阿福今天怎么没有来呀?"突然, 那瘦个子日本商人冒出了一句话。因为, 这圈内人都明白, 这几年老阿庚感到自己年纪渐大, 刻意地在培养他的儿子阿福。再加上那阿福车祸之后, 腿脚不灵便, 出去沾花惹草也不是十分方便了, 自然在老阿庚身边的时间多了。因此, 无论大事小事, 老阿庚总是把儿子栓在身边, 以便沾一点人脉。

"来了！"老阿庚从家里出发，阿福的车便在自己的车后。被人一提起才恍然知道，这小子没有跟上。"真是，这小子倒是哪里去了呢？"他有些狐疑。

"哈！哈！哈！"日本商人们会心一笑："阿庚兄，令郎阿福的路子远比你宽广得多，说不定此时已在哪家酒店放松呢！"

接着又是这些日本人的一阵哄笑。

阿庚感到很没有面子。心里嘀咕了一阵又一阵，明明车子一前一后，自己少说也进来半个多小时了，这小子会到哪里去了呢？可他转念一想，这日本人对后代教育的理念与中国人有着很大的差别，中国人喜欢将已经成人的孩子绑在身边，可日本人却鼓励孩子跳出自己的圈子去发奋努力。因此，这帮日本人看到自己老是带着一个癫儿子形影不离时，总是用一种不屑一顾的目光，将之当作一种笑料。这多少让老阿庚感到愤愤不平。但他清楚，尽管自己现在拿着他们的薪水，这都是为了积攒资本的权宜之计。古人云，大丈夫能屈能伸。今天在别人的屋檐下低三下四，就是为明日、为儿子换取更为厚实的资本。说不定，过个几年，自己翅膀硬了，另立山头，过得比你这些小日本人还滋润、还洋洋得意！

第二十七章

台北偶遇

其实，阿福没有走远，也没有到哪个地方放松。

台北的春节后，尽管按节气已经进入春天，但实际上却还是隆冬时节，天雨天，加上寒风呼啸，街道上行人很少。他开着一部洋跑车从家里出发，原定到日本商会联合会去聚会的。讲实话，到那里去看日本人一个个趾高气昂的样子，他心里很不爽。尤其是这一年来，父亲追随东进一郎亦步亦趋，昧着良心赚了一点钱，家底也厚实多了，但当良心偶尔发现时，总会有一种不安的感觉。尤其是每次随父亲到日本商会联合会时，被那一帮日本矮子当笑料一样作弄时，内心总有一种酸楚的感觉。

他想从父亲的翅膀下跳出来，走一条属于自己的路。

这条路既要有别于父亲，更有别于阿辉。因为阿辉的那条叫花子式的创业之路，自己吃不了那苦，受不了那种委屈。

可是，独自去闯一条人生的路子谈何容易？尤其是像阿福这样的人，从小父母宠惯了，娇生惯养，没有受过挫折，没有吃过苦。这种想法在他的脑海里缠绕了许久，以至在人生的道路里，他感到迷茫，走了二十多年的道路，没有一个方向，没有人生的座标，至今仍茫茫然，而且越来越茫茫然。

一路开车，前面父亲的车子由刚从军队退役的阿兵哥开着，开得飞快，那四个轮子溅起的雨水犹如喷泉向四处飞溅，而阿福心里有事，再加上上次车祸，腿脚不灵便，车速自然慢了许多，一段时间后，两车便拉开了距离。

毛毛细雨不时地飘洒在洋跑车前挡风玻璃上，阿福的心就像这挡风玻璃一样朦朦胧胧。他顺手把雨刷器调得更快一些，前面的路看得清楚了，他忽然觉得这汽车设计师真的不简单，且不说这四个轮子的汽车就加了那么一点汽油便能跑那么快，跑那么久，让人感到舒适，光这雨刷器就给人以那么多的方便。

雨刷器在高频率地反复刮着毛毛雨，阿福的心也在随着那雨刮器起伏着……

他的脑海里浮现了一位姑娘的身影。

这个姑娘泼辣、大方、能干，尤其是那画眉一样悦耳的声音，让阿福每当躺在床上便会放电影一样在眼前不停地摇来晃去，令他难以忘却……

这便是那梅山人家的女儿——静娴。

前一段时间，从乡下传来一个消息，那个曾是阿爸的小徒弟竟然从父亲丢弃的那台电热管生产设备起家，将什么安泰公司搞得红红火火，不但与日本公司签订了大量的电热管生产代工的订单，而且还开发了许多电热管类小家电，并在市场上推销。真气得他一口气骂了七八声"干妮姥"。

更令他伤心的是，几年来，他一直暗恋、紧追的静娴竟然还跟那穷小子打得火热，实在让他百思不得其解。论长相，我阿福又酷又清秀；论家产，我少说近千万身家；论文化，我好歹上了高中，只是考上大学没混下去而已。而这阿辉，狗穷还有一身毛，他呢，连一身毛都没有；论文化，才上了几年夜校；论长相，土包子一个……

"鲜花插在牛粪上啊！"阿福想到这里，感到莫名的痛苦与伤感。他有点埋怨父亲，如果不是为了骗那笔钱躲债躲到台北来；如果不是父亲干那缺德事，被台南县城的面摊老板娘揭穿，自己一怒之下离开，结果出了车祸……那静娴一定会扑向自己的怀抱，何至今日啊！

"简直是糟蹋良家妇女。"想到静娴与阿辉相恋了，阿福从心里感到忿忿不平。

说话之间，洋跑车拐了几个弯进入仁爱路，从这里到日本商会联合会已经不远。可是，阿福的心里却如同东海岸的海浪一样不停地翻滚着。那被太平洋海风掀起的浪涛不断地撞击着那陡峭的海岸，一次又一次，一次比一次强烈地撞击着他的心。他心里一阵激动，颇为气愤地用力拍打着方向盘，恨不得调转车头，返回台南乡下去。到梅山去，去看一看静娴，好好跟她聊一聊，劝她放弃那土包子阿辉……

阿福在思考着、权衡着，似乎自信心陡然倍增。他心里一乐，暗暗叫着："只要有信心，一切皆有可能。"

阿福心里想着，那腿脚用力踩了一下油门，那洋跑车"呜"的一声跳了起来，正当此时，他的眼前一闪，一个熟悉的身影在晃动，在仁爱路凯旋大厦前面有一个穿着粉红色紧身毛衣的姑娘正好进入大厦。

"静娴。"阿福禁不住一声欢叫。真是天作之美，想了老半天，正好看见静娴和一个男人走进大厦，而那个男人绝不是阿辉。于是，他的脚又重重踩了一下油门，那正在加速的洋跑车"嘎"的一声突然减速下来，在仁爱路的柏油路上蹭了一条深深的痕迹。

车还未停稳，阿福早已打开车门跳到车外，一瘸一拐往凯旋大厦冲去，他边冲边喊"静娴，静娴……"真如一个刚进城的农民，搞得凯旋大厦的保安目瞪口呆，赶快将他拦住。

"先生，请留步！"保安很有礼貌地挡住了阿福的去路。

"去，去，去……"阿福似乎过于兴奋，似乎有些丧失理智。

"先生，请留步。"见这阿福那么激动，又涌上两三个保安。

"滚开……"阿福真是丧失理智了，他用力推搡着拦路的人。

"站住！再走我们将采取强制措施了。"保安发怒了，并从腰间抽出了电棒。

"别，别，别误会。我在找那小姐。"阿福终于被严厉的警告声震慑住了，他沮丧地停下了自己的脚步。

"找她有什么事？"保全余怒未消。

"她是我的朋友，我有事要跟她聊几句话。"阿福很无奈，可早不见了静娴的踪影。

"有事就等着吧!"保安人员感到有些好笑,退回到自己岗位上去了。

阿福左等右等,却再也看不到静娴的踪影,气得直跺脚。

这栋三十六层的大厦是公寓楼。阿福胡思乱想,却难猜出静娴出现这里的原因,"难道……"阿福像热锅上的蚂蚁焦躁不安地踱着步,猜测着静娴出现在此处的各种可能……

"先生,刚才那小姐是这里的住户吗?"猜测没有任何结果,不安的情绪涌上心头,万般无奈的阿福涎着脸问了一下刚才那凶神恶煞般的保安人员。

保安人员摇了摇头,不想搭理他。

"是干什么的?"阿福更着急了,此时他早已将去参加日本商会联合会聚会的事忘得一干二净了。

"你不是说,你们是老朋友吗?"保安人员没有好口气。他看着这瘸子前言不搭后语,有些不屑一顾。热脸贴了冷屁股,阿福自觉没趣,窝了一肚子火,却又无处发泄。

……

找静娴找不着,离开却心有不甘;想发脾气,却又找不到对象可以发泄。阿福万般无奈,只好在大堂角落找了一张凳子坐下来,想采取守株待兔的办法,在那守候静娴。

等人的时间最难熬,

九点,十点……

时间像在爬行,阿福反复说服自己,一定要耐心等待,这是老天安排呀,无论如何都要耐心地等待下去。大厦就这一个门,她既然从这门进去了,便一定会从这道门走出来的。

实际上阿福没有看错,刚才进去的确实是静娴和安泰公司的阿文。

只是,她既不是这里的住户,更不是来走亲访友,而是在楼顶上安装一块广告牌。

静娴在回大陆这二十多天的时间里目睹了父亲这一辈人的悲欢离合,感触很多。回大陆前,她对父亲与大妈的感情只是从夫妻情面去理解。可是,这二十几天大妈与父亲间的生离死别,看到年迈的父亲日夜守护着久别的结发之妻的那种真情，让她久久不能入睡。尤其是要离开大陆之前，父亲带着大妈、她和哥哥、嫂子、侄儿一行人，在登飞机前专门绕道仙岳山土地庙前祭拜的场面，至今令她泪水横流，久久难以忘怀……

那天，仙岳山的天气跟此时台北的天气几乎一模一样，寒风夹杂着绵绵细雨，冻得连关节都咯咯地发响。父亲讲，他四十多年前离开大陆前，曾带着大妈和姐姐、弟弟去拜土地公。四十多年一闪而过，那苦命的姐姐早已离他而去，现在他又带着一家人到那里请土地公保佑生者，庇佑逝者，给一家人祈福。

风是那么的冷，雨也是那么的凉。

当一家老小顺着盘旋的山路登上仙岳山土地庙前时，绵绵细雨早已将大家头发淋得湿漉漉，寒风吹来，让人瑟瑟发抖……

不知是风冷，还是雨冷，或许是知道丈夫再过几个小时后又要远离自己，大妈站在风雨飘摇的山顶上不停地打着冷颤，牙齿"咯咯"地响个不停。

父亲也不住地打着寒噤，可是看到自己身边的妻子冷成这样，便把身上的大衣脱下来，怜爱地披在了大妈身上，并当着自己这些后辈的面，紧紧地把她抱在怀里。他抱得那样紧，抱得那样深情，好像生怕妻子从自己身边走脱似的。

他想用自己的体温温暖苦难的妻子。儿孙都看到了老人是那么真诚，那么质朴，那么令人仰慕，那么令人感到无法达到境界的真情实感。

阿爸点燃了一把香，分别递给全家老小。然后他转过身，伏在大妈的耳边轻声地说："香兰，坚持一下，拜完土地公我们就下山……"说完，老人早已热泪纵横，哽咽不止。

一家老小，父亲和大妈站在第一排，其他人分别站在两位老人后面。

风还在呼呼地刮，雨还在纷纷扬扬地飘。

静娴年轻，这种情况，这种天气在山上待那么久的机会确实也不是太多。她十分清楚，此次到大陆任务十分艰巨，既要为父亲四十多年第一次回家做好精心安排，还要时时处处为父亲的身体着想。因此，在这二十几天的时间里，她几乎与父亲形影不离。

土地庙尽管很破旧，那用砖木简单搭建起来的庙顶盖着的瓦片也已经破碎了不少。狭窄的庙里仅仅够安奉那等花白胡子的土地公。可是，庙外的上千平方米的空地，尽管泥泞不堪，却云集了一张张无比虔诚的面庞。而且，在那寒风呼啸，细雨飘飘的空地上、道路上还排着长长的队伍，等着走近土地庙给土地公烧香。

静娴多少了解到，大陆改革开放有了好几个年头，这里的乡亲们，这里的阿伯、阿姆和阿嬷们，都对这位土地公保持着一种难以替代的虔诚和敬畏，怀着一种难以取代的感恩之心。因此，这天气尽管不好，也不是初一、十五，但来敬奉土地公的人却挤得水泄不通。

袅袅香烟弥漫着仙岳山巅，弥漫着浓密的林子，并在这潮湿的空气中慢慢飘洒开去。

"土地公，请原谅乡民文康的无能和不敬，我已经四十年未来拜祭您老人家了。今日千里迢迢返回故里，带着家人来上香，便是祈求您保佑我的妻子香兰、彩凤，儿女阿胜和静娴、荣生还有阿辉……"静娴站在父亲的身后，听着父亲缓慢却精准的祈祷。然后，老人用心在祈福，声音没有了，只有他那干瘪的嘴唇还在一张一合，充满着真心、充满着虔诚。

静娴知道，这时父亲已经进入无我的境界，地地道道的无声胜有声。

"扑通。"静娴还在思考，还在联想，眼前的父亲和大妈几乎在没有任何暗示或提示的情况下，不约而同双双跪倒在土地公神像前。

两双腿，四个膝盖同时落在那泥泞的土地上，"扑通"之声发出的同时，溅起了水花，泥浆向四处飞去。

这是一种夫妻之间的默契；

这是一种夫妻之间的共识；

这是一种任何语言都无法表达的夫妻恩爱。

尽管就这么一跪，却让作为儿女的静娴感悟到了土地公的魅力，感受到了一种民族文化的伟力，感受到作为儿女从父辈当中汲取的精神营养和取之不尽、用之不竭的力量、智慧，以及做人的根本。

……

回到梅山的当天晚上，一家人连同阿林、阿文和朱老师端坐在一起，谈到安泰公司的发展之路。阿辉面有难色，原来茂祥公司和金威公司与日本株式会社签订的代工合同即将结束，新的代工合同已经被日本商会联合会垄断。前一段时间，尽管老阿庚和阿福不敢回到台南，却通过关系带来信息，新的代工合同必须与他签订，而且工资将压得很低，低到甚至连成本都不够。

"这是师傅吗？您怎么会那样狠心。"阿辉内心有着说不出的痛苦。

"阿辉，你不是说要开发属于自己的品牌产品吗？还要开拓欧美市场吗？"荣生这后生仔并不了解开拓市场的艰辛和复杂。

"是啊？可是开发自己的品牌，资金却是大问题，抓鸡都要一把米，现在样品是出来了，可是生产却要一笔投入；欧洲市场要开发，可是德国柏林的展销会却要五月份才召开，能否拿到订单还难说。"静娴二十多天没看到阿辉，发现阿辉的头上开始长出了少许白发，疲惫的脸上布满了憔悴。

"怎么办呀？"家里存了几十年的钱，这一年多几乎清空了，也拿不出更多的钱了。彩凤心痛自己的女儿和女婿，尽管年前结婚又因文康去大陆不得不推迟。她对女婿目前创业碰到的困难很着急，可是当她清一清家底，却又发现已经捉襟见肘了。

"贷款。"朱云生看见满堂难色，冷不丁冒了一句。

"贷款？"阿辉眼睛一亮："找银行借钱还真是个办法。"

"银行贷款可是要抵押啊！"阿林提醒。

"用我家的房子、厂房、设备，还有所有的土地。"阿辉问道："总之，所有可抵押的东西，可抵押多少钱？"

"二十万新台币应该没有问题！"朱云生毕竟懂得一些行情。

"行吗？银行我可没有任何熟悉的人。"阿辉担心地说。

"这个事便交给我来办。我想，只要这一关闯过去了，如阿辉去欧洲能顺当，拿回一批订单，而自创品牌又顺利，便有了基础。"朱云生为自己这个夜校学生的创业精神感动，想倾注自己所能，助他一臂之力。

"拜托了，朱老师。"阿辉看到老师如此真诚，一脸感激的表情。然后对大家说："从现在开始，我们抓三件事。一是进一步提升产品质量，进行批量生产，此事由朱总监和阿林负责；二是抓市场拓展，要在报刊上登广告，宣传推介。最好能在台北登一两幅广告，这个事由静娴和阿文负责；三是我做好到德国走一趟

的准备。"

　　一个晚上，彩凤、文康几乎没有说一句话，他们被这帮年轻人的创业开拓精神所感动。到了这个份上，文康似乎想说几句话，却又找不到话题，嘴巴动了动，还是合上了。

　　"阿爸，您能说说我们这样做行吗？"荣生看到老人那欲言又止的样子，便用征询的目光看着老人。

　　"我……"老人仍犹豫不决。

　　"阿爸，请您指点一下。"阿辉的语气衷恳。

　　"生意上的事，我说不出子丑寅卯。这一点你们比我强，比我们都有出息。"文康指了一下身边的彩凤，"你要我讲，我没有什么好说的。只是有几句话送给你们这些后生。"

　　"那好，爸，您快说。"荣生催促着。

　　文康振了振精神说："这句话是上代留下来的，主要是教你怎么做人。人能做好，事情也一定能顺。做人是做事的基石，人品好，一切都会应运而生。"老人换了一口气，认真地说了以下的话："忍能养福，忠能养禄；乐能养寿，动能养身；学能养识，静能养心；勤能养财，爱能养家；诚能养友，善能养德。"

　　"这……"荣生听了大半天，感到父亲的话与今晚的话题有些不搭调。

　　"不要急，这与福德文化有着异曲同工之处，你们要好好领会，好好领会……"文康说完，打了一个哈欠，与彩凤先歇息去了。

　　静娴是为到台北安装广告牌而到仁爱路凯旋大厦去的。她在进门后便到楼顶去了，阿福自然找不到她。

　　将近十二点，静娴带着阿文浑身污垢地从电梯里走了出来，却见那已经有些不耐烦的阿福从大堂冷不丁迎上前来，令她惊讶不已。

　　"静娴……"阿福见静娴满身脏兮兮的，吃惊地问："你来干什么呀？"

　　"哦，阿福，我在做工。"在异乡看见这阿福一瘸一拐地走来，静娴压根儿没有预料到，毕竟他们从小到大比较熟悉，便礼貌性地打着招呼。

　　"你阿爸呢？"看到静娴如此装束，阿福似乎有些心疼："刚才我在街上看到你便追了进来,因找不到你,便一直等到现在。"

"是吗? 谢谢你。阿福,想不到你活得这么滋润。"静娴挖苦了一番。

"天这么冷,我请你去喝杯咖啡吧?"阿福尽管看到静娴身后的阿文,却视之若无。盛情地向静娴发出邀请:"前面有一间'我家咖啡',很地道的。"

"不用了,你看我这身打扮?"静娴莞尔一笑,露出了一对酒窝和一口洁白的牙齿。

"那,我给你买一套衣服换上。"阿福赶忙献殷勤。这时,他看见静娴脸上有一块脏物,便想伸手去帮她抹干净。

"唔,别……"静娴心里有些不快,礼貌地用手挡开:"我自己来。"

"那,我们在那儿坐坐吧,好久没见,真想念你。"阿福涎着脸,伸手要拉静娴。

"不! ……"静娴正在拒绝之中,来台北德国驻台机构申办签证手续的阿辉正好进门。

"静娴,走! "看见阿福对静娴动手动脚,阿辉内心十分不快。

"嗯。"静娴应着,朝阿福说了一声"再见"。

阿福等了三个多钟头好不容易见到静娴,却又遇到那土包子阿辉,硬把静娴从自己身边拉走了,一股脑的怨气直冲脑门,可是在众目睽睽之下,而且阿文、阿辉阴沉着脸色,一下感到气短了许多,只能气得直跺脚。

"干……"他想大骂一声,却又咽了回去。当他气呼呼地走出大厦,发现自己的那辆洋跑车已不见了踪影。

他气急败坏地大声叫喊,一个正在执勤的警察走了过来,礼貌地行了一个礼,然后递给他一张罚款通知单:"先生,你的汽车违规停放,已被清障车拉到停车场去了。这是罚单……"

"干……"阿福垂头丧气,那三字差点又蹦了出来。

第二十八章

茂祥相助

凯旋大厦顶上的广告牌八个大字十分显眼"福德安泰，世人所爱"，人们围观着在议论，在称赞。

"这福德安泰是哪个老板开办的公司呀! 很有霸气，实在是一个做大事的人。"一个商界老人站在台湾省商业总会大厦门前在自言自语。

"是啊，我们会员单位中谁的商号是福德安泰呀? 我怎么没有记忆? "又是一个长辈说。

"我们台湾确实需要有这么一个有骨气的人。"

"听说是一个几年前还是学徒的小老板。"

"不会吧。"

"有什么不会呢? 后生可畏。"

……

上午广告牌刚装上，下午台湾省商业总会召开理事会，全台商业大佬走出大厦后不约而同议论纷纷，对在凯旋大厦顶上竖这么一块大广告牌大加赞叹，更对那充满阳刚之气的八字广告词夸赞不已。

前一段日子，台北自从东进一郎领头成立了日本商会联合会总会后，对市场进行垄断，已造成不少企业难以为继，有些甚至已经关门大吉。因此，今天的理事们召集专门会议研究对策。尽管会议还未研究出很好的办法，可是那幅广告却激发起众多商业大佬们的自信心。

"噢，这后生确实了得，真让我辈惭愧。"茂祥陈老板走在众人的后面，看见大家对那广告牌如此热烈地议论，再看看那"福德安泰"四个字，他连猜都不用猜，便知道一定是阿辉这后生仔干的了。

"陈兄，您认识这位福德安泰的老板？"问话的是商会的理事长。

陈老板平静地点点头，告诉大家："这个福德安泰的老板就是我在会上说的那个孤儿出身的小老板。他凭着自己的勇气和毅力，咬紧牙关去跟东进一郎、老阿庚打擂台……

"后生可畏，尽管他不是我们的会员，但商业总会理应出手相帮。"理事长已是耄耋之年，在会上听到陈老板的介绍已是欣慰之至，再看到这块广告牌更是敬仰之情油然而生："陈兄，你先去看一看，总能帮上什么忙。"

"对，这样的后起之秀一定要扶持。"围拢过来的老人们异口同声地说。

"这件事先交给我来办，有什么问题解决不了再转告大家。"陈老板有些动情，但更多的是一种愧疚。一年前，自己和金威的杨老板感到这一块代工利润不多，与那些日本人争并没有实质意义，结果退出来了。尽管他们给了阿辉应有的支持与帮助，可是，大半年过去了，由于生意忙，也就没有过多地关心这个后生仔。

茂祥公司是以陈老板名字取名的商号，这位老板在台湾还不是一个举足轻重的人物，但陈茂祥是一个富有正义感的性情中人，不论是在生活和生意场中，善于在别人有难的时候出手相帮。这一段时间以来，由于东进一郎和老阿庚勾结，已经造成本地代工企业接连遭受损失，自己想挺身而出又觉得力不从心。现在看到一个小小的阿辉，一个刚出壳的安泰，当能如此果敢挑战垄断，足让他佩服不已。于是，他当即给金威公司老板金威打了电话，约定第二天到台南走一趟，看看阿辉，看看安泰。

陈茂祥站在商会大厦前，看着安泰公司的广告牌，陷入了沉思，他的眼前浮现了一个难以忘怀的身影；

一米七左右的个头；

壮壮实实的身子；

方脸大脑袋上理着板寸头；

黑黝黝的脸上始终保持着一种自信。

现在，陈茂祥坐在轿车上，这个形象一直在脑海里晃动着。他在想，这个贫苦出身的孤儿，他的睿智，自信与战胜困难的勇气源自何方？他所做的一切为何让自己这一帮商场老将们望尘莫及？

想到这里，陈茂祥到梅山走一趟的愿望更为迫切了。

阿辉和静娴此时却为凯旋大厦的事情弄得满心不愉快。

小皮卡在台北往台南的高速路上奔驰着。

两个钟头前在台北仁爱路凯旋大厦，当阿辉在德国驻台办事处签完证，正兴冲冲与静娴会面时，却见到那令人恶心的阿福对静娴动手动脚，这着实让他怒火燃烧。去台北安装广告牌是自己公司的事情，阿福怎么会知道呢？

他百思不得其解，将满腹怒火迁怒在静娴身上。

"阿辉，证签完了么？"租来的那部皮卡飞驰在高速公路上，可是一路走来，阿辉始终板着冰冷的面孔，一言不发。静娴知道阿辉对阿福很恶心，但压根儿没有想到他会怀疑自己。

身边的阿辉懒得回答。因为，思来想去，他感到事情不会那么巧，这阿福的出现，一定是静娴约来的。他也知道，在老阿庚没有逃债前，这阿福死皮赖脸苦追了静娴很长时间。莫非他们是旧情复燃了？

"干嘛，谁欠了你的债？"看到阿辉那神态，静娴也萌发了莫名的恼怒，自己肚子里怀着孩子，妊娠反应那么强烈，做丈夫的不闻不问，且当不懂事也罢！自己想他要出国，别让他分心，待他回国以后再说。就这么偶尔碰上阿福，也值得如此大动肝火？

"还会有谁？"阿辉不客气反问。讲实话，话出口他自己也感到有些吃惊，相处一年多，在苦难中携手，这还是他第一次用这种口气跟静娴说话。

"再说一遍？不可理喻的东西。"静娴也是一个脾气火爆的人，妊娠反应，半天劳累，累死累活，还要替他料理出国的事情，帮他买西装、教他系领带、穿皮鞋，无微不至，反而落得个浑身不是，她委屈的情绪一股脑涌了出来。

阿文在开车，第一次听到静娴说这么大声说话，也吃了一惊，赶快减速，不安地回头看了看他们俩。

"你……"阿辉是一个闷罐子，平时寡言少语，但一旦脾气发起来却不可收拾。他此时正为自己心中的疑团没有被解开而震怒，而静娴又还是那种强词夺理，说自己不可理喻，气得脖子上的筋仿佛一根根要爆裂开来。但当他"你"的怒声刚出口，转过身发现静娴泪水直流，疼爱之心油然而生。

静娴是一个好强的女人，她的性格犹如一个男人。相处那么长时间，他知道自信是她的强项，如果不是心里有委屈，她是断然不会流泪的。

"莫非自己错怪了她。"阿辉忍了忍，用力地按住了内心的怒火。

皮卡继续向台南进发，车上的三个人都一言不发。

回到家里，一踏进家门，正好父母都到梅园去了。阿文看到两个人都板着脸孔，尽管静娴要留他吃晚饭，他觉得自己夹在这里纯属多余，便借故公司还有事情，调转车头便开走了。

家里正好没有人，为两人之间首开口水战创造了条件。

"什么东西，鸡肠小肚。"在台北又冷又饿，忙了大半天，非但没有得到阿辉的关心，反而不问青红皂白，态度如此恶劣，静娴一路上憋足了委屈，一进家门便首先开火。

"我算什么东西，我心里清楚。可是，有的人已经有了丈夫，却还跟不三不四的人粘粘糊糊，心里却不清楚，岂不悲哀。"阿辉知道一场口水战不可避免，而且去一趟台北能那么凑巧碰上阿福，不是你静娴爱"风骚"，便是旧情复燃。

因为阿辉还记得，以前这阿福追静娴可是天天开着那洋跑车上梅山。现在你静娴已经跟了我，就必须要跟他划清界限。阿辉心里想着，嘴巴也直言不讳。

"你放屁，谁跟谁粘粘糊糊了。"静娴吼了起来，委屈地哭出声来。

"你，还有那个瘸子阿福。"阿辉寸步不让。他想，这件事今天非得要讲明白，让这个人长点记性，不然以后还成什么夫妻？

"我跟阿福干了什么见不得人的事情啦？"静娴明白了，怪不得这家伙在台北凯旋大厦那么鼻子不是鼻子脸不是脸的, 原来是吃醋了。尽管满腹委屈, 但就为这事阿辉大动肝火, 却也情有可原, 心里的火也稍稍熄灭了一些, 口气也变得缓和了一些。

"你不清楚吗? 去台北就那么一点时间, 可是那跑车便飞来了。有那么巧吗?" 阿辉还是气不打一处来, 严厉地责问。

"对, 事情就那么巧, 就这么离奇。我跟阿文看着人家装广告, 下来在大堂便看到阿福等在那里, 刚打招呼你便来了。" 静娴也感到奇怪, 这件事如果不是阿辉来得那么及时, 她还想问清楚阿福的。

留下疑问, 也留下现在争吵的话题。

"天晓得。" 听静娴这么一说, 阿辉半信半疑。因为吵归吵, 与静娴相处那么久, 除知道这个人性急点外, 做人做事都是坦坦荡荡的。

"不要天晓得, 阿文就十分清楚。他是你的把兄弟, 有本事去问他……" 静娴说话声音本来就很大, 加上自己有理有据, 更是得理不饶人, 她指着阿辉, 手舞足蹈地比划着。这时, 却见父母正好从梅林里归来。不看僧面看佛面, 两个人只好暂且息战。

"你们回来了, 讲话怎么跟吵似的?" 阿妈远远听见家里很大的说话声, 知道这对家伙一定是在斗嘴, 只是故意问了一句。刚才, 老俩口在梅林里转了一圈, 正在为阿辉和静娴的婚事着急, 原本计划春节前将婚事办完, 也了却了自己的一桩心事, 可是因为文康回大陆一趟, 这事给搁了下来。回来这一段时间, 按习惯, 找算命师排了几个日子都不是好日子, 这事便一拖再拖。

"文康, 这件事不能再拖了。" 彩凤是过来人, 这么长时间他们两个年轻人形影不离, 有时干脆住在一起, 做父母的也不好再说什么。最近, 彩凤看到静娴背着大家呕吐, 便知道是什么事情了。此时在梅林当中, 她不无着急地向丈夫表明了自己迫切之情。

"是啊, 我们很着急, 可是他们年轻人倒没有事一般。" 文康在想, 现在的年轻人也难怪, 每天应对那么复杂的竞争, 只顾每天没日没夜四处奔波, 连自己的终身大事也不放在心上。尽管自己心里有些不高兴, 也只好靠自己和彩凤帮他们来料理了。

"你明天再去挑个日子？"彩凤盯得很紧。

"好。"文康满口应承："要不要再征求他们的意见？"

"我去跟他们说，不能再等了。"彩凤语气非常坚定。

"该准备的也准备好了，只是挑一个良辰吉日，请邻里亲朋们吃一顿饭便可以了。"文康这一段已经将相关准备工作料理得八九不离十了。

现在，当老俩口商定完意见走进家门时，却听见两个年轻人斗嘴，这实在让他们感到意外。

"有什么事不能好好说，这个年纪亲热都来不及，还有什么可吵的？"彩凤看见静娴脸上还有泪痕，严肃地斥责着。

"没有，没有……"看到岳母生气，阿辉想掩饰。可是，一连说了几个没有之后，却又编不出一套理由。

"还说没有，我在台北装广告，那瘸子阿福不知从什么地方冒了出来，结果这家伙便醋瓶子打翻了……"静娴说着嘤嘤而哭，而且越哭越委屈，越哭越伤心。

"我也没说什么……"

"你还要说什么？何况阿文一直陪着我。我容易吗？拼死拼活，反而得不到一点安慰……"静娴哭得很伤心，肩膀一抽一搐，让人倍感同情。

"阿辉，有话好好说，有什么事问清楚再发脾气也不迟。"文康看到女儿如此伤心，也从长辈的角度批评阿辉。

"你静娴也不会没有错，人家阿辉平时从来都不发脾气的。"丈母娘疼女婿，看到文康批评了阿辉一句后，那阿辉用双手抱着头不再言语一句，彩凤倒又不安起来，便又过来为女婿撑腰。

"我……"没承想母亲的话如同火上添油，眼看静娴又要发作，阿辉隐隐觉得今天自己在这件事的处理上一定有缺失，赶快用手势制止，诚恳地检讨："爸，妈，静娴，也许是我错了，我错怪了静娴，大家到此为止，不再争了。"

是啊！家和万事兴。这么长时间来，一家人齐心协力，已经战胜了不少困难，走出了窘境，倒却因为自己心胸狭小，弄了这场是非。想到这里，阿辉惭愧不已。

"好了。按阿辉说的，这件事到此为止了。阿辉不是四月份要出洋吗？"文康有意将话题引开。

"是的，阿爸，我想去闯一闯，看看能不能拿到一些代工的订单。"阿辉回答得很认真。

"到欧洲去，有伴吗？"文康追问了一句，长辈对下一辈总有一百个不放心。

"没有，路是人走出来的。"阿辉很自信。

"语言不通，想过了没有？是去德国吗？"

"是的，阿爸。"

"你懂得德语？"

阿辉摇了摇头。

"那……"文康有些担心。

"我最近学了几句英语，带上样品，再加上计算器，三件宝，可以相互补充。"看到岳父如此关心，阿辉也想趁机缓和一下刚才不愉快的气氛。他艰难地张开嘴巴，讲了几句三脚猫英语："你好，英语便叫做：摸你；不行，英语便说：肉。"

"还可以呢！"彩凤倒感到这英国人讲话很有一些意思，也半逗乐似的说道。

"可以呀，英语叫做，叫做……"阿辉愣了一下后，便认真地回答："叫做'也是！'"

"哈！哈！哈！"阿辉这几句英语说完，早已满脸通红。这下倒好，刚才还满腹委屈的静娴听到阿辉那不伦不类的发音，却哈哈大笑了起来。

"这有什么好笑的。"静娴的一阵大笑声把家里的气氛活跃了起来，阿辉不失时机地为自己解嘲："你们就是没见识，那《联合报》登了一篇报道，说在大陆北京的有一个叫秀水街的地方，几百个从乡下进城的目不识丁农村妇女，专做外国人的生意。她们别说英语，就连国语都说不利落，无非就是用那几句三脚猫英语、俄语、德语什么的，样品外加计算器，比比划划与那些金头发、大鼻子做生意。她们一年也有百八十万的收入，她们只是农村妇女呢，我呢？"

"你……"静娴看到阿辉那种得意劲,又好气又好笑。

"对呀!"阿辉不知道静娴那似笑非笑的样子是什么意思。

"你跟农村妇女有何差别?心胸狭窄,心眼比针眼还小……"她趁机报复了一下。

"……"阿辉知道静娴的性格,用手指比划一下,想顶一句,可是还是将话吞了回去。

"既然如此,倒不如叫静娴一同去。"文康建议说:"有事情,两个人也有一个商量,有一个照应,况且静娴不是学过英语吗?"

"静娴这身子能去吗?你这个当爹的,一点事都不懂。"彩凤已经看出女儿身体的变化,呛了丈夫一句。

"那……"文康一时语塞起来。

"那什么?选一个良辰吉日将他们的婚事办了,不能再拖了。"彩凤如同主妇下达命令。

静娴的脸"刷"地红了起来。

阿辉却没有听懂岳母语中的意思,他的目光在几个人的脸上扫来扫去,却不得其解。但他直观感觉到这里面一定有自己还不明白,不了解的地方。

"噢,噢,噢……"许久,文康才领会了妻子话中的意思。"好!好!好。我明天去落实。"

"阿妈,阿爸,能不能……"阿辉如坠入云里雾里,看见父母和静娴那脸上的表情变得如此神秘,却不知其中的缘由,想请父母将婚事推后一段时间,最起码等到从德国回来以后再说。可是话刚说一半,两位老人已经转身进入屋内,静娴用目光狠狠制止他再说下去。

"你干什么呀?"阿辉还傻愣愣地看着静娴。

"傻呀!说你连农村妇女都不如,却不认账。"静娴调侃地说。

"又怎么啦?"

"你没发现,我已经好几个月没来啦?"

"什么意思呀?"静娴越说阿辉越糊涂了。

"你要当爸爸啦!"静娴一脸娇嗔。

"是我吗？"阿辉有些不敢相信自己的耳朵，他以为听错了。

"不是你？还会是谁。你怎么会这样笨呀。"静娴佯装生气地坐在凳子上。

"我要做爸爸啦，我要做爸爸啦……"听了静娴的话，阿辉却显得出奇的冷静。他感到人生跋涉，步履为艰。现在，第二代要诞生了，却是那么容易，那么简单，可是对自己而言，肩上一种无形的压力却迅速增加，一份更加沉甸甸的责任，在没有任何思想准备，没有任何时间的商量中落了下来。

也许这便是人生。

人生充满着挑战，充满着压力，也充满着一种看不见，却能感受得到的沉甸甸的责任。

掷菱情缘

第二十九章

春暖花开

对于寒冬，最难过的是南方乡下的乡亲们。

在梅山，感受最深的莫过于文康一家了。在文康与彩凤结婚后的二十多年时间里，便一直顺风顺水，虽然家运平平，倒也老少安康，食穿不愁。老俩口带着三个孩子日出而作，日落而息，小富即安。可是自从静娴毕业后，认识了阿辉这后生，这个家庭不安分的因素增加了。老俩口虽然认定孩子们的作为无可非议，但每当看到他们没日没夜，拖着沉重的脚步返回家中时，作父母的总有一些担心，每每都是用一种爱怜的目光去观察和呵护着自己的后代。

这一天，当夜幕降临，那皮卡车将他们送回家时，看到他们一身泥水，彩凤赶忙走上前去，怜爱地问阿辉和静娴。

"阿辉，你们不是在工厂上班么，怎成天弄得泥猴子一样呀？"那目光不是母亲，胜似母亲，地地道道的丈母娘关爱着女婿。

"我累得伸不直腰不问，倒问他。"静娴心里有些吃醋。吃醋归吃醋，尽管选择阿辉这既没文化，又穷光蛋的女婿，但母亲却十分中意，每当这样的场合，总会没话找话，呛一呛母亲。

"人家阿辉肯定比你辛苦啦。"彩凤很武断。

"阿妈！这一段时间，无论是花脑筋，还是出力气，静娴都比我付出多得多。"看到静娴吃醋，阿辉心里一乐。这静娴呀，刀子嘴，豆腐心。

"人家阿辉比你有良心。"静娴妩媚地一笑。这阿辉人长得不怎么样，可是让自己倾心于他，实在是这个人会体贴照顾自己，能吃苦，好拼搏，这是他这个岁数的男人很难有的优点。跟他在一起，尽管岁数比自己小一些，可是，却似一位兄长，让她感到心里踏实，靠得住。

"我们能为你们帮些什么忙呢？"在一旁的文康见他们谈得热烈，见缝插针，心想自己虽然岁数大了一些，但毕竟多少有些文化，身体状况也还凑合，大事是干不了，走东闯西也没有体力，但总想在工厂里找些杂事干一干，省得每天跟着彩凤一圈又一圈地绕着梅林转，讲实话，那梅林的小路自己闭着眼睛都能转几个来回了。

"阿爸，你跟妈在家好好待着，享享福。现在我们还没钱，有钱时，干脆带你们去世界各地观光。"此话决非阿辉信口而说，实实在在是吐露了自己的心声。因为，他感到干事业，是年轻人的事，一代承一代，老人理应享受天伦之乐。

他最大的痛苦与遗憾便是自己的父母那么早便离开了自己。以前自己年少不懂事，也穷得叮当响，想尽一份孝心也没有能力，现在稍稍有了一些能力，却整天为事业奔波。因此，看到静娴的父母如此关爱自己，让自己倍感温暖时，总是不时得想起那远去的父母，为自己未能尽儿子的责任而痛苦不已。

屋外的风还是那样没休没止地刮着，那毛毛细雨仍然没有丝毫疲倦似的往下飘着。彩凤将晚餐端了上来，那热腾腾的鸡汤香味诱人，一家人亲密无间，便又围绕着家里的事情亲热地谈论起来……

这一夜，梅山人家的灯很晚很晚才熄灭。

要应对事业的发展；

要抵御竞争对手的垄断与挑战；

要树立必胜的信心创造民族自身的品牌；

要筹措发展事业的资金；

要开拓国际市场；

要迎接新的家庭成员的诞生；

要……

要干的事情太多太多，大家都绞尽脑汁思考着……

第二天凌晨，静娴与阿辉还在甜蜜的睡梦当中，家门口却响起了轿车停车的声音。

"陈老板、杨老板来了，贵人来啦。"随着汽车马达声的戛然而止，母亲彩凤的热情招呼声传进了静娴的房间。

"陈老板和杨老板来了。"静娴用力一推身边的阿辉，跃身而起，赶紧穿好衣服迎接客人。他们不知这两位商场大佬为什么会这么早，而且没有打任何招呼会突然造访。

"阿辉！"陈茂祥走进屋子，对这个论年纪应是儿子辈的后生倍感亲切，他双手抱拳，笑笑吟吟地说："我与杨兄商量了一下，专门来拜访。失礼了，没有先打招呼。"

"啊！陈老板，杨老板，请坐，请坐。"阿辉有点不好意思，一边整理衣服，一边叫静娴赶快泡茶，同时为客人准备早点。

"不客气，不客气！"坐定，陈茂祥脸带笑意地告诉阿辉："我跟杨兄，刚才路过工厂，看到工厂办得有声有色，真是后生可畏呀！佩服，佩服。"

"这不全靠你们两位长辈的提携吗？"阿辉满怀感激。

"还是靠你自己。"陈茂祥说："昨天，你们在台北竖了那块广告牌震动很大，很有气势。本来，我跟金威兄昨天下午便要赶来，结果被一桩生意拖延了。"

"两位老板，不瞒您说，我也是被逼的，已经被日本商会逼得走投无路了，才决定闯一条自己的路。"

"是，是，是。"茂祥说着，将目光转向杨金威："金威兄，你把我们的想法跟阿辉说一下。"

"你接着说吧，老大。"杨金威比陈茂祥小几岁，平时以他为长。

"你说，不要我从头到尾包场。"陈茂祥坚持道。

"那好！"杨金威告诉阿辉："以东进一郎为首的一帮日本商人为了垄断台湾市场成立联合总会后，聘请老阿庚父子和一帮人作为营销专员，垄断了日本小家电制作的代工生产订单和成品代理业务，从中赚取大量的不义之财，已经有不少的生产厂家和销售商倒闭和濒临倒闭。"

"这样呀！怪不得我们昨天那广告牌还在安装，那瘸子阿福便盯上来啦。"静娴吸了一口冷气。

"对！昨日上午全台商业总会开了一次理事会，要求全体会员企业团结全行业的老板抱团迎接挑战。因此，茂祥兄跟我一商量，预计你们会面临很大的困难，便匆匆赶来，看一看是否需要我们帮忙。"杨金威言辞恳切地说。

"感谢，感谢！"听了两位老板的话，阿辉十分激动，两眼发热："不瞒二位说，这一段时间以来我做得十分艰辛，我也知道是东进一郎和老阿庚他们搞的鬼。所以前一段日子把所有能值钱的东西都抵押出去了，我想集中资金，另外开辟市场。"

"具体有什么想法？"陈茂祥关切地问。

"我想，一方面研发自主品牌的小家电产品，并在台湾有一定的市场份额。这方面已经有了结果。目前，福德安泰牌电热管在小家电产品上开发了十余种样品，正批量生产；下一步，再研发马达类小家电形成配套。"

"另外一方面呢？"陈茂祥追问。

"另外一方面是，四月份德国柏林举行世界家电产品展销会，我带一些电热管和小马达样品去找一些代工订单。这是上次我跟你们讲过的。"阿辉自信心满满，"我不相信，没有那小日本我们还会饿死，会活不下去！"

"有把握吗？"杨金威觉得这是一种好的思路。但他了解阿辉几乎没上过学，在异国他乡，在商贾云集的欧洲展销会他能否收到成效？甚至担心他会白跑一趟。

"一定能，人总要一种自信。"阿辉回答得很干脆。

"好！好！好！"陈茂祥不禁被这后起之秀的坚毅与自信所感动。

"茂祥大哥是想让我们一起携起手来干。你看呢？阿辉。"杨金威用征询的眼光看着阿辉。

"那最好不过了，我求之不得。有你们的提携我信心更足了。"阿辉心里乐了起来。

"阿辉，事情还是由你来做。你把所有的资产折成百分之五十一的股份，在安泰公司保持控股地位。我投百分之二十九，还有百分之二十则由金威兄投。新的安泰公司成立后仍然一切由你打理。"陈茂祥目光中寄予厚望："我们一年开一次董事会即可，我们不派一个人，完全相信你。"

"这样啊……"两位老板的话音落后，阿辉似乎是对他们说，又似乎是对自己说。他感到这两位老板对自己越信任，自己的压力就越大，不由得重重地叹了一口气，额头上的汗水也禁不住渗了出来。

"噢，还有一件事我还不明白。"看到阿辉那倍感压力的样子，陈茂祥找出一个话题以缓解阿辉的压力："你的商标怎么想到取名为福德安泰呢?"

"这是我们一帮兄弟集体的智慧，源于福德文化的启迪。因为土地公是保护神，是我们民族的平民神，我们的事业也是从梅山土地庙建成后开始的。因此，土地公深受人们的爱戴，用福德做商标，对中华民族子孙有更大的吸引力。"刚刚还充满阳刚之气的阿辉，此时却有些羞涩，他怕自己考虑得太幼稚，让两位长辈见笑。

"有水平!"阿辉的话音刚落，两个老板异口同声拍案叫绝。

"真的?"阿辉受宠若惊地应道。

"那合作的事就这么定了。"看到阿辉兴奋起来，陈茂祥又不失时机地将话转入正题。

"既然两位长辈如此高看，我一定不辜负你们的厚望。"阿辉瞬间变得成熟起来，郑重其事地回答。

"这样好吗? 今天我们正式签订合作合同，明日我们将投资款打过来。二月初二是土地公生日，我们举行新安泰公司的开业典礼，搞一次头牙，热闹一下，图个好彩头。"陈茂祥尽管是年近五十的人了，干起事情却像个小伙子。

"行吗? 阿辉?"杨金威看了看阿辉。

"好，听二位长辈的。"阿辉回答得很认真。

说话间，静娴和彩凤已经将早餐准备就绪。稀饭、鸡蛋、馒头，外加几个咸菜，简简单单却十分热闹。

"两位老板，在乡下没有什么好东西可以招待。见笑了。"彩凤一脸歉意。

"彩凤！"正在大家准备进餐时，一个早上一直没见影的文康，从寒风中破门而入，脚还未踩进门，脸上已经带喜气地叫了一声妻子。

"你呀，一个早上到哪里去了？"看见文康嘴里哈着寒气，彩凤又埋怨又心疼地说："快过来，快过来，你看陈老板、杨老板来了。"

"哎呀！贵人，贵人。稀客，稀客。"看见两位老板，文康兴奋不已，他们虽然没见过面，但早已从阿辉和静娴处得知，满脸都是感激之情。

"老哥，你好啊！"两位老板谦逊地站起身："这么早，又那么冷，你到哪里去了？"

"哈！哈！哈！不瞒二位老板，我们昨晚全家一商量，承蒙大家厚爱，想挑一个日子把阿辉和静娴的婚事给办了。这不，今天我天刚亮便出门找东村张半仙算了算，挑了一个好日子。"

"应该，应该。选定啦？"陈茂祥听得非常感兴趣。

"挑了，挑定了。二月初二，是一个黄道吉日。"文康乐得眼睛眯成一条线，好像完成了老婆大人交给的重大任务，充满着自豪感。

"二月初二吗？"陈茂祥重复问道。

"对呀！有什么不妥吗？"被陈老板一问，彩凤和文康一时没有反应过来。

"没有，没有，这是一个大好事。"杨金威说："二月初二是土地公生日，刚才我们还商量为新安泰公司正式开业举行头牙。这不，又加上阿辉和静娴的大喜之日，岂不是……"

"喜上加喜，大喜呀！"陈茂祥大喜过望："这真是天赐良缘，天赐良缘。"

"怎么说，老板请指教。"文康还是一番老古董，看到老板如此兴奋，觉得要了解个清清楚楚。因为，这毕竟是儿女终身大事，不能有半点差池呀。

"噢。你们看，这阿辉和静娴缘于土地公；安泰公司成立根在土地公；这产品商标品牌寓意于土地公；下步发展，我们今天决定参股投资更是土地公；阿辉、静娴的大喜之日，公司开业，头牙又是巧遇在土地公……"陈茂祥伸出手指，一一掐着说，我们每干一件事都与土地公有着千丝万缕的联系，这不是天赐良缘么……"

"那是，那是……"彩凤笑着从厨房到客厅进进出出，可是转来转去，又不知该忙些什么，最后只好一个劲地点头："托福，托福，托二位老板、二位贵人的大富大贵呀！"

"只是……"文康看看这屋外那呼呼的寒风和霏霏的细雨，心里感到不踏实。

"你是担心……"陈茂祥看着文康，知道他"只是"二字之后没有将话说下去，是担心这么冷的天气，又下了这么久的雨，梅山上到处泥泞，要办婚礼，做头牙，还有庆土地公生日，一定有许多客人，而家里的屋子却就这么一点地方，到哪里找地方砌龙灶，到哪里去摆宴席呀！

"这倒是，如果这风不停，雨不住，办喜事确实是一个问题。"杨金威从文康脸上的难色当中看出他内心的担忧，如果在城里可以在酒楼里请客摆宴席，而这是在台南乡下呀！

"哈，哈。你们还不知道我是半仙么？"陈茂祥笑着接过话茬。

"半仙？"文康摇摇头，他确实对这陈茂祥了解得不多，更不了解这陈茂祥平时还学了一些易经之类的东西。他说不上能掐会算，但凭着大半生的观察经验，这天刮了那么久的风，下了那么久的雨，不可能再延续多久，到二月初二必定天晴的。

"是啊！半仙便是天上的事知一半，地上的事全知。"陈茂祥面带诡秘地一笑："我们打赌到二月初二那天，如不天晴，这请客的钱我全部负责。"

"这下可好了，阿辉。你结婚，有人买单。干脆呀，赶快叫茂祥兄一声干爹算了。"杨金威风趣地说。陈茂祥与自己从小一块长大，相处合作了大半辈子，知道这位老哥讲话一定有准信的。

"那……"文康还半信半疑，但内心已经同意了他的意见。"不用担心了，文康哥！你可记得，每次土地公祭，哪次会天气不好的呀？土地公可是主管这项工作的呀。"茂祥哈哈大笑起来。

再说那瘸子阿福，那天在仁爱路凯旋大厦偶遇静娴，以为是老天赐缘，喜出望外，在大堂静候三个多钟头，好不容易见到静娴，本想好好表现一番，表达自己朝思暮想之意，谁知那静娴根本对他不屑一顾。他想多献一些殷勤，讨好静娴，却又不早不迟碰到阿辉赶来将静娴叫走了。

灰溜溜出了大厦，洋跑车违规停放，被清障车拉到停车场，还被罚了一大笔款。真是鸡飞蛋打，赔了夫人又折兵。

交了罚款，再到停车场将汽车开回来，已是下午3点时分。

正当饥肠辘辘想找一间馆子好好填饱肚子时，却正好碰上怒气冲冲的父亲老阿庚。

"一个上午你死到哪里去了？"老阿庚见到失神落魄的儿子气不打一处来，顾不得体面，破口大骂："你这不中用的东西。"

"我，我，你管得着吗？"阿福原本一肚子气没地方发泄，平时娇宠惯了，哪里受得了这番责骂，便没大没小地顶撞起来。

"我不管你，你狗都不如！"老阿庚愤怒至极。上午在日本商会联合会出来，刚出门，正好看见凯旋大厦楼顶上安泰公司竖起来的巨幅广告牌。当时还在猜测是什么意思。正巧一个日本株式会社驻台北的代表匆匆赶来，说台北的一些家电商场已经开始销售"福德安康"小家电，不光外观漂亮，而且价格比日本产品便宜了三成多。

"阿庚，这便是你的徒弟阿辉的产品。"那个日本人怒目以对："你不是拍着胸脯保证安泰公司年前便会倒闭么？"

"对呀！他们已经没有代工的订单了。"老阿庚说的是实话。可是他心里却直打鼓，狗穷一身毛，这小子连一身毛都没有，没读过一天书，哪来的那么多本钱？哪来的制造技术呀？

他想叫阿福去了解这日本鬼子话说的是否真实，可是东张西望没有发现他的影子。一怒之下，叫驾驶员开车在街上转了几个钟头，想不到却在这里找到了这个不争气的儿子。

这个狗东西，辛辛苦苦扶养他上大学，花了无数的钱，那钱堆起来都比他个子还高，结果却半途而废了。做工吧，在家半天都待不下去。真是做狗不会叫，做猫不会跳，生不生，旦不旦的货色。

"死仔，你白活了二十多年，还比阿辉长四岁，还不如阿辉一条腿！"阿福歪着头，不以为然，老阿庚伤心至极。

"我怎么啦，怎么比不上阿辉那憨仔啦？"阿福对父亲仍然不服。

"死仔，你去看一看那仁爱路凯旋大厦楼上的广告吧，自己去想一想。有样没样，看世上，看人家阿辉……"老阿庚失望至极，只怨自己家风水不好，怨自己命苦，养了一个不成器的败家子。再看那不肖儿子一副满不在乎的样子，他心灰意冷垂头丧气钻进车子回家里叹气去了。

"老疯癫……"对于父亲离去，阿福并没有太上心。他在想，就是要上刑场枪毙之前，也得让人吃顿饱饭，不论三六九，午饭吃完再说。

可是酒足饭饱之后，又碰上几个朋友，几天不见倍感亲热。于是，父亲的训斥早已弃之脑后。

就这样，阿福接连几天，连家门都没有进。

有一天，父亲老阿庚那天的臭骂蓦然间浮现脑海，他一时兴起开车到仁爱路，抬头看见那巨幅广告牌，"福德安泰，世人所爱"那八个大字在阳光下光辉，足足呆了几分钟缓不过神来。

他这才明白，那天静娴来台北，原来是来安装这巨幅广告。

他这才明白，那天父亲之所以震怒，多次提到阿辉的名字是什么意思了。

他这才明白，为什么那天静娴几乎连正眼看自己一下都没有的缘故了。

他转过身，恰好遇见一个兄弟，同村发小黄海林，父母早逝，从小便在街头巷尾溜达的一个二混混，从台南到台北无人不知，也无人不晓。据说，前几年一个年关，这小子正愁着过年身无分文时，恰好看到一个剃头匠，便要剃头匠为他剃头。

老剃头匠不知是计，剃完头后又非常细心地给他刮脸修眉毛。这黄海林瞅准老剃头匠全神贯注修眉毛时故意大动作摆一下头，结果那剃头刀割掉了他的眉毛。

"你这老不死的，怎么把我的眉毛也剃掉了，我现在怎么见人啊！"

"这，这，这……"剃头匠一看这后生那露着凶光的双眼，便自认倒霉，掏了五十块钱作为补偿。

第二天，路人看见黄海林，问及既然眉毛已经踢掉一半，为什么另一半不干脆剃掉呀！

你猜他怎么回答？

"这一半剃掉，我过元宵节哪里去找钱呀？"

黄海林现在也是东进一郎的营销专员，归属老阿庚。

此时，他拍了一下阿福的肩膀，不知是赞美，还是讽刺地说："阿福兄，你真是神仙过来吕洞宾，乐不思蜀呀！"

"哟，老兄。你这是……"阿福在沉思中缓过神来，吃惊地问了一句。

"我告诉你，阿辉跟静娴要结婚啦。"

"怎么可能，那憨仔？"阿福实在不愿相信这消息是真的。

"骗你是小狗，时间是二月初二，你要不要送一份礼呀？"

"你？什么意思？"阿福本能地嫉火燃烧。

"没什么意思，他们不但要结婚了，而且还研发了大批的小家电产品。你们呀，想垄断已经没有可能了。"那黄海林露出了幸灾乐祸的笑。然后，叫上一部出租车绝尘而去。

这回阿福真的伤心至极了，眼里流出了伤心的泪水。他在想，自己的任何条件都比那憨仔阿辉好几倍。可是，梅山漂亮贤淑的一朵花——静娴却被他娶去了，公司又办得红红火火，可自己呢……

一阵寒风扑面而来，那风很大，把他噙在眼眶里的泪水吹飞了，吹得很远、很远。他的心如同这数九隆冬的山泉水，冰凉冰凉的，透心凉。

"干……夺妻之仇，夺妻之仇……"阿福将牙齿咬得咯咯作响，思维也出现了一些紊乱。

他无论如何都想不通，自己条件这么好，日子过得这么滋润，那静娴不管自己如何追，却从不对自己正眼瞧一下，反而对穷阿辉那么专情。

阿辉是个什么东西？

是我阿爸的徒弟，以前每天早晚还要给我们全家打洗脸水、洗脚水，一个傻乎乎的穷光蛋，一个目不识丁的憨仔。

可是，自己却在这场爱情竞争中败下阵来，而且败得落花流水，败得颜面扫地。

这，是阿福到现在仍无法找到答案的一个谜，是让阿福五脏六腑都翻江倒海难以平息的一个谜。

第三十章

头牙与大婚

日子过得真快。

二月初二这天转眼就到跟前了。

不知是陈茂祥掐得准，还是土地公显灵，临到二月初二前五天，那寒风夹着毛毛细雨的倒春寒停住了，久违的太阳露出了笑脸。于是，乡下人便抓紧时间，把那已经发潮的被子赶快抱出屋子放在太阳底下晾晒，希望让阳光把这一床床棉被晒得蓬松一些，晚上睡得更舒服一些。

当然，最高兴的莫过于梅山人家的文康夫妇。彩凤乐颠颠地从家里拿了一炷香，拉着文康到土地庙前给土地公又磕头，又烧香，许下许多愿，感谢土地公的保佑。

文康夫妇乐得合不拢嘴，决定好好报答土地公的养育之恩，请乡里的食品加工厂制作了五百公斤面粉的寿桃、福包，为了保证每个寿桃、福包清洁卫生，出厂之后全部用食品袋包装好。这项工作由荣生具体负责，土地公生日的所有准备由自己夫妇组织，山下乡亲一起帮衬；安泰公司的头牙则由阿林、阿文和朱云生全力策划；阿辉和静娴的结婚大事则由陈茂祥、杨金威具体操办。

记得那天陈茂祥和杨金威离开梅山时，对三项活动做了详尽的安排。

初一凌晨：陈茂祥、杨金威率众人到梅山接亲；

初二九时：新安泰公司挂牌，祭拜土地公；

初二十二时：举行阿辉、静娴拜堂仪式；

初二十二时半：宴请众亲朋好友；

初二十五时：举行土地公生日庆祝仪式；

初二十九时：举行安泰公司头牙、喜宴。

这几天，按照陈茂祥的安排，文康夫妇将山上、山下众乡亲几乎都请到了，真忙得有点南北不辨，天昏地暗。

"文康，你去休息一下吧，过两天还有得忙，要留足精力。"彩凤自己累得头都发昏，但她体谅丈夫，毕竟他比自己大二十岁，看到文康累得团团转，有些心疼。

"没事啦，没事啦！"人逢喜事精神爽，自己一家人在有生之年，能在一天之内办三件大喜事，实在是绝无仅有。别看文康忙东忙西，却也越忙越精神，一讲话便笑眯眯的，连那满脸皱纹也少了许多。

"老达补……"彩凤摇了摇头，娇嗔地乐了。

梅山人家乐，梅山上下的人家也跟着乐。因为农户人家对土地公的感恩源远流长，尤其是这梅山土地公庙建成以后，这一带的乡亲感觉到这周围的十里八乡仿佛一夜之间风水便变得好了起来，风调雨顺，五谷丰登，老少平安。于是，听到这梅山要庆土地公生日，早两三天便自觉地，不请自来主动帮忙，他们个个衣着光鲜，充分发挥各自心灵手巧的本事，里里外外忙得乐呵呵，有的甚至还带来了各自的土特产，把梅山人家的院子摆了个满满当当，而安泰公司赶来的员工则更是乐在其中。总之，整个梅山都被浓浓的喜气笼罩着……

土地公生日是农历二月初二。

办工厂的头牙是二月初二，六月初二叫中牙，十二月初二则为尾牙。这些均源自土地公文化和对土地公养育之恩的深深感恩。

阿辉与静娴的大婚之日定在二月初二，文康叫老半仙排过时辰八字，也恰在此时。不知是命中注定，还是一种巧合，或与土地公的庇佑，人们对土地公的感恩密不可分。

土地公生日，安泰公司开业、头牙与阿辉、静娴百年结好三件大事一并组织，在乡下来说，实在是前所未有，盛况空前。

这是一场大戏，总导演便是茂祥公司老板陈茂祥和金威公司老板杨金威。

两人的目的非常明确，阿辉是一个值得提携的后辈，利用他的婚礼与土地公生日庆祝机会，将乡下亲朋的民族自尊心、自信心进一步提振起来，抵制东进一郎的垄断，弘扬民族文化，发展自己的产业。当然，更深层次的因素是让乡亲们不要忘记甲午战争之后，那六十年被日本人殖民统治的惨痛历史。

因此，这三场活动的举办也得到台湾省商业联合会的大力支持，常务理事以上的商业大佬们几乎倾巢而出，让这个平时就已经非常热闹的梅山变得更加热闹起来。

那豪华轿车形成了一条长龙，昔日只有在豪华酒店才能见到的面孔此时云集在这台湾南部乡间的地头。

策划组织搞好这三项活动的意义已经远远超过了活动本身。

它是对中华文化的弘扬；

它是对民族力量的凝聚；

它是对民族工业的助推……

这样一项意义重大的活动，对于孤儿出身的阿辉来说，不要说经历过，不！甚至连听都没有听过。昨晚上，他几乎一刻都没有合眼，在客厅里不停地走动。他的心中的一种感激，一种敬仰，一种力量在推动自己前进，催促自己成熟，鞭策自己奋力去打拼。

他被陈茂祥、杨金威这两位长辈，岂止两位，而是一大批民族商业长辈的雄才大略和远见卓识所折服。

他感悟到，以往自己的眼睛盯在鼻尖上。打拼，为了赚钱；赚钱，为了成家娶老婆。而茂祥叔，金威叔却是站在高位上谋划事业……

屋子外面的一大片农田灯火辉煌，临时拉起的电灯把那冬闲田地照得如同白昼，十二口大锅组成的龙灶吐着熊熊的火焰，十里八乡最著名的厨师们正在挥汗如雨精心制配着明日供几千亲友们享用的食品；那卡车一次又一次地拉来了从周边乡村借来的数百张八仙桌，整整齐齐排列起来，静静地等候着客人的

到来……

阿辉的心砰然直跳，昔日老鼠穿梭、蜘蛛网纵横的家里已经旧貌换新颜，淡蓝色的天花板，洁白的墙壁，米黄色的地砖，以及一应俱全的家具、家电，都是岳父母精心置办的。唯独那历经沧桑的神龛仍然复归原位，父亲清瘦的面孔仍然像他生前一样对着自己微微发笑，他那有神的眼睛似乎对儿子的一切感到欣慰……

"阿爸……"阿辉轻声地呼唤着远去的父亲，他多么希望此时他老人家能够目睹即将发生的一切，看看自己即将过门的儿媳妇，看看儿子事业的成长啊！

可是，神龛里的父亲仍然一动不动。阿辉内心深处一次又一次地呼喊："阿爸，阿妈，你们回来看看儿子，看看你们的儿媳妇。"泪水止不住地流了出来……

"砰——啪"一阵清脆的鞭炮声，接着一阵送亲乐队的奏乐声在梅山上骤然响起，打破了乡间深夜的宁静。在这充满喜庆的响声中夹杂着"呜呜"的嚎哭声，隐隐约约相交融着。阿辉知道，这一定是静娴在告别少女，告别父母走向婚姻殿堂的哭声。

这哭声是对少女时代结束的依恋，也是对父母养育之恩的一种回报，更是对婚后生活充满着的憧憬和期待。

"快看，好热闹，好排场哟！"屋外早已翘首以待的安泰公司的员工们欢腾起来，迎接新娘的工作更加紧张有序地展开。

阿辉伸长脖子望去，从那梅山上驶来的一条长龙，那几十部老板们的轿车和迎亲乐队构成的长龙缓缓地从山上向山下移动，向这间曾经沉寂数年的老屋靠近。

"阿辉，准备好了么？"正当阿辉看得入神的时候，陈茂祥面带着喜气走了进来，看着这个大喜之日有点发愣的阿辉。

"谢谢您，茂祥叔。"阿辉身着一套崭新的西装，经过兄弟们精心打扮，乍一看，还让人难以辨认。他看着陈茂祥，内心里除了感激之情外，已经没有言语可以表达。

"别紧张，一切听我指挥。"陈茂祥看到这傻小子鼻尖上冒着汗珠，感到既好笑又可爱。平时对穿着不讲究的阿辉，今天穿起西装有点不太自然，走起路来

掷芰情缘

手足同步，特别别扭，便玩笑了一句："静娴已经是你的了，还激动什么！"

"嘿，嘿……"阿辉有点不好意思，见陈茂祥又要出去，便追问了一句："茂祥叔，我干些什么？"

"休息，养精神。"陈茂祥留下了一句喜气的话。

梅山到阿辉的家，本来也只有两里不到的路，片刻之间，那浩浩荡荡的长龙便游到了门前的马路上，送亲乐队的乐曲声把屋里屋外充满洋洋喜气。

"阿辉，准备拜堂了。"阿辉陶醉了，一种前所未有的幸福感涌上心头，并迅速地向全身的每一根末梢延伸，亢奋不已，茂祥叔的话他仿佛没听见。

"阿辉，走啊。"阿文看见阿辉没有挪动脚步，走上前轻声地提醒。

"噢，好！好！好！"阿辉应了一声，正要往外走，陈茂祥拉住他的手，像慈父一样帮他扯了扯刚穿上的新西服。你瞧，这傻小子平时穿着随随便便，此时叫他穿一套新衣服，却好像让他挑一副重担那么难受，走一步都会令人忍俊不禁。

"别紧张，一切听我的。"茂祥深情地又伏在他耳边细细地叮嘱一句。然后，又不轻不重拍了拍他的肩膀。

拜堂开始了。

陈茂祥清了清嗓子，看了看一对幸福的新人，又看了看屋内外的亲朋和员工，叫道："一拜天地。"这声音十分宏亮，十分清新，听了以后让人倍感振奋。

阿辉与打扮得如花似玉的静娴虔诚地对着天地真诚一拜。

"二拜高堂。"

阿辉、静娴又转过身，对着厅堂神龛里的父亲遗像深深一拜。这一拜，阿辉的目光落到父亲的遗像上，仿佛看到了已经久久远去的父亲，还有那从未谋面的母亲，他那牵着静娴的手在微微颤抖，眼睛湿润起来，在心里默默地念着："阿爸，阿妈，你们来看看儿子、儿媳吧。"

说来奇怪，此时从屋外飞来一对蚂蚱，乡间传说是已逝去的亲人的化身。它们穿过厅堂，在灯光下绕了几圈，落在那神龛里。

"这？"正在主持婚礼的陈茂祥一愣。

蚂蚱在众目睽睽之下又在厅堂里飞了一圈，先后飞落在阿辉和静娴的脸颊上，就那么轻轻地点了一下后，便心满意足地飞出厅堂，回到大自然当中……

"阿爸,阿妈……"阿辉和静娴都没有动一下身子,好像是儿子和媳妇在接受远在天堂父母的亲吻和祝福。

"莫非……"杨金威看出了道道,正要说出口,却被陈茂祥用目光制止了。

"夫妻对拜!"陈茂祥仍然用欣喜的语音司仪。

阿辉和静娴相视一笑,笑得更开心,更灿烂。因为,刚才阿辉已经用肢体语言告诉了静娴,父母已经来祝福。大凡夫妇都有这种默契和心灵感应吧!

"祝福阿辉,祝福静娴,祝福新人美满幸福一生,早生贵子。"陈茂祥也感悟到了,那对蚂蚱的到来,不迟不早,一定有来头,一定有讲究。那是阿辉长辈的化身,是土地公的化身,他们祝福有情人天长地久。

"送入洞房。"陈茂祥的话音一落,阿林、阿文他们闻风而动,屋外便燃起了震耳欲聋的鞭炮声,那鞭炮声伴随着喜气向四周传递,让乡邻们同喜同乐。

"阿叔,我想带静娴一同去拜土地公。"礼仪完毕后,阿辉诚恳地征询主持婚礼的这位长辈:"因为,没有土地公便没有我今天的一切。"

"我看可以!"陈茂祥点头应允。原本在闽南一带的风俗,结婚是没有这项内容和习惯的,但今天特殊。

"那……"阿辉幸福地牵着身着婚纱的静娴的手正要出门。

"稍等,我和金威叔陪同你们一起去。"陈茂祥叫上新安泰公司的众多股东,大家相视一笑,从屋里鱼贯而出。

安泰公司因为有陈茂祥这个德高望重的商业大佬出面领军,立马云集了许多商业巨子参与,但是怎么参股,都按照陈茂祥的意见,公司一直由阿辉控股,目的在于扶持这个后起之秀,给他一个施展拳脚的机会。

股本增加了,企业体量大了。

前一段时间,杨金威按照陈茂祥几个大股东的意见,为了使安泰尽快形成小家电批量生产能力,在很短时间里由原来三栋厂房,迅速增建到九栋。

九,是一个吉利数,长长久久。

九,在于能坚持,有韧劲,打破垄断,稳步发展自己的民族品牌。

九,在于有睿智、有自信心,战胜洋货,战胜东进一郎。

"阿辉,你和静娴先拜。"一拨人走近九栋厂房中间安奉的土地庙前,陈茂祥和杨金威不约而同地对阿辉说。

"岂敢，你们是长辈。你们先请。"阿辉感激茂祥叔这些长辈的厚爱。

"今天你是新人，又是安泰公司董事长，理所当然。"陈茂祥语气肯定地说。

"茂祥叔，"阿辉看着如父如兄的陈茂祥，内心充满着感激："没有您和金威叔的一路支持，没有在座各位长辈的帮助，便没有今天的安泰，也没有我阿辉和静娴的今天。"

"茂祥叔，别客气了。您和金威叔先拜吧。"静娴为阿辉帮腔。

"这……"陈茂祥左右为难。

"要么这样，由茂祥兄与我们大家一齐拜。如何？"杨金威终于想出了一个两全其美的办法。

"最好。"大家齐声应道。安泰公司所有股东一字排开，恭恭敬敬地给土地公上香。

下午三点多。

中午午餐过后稍稍安静片刻的梅山上又开始热闹起来了。

锣鼓声，乐队各种中西乐器声交替地响了起来。正在阿辉家做客的商业总会的老板们原先正在品茗交谈，研商下一步如何组织力量打破东进一郎的垄断问题，听到那锣鼓声、鞭炮声，知道这活动的又一个高潮将要降临了。一条两公里长的车队几乎将阿辉与岳父家的大路连接了起来。

这车龙充满着生机与活力；

这车龙象征着民族的团结和精神的凝聚；

这车龙象征着创新和发展；

这车龙更象征着闽南子孙敢于打拼的精神风貌。

这时，梅山脚下各村落都自发组织了庆土地公生日的祭祀队伍，每支队伍彩旗飘飘，锣鼓喧天，号角齐鸣，从山脚下，从四面八方慢慢朝土地庙聚集。

一路上，鸣放着鞭炮，奏着仙乐。

四点钟刚到，梅山土地庙前彩旗如海，人声如潮，香火缭绕，成了人的海洋、欢乐的海洋。接二连三的土炮声响起，商业总会理事长带着上百个身着长衫的理事，排列成三队，每个人手执一炷香火到土地庙上香祭祀，各自许下心愿，祈求土地公保佑国泰民安，乡邻和睦，万事如意。紧接着，两辆大卡车在锣鼓队和乐队的护送下缓缓驶来，站在卡车上的荣生、阿文、阿林等安泰公司小伙子们，向四周的乡亲们抛送那五百公斤面粉制作的寿桃和福包。

那寿桃和福包由食品袋包装，有红色的、有白色的，犹如天空下着福雨，下着甘霖降临在雀跃的人群中，飞向祭拜土地公的乡亲们。

那是一道道飞虹；

那是一道道甘霖；

更是一道道敬仰福德文化的情思。

老人们好像年轻了，张开双臂迎接着这福云、这德雨，这幸福的甘霖；

小孩们乐了，他们在迎接幸福，沐浴着春风，迎接着美满的来年。

陈茂祥、杨金威和安泰公司的股东们围在商业总会理事长和常务理事们周围，他们乐不可支，张开嘴巴在哈哈大笑，乐个不停，乐个不止。

"这是谁的创意？"商业总会理事长问身边的陈茂祥。

"这是阿辉的岳父文康的主意。"茂祥难以抑制内心的激动。

"这个人不简单，有文化。"理事长大加赞许。回过头，他看见阿辉和静娴正看得出神，高兴地问道："后生，你们有什么感想？"

"我……"阿辉正看得出神，心里愣了一下，但看到长辈对自己那么信任，那么钟爱，手在后脑勺上挠了一下，突然想起了前一段时间在与人谈资中听来的一段话，感到很有哲理便记在心里：

恩人——给你知识，

敌人——帮你清醒。

友人——与你携手，

亲人——伴你远行。

贵人——赐你力量，

能人——改你缺点。

小人——使人谨慎，

爱人——送你温暖。

贤人——解你羁绊，

众人——助你成功。

阿辉背颂得很慢，甚至有些结巴，但充满着真诚实感。

"哈！哈！哈！"理事长忘情地笑出了声音，在座的人们也心领神会地齐声笑了起来。

第三十章

头牙与大婚

第三十一章

阿福反思

　　古人说，龙生龙，凤生凤，老鼠生儿专打洞。这话尽管不全对，但不是没有一点道理。人的一生，少年时代的培养教育对其后来的成长起着基础性，甚至关键性的作用。这一点，老阿庚对其儿子成长的影响绝对是一个最好的例证。

　　几年前，阿福成天游手好闲，走东闯西，一事无成；这两年多，跟着父亲老阿庚在东进一郎等一帮日本商人身后亦步亦趋，坏事干得不少。因此，走到哪里免不了让人指指点点，要不是脸皮厚，稍有自尊心的人不上吊自杀，也一定会精神崩溃。

　　可是，最让阿福感到没脸没皮的事莫过于静娴跟阿辉即将结婚的消息。那天听到黄海林提供的消息时，仿佛晴天霹雳，震得他头脑发昏，整整晕了好几天。

　　这几天，他躲在家里三步门不出，五步门不迈。父亲老阿庚尽管在客厅站着指桑骂槐，指责他无能，诅咒他没用，他似乎充耳不闻，只想扎扎实实，闭门思过。

　　他真想洗心革面，重新做人。

　　可是，人生道路漫漫，自己的肩膀上没有承受过四两重，没有吃过丁点儿苦。

自己该向何处走，他感到茫然，没有一点自信。

"干……"这是三字经，也是阿福的口头禅。不管他内心高兴还是不高兴，嘴一张便会非常顺畅地从他的红口白牙当中溜出来。怪不得有位朋友打趣地说，这三个脏字从阿福嘴里溜出来，犹如我们中国人的"您好"，外国人的"嗨"或"摸你"。但略解义，便感到其内容截然相反。

阿福一次又一次地替静娴惋惜，长得水灵灵，如花似玉，要身材有身材，要气质有气质，要身家更有身家，却嫁给一个黑不溜秋，土得掉渣的阿辉。

图他什么？论长相没长相，论文化却是个文盲，论资产却是个穷光蛋。

鲜花插在牛粪上，而且是一堆干枯得几乎可以当柴烧的牛粪，连一丁点水分都没有。

阿福一次又一次的心有不甘。比起阿辉，我阿福哪一点不如他？可现实却是这么残酷，自己三追四追，追了几年，末了人财两空。那憨仔阿辉倒走了狗屎运，静娴成了他怀中的美人……

这人呀，这人世间呀，真是想不清，道不明，阿福越想越难受。

二月初二，这是他听到的静娴与阿辉大婚的日子。阿福起了一个大早，站在门口，看看头几天还寒风呼啸的天，今天却格外晴朗，阳光明媚，一片暖洋洋。

"干妮姥，这老天、这土地公都会照顾他们呀。"阿福心里一阵感叹，心情愈发复杂。此时，不知是哪根神经作怪，他突发奇想，想赶到台南去看一看静娴与阿辉结婚的盛况，看看那鲜花插在牛粪上的样子。

决心下定，他穿上一套崭新的白色西装，把头发梳理得贼亮。然后对着镜子喷了喷发胶。

"又想去哪里？不中用的东西。"阿福刚要出门发动洋跑车，父亲老阿庚大声呵斥道。

"出去走一走，散散心。"这几天父子俩心情都不好。老阿庚被日本人呛了一顿，情绪一团糟，回来教训儿子，儿子根本不买账。阿福头也不回，跳上洋跑车，"呜"的一声绝尘而去。

"败家子，没风水哟。"阿庚捶胸顿足，仰天长叹。

阿福没有心情关心父亲的愤怒，开着洋跑车，径直上了台北南下的高速公路，一路风驰电掣，呼呼的寒风掠面而来，倒是给他带来一丝轻松，几天来窝在家中的烦恼似乎随风消散了。

阿福想看一看静娴与阿辉的婚礼，并送上一包贺金，那礼金绝对全场第一，好让静娴后悔，让阿辉吓一跳。

至于那礼金多少？谁也说不清，反正厚厚的一大摞，这钱来得十分容易，几乎都是用坑蒙拐骗手段得来的。

阿福还想看一看这安泰公司的头牙做得如何？他料定，阿辉这个憨仔，一分钱也要掰开两半用，那头牙一定办得很寒酸。

阿福还想看一看，静娴与阿辉的婚礼无非是在田间地头搭个简易工棚，砌条龙灶，吃一些乡下菜敷衍了事……

总之，阿福此时心情十分复杂，既想去显摆，又想看阿辉的笑话，从而多少寻找回一些安慰。

也许是在家想得很细，很乐观。

也许是被风吹了以后，头脑稍稍清醒了一些。

待洋跑车开到梅山还有一公里路程时，阿福突然感到自己此去恐怕不好。不说别的，他那洋跑车十里八村无人不知，无人不晓。这几年父亲已经将乡亲们都得罪光了，说不定还未进村便会迎来石头、土块，甚至狗屎……

"嘎！"想到这里，他的右脚猛地踩了一下刹车，感到自己干什么事都那么冲动，那么缺乏思考，以致奔波了一个上午，临到目的地才感到是那么荒唐，那么无知。

中午将近，阿辉的住处喜炮齐鸣，喜气洋溢，远远看去众乡亲们其乐融融，这使阿福感到空前的失落与沮丧。

进村不能。

返回又到哪里去呢？

"干妮姥……"阿福禁不住三字经出口，最后咬了一下牙，狠狠地吞了一口唾沫，启动马达，将洋跑车急速掉了一个头，朝县城方向驶去。"干妮姥，先到县城那面摊老板娘那吃上一碗面，填填肚子再说。"

主意一定，那洋跑车便撒腿飞了起来，三十多里路，眨眼间便到了。

人，总有一个弱点。尤其是年轻男人，在情感最受伤的时候，总希望有一个年轻女性来安慰一番，这样也许能够让本已汩汩流血的伤口撒些止血药，多少带来一些慰藉。

此时的阿福便是这样。此时此刻，他多么希望能有一个长得比静娴更漂亮，更有气质的女孩出现在自己面前，与自己交谈，让自己将心声向她倾诉，以求心理上的一些胜利、一些满足。

过了中午，面摊里几乎没有食客，唯独老板娘经过上午的忙碌之后，在桌旁打着瞌睡。讲实话，凭着自己的身份，根本不屑于到这样的面摊用餐，今天之所以来，是因为这面摊确实不错，那面是手工制作，很劲道，阿福跟每个老食客一样，每次路过的时候，不论是不是用餐时间，总是要坐下吃上一碗。

"来一碗蚵仔面，多加一些料。"农历二月初二以后，肥大的蚵仔又开始上市，吃一碗蚵仔面实在是一种不错的选择。

"哦！好！好！马上，马上。"正在打盹的老板娘被阿福粗声粗气的叫声吓了一跳，见到客人上门，便又热情地招呼起来："请问，要放胡椒粉么？"

"要！"阿福摆出一副懒得理睬的样子。是啊！这一段日子倒了大霉了，尤其是今天这么早从台北出发直奔梅山。不要说看静娴一眼，摆一摆阔气，连远距离看头牙、婚宴的场面的机会都没有，结果跑到这里来吃面条。

这人呀，倒霉的时候，放屁都砸脚。

"来了。"阿福在遐想当中，老板娘已经将热腾腾的蚵仔面端到面前。阿福头都不抬，拿起筷子便吃了起来。

"钱……"老板娘送完面，发现这面前的后生似乎有些面熟，却没有想到阿福从身边一个很精致的包包中抽出一张一千元新台币往桌上一扔。

"费神，费神。先生有小票吗？这……"老板娘用手指了指，意思便是小面摊，给了这一千元一张大面额的票子，没法找零。

"我叫你找了吗？"老板娘话音刚落，阿福却有点不耐烦了。

"不找，哪行呀！你吃亏太多……要不，这一碗就当我请客。"老板娘是一个本份人，这个地方摆面摊几十年，口碑绝对一流。

"我要你请客吗？"阿福本来心情就不好，再看到一个老太太唠唠叨叨，心里烦得不得了。

"阿姆，来一碗面条。"正当阿福和老板娘争执时，阿福听到身后传来一声悦耳的女孩的声音。他好像被注入了一剂激素，立马改变了态度，对老板娘说："能找你便找，找不了呢，便存在你这里，我可以随时来吃。"

"那最好你将钱带走……"老板娘看到又有新客来了，便不与他再争执，转身对姑娘问道："要配什么料呀？阿妹？"

"蚵仔面，多放些胡椒和葱。"姑娘的声音很好听，人长得也好看。粉嫩粉嫩的皮肤，连那毛细血管都看得清清楚楚，高挑的身材，上衣穿着高领粉红T恤，下身穿着牛仔裤，头上非常原生态地用一条手绢扎着马尾巴，几乎不施粉黛，给人一种无比清新纯美的感觉。

"哇塞……"正在狼吞虎咽吃面条的阿福抬起头，这姑娘正好从面摊那头走过来，那丰满的胸脯在脚步起落中上下跳跃，不禁让人看了之后心潮澎湃。阿福禁不住暗暗叫好，刚才的怨气和不快也随之消散，连吃面条的样子也变得斯文起来。

"您好。"见姑娘选了阿福邻桌的一个位置坐了下来，阿福便很有绅士风度地热情招呼。

"您好。"姑娘礼貌地应了一声，这才留心观察了一下坐在自己邻桌的后生。穿着考究，人还长得温文尔雅，本能地产生了一丝好感。

年轻人都这样，见面的第一印象非常重要。

"您是本地人吗？"阿福没话找话。

"嗯……不。"姑娘回答得模棱两可。这，恰恰又为阿福提供了继续交谈的话题。

"怎么说？"

"出差。"姑娘莞尔一笑，那一笑，无比的甜美，阿福连魂都被勾走似的。

"那您一定是一个非常精明的人，这面摊的面条在全台湾都是有名的，味道好，分量足，又劲道。能来这吃面的人智商都不低。"阿福尽力用最好的词语描述着。这样做一方面可以挽回老板娘刚才对自己不快的印象，另一方面又可讨好眼前这漂亮的姑娘。

"嗯，那您的智商一定不低。"姑娘见眼前这后生口齿伶俐，谈吐不凡，话也多了起来。

"不知您做哪方面业务的？"阿福在女人堆里混得轻车熟路，不失时机地从身边的精致皮包中取出一张名片递了过去："我也是做小生意的，请多多指教。"

"是吗？"姑娘接过名片见是："台湾大有集团总经理陈阿福。"不觉吃了一惊，心想一个集团公司的总经理在这面摊吃面条，而且又那么年轻，好感也立马升温，便说："不好意思，我没带名片，等回酒店我再给你补上。"

"您住哪家酒店？"阿福在应付女孩的问题上是一个老手，从刚才的情形上他已经感觉到这漂亮女孩对自己第一印象不错，而在台南的这座县城，摆得上席的酒店也只有嘉元一家是四星级的，不用猜她一定住在那里。

"嘉元。"女孩回答得非常爽快。

"这么巧？"阿福故弄玄虚地应了一声。

"怎么啦？"女孩有些奇怪地问。

"我也准备住在那，正想吃完面条以后过去登记。"

"真的吗？"女孩叫陈子茵，经常一个人为了业务四处飘荡，回到家乡，又见到自己的同行，似乎格外开心。

这一男一女，一问一答，而且越谈越开心，越谈越亲密。面摊的老板娘却从只言片语中猛然想起，这个身着白色西服的后生是什么角色了。那便是一年前那静娴和阿辉在这相遇到的家伙，也是整个台湾南部众所周知的瘸子阿福，看到他又在欺骗陌生女子，心里十分着急。

她是一个纯朴善良的乡下女人，几十年来在这摆面摊谋生，风风雨雨，几十度春秋，各色人物均见过。她担心，这个外来的漂亮女孩说不定被这瘸子阿福七拐八骗成了俘虏。

这个瘸子阿福可是什么事都干得出来的。

可是，就凭阿福跟一个陌生女子交谈，又没干什么出格的事，你一个面摊老板娘又有什么办法呢？

老板娘急得直搓手，直搓到双手湿漉漉也没想出什么招数来。

"买单吧。"陈子茵喝尽了最后一口面汤，用纸巾擦了擦嘴巴说。

"不用了，我已经买了。"

"什么？"陈子茵根本没看见阿福为她买单，执意从钱包里取出一张新台币。

"我留了一张大钞，以后结账。这一碗面钱，何足挂齿。"说完顺便将手搭在陈子茵的肩上要离去。

这一搭，让老板娘心里"砰砰"直跳，从内心里为这不明真相的姑娘着急，便急中生智地将阿福的那张大钞递了过去说："阿福，这钱还你，等以后有小票了再付吧。姑娘小心。"并偷偷给陈子茵使个眼色，以引起她的警惕。

"给你说过了，这钱留在你这里，老板娘你给我客气什么，纵使没钱找，不要紧，且当我支持你的。你这样风里雨里打理一个面摊也不容易的。"老板娘给子茵使眼色，阿福已看得清清楚楚。为了避免尴尬，又省得节外生枝，他说得十分轻松，不由老板娘分说，接过千元大钞，又轻轻递给她，然后不轻不重握了握她的手，同样使了一个警告的眼色。

"这……"老板娘真有点束手无策，眼睁睁看着一男一女勾肩搭背离开面摊。

"夭寿……"善良的老板娘有劲使不上，嘴里狠狠地咒了一句，但咒归咒，自己却无力改变这一切，只好在心里默默地为女孩祈祷："土地公，你要关心和保佑这小女子哟。"

阿福倒是心里乐开了花，他忍不住用眼光偷偷瞟了一眼陈子茵，论长相，论气质与静娴相比，简直一个天，一个在地。另外，这一段日子以来，他反复思考，自己与阿辉对比，算来算去无非是事业比较差一些，但是自己的身家远比那憨仔强几十倍，只要有人帮衬一把，把那保险柜的钱拿出来，不出几天就能办一家工厂，一定会比那安泰公司堂皇一百倍。

交谈中，阿福得知了女孩的名字，而且了解到她也搞这一行的。"说不定这是老天爷恩赐给自己的一份珍贵礼物，是土地公搬给我一张登上天堂的梯子啊。"阿福越想越美，美得几乎要笑出声来。

"子茵，我去登记一个房间，你在房间等我？"这时的阿福连讲话都像唱歌似的好听。

"嗯,我住六〇九室,我等你。"出过洋的女子,自然少了一份土生土长姑娘的那种羞涩。

"拜拜……"阿福边跟子茵打招呼,边跟服务台的小姐交代:"开一间最好的房间。"

"豪华套房两万八千元。"小姐热情地迎接这位财神爷。

"还有更好的吗,譬如总统套房?"阿福的心情好,口气也大。这不,原本上午还想包一份巨大贺礼给静娴,让十里八乡的乡巴佬们傻眼的,还好没有出手,不然那绝对是一种浪费。现在,真金白银花在这里,多体面!

"对不起,老板,这已是最好的。"服务生小姐歉意地说:"您放心,这里一切都是非常豪华的,您一定会满意。"

"那就开一间吧。"尽管阿福感到不够满意,但在一个小县城,这也凑合。于是,办完手续之后,便赶快躲进房间。因为,在面摊上碰到一个如此貌美的女孩,实在是他意料之外的事,尤其是在自己感情受到伤害,最需要有女人,尤其是漂亮女人抚慰疗伤的时候,老天爷给自己送来了这份礼物,阿福的内心突然对老天爷、土地公感恩戴德起来。

半仰在豪华套房里豪华的沙发上,那进口欧式的洋沙发特别的柔软,躺上去仿佛要把人淹没似的,让人感到似乎躺在一个硕大无比女人的胸脯上那样惬意。

阿福感到此时自己最需要的是冷却心境,以应对这突如其来的幸福而造成的脑子的混乱,要将一将待会儿再跟陈子茵见面时可能碰到的问题和解决的办法,并且要像真正的大有集团总经理那样从容应对,有果断处置事务的能力与气魄。是啊!自己递给的是大有集团总经理的名片,她也在寻找合作伙伴,一旦她提出去看公司、去看工厂的建议,如果没有应对之策,那岂不要穿帮?

这念头一冒出来,让阿福打了一个寒噤。

"怎么办?"这是一个难题,但此时已经被美女弄得神魂颠倒。他在极力思索应对之策。心想,只要慆住她,尽快生米煮成熟饭,下一步便可按自己的如意算盘推演下去。

不如在附近找一家工厂，带她去看一下，至于台北那边，离那么远，可以推脱一下，下次再说。

"有了！"情急之中，阿福想到离这里四十多公里的地方有一家生产电热管的代工厂，只是前几个月被自己又蒙又骗与日本商会联合会签了委托代工合同。自己还在那里美美赚了一笔不义之财。"兴许那土得掉渣的老板李作良还会对我感恩不尽呢！"

想到这里，阿福脑海中掠过的一丝乌云迅速被秋风吹得荡然无存："对，明天带陈子茵到那里看一下，让她看看我大有集团的实力。"阿福感到一切尽在不言中，一切都是老天成全、庇佑。

想到得意之处，阿福不觉一扫内心的郁闷，不由得得意地哈哈大笑起来。

掷菱情缘

第三十二章

子茵之悔

阿福几乎没有后悔过，包括上次车祸让他成了一个瘸子。时至今日他始终觉得那不是自己的错，而是错在静娴这个女人，错在阿辉那憨仔。如果不是阿辉的出现，可能此时与静娴拜堂的绝对是自己。

现在面对从天而降的子茵，他得意了。人算不如天算。今天，静娴是成了阿辉的老婆了。可是，你静娴算得上什么碗糕？这陈子茵无论是长相，还是气质，远比你静娴超出几倍，几十倍，甚至上百倍。现在，老天爷将她当做送给自己的一份礼物，这不是天意么？阿福把事情想得很简单，想得比画的还美丽。

第一回合，陈子茵对自己已有了良好的印象，这一点凭着直观感觉便可以断定。

第二回合，可能会问到瘸腿的问题，这个问题回答起来也不难。

第三个回合，大有集团的问题倒要精心应对，要做到滴水不漏。

阿福过于自负，美女在眼前，他已经飘飘然，认为自己闯过不少大江大河，决不会在阴沟里翻船。

他绞尽脑汁在想着应对之策。

其实，这个陈子茵是一位台湾军队中层军官的孩子，父亲在官场角力中占据下风，在她很小的时候，父母便领着兄妹俩定居美国，她从美国考上英国留学生，毕业后应聘到德国一家家电企业工作，被聘为大中华区的总经理。不知是鬼使神差还是怎么的，她与法国的男友经过三四年爱情长跑，最后修不成正果，一个月前彻底分了手。这次来台，一是业务的需要，另外也是想散一散心。

刚才在面摊里遇到阿福，觉得在台湾南部的乡下竟然有如此言谈举止不俗的后生，不觉眼睛一亮。当阿福递过名片，又做了一番自我介绍之后，姑娘的心迅即活跃起来，同样搞家电，岁数相当，而且看得出这阿福对自己很有一见钟情的感觉……

有人曾说过，不论男女，在恋爱的时候，智商都相当低下。因为他们的眼中唯有表面的漂亮与否，其他方面的洞察力几乎为零，俨然是一个白痴。此时的陈子茵便是这样，记得在面摊付钱的时候，那老板娘给她使了一个眼神。她却觉得这乡下老板娘的眼神怪怪的，多管闲事，简直有病。

"叮咚……"正当陈子茵陷入甜蜜沉思的时候，门铃响了。她立马觉得心在"怦怦"地直跳，"阿福来了，我的……"，陈子茵生活在国外，比起台湾岛内成长的女孩有着更多的罗曼蒂克。因此，兴奋地摆出了一个张开双手拥抱的样子。

"子茵，走，到我房间去。我已经叫服务生准备了两份咖啡。"阿福一脸诚恳，甚至还带着些许天真。

"喝咖啡？"子茵将眼睛睁得很圆。

"是的，走吧！"阿福手一挥，做出一种请的姿势。

这是一间确实很豪华的套房，宽敞的会客厅，豪华的家具，优雅的摆设。一进门，服务生小姐也已经将咖啡冲好，诱人的香气扑鼻，让已经经受一个多月感情煎熬的陈子茵瞬间眉开眼笑，她亟待爱情的疗伤剂，更需男人的爱抚。

"子茵，今天能在这里见上您，真是一种缘分。"阿福先入为主。

"嗯……"子茵听到阿福说到缘字，不知不觉脸上泛起了红晕。

"我这样想，你是做家电销售的。我呢，也是搞这一行的，如果有缘在一起，那多好呀。"阿福用眼睛瞄了瞄陈子茵，放出了试探的风球，而后目光死死地盯在她那高耸的胸脯上。

"嗯……"陈子茵还是低着头。她人生二十多年都在国外成长，却不知家乡的男人们也如此开放, 如此浪漫。

"如果您认为可以, 明日我带你去大有集团下属的一家工厂看看, 下次你再来台湾时, 再去见我的父母, 行吗?" 见一连几次风球放出陈子茵都没有表现出明显的反感, 阿福鼓起勇气, 大胆提出了自己的想法。

"这么快么?" 陈子茵有些怯生生起来, 似乎感到这阿福太直白, 浪漫得有些出乎意料。

"这有什么快, 一则你我年岁都不算小了; 二则有缘千里来相会; 三则, 现在不是倡导试婚闪婚么?" 阿福真有点迫不及待, 将身体逐步靠近了陈子茵。那陈子茵只是满脸羞涩, 却没有一丝的移动, 好像在端重地迎接阿福似的, 这让阿福胆子越来越大, 信心也越来越足。

"你……" 突然, 陈子茵用手指了指阿福的腿, 很明显, 她想了解瘸腿的原因。

"哦, 这个呀!" 阿福心里一乐, 觉得自己真是会掐会算, 聪明过人。这个问题阿福早有准备, 见子茵问起, 便从容不迫地说道: "说来话长, 去年我和下属去一家代工厂巡视, 正好一个工人在搬铝锭时不小心从手中滑脱, 当时我为了救那工人, 便冲上去想用手托住, 结果那铝锭没托住, 自己却受伤了。不要紧的, 除了不好看外, 一切无碍。"

"那, 那工人呢?" 陈子茵好像很感动。

"工人当然没事啦。" 阿福说得非常淡定。

"阿福, 你真是好人。" 陈子茵着实感动了, 用力将阿福搂住。

"子茵, 这种事值得那么激动吗?" 被陈子茵一抱, 阿福开始吓了一跳, 想不到这外国长大的女人那么好糊弄。但转念一想, 这戏一定要演得逼真, 演得感人。于是, 他顺势轻轻地将陈子茵抱在自己的怀里, 轻声地说: "茵, 你太善良了……" 本来他还想说一些让陈子茵感动的话, 但他的习惯和秉性已经让他身不由主, 面对如花似玉的姑娘他的全身每根神经早已不能安分守已。将嘴巴拱过去, 死命地吻起陈子茵来。

"别, 别, 阿福。" 开始陈子茵还想婉拒, 但一个多月没有男性靠近, 感情的煎熬已让她魂不守舍, 再加上那阿福除了嘴巴死命地吸吮着陈子茵的舌头, 弄得她口水潺潺外，那双不安份的手已经向她每个最敏感、最脆弱的部位发动了强势攻击……

一阵狂轰滥炸，一阵翻云覆雨，双方都已经大汗淋漓，心满意足。陈子茵赤身裸体地躺在席梦思床上甜蜜地回味着似乎从天而降的幸福，品味着这做女人被男人爱过之后的快活，回味着这突如其来的爱液滋润……

她身边的阿福得到身体的充分满足之后，一颗狂热的心渐渐静却下来。陈子茵如此顺从便成为自己的战利品，这是他始料未及的，现在生米煮成熟饭了，可是还有一个艰巨的难题等待自己去解决。

这个难题，如果解决不好，可能会前功尽弃。明天带陈子茵去看工厂，怎样才能不被看出破绽？这，着实让阿福感到没把握。

尽管这几年自己追随父亲老阿庚走南闯北，并与几十家类似的工厂打过交道。可是，自己去打交道干的都是缺德事，虽然嘴巴讲得很完美，可是骨子里自己还不清楚？那便是助纣为虐，帮助东进一郎这帮日本鬼子搞垄断，自己从中得了一些不义之财。大凡他们父子俩去过的公司，去做成业务的公司，不出几个月便会被人指着脊梁骨骂三代。

"阿福，你在想什么？又在想别的女人么？"疯狂过后，陈子茵发现身边的男人有些心事重重，便嗲声嗲气地问道。

"啊！子茵，宝贝。"被陈子茵一叫，阿福吓了一跳，这女人真厉害，莫非已经洞察了我内心的秘密？但阿福毕竟是阿福，他脑子转得快，应对能力又强，马上流畅自如地答道："我在思考明天带你到哪间工厂去看一看。因为尽管集团公司所属企业很多，但大多布局在北部，南部这鬼地方劳力虽然廉价，但技术力量不足，几间小厂大多在偏僻……

"看起来你对企业还是很了解的。"阿福说得滴水不漏，陈子茵感到合情合理，她莞尔一笑："不要紧，就近看一看，以后有的是机会。"

"这样，我们到广达去，那家最近，离这40多公里。"阿福说。

"听你的。"子茵娇媚一笑。

阿福准备带陈子茵去看的广达家电配件厂，这是一家几个农民合伙开办的代工企业。

长期以来，厂长李作良与台湾东林公司签订家电配件的代工合约，一干十几年，尽管利润不多，也算风调雨顺，没有多大风险。原来签的合同到去年完成之后，对方却突然告知，新的合同要与日本商会台湾联合总会签订。

开始是阿福父子甜言蜜语，后来便是东进一郎又拉又踹。李作良及几个股东都是本分的人，尽管知道与日本商业联合会签订新的代工订单要被剥掉几层皮，但苦于没有新的业务，又要考虑几百员工的生计，万般无奈之下只好认命屈服。

可是这合同不签不要紧，一签几乎都是赔本生意，而且结算的加工费还经常被拖欠，那些眼巴巴等待工资养老养少的员工有气没地方发泄，正围着李作良理论。这几天，工厂几乎处于停工状态。

今天一上班，满脸乌云的李作良还没走到办公室，便被员工们围成里三圈外三圈。

"老板，上个月工资没有发，这个月工资没法发，你还想不想让我们活呀。"这是一个五十多岁的中年男人，看那样子一定是上有老下有少。

"这广达办了十几年，怎么说垮就垮，一夜之间连工资都发不了呢？"

"是啊！如果不发我们只好另找吃饭的地方去了。"

"你怎么光黑着脸，就不吭一声呢？"

……

员工们七嘴八舌，李作良有苦难言。因为不当家不知油盐贵，员工不知道日本商业联合会的垄断，不知道这皮已经被剥了好几层，尽管每天的工作还是一样，生产的东西也还是一样，可是代工费却被压到了极限，压到快崩溃的边缘。这苦只有几个股东知道。

"兄弟们，大家别急，大家的苦楚我清楚。我李作良也是苦出身，现在……"李作良已经被员工责问了无数次，也解释了无数次，现在只好用沙哑的声音将最近工厂财务状况简要地作了一番介绍。然后告诉大家："实际上，我们广达的财务前几个月就已经出了问题，我们董事会考虑到大家的利益，已经将老底都贴出来了……"

"是不是那个阿庚父子作祟？"

"他儿子不是那个瘸子吗？"

"下次来非剥他的皮，抽他的筋不可！"了解了真相，员工们义愤填膺。

正当大家议论纷纷时，工厂门外响起了洋跑车的马达轰鸣声。

"老板，你说的那个瘸子正好来了。"员工中不知谁大叫了一声。

"谁？"李作良一时没反应过来，问道。

"不就是那个阿庚的儿子阿福么。"

"王八蛋……"听到阿福来了，李作良刹那间怒从心中生，他狠狠骂了一句。心想，这个没良心的狗东西还有脸到广达来？

"你看，那不是？"一个老员工用手指了一下。李作良抬头一看，果不其然，那阿福开着洋跑车，载着一个时髦漂亮的女孩正从工厂大门开进来。阿福趾高气昂地直朝厂办公楼而来。

"把他们打出去！"略知真相的工友们怒吼起来。

"别，有话慢慢说。"李作良是个诚实的人，他担心员工一时性起，会闹出乱子，连忙制止。可是，员工们哪里管得了那么多，早已怒不可遏地冲向洋跑车。

"站住。"李作良感到大势不好，大喝一声。那群员工知道这李厂长本来脾气十分温和，从来不发脾气，突然被这一呵斥，一个个都安静下来，无所适从地看着李作良。

"李厂长！"正当李作良憋足劲准备与阿福理论时，那阿福竟满面春风地拉着陈子茵的手走近李作良，像老朋友一般地打招呼。

"你……"李作良想不到这孙子进来那么快，真不知道第一句话怎么对他说。

"李厂长，这一段企业经营怎么样？"阿福这小子，此时真的把自己当做广达公司的上司来了。

"放你妈狗屁。孙子，看你是要改邪归正，还是要那条腿？"已经怒不可遏的李作良一看阿福进门那模样，又看他勾着一个貌美的女人撞了进来，气得浑身哆嗦。这人呀就像兔子一样，脾气再好，被逼急了，也会将你咬得鲜血淋漓。

"你这怎么啦？"阿福像没事一般做出集团老总关爱下级的样子。

"滚……"李作良感到跟这厚颜无耻的人已经无话可说。李作良是在那新合同签订之后才知道这老阿庚与日本人内外勾结,一个唱红脸,一个扮白脸坑台湾企业的。几次想到台北去找这父子理论,结果连鬼影也找不到。

"滚……"听到李作良一声怒吼,那原本已经憋了一肚子气的员工知道造成广达财务如此状况的罪魁祸首原来是这个瘸子。于是群情激愤,挥着拳头大吼起来,有些员工还返回车间去取工具。

阿福没有想到自己的运气会这么背,原想在陈子茵面前炫耀一番,想不到弄巧成拙,便狼狈不堪地拔腿一瘸一拐地往洋跑车逃去。

"别跑!"工友们哪管这些,怒吼着,追赶着……

最可怜的莫过于陈子茵,阿福花言巧语让她信以为真,到广达工厂门口时阿福还信誓旦旦,吹嘘自己对厂里情况如何了如指掌,这个企业的员工对他如何尊敬。可是,只在片刻之间所发生的情况竟和阿福描述的截然相反。

阿福跑了,只在眨眼之前,逃得无影无踪。

满腹愤怒的人们想将怒气发泄在陈子茵身上。此时,平时处事谨慎平稳的李作良走到了她身边,用审视的目光看着她,问道:"您是……"因为,凭着丰富的人生阅历,他直观感觉眼前的姑娘和阿福不是一路人?

"我是……"惊魂未定的陈子茵看了看面前的这位厂长,哆哆嗦嗦从包里掏出了一张名片,自我介绍说:"我叫陈子茵,台湾人,在国外定居。"

"哦,原来是这样,那您怎么会认识那狗东西的?"看到这姑娘一脸恐慌,李作良请她到办公室坐坐。

"是这样的……"被李作良一问,陈子茵眼眶里涌出了泪水,讲述了认识阿福的始末。

"你被这混蛋骗了。"李作良怒火中烧,简要地向陈子茵介绍了阿福父子作恶多端,万夫所指的情况。

"是这样啊……"一切谜团都解开了,陈子茵的脸上浮现出难堪又痛苦的表情。但她强忍着,她不想与家乡的同胞第一次见面便看出自己如此幼稚,如此容易上当。可是,无论怎么装,泪水却忍不住往下掉。

"姑娘您有什么困难需要我们帮助吗?"男人最见不得眼泪,尤其是最见不得女人的泪水。看到子茵如此伤心，李作良动了恻隐之心。他隐隐约约觉得这姑娘心里一定有事，便怜爱地问了一句。

"没，没事……我先告辞了。"

"我派车送您。"李作良叫来秘书，派车送陈子茵小姐回宾馆。

"谢，谢。"陈子茵点了一下头，匆匆走出工厂。

怎么回到宾馆的，陈子茵已经没有记忆。她只感到自己很无知，很幼稚，尽管走南闯北，却被一个混混骗得失身，骗得丢人现眼，骗得……

陈子茵推开自己的房门，重重地倒在席梦思床上，伤心痛哭起来。她哭得很伤心，那泪水如汩汩流水，湿透了枕头，她怕服务生听到，用被子捂住自己的嘴巴……

她哭着，哭着，不知不觉睡着了。

一觉醒来，她拿起房间电话拨那豪华套房。陈子茵多么希望自己所经历的一切是一场误会，她多么希望这阿福是一个自己可以依赖，可以托付终生的后生呀！

可是，一通，二通，三通……无数次地拨打那房间的电话，始终没有人接听。

她不甘心，再拿起电话，拨了服务生的电话。可是服务生告诉她，豪华套房的客人已经在两个钟头前退房了。

这一场浪漫的相识，来得如此之快，又走得如此迅速。犹如孩提时代吹肥皂泡，那泡在光线的折射下五彩缤纷，可是却在刹那间就破灭了，破得无影无踪，破得烟消云散。

陈子茵精神几乎要崩溃。真是吃了哑巴亏，不能对人诉说，她感到后悔，一种难以启齿的后悔。她歇斯底里地痛哭起来。

"混蛋，狗东西。"陈子茵愤怒地骂出声来。她痴痴地坐起身，对着那洁白的天花板无神地沉思。突然，她想起阿福留下的名片，翻出来细细一看，大有集团公司的地址是那么熟悉。蓦然间她想起来了，那是自己的旧居。十多年前举家出国，那房子便委托远房亲戚照顾。考虑良久，她给这远房亲戚挂了一个电话。

"阿姆，我们家的房子你还在住吗？"陈子茵努力装着平静地问。

"啊，子茵。前几年房子破得厉害，修缮花费了不少，去年我便将房子租出去了。这样可以用租金养房子。"阿姆回答。

"租给谁呀？"

"租给一家人，老夫妻带着一个瘫儿子。"

"是一家叫大有集团公司的在那儿吗？"

"别说了，门口是挂了一个牌子，但大家都说那一家伤天害理的骗子公司。"阿姆讲到这里，好像发现了什么："子茵，你怎么会知道他们租我们房子的？那家人可是什么事都干得出来的，别跟他们有瓜葛哟。"

"不，不会的，我随便问问。"陈子茵本想放下电话，但又感到还需要了解些情况："租金拿得到吗？"

"这倒不要紧，那家人很有钱。不过，人们都说他们家的那些钱来路不干不净。"

"我是听朋友介绍这一家人的情况，顺便了解一下。阿姆，保重。"陈子茵努力控制着自己的情绪，放下电话后，整个人瘫倒在床上忽然，她"嚯"地起身，一股怒气无从发泄，狠狠地将自己手中的咖啡杯砸在地板上："陈阿福，你这个魔鬼，上帝要惩罚你，会送你下地狱的……"

第三十三章

阿辉出洋

　　新婚燕尔，转眼间便到了准备赴德国参加展销会的时间，从来没有享受过温馨家庭生活的阿辉不得不告别已有身孕的妻子出洋了。

　　临行前一天，静娴郑重其事地告诉阿辉，远游重洋，还有一件事必须认真地做，而且她把"必须"两个字说得特别的重。

　　"为什么？到底什么事那么重要？"阿辉用不解的目光看着妻子。

　　"用父亲留下的那掷茭，到土地公面前"卜杯"一下，祈求土地公保佑你一路顺风，凯旋而归。"静娴的眼睛里饱含着对丈夫的关爱。

　　"哎呀！我都差一点忘了。你真好，真聪明。"阿辉深情地把妻子搂在怀里。他知道，此次出洋往返至少得要二十多天，前一段时间天天厮守，如胶似漆，现在要分别这么久的时间，自己真不知怎么过。

　　第二天，风和日丽，夫妻俩早早便赶到梅山土地庙，面对那神座上白发髯髯，左手执龙杖，右手拿元宝的土地公，看着他那慈祥和蔼的脸庞，夫妻俩先点了香火，默默许下了愿，然后将父亲留下的那纸包小心翼翼地打开……

　　那是历经祖祖辈辈的手留下的，从原籍厦门仙岳山土地庙带过来的掷茭。

　　那掷茭历经无数春秋岁月，已经变得油黑铮亮，两块掷茭上用小篆分别刻着仙岳山字样。此时，阿辉拿在手上似乎有一种沉甸甸的感觉，这是上祖的嘱托，是上祖对自己的期盼，是对历史的传承……

"土地公保佑……"阿辉感到说这句话时有一种神圣，一种圣洁，一种责任。他双手轻轻地将掷茭掷于土地公像前。

"哇! ……"夫妻俩喜出望外，这是一种上上签，预示着此行必定顺利，此后一切顺利。

"我们回祖籍地厦门仙岳山投资将为期不远了。"阿辉忘情地叫了起来。

……

阿辉坐在国际航班的班机上，这架越洋飞机从台北桃源机场起飞，机翼底下便是碧波万里的海洋。阿辉此时坐在三十五排A座位置上，他的脖子伸得很长，眼睛一动不动地欣赏着机翼底下的美景。

这是他长这么大第一次坐飞机。登机前，空乘被告知，从台北桃源机场到荷兰的阿姆斯特丹转机，在那还要待三个小时，然后再到目的地柏林，大约时间为十八个小时，对于每天在车间里工作的阿辉来讲，在天上呆这么长时间，实在是一个难以想象的事情。

"这可能是自己有生以来最难熬的十八个小时。"此时，坐在座位上的阿辉欠了欠身，轻轻地吐了一口气，准备尝试一下乘坐越洋飞机长时单调枯燥的漫长旅行。

"轰隆隆……"飞机发动机的噪音让阿辉有点坐卧不宁，他不断地变换着坐姿，再看看飞机上的显示屏，从台北起飞还不足两个钟头，可是此时他已心烦意乱，烦躁不安。

空中的阳光没遮没拦，强烈的光线从舷窗直射进来。邻座的一位弟兄正昏昏欲睡，轻轻地拍了拍阿辉肩膀，睡意朦胧地指了指舷窗，示意他将遮阳板拉下来。

百无聊赖的阿辉正在观看窗外景色，被邻座一叫，有些扫兴，不得不将遮阳板拉了下来。这时他发现机舱里的旅客大都眯着眼睛在休息，便也强迫自己闭目养神。

飞机在气浪中不断起伏，阿辉竟迷迷糊糊地睡着了。

第三十三章

阿辉出洋

一气浪打来，飞机在激烈地震动。阿辉刚打了一个眼花就被惊醒过来。他"霍地"站起身打开行李架，想取出手提行李箱。

"先生，请坐下。"空乘小姐走过来，很有礼貌地制止了他的行为："现在飞机颠簸得很严重，请坐下，免得出意外。"

"我知道，但我那箱子里的东西怕损坏。"阿辉对空乘小姐说。

"那等气旋过后再说，行吗？"空乘小姐服务态度特别好，看到阿辉那神态，猜想这客人的箱子里一定是一个非常珍贵的东西，不然，不会那么着急。

飞机平静下来了，空乘小姐作了一个手势："先生，您请吧。"

"谢谢。"阿辉打开行李架，把自己那手提行李箱拎了下来，小心翼翼地打开检查。

"这……"不打开则罢，当那箱子一打开空乘小姐有点吃惊，这哪是什么宝贝呀，仅仅是用废泡沫包着的十几个铸铝件。"先生，你真会开玩笑，这便是你珍贵的东西吗？"

"嗯！"阿辉没有观察空乘小姐和邻座们投来的惊异的目光。箱子里装的是朱云生他们进行技术革新刚生产的几个不同型号的电热管和小马达，既省电，又有很大的发热量。此行柏林，成败与否在此一举。

记得前天，为了确保这批样品不在旅途中损坏，还专门到县城购买了这个当时最时尚的手提箱。不怕见笑，他自己的衣物还是用简单的旅行袋装的。

"先生，您这东西很沉，放好了别再翻动，没拿稳会不安全的。谢谢合作。"空乘小姐心里又好气又好笑，不知道眼前这位身着一套并不合身的全新西装的同胞，是干哪行营生的老板。

"咳……"邻座是一位时髦的女生，看到邻座这位男士如此小题大做而坏了自己的一场好梦，也颇觉不解，转了一个身继续完成她的美梦去了。

越洋航班仍在忠实履行自己的职责。

阿辉感到憋在座位里浑身上下都不舒服，用眼扫去，整个机舱的客人都在昏昏沉沉地进入梦乡。一看手表，飞机才飞了三个多钟头。

真是度时如年呀！

"罢了，人家可以睡，我也睡个觉吧。"与其折腾不止，不如闭目养神，阿辉

咬了咬牙，下决心也享受下这个万米高空睡觉的滋味。

不知是天生命贱，还是每天为了打拼从来没有歇过脚，人家睡得那么香甜，那么踏实，自己却如坐针毡。"唉！"阿辉不停地叹息，想了又想，人生怎么就那么难。在家每日愁肠百结，东奔西跑，连喘口气都得找时间。现在，给了时间，给了机会，却如此难熬。

阿辉翻烙饼似的熬着每一分钟。

"咳……"邻座的那位年轻的女生被阿辉反复折腾得有点不耐烦，转了一个身，又重重地叹了一口气。

"对不起。"阿辉是懂规矩的人，忙不迭地赔不是。于是，他下狠心，一定要踏踏实实睡几个小时，不然，这十几个钟头如何熬得过去呀？

机舱里静悄悄的，四周传来了此起彼伏的鼾声，偶尔还有一些含糊不清的梦呓，也许他们在想念着自己的亲人，也许正与自己的妻子在梦中甜蜜……在一片鼻声中，阿辉想到昨晚与静娴叙别和缠绵。这家伙，已经怀孕快三个月了还不告诉我，即将离别时才让趴在她肚皮上听腹中孩子的胎音，使自己内心涌出了一阵阵的自豪与幸福，体验了作为男人的骄傲和自信。

"一个男人和一个女人在一起，便能生出一个孩子来。"阿辉在默默地回忆着，却忍不住笑出声音来。

"咳……"身边的时髦女生又不重不轻地咳了一下，不用说这是她的一种提示。

"对不起，对……"阿辉看了一下这位姑娘，白得像根屋檐下生长的葱，没晒过太阳，嫩嫩的。如果像我一样天天出苦力，看你还能睡得那么香么？

这时广播里传来了空乘小姐甜美的声音："现在供应晚餐，请各位旅客在座位上等候……"邻座女生将椅子恢复到正常位置，不冷不热地看了眼阿辉。

"对不起，我睡不着……"阿辉表示愧意。

"你睡不着，可以好好养神，不然十多个钟头很难熬，而且到德国还得倒时差……"漂亮女生还真精明。

"对……"阿辉还想说一些歉意的话，却见空乘小姐推着餐车已经走到面前："先生，你要吃中餐，还是西餐？"

"我不要……"阿辉回答得出人意料。因为他想,这万米高空中餐肯定价格不菲。这钱呀,省比赚来得快。来前静娴已经为自己准备了许多泡面和饼干,已把旅行袋塞得满满的。

"先生,飞行时间很长,不吃不可以的。"空乘小姐耐心地劝说,"用吧。"

"太贵了,我带了泡面。"阿辉被空乘小姐的诚恳和热情所感动,将心里的想法说出。

"飞机上的食品是免费的。"邻座的女生一看便知这位仁兄肯定是第一次出门,怪不得这一段时间出了那么多的状况。为了证实自己的说法,她挑了一盒中餐,香香地吃了起来。

"不要钱?真的?"看到邻座吃得那么香,而且空乘小姐也没收费,阿辉半信半疑。

"这位小姐说的是真的,取一份吧,先生。"空乘小姐说话总是面带笑容,将一份中餐递到阿辉手中。

"谢谢。"阿辉这才看到,周围的人们都用奇异的目光看着自己。这才为自己孤陋寡闻,没见过世面而惭愧。

吃饱了饭,阿辉看到有些人在通道上走动,觉得自己也随着看了看,飞机在这么高的地方做热腾腾的饭,有那么多人吃,到底有几个炊事员。

阿辉自然不好问,因为怕被人笑话。只好一个人从飞机尾巴走到头等舱,然后又从一层到了二层,又折回几次,结果一无所获,心里自然有一些失望。

饭饱之后的人们又进入了梦乡,阿辉再转下去也没有太大的意思,只好索然无味地重新回到座位上,也想强迫自己好好休息一番。

讲实在话,在飞机上颠了三个多钟头,比在家干活还累,坐不是,走不是,浑身上下酸溜溜,眼皮也禁不住越来越重。

说来也怪,这回阿辉真的睡着啦,而且睡得很沉、很沉。他在睡梦中感觉到飞机已经降落到柏林机场,自己拎着那手提箱,走过车水马龙的街道,然后进入国际电器展销会的大厅,见到了那高鼻子,蓝眼睛,金头发的许多外国人……

"摸你……"阿辉心情特别畅快,跟迎面而来的一个欧洲跨国公司的董事长打招呼。

那位董事长笑了笑从他身边走过了。

这时，又有一个企业老板的人走过来，问他："先生，你是推销电热管的吗？"

"也是！"阿辉很开心，他的手在空中比划着。

"OK"，那外国老板非常友善地笑了笑，把他引到一间洽谈室，双方签订了一项很大的代工合同。那是几百万的美金……

"摸你……"阿辉手还在比划，他为自己生意做得很成功而感到无比的兴奋……

"先生，先生……"正当阿辉沉浸在梦里的成功之时，他被人用力推醒了。睁开眼睛，看到邻座那女生正对着自己怒目而视，刚才递给自己饭吃的那位空乘小姐也一脸严肃地站在自己身边。

"发生什么事啦？"阿辉不觉大吃一惊，他不知道刚才这到底发生了什么事情。

"先生，你放尊重点，这是国际航班。"邻座小姐面带不快地说。

"我，"阿辉百思不得其解，"我哪里不尊重啦？"

"你还这样，你想摸谁呀？"邻座小姐一声质问。

"我没有啊！我在睡觉呀。"阿辉丈二金刚摸不着头脑。

"先生，你刚才舞手画脚，又是'摸你'，又是'肉'的，不文明。"空乘小姐始终保持着一脸的笑容，但明显带有对阿辉的一种不满。

"不！不！不！"这时阿辉感到自己一定有什么地方做得不妥当，摸着头想了想，蓦然间想起了自己刚才睡下不久便迷迷糊糊地做了一场梦。于是，便自我解嘲地解释："我刚才在做梦。"

"你做梦便做梦，还想摸谁？"邻座女生看到眼前这个土里吧唧的年轻阿哥还在争辩，一脸愤怒。

真的，如果早几年年纪轻一点，她一定会大骂他是一个臭流氓。

"噢，对不起，失礼啦。"阿辉恍然大悟，他站起身，向邻座的女生鞠了一躬："我不是想摸你，而是说英语的摸你。"

"不同样说'摸你'吗？真是。"旁边的几个旅客也同声提出疑问。

"不是，不是。"被大伙一问，本来三脚猫英语的阿辉更是手足无措，他急得死劲地挠着脑袋，汗水都急了出来。良久，才想明白了："你们难道不知道吗？摸你便是英语当中的您好么？"

"哈！哈！哈……"机舱里的旅客听到阿辉的解释，终于明白了是怎么回事，一个个开怀大笑起来。

一场哄堂大笑，让众人看清了眼前这位敢于打拼的年轻人的纯朴和可爱。

当然，笑声也结束了刚才的一场误会，结束了刚才的不愉快。

"我又怎么啦？"阿辉被众人笑得满头大汗，他不知道自己哪里又出了纰漏。

"好了，好了，误会了。"邻座的女生也是一个见多识广且通情达理的人，向空乘小姐道谢了一声，然后转过身对着阿辉善意地笑了笑："大哥，算我冤枉你了，对不起。"

"你没冤枉我呀？"这回阿辉倒难以理解了。

"先生，你是做什么生意的？"后排又是一个生意模样的人，五十多岁，鹰钩鼻子，人高马大，百分之百的老外，可说的却是地道的汉语，从阿辉登机以后引发的一系列笑料他都看得很清楚，所以引起了他极大的兴趣。

"我……"阿辉以为这老外不是找他。

"嗯……"老外善意地微笑着。

"小家电配件生产。"阿辉情急之中，想到自己印了一大摞名片，赶紧从怀里掏出一张递了过去。末了，又掏出一张递给身边的女生："我是第一次出远门，请多关照……"

"台湾安泰家用电器制造有限公司董事长林信辉。"老外饶有兴趣地念了一遍。然后，又翻回名片背面："福德安泰，世人所爱。"老外这一念不要紧，周围人的眼光一下齐聚在阿辉身上。

"你便是安泰公司的老板？"邻座女生用怀疑的目光看着已经同坐八九个小时的阿哥问道。

"对，我是福德安泰的林信辉。叫阿辉最好！"阿辉回答得很自然。

"台北凯旋大厦的广告牌便是你安装的？"老外也问了一声。

"对! 我们安泰公司。"阿辉肯定地回答。

"佩服，佩服，想不到，想不到。"那老外干脆从座位上站起来，走近阿辉热情地握了一下手。

"您，摸您! "阿辉情急之下，想到眼前的外国人，不知不觉蹦了一句英语。

"您好，您好。"老外从怀里礼貌地递上一张名片，那是一张用外国文字印制的名片。"我叫彼得，德国一家小家电公司的工作人员，我正想寻找合作伙伴。"

"是吗? "阿辉听说碰到了同行，异常开心，乐得眼睛眯成一条线。

"你去哪里? "彼得问了一声。

"去柏林参加家电产品展销会。"阿辉充满自信。

"你一个人? "彼得似乎不相信，一个其貌不扬，没出过远门的人要远渡重洋参加世界上远近闻名的展销会。

"嗯。"阿辉学着彼得的口吻。

"没有助手么? "

阿辉摇了摇头，"我一个人足够了。"

"真是不简单呀，阿辉先生。"邻座女生此时对身边这位邻座男生已经一改过去八个小时的印象。真是人不可貌相，海不可斗量。一个连外语单词都不识几个的人，敢独闯欧洲，我们的国人打拼精神真是令人折服。于是，也乘机递上名片："我也是台湾人，留学毕业后在德国定居，现在干的跟你是同一行。"女生歪着脑袋，表现出一种天真与浪漫。

"生产家电? "

"不，我是负责销售和产品推广的。"

"德国西门子电器有限公司大中华区总经理陈子……"阿辉拿起名片，口里在读着，可是后面还有一个字，他从来没见过，反复几次，却出不了声。

"陈子茵。"女生越发开心，一边告诉阿辉，一边"咯咯咯"笑出声来。原来这老兄不但不懂几个英语字母，甚至连汉字也认不了几个呀! 陈子茵更加折服了。

"噢，子茵小姐，你一定是大户出身。"阿辉听到这名字是那么高贵，再看看她年纪与自己相仿，便礼貌地点点头，自我解嘲地告诉她："我是一个粗人，没有上过一天学，是第一次出远门，有不妥的地方，请多担待。"

"别客气，你太伟大了，你的一切令我五体投地。"陈子茵以前曾无数次听过自己的同胞当中很多敢于打拼的感人故事。可是，今天却真实地发生在眼前，敬佩之情溢于言表："其实，我的父辈跟你一样艰辛，父亲是一九四九年来台的……"她话说得很轻很轻，"只不过，你的创业精神远远超乎于我。阿辉先生，到了德国有困难找我，名片上有电话……"

"嗯……"阿辉深深感谢陈子茵恳切之情，但发现她虽然努力展现着美丽的微笑，却难掩一丝丝伤感。他还想再攀谈几句，却见陈子茵已经有了一丝疲惫，便适时止住了话题。

阿辉模仿着别人抓紧时间闭起了眼睛，因为毕竟已十几个钟头没有很好休息了。可是，想归想，那眼睛实在不听使，一闭上眼睛，刚才陈子茵那瞬间感情的变化却让他浮想联翩。尽管他不了解陈子茵，但隐隐约约可以感到她也过得不太称心如意，一定经历了不少坎坷。是啊，一个人的人生道路，说长很长，说短很短，尽管经历不同，定位不同，但道路都不可能平坦，不可能一帆风顺，要承担人生责任，要对人生有所交代，唯有不断地拼搏。尤其是碰到困难，遇到挫折的时候，必须咬紧牙关挺过去，那么，前面必定是一片曙光，必定充满希望。

想着，想着，阿辉又为自己这十几个钟头的经历感到欣慰，对明天、后天，在德国柏林的世界家电展销会肯定有所收获而充满信心。

第三十四章

凝心聚力

与其说梅山人家的三项活动，犹如三件喜事，影响很大，牵动了大半个台湾人的神经。其中，最受震动的人莫过于东进一郎。这个一直在幕后以其特有的狡诈策划商业垄断，重重地剥了台湾家电配件企业代工业务的几张皮，导致了一家家东倒西歪。

让他根本没有想到的是，这个安泰公司却在自己的眼皮底下迅速逆势成长。令他感到意外的是，这个老板是一个孤儿，是一个几乎赤贫出身的学徒；更让自己难以置信的是，他还是那老阿庚当年的徒弟。

记得那天，当台北仁爱路凯旋大厦耸立的"福德安泰，世人所爱"八个巨字的广告牌竖起来后，当时日本商会联合会的一大帮日本商人都对其嗤之以鼻。认为这个阿辉有点不识世故，不知天有多高，地有多厚，海有多深，无非是一种商场门外汉所做的过家家把戏，成不了气候。唯独东进一郎不这么认为，他预感到自己在台湾的发展遇上了一个潜在的竞争对手。

在商场竞争当中，大凡可以逆势而上，无非要具备两大优势：一是人才优势，首先是商场老手，洞悉商场风云，善于把握商机，寻找打破垄断的突破口，杀出一条血路，发展自己；二是有雄厚的财力，可与竞争对手拼实力，用自己不可匹敌的财力优势，置对方于被动……

可是这些对于阿辉来说，都是白天做梦娶媳妇——空想而已。

然而现实却是那样令人难以置信，那样令人难以理解。

就是在这么很短的时间里，安泰公司非但没有倒下，没有在日本商会联合会的垄断中屈服，反而在这场商场竞争与博弈中扶摇直上，在台北市一些家电市场上，"福德安泰"品牌的电热管类和小马达类的小家电尽管数量不多，却是品种齐全，琳琅满目。

更让这些日本商人气得直发抖的是，这福德安泰的产品价格要远比日本产同类产品低三成以上。强劲的价格优势，足以让日本产品在台湾市场失去竞争力。

"这个阿庚，混蛋。"东进一郎狠狠地将不满和气愤归咎在老阿庚身上。

三成以上的价差，几乎让自称小家电生产王国的日本产品徘徊在台湾市场之外，摆在台北商场里的样品成了中看却卖不出去的观赏品。

"这日本货，简直是银样蜡枪头——不中用。"记得那天东进一郎带几个日本同行到商场考察时，正巧一帮年轻人在挑选小家电，指着日本小家电不屑一顾。这让东进一郎颜面尽失，回到寓所后的几天时间连话都说不出来。

东进一郎气急之余，又想起了老阿庚父子。几年的交往，他对老阿庚父子的秉性了解得几乎一清二楚。

"这是一对要钱之外，什么都可以不要的东西。"东进一郎心里明白，摆脱当前的困局，还得利用这两个营销专员，利用他们当好马前卒，充当打手。这与当年皇军占领中国时候，豢养的汉奸是一样的。除此之外，东进一郎真还没有想出其他招数。

此时，在家中的老阿庚日子过得也不清爽。

上次阿福被广达员工追赶出门，就差另一条腿没被打折的之后的那天晚上，阿福失魂落魄地回到家里。这次回来，阿福几乎崩溃了。本来静娴与阿辉结婚已经对他打击不小，离开梅山时，阿福曾下决心振作起来，更弦易辙，走一条正当的人生之路……

谁知柳暗花明，回程的路上竟无意中认识了陈子茵。而这个陈子茵又是留洋的台湾人，还是自己的同行，这在他的内心燃起了一种改变人生被动局面的熊熊之火。他想能借助陈子茵的才华，在事业上奋起直追，迅速发展，超越阿辉。

是啊！只要还有一丝良知，只要还有一丝奋斗精神，谁不愿意自己有一个出人头地，甚至飞黄腾达之日？要不，古人怎么有水往低处流，人往高处走这么一说呢！

与陈子茵从认识，到狼狈地连说一声拜拜都来不及，是那么短暂，那么仓促。

一天时间不到，连二十四小时都不足。

从台湾南部那小县城怎么回到台北的，阿辉已经没有多少记忆。自己走后，陈子茵会是多么伤心，多么痛苦？阿福连想都不敢去想。

一个刚受到感情伤害的女人；

一个远离家庭，满怀信心追求未来的女人；

一个对未来充满希望，却又瞬间破灭的女人；

一个……

阿福对自己所做所为充满着悔恨，充满着的愧疚。

对此，早已司空见惯的老阿庚自然是视而不见。因为，这个儿子越不争气，他觉得自己越应该多赚一些钱，多一些积蓄。因为，古人说过，养儿防老，积谷防饥。眼前这儿子，能防老么？无非是一个地地道道的啃老族，毁老族。

如此一来，这些年老阿庚虽极尽全力每搞一些营销业务总会把阿福带在身边，以便言传身教，领他走上自己以为正经的道路。结果，一次又一次的失望，一年又一年的失望。

阿庚心凉了，从头凉到脚后跟，干脆要吃要花给他一点，至于他干什么，则看也不看，想也不想。眼不见，心不烦。

"叮铃铃，叮铃铃……"客厅里的电话响了起来，一声比一声更着急。老阿庚已经六十多岁了，头发花白稀疏，头皮清晰可见。此时，他感到浑身倦怠，那高一声，低一声的电话铃响了许久，他都懒得去接听。

"叮铃铃，叮铃铃……"那电话还在响着，响声把在房间里躺了好几天不翻

身的阿福叫醒了。此时,阿福的心里浮现了一种期盼,一种希望,他期待陈子茵会给自己拨来电话,让自己有一个机会向她道歉,向她解释,向她表达自己的悔意,甚至用真诚感动她,与她重归于好,帮助自己成就一番事业……

"您好……"阿福忽地从床上蹦起身,绕过正在安乐椅上闭目养神的父亲,径直走向电话机,拿起话筒,用少有的文明语,轻声地问候。

"阿庚先生吗?"阿福大失所望,电话里传来的不是子茵的声音,是一个男人的声音,是东进一郎的声音。

这声音让阿福感到厌恶。

"找你的……"阿福很失望他的心境又恢复到非常糟糕的境地,将话筒往茶几上一搁,对着父亲叫了一声。

"谁……"

"东进一郎。"

父子之间已经没有亲情,没有了默契,一问一答,非常简单,非常生硬。

"噢,东进兄。"阿庚不能再不接电话了。他欠了欠身,伸手将茶几上的话筒拿到耳边。因为,这一段日子他也在反思,尽管这几年自己追随东进一郎,充当他的鹰犬,对台湾的家电配件进行垄断,自己虽然捡了一些残羹剩菜,却每到一处都被人指着脊梁骨骂,自己把子孙后代的饭都吃了,连子孙后代和上代八辈子祖宗都被人咒骂了。

"阿庚兄,你知道吗?"电话那头的东进一郎并不知道阿庚此时的心境,也不管他此时的心境如何,开口便问:"你的那位徒弟很成气候了,又是将台湾的许多工商业老板的资金吸收过去,建了一个新的安泰公司;又是开发了一系列的福德安泰小家用电器,跻占了我们日本小家电的市场份额……"

"这个……"电话那头东进一郎滔滔不绝,没完没了。这边的阿庚尽管不愿意接听,但又碍于多年的合作,还有利益驱使,只好哼哼哈哈,应付了事。

"这些事难道你一无所知?"东进见电话那头支支吾吾,哼哼哈哈,反问道。

"这个……"

"你不想有所作为么?"

"这个……"

"阿庚兄，那是你的徒弟。对他，你应该了如指掌。如果他真成了气候，那么我们的共同利益便不复存在……"

"这个……"东进一郎的话咄咄逼人，杀气腾腾，老阿庚只感到原本已经十分烦躁的内心点燃了一盆火，这盆火又浇上了一勺油。他的脑子懵懵的，东进一郎后面到底讲什么，他一点也听不清楚，只是用"这个、这个"不停地，反复地加以搪塞。

"不要再这个、这个了。"听到电话那头无休无止地哼着"这个、这个"，东进一郎生气了，"你有没有办法，给一句干脆的……"然后，狠狠地撂下了话筒。

老阿庚听到电话里的嘟嘟声，知道东进一郎把话筒撂下了，才迟钝地将话筒放回原处。他觉得耳朵嗡嗡作响，身心疲惫，颓然倒在安乐椅上……

家门不幸呀！别人到了自己这个岁数，已经当爷爷带孙子了，安享晚年。可是，自己现在还在受这种鸟气……老阿庚感到凄凉，感到不幸与悲哀。

话说广达家电配件厂的李作良，那天送走陈子茵之后，一群员工迟迟没有离开他的办公室。这些都是广达厂的老员工，其中不乏广达厂的有功之臣。按照广达厂的章程，凡是到了一定工作年限，又对企业做出一定贡献的员工，企业都会给他们派发红股。从这个意义上说，他们是广达厂的股东。也是说，他们是广达厂的主人。

这些人员对广达厂，对李作良厂长有着深深的情感。当他们了解到广达厂的情况，再看到刚刚发生的一切，此时倒一个个关心起李作良来了。

"厂长，你有没有听说梅山脚下有一家安泰公司。"一个年轻的员工将目光投向一脸倦意的李作良脸上。

"安泰？"李作良感到有一点累，刚刚工友们群情振奋要揍阿福，他真怕出事。他是一个凡事讲稳妥的人，他担心这人多势众，大家一肚子怒火爆发出来，如果倾泻在阿福头上，稍不慎将那瘸子的另一条腿打折了，那便坏事了，赔钱是小事，还得吃官司。现在，这场危机总算过去，想起来他还在后怕之中。

"对呀！据说那叫阿辉的老板还是当年老阿庚的徒弟。"

"这个我了解。"李作良疲惫地应答着。

"听说，茂祥公司、金威公司这样的大企业都投资参股到安泰去了。"这个年轻员工以其独特的视角不断地发表着自己的见解，"而且，安泰自创品牌的小家电还开始占领台湾的市场了。"

最后这一句话激活了李作良的思绪，他"霍"地站了起来，看看身边几十双期待的目光："你们的意思是，让我们的广达也参股到安泰公司去?"

"对呀! 去作为安泰的配套厂，成为安泰的股东。"年轻人很兴奋。

"对! 这日本鬼子靠不住。"

"是啊! 那老阿庚连徒弟都敢坑，别说我们了。"

"我们被坑得多苦，这些吃人不吐骨头的家伙。"

"派人去联系，兴许广达还有出路。"

……

众人异口同声，意思只有一个，广达面对日本人的商业垄断，面对企业当前的窘境，要有一条活路，要发展，只有另辟蹊径，投靠安泰，形成拳头，共同应对日本商会联合会的垄断。

"我……"李作良沉思。

"你还什么呀!"年轻人有些急了。

"我看完全可以。"李作良终于说出了非常肯定的话。"这件事，我实际上已经考虑了许久，一是担心人家不要我们; 二呢，又担心参股进去吃亏。可是今天，这阿福狗东西来了之后，大家都有这么一个共识，我终于彻底想通了。

"好! 厂长，你早该想通了。"年轻员工欣喜地答道。

"不!"突然，李作良用拳头砸了一下办公桌。那似乎没有表情的脸上显示了一种刚毅，刚毅当中又透出一股睿智。

"又怎么啦?"大家被厂长表情突然的变化弄蒙了。

"董事会的同仁们都在吗?"李作良将目光朝大家扫了一下。

"这……"众人奇怪这厂长怎么会突发奇想问起董事会的成员来。

"马上开一次董事会，将广达厂参股安泰公司形成决议。同时，还要尽可能利用广达的人脉，将台湾同类厂的同仁们团结起来，凝聚力量，抵御日本商会联合会的垄断。"李作良似乎有点孤注一掷。

此时的安泰却是另外一番景象。

阿辉出洋之后，家里的工作实际上由静娴一手操持。安泰公司由于茂祥公司、金威公司的投资参股，其体量在短时间内迅速增长，员工在短时间里扩大到近百人。面对着迅速发展的企业，平时小打小闹惯了的静娴真有点不适应。

丈夫远渡重洋，腹中的小生命开始不安份起来，实在让静娴有点招架不住。更难办的是，这刚进厂的员工，昨天还在田里干活，爬上田坎，满脚的泥浆还来不及清洗，今天却摇身一变，穿上工作服成了工厂的工人。

讲话，很大声，似乎像吵架；

车间不安全因素甚多；

上班迟到早退，安泰公司活像个农家大院。

"静娴，当务之急是要对这新招进厂的员工进行培训，不能急于上岗。"看到这乱糟糟的一切，朱云生有些着急，他急急匆匆闯进门，也顾不得那么多礼节，开口便向静娴建议。反正她是老板的太太，老板曾是自己的夜校学生。

"好，这件事交给你去办，朱总监。"静娴感到自己也没有别的办法，交给朱去生云处理倒是一个最高明的选择。

"我?"朱云生有些迟疑地问了一句。

"对呀!"静娴有些不解，她身怀六甲，忙得上了火，嘴都长起了泡，话一出口，火气也比较大，"相信你，怎么啦? 还不想干?"

"不，不，不是的。"朱云生解释。

"那，你要怎么样?"静娴心烦意乱，妊娠的反应没人照顾也罢，这些破事一个个摆在眼前，没完没了。

"这几百个工人，我一个人顾不过来，找一个人协助好吗?"朱云生见静娴有些误会，忙作了补充。

"那叫荣生去协助。"静娴头也不抬，低头看桌上的文件。

"静娴，我……"看到一个女人如此操劳，朱云生有些于心不忍。但看到公司目前的乱象，作为先生出身的人，却又想再建议一番。

"你有完没完？"静娴心里烦，没等朱云生话说完，便被打断了。

"你怎么回事？等我把话说完再发火不迟，哪有这样做老板娘的！"朱云生本想建议，安泰初创，万事待兴，除了加强产品研发之外，还不可忽略的是员工的教育培训，并将研发和教育两项工作当做企业文化，作为企业发展战略写进公司发展纲要里去的。见静娴这么没大没小的话，憋了一肚子火，把话重新吞回肚子里去了。

"咚咚咚"朱云生刚出门，又传来了敲门声。

"怎么回事？"静娴正烦，以为这朱云生又回来了。

"请问阿辉老板在吗？"一个陌生的声音随着敲门声传了进来。

"啊！嗯。"静娴抬起头看见门外站着好几个从未谋面的客人，有点惊讶地问："你们是？"

"我们是广达家电配件厂的。"

"哦，请，请，请。"静娴这个人平时性格特直爽，做事也风风火火，听见客人来找丈夫，立马换了张热情的脸，微笑着迎接客人，"阿辉去德国了，不知有何指教？"

"噢，您是？"李作良看了看眼前的女人，试探地问："莫非您是……"

"我叫静娴，阿辉家煮饭的。"待人接物，静娴还真有一套，听说找阿辉，便风趣地答道。

"哈！哈！哈，董事长夫人，董事长夫人。"李作良一边说着，一边从西装内袋里掏出名片，双手递给静娴。

"哟，李厂长，稀客，稀客。请坐。"静娴不知道这从未打过交道的广达老板，今天没有预约却求访，不知有何要事。

"这是我们董事会的成员。"李作良将自己的随行一一作了介绍。"我们这次登门，是想将广达厂全资参股到安泰公司，并在阿辉董事长的领导下，做一番事业，请董事长和夫人不要嫌弃……"

"是这样啊！"静娴没有任何的心理准备，李作良说明来意之后感到非常突然。但她马上缓过神来，笑吟吟地对来人说："欢迎，欢迎。但这事能否等阿辉回来后再做决定，行吗？"

"这……"李作良面有难色。

"不要紧，不要紧。阿辉这几天便回来了。他一到，我便跟他一起去拜访。一定，一定的。"应付这场面静娴确实有一套，一面交谈，一面通知身边员工："快，去通知阿林、阿文、朱总监和荣生马上回来，陪李厂长一块吃饭。"

"这样便好，便好。"看到静娴如此热情，李作良的心似乎平静了下来。说话间，静娴拿起电话，分别给陈茂祥、杨金威通了电话，并将李作良一行的来意做了报告。

"很好，很好。"电话那边陈茂祥异常高兴："静娴，你叫李厂长他们等一下，我和金威兄立即出发，不出半个钟头便到，我们一起吃个饭，一起商量一下。"

"不，不，不……"见到静娴如此干练，李作良满心欢喜，兴奋地补充道："除了我们，我还联系了台湾南部的几家工厂，大家心都很齐，表示都想联起手来，在安泰的带领下，形成生产和开发小家电制造的合力……"

"那岂不更好，谢谢，谢谢……"静娴的心激动异常，说话也略显有些不顺畅。

第三十五章

柏林喜遇

　　经过十八个小时的越洋飞行，班机终于在德国柏林勃兰登堡国际机场降落了。走出机舱门，阿辉才感到前所未有的疲惫。平时一天十几个钟头在劳作奔波，似乎那奔波是一种伸展筋骨，是锻炼身体。可是，这一次十多个钟头被安全带绑在座位上几乎不能动弹，着实让这位后生感到乘坐越洋飞机的难受。

　　然而，难受的远不止这些，这个一直在台湾南部乡下生活的阿辉，平时连去台北也难有机会，二十多年的人生经历都在这村与村，山与山之间，一年四季，春夏秋冬，循环往复，乐在其中。现在，当他一手拎着那一箱电热管和马达样品，一手拎着一大包行李走在机桥的时候，内心不住地打着寒颤。

　　新历的五月，德国柏林还在严寒之中，那机场除了被扫雪机清扫过的起降跑道之外，都被白雪严严实实地覆盖着。

　　飞机是白的，待飞的飞机冒着浓浓的雾气。

　　地勤服务车是白的，在厚厚的白雪上缓慢行驶。

　　接机大厅里放着足够的暖气，与室外那洁白寒冷的世界形成鲜明的对照。

　　看到那候机楼外穿得像一条条巨大萝卜一样的旅客，再看看自己穿着如此单薄的衣服，阿辉在大厅门口停住了脚步。

他在思考，面对这隆冬季节，面对洁白无瑕却滴水成冰的柏林，自己该怎么办？这里可是人生地疏，举目无亲啊。

选择哪家酒店落脚？

酒店与展览中心又有多远？

"阿辉先生，您怎么啦？"正当阿辉在犹豫不决、举棋不定时，陈子茵的声音从人群中传来。这个在海外长大的姑娘尽管对祖国情况了解不多，但对自己的同胞却有着十分深厚的情感。尤其是在飞机上经过对阿辉的误解，不知不觉中产生了一种敬意。

当她看到阿辉站在门口却始终没有举步时，感觉到这位阿辉一定是碰到了很难解决的问题。

"您好，子茵，没、没……"在一个女人面前谈困难，阿辉实在难以启齿。

"有什么困难需要我帮助么？自己同胞不必客气。"陈子茵已经猜到了阿辉怕在女人面前求助丢了面子，便又问道："你选择住宿的酒店了吗？"

"没……"阿辉摇了摇头。

"这不就得了。你如果愿意，我送你到展览中心最近的酒店住下来。"陈子茵不由分说，拉着阿辉的胳膊，冲进了冰天雪地的寒流中。

阿辉觉得一个男子汉被一个女人牵着走，有失面子，但想来想去也别无他法，只好硬着头皮跟了上去。

陈子茵从停车场里开出了自己的汽车，叫阿辉坐在副驾驶座上，便快速驶上了机场到柏林市中心的高速路。

那道路结着厚厚的一层冰，车轮走在路上不时地在滑行着，好像在扭着秧歌，让阿辉不时地吸着一口口凉气。

"紧张吗？别怕，扣紧安全带，相信我的驾车技术。"看到阿辉一脸紧张的神色，陈子茵不时地安慰着。

"嗯，子茵小姐，能不能把我安排在离展览中心最近，房间价位最低的酒店？谢谢您。"车在滑行，阿辉却在思考，这种鬼天气，自己从来没见过。尤其是那雪，实在是让人大开眼界。在家乡最多只有冻霜，结一些薄冰大家便大呼小叫了。

"好，放心。"陈子茵告诉阿辉，今年这柏林天气反常，往年这个季节早已春暖花开。她边开车边把阿辉与匆匆相识又匆匆告别的阿福进行对比，感到这两个年纪相仿的男同胞绝对是不可同日而语的两种人。对眼前这个如此诚实，又善于打拼的同胞，在异国他乡遇到困难时，自己有这种责任去帮助他。

"谢谢！"阿辉口拙，看到人家如此帮助自己，除反复道谢之后，别无话题。

"阿辉先生请记住，在柏林如果有困难，你可以随时打我电话……"陈子茵不知是对阿辉有一种敬重之情，还是即将分别有一种不舍，把这句话反复说了几遍。

"会的，会的……"阿辉满怀感激。这时，他才真正感受到古人所说"在家千般好，出门半朝难"这句话的真谛所在。要不是碰到子茵，人生地不熟，而且语言不通，自己怎样才能在这冰天雪地里找到落脚的地方啊？他用无比感激的目光看了看陈子茵才发现这女孩长得实在漂亮，白皙的皮肤，高雅的气质……

从勃兰登堡国际机场到陈子茵为阿辉联系住宿的酒店不过二十多公里，由于道路结冰，却走了近一个钟头。

安顿好阿辉，陈子茵要走了。

"子茵小姐，慢走。下次有回台湾，务必给我打电话，容我尽地主之谊。滴水之恩，涌泉相报。"阿辉是一个知道感恩的人，本来想找出更能表达自己感激之情的话来，但搜肠刮肚只找出了这么几句。

"一定。阿辉先生，我们还会再见。"陈子茵心清楚，阿辉在柏林一定还会碰到许多困难，如果他向自己求助，自己一定要倾力相助。

阿辉入住的确实是当地最便宜的酒店，在一条小巷子里，离展览中心大约五公里左右的距离。

"五公里还不到梅山岳父家走一个来回。"在家省吃俭用惯了，阿辉感到在德国开销很大，倒不如走路去。是啊！

决心一下定，第二天早上阿辉便拎着那沉甸甸的电热管样品出了门。

"摸您。"出酒店的门时，阿辉也学着外国人的习惯，主动与服务生打招呼。

"先生出门？"看见阿辉出门，可能从人种上大致看出是中国商人，服务生用汉语问道："要我叫出租车么？"

"不！走路去！"阿辉很奇怪，想不到这里的人倒会讲汉语，反而为自己讲那蹩脚的英语而发笑。

"走路？"服务生看看那呼啸的寒风，又指了指满地的白雪，摇了摇头，感到百思不得其解。

阿辉点了点头，笑了笑……

柏林的街道两旁满是古老的欧洲风格建筑，精致而考究，充满着异国风情，这让初出国门，又是第一次踏上异国他乡的阿辉有点目不暇接。他走在漫天飞雪的街道上，欣赏这新奇的一切，分分秒秒都感到耳目一新，很有一点小孩子进入大商场的感觉。

路上几乎没有行人，只有川流不息的汽车。

地上积雪看起来足有好几寸厚，在微弱无力的阳光照射后，折射出斑斓十色的光。阿辉不知是好奇，还是第一次见雪，他想踩在那积雪上体验一下雪的风味，雪的魅力。可是，却不了解这积雪看起来很疏松，当脚踩上去时却与冰一样的坚硬，像冰一样的滑溜，一不留神脚一滑，四仰八叉地摔倒在地上。

"砰"的一声，手上那装着电热管样品的旅行箱重重地从手中掉落，掉在那如冰的积雪上，"哧溜"一声，滑得很远，很远。

"糟糕。"阿辉来不及揉揉被摔得生疼的屁股，连滚带爬先去抢回那溜得老远的旅行箱，并迫不及待地打开箱子取出样品查看。

"土地公保佑，没有摔坏，没有摔坏……"阿辉看到样品丝毫无损，开心地笑了，笑得有些傻乎乎。

五公里的路，足足走了两个钟头。这是阿辉始终没有意料到的。当他的内衣已经出汗的时候，终于如愿以偿踏进了德国国际家电展览会的会场。

这里万商云集，巨大的展览中心到处是洋人，白皮肤的，黑皮肤的，棕色皮肤的，应有尽有；各种各样的家用电器，从电视机、录像机、功放机、卡啦OK机，琳琅满目；展览中心里的语言叽里呱啦，充斥着耳朵，却让自己不知所云；那各个展摊里的文字七歪八扭，有的像蚯蚓，有的像豆芽，有的像连自己也说不上什

第三十五章

柏林喜遇

么东西的文字,让自己如同雾里看花……

这着实让阿辉为难,让这个从来不懂什么叫怕的人感到后怕。他人生第一次感到什么叫害怕,什么叫中气不足。看到眼前的一切,他在反反复复问自己,自己怎么去与人谈业务呀?这偌大的展览中心找谁去接洽呀?

"管他呢,我身上不缺任何零件,人家能做到的事,我为何做不到?"阿辉自问自答,信心也陡然增加起来。

阿辉漫无目的地在一个个展摊前行走,在一个个陌生的面孔前穿梭。

"土地公保佑我阿辉,保佑……"阿辉感到心有一点虚,万里迢迢来柏林参展,现在才感到这与其说参展,倒不如说"参站",而且站到什么地方都是一个问题……

一个钟头过去了;

三个钟头过去了;

五个钟头过去了。

早上出门前冲的一包方便面此时早已烟消云散,脚也慢慢变得沉重起来,连继续站下去的力气和信心都慢慢地消退了。

六个钟头过去了。

也许再过一两个钟头,这里将闭馆休息。疲惫和失望好像铺天盖地地扑面而来。阿辉举目看着那一个个行色匆匆,面带收获喜悦,叽里咕噜说着满口洋话的商人们,思考着自己该怎么办,怎么扭转目前被动的局面。

"有了。土地公保佑。"越是着急,阿辉越是通过向土地公祈祷努力让自己淡定下来。也许是真的土地公显灵,此时阿辉突然想起在台湾南部县城的街道上,有几次看到小孩或是老人手上捧着一个简单的木架叫卖着香烟的样子,心里莫名其妙地笑出声来。他迅速将那旅行箱盖打开,模仿着卖香烟人的样子,把那装着电热管和小马达的箱子端在手上。

"摸您,台湾电热管小马达,台湾电热管小马达……"阿辉扯开嗓子开始穿梭在人群中吆喝起来。

阿辉这一叫,很有一些新意,在充满欧美风情的展销会上,让人感到有着别样的另类,无数见多识广的商人们纷纷驻足观看。他们尽管听不懂阿辉嘴里说些什么，吆喝着什么，但从他手中捧着旅行箱里装着的电热管和小马达样品中倒也看出了一些端倪，引起许多人的眼光。

这些眼光迅即给阿辉增加了信心，增添了力量。

他端着旅行箱继续吆喝着，而且人越多越密集的地方他吆喝得越起劲。

第一天阿辉便在叫得口干舌燥，疲惫不堪中过去了。在柏林城华灯初上的时候，他拖着沉重的步子回到那小巷里的酒店。

第二天，情况仍然以第一天一样的成果收场。

第三天，仍然外甥打灯笼——照旧，境况没有丝毫好转。从来没有失眠历史的阿辉终于迎来了最痛苦、最难熬的一夜。

当他看着自己带来的方便面袋子从原来鼓鼓囊囊慢慢变得干瘪，自己仍然一无所获的时候，一种失败的情绪涌上心头。

"难道我此行真的毫无所获吗？难道自己历尽千辛万苦坐了十八个钟头的飞机，却在这里不停地消耗方便面么？土地公，我在万里之外的德国求您保佑，保佑我……"阿辉躺在被窝里，看着那电视里一闪一闪地跳跃的图像，听着那根本听不懂的言语，让他心烦意乱"啪"的一声干脆关掉了电视机。

"如果此行空手而归，那怎么办？"阿辉不断地反问自己，在床上辗转翻身。

他想起了岳父母；

想起了在家望眼欲穿的静娴；

想起了对自己寄予厚望的陈茂祥和杨金威两位老板。

还想起了安泰公司的那些盼望自己凯旋而归的股东以及几百号员工。

"安泰公司的成败在此一举。自己应该改变策略，一定要有所收获。"在痛苦的反思当中，阿辉不知已经到了何时，才在极度疲倦中迷迷糊糊入睡了。

这是到柏林后的第六天。

中国有这么一个习惯，六是吉利数。六六大顺，自古以来都是民间的习俗，民间的期待。

这一天，阿辉起得特别早。洗漱完毕，他朝着家乡的方向，双手合十，默默地向土地公祈祷："保佑我，保佑我今天马到成功。"

第三十五章

柏林喜遇

323

他拎起那旅行箱，走上了已经走了五天非常熟悉的街道，直奔展览中心……

他认真总结了前几天的经验与教训。先是拎着旅行箱，在这巨大的展览中心寻找小家电及其配件展览区，看看那些展商的家电产品及其配件。然后打开旅行箱，扯着已经有些嘶哑的嗓子吆喝着："小家电电热管配件，小家电小马达配件，寻求合作，寻求合作呐……"

大约到了中午时分，真有一点口干舌燥，可是情况一如往常。

除了看稀奇的，指着他比比划划，嘴巴里叽里咕噜的外国人不知说什么话外，连一个上前搭讪的人都没有。

"怪了，这外国人真是怪胎……"阿辉心里嘀咕着，好像有些怨这外国人不识货。可是，他却不知道，由于语言不通，外国的商人们不管这阿辉在这展览中心吆喝得多么辛苦，却根本不知道这位中国人在干什么，甚至还有人怀疑他脑子是不是进了水。

没有办法，已经又饥又渴又疲劳的阿辉只好找了一个没有人的地方将旅行箱盖一合，顺势坐下来休息。这时，他才有机会将眼前四处打量，发现离自己不远的地方有一位保安模样的人在不远处看着自己。这时他才回想起来，自从第一天开始，这个保安人员便一直不远不近地关照着自己。

"噢……"阿辉终于恍然大悟，这个偌大的展销会，如同自己一样满场吆喝的只有自己一个人，莫非他们把自己当成一个不正经的人？

是也罢，非也罢。

万里而来，一定要有所收获。

反正自己没干不正经的事。

想到这里，阿辉觉得自己内心非常坦荡，而且疲劳也减缓了许多。

他重新站起来，打开那旅行箱，专挑小家电配件的摊位，靠近了吆喝起来，用那夹着汉语的英语，言语加手势对着摊位比划着。

"摸您，要合作生产电热管么？"

"摸您……"

"您好，阿辉先生。"正当阿辉一个摊位一个摊位"摸您"的时候，阿辉听见有一个男人在叫他。

"您好……"阿辉精神一振，在这里举目无亲，听到这一句半生不熟的汉语叫出他的名字，实在让他感动至极。他抬起头一看，摊位边站着一个老外。他？对！便是飞机上告诉自己叫彼得的德国商人，他坐在自己的后排。此时，彼得正笑吟吟地招呼着阿辉。

"彼得先生。您好。"阿辉大喜过望。

"来，来，来，进来谈，老朋友。"彼得很高兴。可是，讲完这些简单汉语后，彼得拉着阿辉的手也开始比划起来。原来，这彼得跟自己一样，除了几句应酬的三脚猫汉语外，再往下讲也心有余而力不足了。

"叽里咕噜……"彼得从阿辉的旅行箱取出电热管比划着，他的手一会儿指着那样品，一会儿指着自己，一会儿指着阿辉。比划得很着急，比划得很辛苦。阿辉不知道，那意思是问，这东西是您生产的吗？要多少钱？我们可以合作吗？

可是这边的阿辉却像木头一样，在发呆，在着急。

"这是我公司生产的。摸您。"阿辉极力减缓语速，一边一字一句地说，一边指着这电热管。

"OK。"彼得似乎理解了，脸上露出笑容。

"一个价格是一千元新台币。"阿辉比划着，可是彼得把头摇成拨浪鼓。

"一千元，台币。"阿辉急得满头大汗。沉思片刻，从身上掏出计算器，用手按了1000元的数字。

"NO, NO, NO。"彼得在摇头，"USA？"

"肉，肉，肉，台币，台币，新台币。"阿辉忙着纠正。

"新台币？"彼得勉强听懂了。

"也是，也是。"见彼得终于听懂了，阿辉兴奋地几乎要叫出声来。

"叽里咕噜……"彼得又问了一个问题，那着急的情绪又重现出来，可是阿辉根本听不懂，急得彼得脖子上的筋直暴，额头上的汗珠也渗了出来。

阿辉毫无办法，他将目光朝四周围观的人群求援。可是，大家除了哄笑之外，没有一个人可以帮他解围。

好不容易碰上了飞机上一面之交的主顾，可又无法用语言沟通，阿辉气得直跺脚。突然，他的脑子里闪出了一个念头，他想到了陈子茵，想起了陈子茵留下一张名片给自己，"她不是说有困难去找她么？"

"摸您，摸您……"阿辉一急除了这个"摸您"之外，其他原本背了几个月准备的一些简单会话英语也忘得一干二净了。他急不可耐地从口袋里取出陈子茵的名片，用手指着彼得手中的手机："摸您，给陈子茵打一个电话？"阿辉比划了打电话的姿势。

"OK。"彼得将陈子茵的名片拿在手上，正面是英语，背面是汉语，点了点头，领会了阿辉的意思。

"您好，子茵小姐。我是阿辉，我碰到了困难，您有空吗？我想请您帮忙。"电话通了。阿辉接过电话慌乱不迭地告诉陈子茵，请求她给自己帮助。

"嗯，我现在正忙……"陈子茵正要解释却被阿辉打断了。

"子茵小姐，您一定帮我，求求您。"听到陈子茵没空，阿辉真急了。用哀求的语言祈求着对手机说。

"阿辉先生，别急，您把电话交给彼得，我给他说。"那边的陈子茵也是个性情中人，听到这阿辉如此着急，她那边又不能马上分身，便叫他请彼得先生接电话。

陈子茵和彼得在电话上谈了一阵后，彼得将手机交给阿辉。

"阿辉先生，是这样的。我跟彼得先生沟通了一下，他对您生产的电热管和小马达很感兴趣，想跟您合作。可是没法沟通，而我一时也不能过去。我们约好了，您在那儿等一个小时，我过来……"

"谢谢，谢谢您啊……"阿辉听了兴奋异常，手拿着手机一个劲地鞠躬，引得围观的人们哈哈大笑。

"阿辉先生，坐。"彼得先生也冷静下来了。有了翻译，这事便好办了。尽管语言沟通有问题，但在飞机上彼得对这个相貌憨厚的台湾人印象不错。

想不到在这几万人云集的展览会上能再次相见，彼得十分高兴。

大约一个钟头，陈子茵满头大汗，气喘吁吁地赶来了。

"子茵小姐，费神，费神。"阿辉感激不尽，又是点头，又是鞠躬。

"不要客气，自己同胞。"陈子茵没有过多的客套。她走近彼得，两个人交谈

了一阵。然后,回过身对着阿辉说:

"阿辉先生,彼得是欧洲驰名跨国公司飞利浦的营销总监,他对您公司生产的电热管十分感兴趣,但每个离岸价一千元新台币价格偏高。他的意见是每年需要的数量很多,因此,价格能否为九百元新台币。另外,他还问您能否生产小马达,这些配件他们也很需要。"

"他每年要多少电热管?"阿辉了解了对方意图,痛快地说:"如果数量多,我当然可以考虑。"

"彼得先生……"陈子茵翻译。

"二千万件。"彼得说。

"阿辉先生,他每年要……"陈子茵翻译。

"可以。"阿辉非常干脆,薄利多销。而且这价格比日本人供货已经高出一倍左右的利润,且数量巨大。

"小马达呢?"陈子茵又问。

"我们正在生产,保证质量。但产量上规模则还要一段时间。"阿辉非常诚实。

"彼得先生……"陈子茵翻译给彼得。

"一段时间是多长?"彼得问阿辉。

陈子茵又翻译了。

"看资金到位情况,目前我们缺少资金。"阿辉那憨厚的脸上充满着诚恳。

"这个电热管质量不错,但还可以再试验改正,提升节能效果。"彼得似乎很开心,讲一句,手一比划一下,请陈子茵翻译。

"欢迎彼得先生到我们厂搞实验,我们提供一切方便,而且不收取任何费用。"阿辉听完翻译,回答得非常利索。尤其是阿辉强调"不收取任何费用",足以让彼得眼睛一亮。因为在此之前彼得曾联系几家生产公司商量节能实验问题,目的在于提高自己产品在国际市场的竞争力,扩大市场份额,可是这些生产公司往往狮子大开口,让他望而却步。

彼得和阿辉之间通过陈子茵的流畅翻译,谈了3个多钟头,顺利地签订了一

笔合同。

　　每年安泰公司向飞利浦公司提供二千万个电热管产品，每个离岸价九百元新台币，一签五年。小马达一千万个，每个离岸价六百元新台币，一签五年。安泰公司为飞利浦公司提供节能电热管的试验便利，飞利浦公司给予技术指导，并给予适当补助。

　　"并给予适当补助"这句话，是彼得被阿辉的真诚感动之后，特地主动加上去的。

掷
菱
情
缘

第三十六章

安泰不眠

听到广达厂李作良厂长带着董事会成员拜访安泰，要求将全厂资产和员工全部投资参股到安泰公司的消息后，陈茂祥感到既高兴又不安。

之所以高兴，那是乡亲们瞧得起安泰，瞧得起自己。不安的是，安泰尽管经过自己和金威公司参股，其体量已经迅速成长，公司迅速扩大，但新产品开发需要资金、技术，还要培养一大批技术工人。更重要的是，台湾市场就那么大，一个两千多万人的地区，能够有多少小家电的消费能力？而要在短时间里迅速开拓国际市场，凭着自己从商大半生的经验来看，绝非是一件容易的事情。

除此之外，还有一个问题让两位老板悬着的心迟迟没有落下。那便是阿辉去德国参加家电产品展销会，一去几天仍然杳无音讯。

但陈茂祥作为全台有名的商业大佬，他的为人处事，无人不知，无人不晓。他了解台湾小家电配件市场目前被东进一郎垄断的严重性。他觉得，不管如何自己都有帮助这些企业闯过难关，开拓市场的责任。

千错万错，上门的客人没有错。这是中华民族子孙的待客之道，也是土地公福德精神所在。

接到静娴的电话，陈茂祥正在处理一件业务。他二话没说，停下手头工作，拨通了杨金威的电话，约好马上驱车赶到安泰公司去会一会李作良厂长和他的股东们。

因为，阿辉不在家，自己应该有这份心，出这份力，处理好这件事。

为了不让客人等候太久，陈茂祥直接将车子开到金威公司，将杨金威接到自己的车上，想在到梅山的十几分钟时间里统一一下认识。

"金威兄，这广达可是一家规模不小的老厂，光员工便有七八百人，如合过来，可不是一件小事啊。"陈茂祥一针见血将自己的观点说明。

"是啊！现在安泰还在初创阶段，下一步的业务如何开展都还得费个九牛二虎之力。"杨金威不无担心。

"可是，人家诚心诚意，高看我们。我们又怎能将他们拒之门外呢？"

"拒之门外不是我们的待客之道。"杨金威回答得很肯定，"但接纳他们合作，阿辉……"

"是啊！是啊！正因为这样我才如此匆忙找您商量。"陈茂祥叹了一口气。

接纳不是，拒绝不是，实在是进退两难。

两个人经过反复研商，已经到了安泰公司门口，仍然束手无策。

陈茂祥和杨金威商量不出一致意见那静娴更是急得满头大汗。这女人家呀，小事清醒，大事糊涂。虽然阿辉识字不多，但他在大事面前异常冷静，处置决策十分果断准确。而这个静娴呀，小事弄得清清楚楚，但一遇到大事，却脑子一片空白。

现在，阿辉出洋了。陈茂祥、杨金威又没有到，她看着广达公司这一帮客人，只是一个劲地倒茶，一个劲地陪笑脸，而且心里却十分紧张，那脸上的笑容也就显得十分勉强。

正在静娴焦急万分之际，办公室的门被推开了，陈茂祥、杨金威被一阵凛冽的寒风顶了进来。

"两位老板，您们可来了。"静娴如同见到救星，像小姑娘一样咧着嘴傻呵呵地发笑。

"作良兄。"陈茂祥以前与李作良曾有一面之交，生意人记忆力特别好，见到李作良他远远地伸出手，紧紧地握着。

"哎呀！茂祥兄，想不到这安泰公司也是你的呀！"看到陈茂祥，这李作良一阵兴奋。因为他知道陈茂祥的身价，更知道他在台湾商界的巨大影响力，"我可要高攀了。"

"别，这是我的股东，金威董事长杨金威。当然，安泰公司阿辉是董事长，我们只是股东之一。"陈茂祥是一个谦虚又实在的人，在客人面前他始终非常低调，他在没有忘记同伴的同时，也没有忘记突出董事长阿辉。

"茂祥兄，我们广达有难呀……"李作良指了指身边的一帮股东，"我们……"

"不急，不急，李兄。"陈茂祥到目前为止，还未与金威、静娴达成一个共识，看见李作良要切入主题，他赶快引了一个话题："别急，李兄。我们先吃饭，边吃边谈。"

"对，对。李兄，有吃别放过，有事慢慢做。"杨金威也心领神会，边附和，边拉着客人进入工厂的餐厅。那里，厨师已经按照静娴的安排做好了一大桌丰盛的晚餐。

"请各位老板坐，请坐。"静娴看着人基本到齐，便请大家入座。但当她眼睛扫过去时，发现唯独那朱云生没有露面。

"荣生。"静娴心里咯噔一跳，把荣生拉到一边，问道："朱云生呢？"

"他说，他要培训新员工，没空！"荣生似乎心里也有些不痛快。

"没看到有客人吗？先抽空陪客。"静娴平时比较霸道，生来便有一种大家长作风，刚才呛了朱云生一句，现在又发现他不露面，心里更加不满意。

"姐，现在大家都很忙，你跟陈老板和杨老板陪便好了，何……"荣生对静娴这套做法也有一些反感，吃饭商量事情，自己和朱云生又没有发言权，何必搞得兴师动众的。

"叫你去便去……"静娴不容荣生把话说完，便打断了他的话。

"你们吃吧，我去帮朱云生。"荣生也是个急性子。他看到朱云生召集几百个新员工，一个人吆喝来、吆喝去没有帮手，自己倒和阿文、阿林被叫到这里陪客已经有些想法，现在还要把朱云生叫来，却让几百个员工放工，简直不可理解。于是，头都不回地离开了餐厅。

"荣……"静娴本想大喝一声，但看到客人已经坐定，气得脸都刷白了。

"静娴吃饭吧。"陈茂祥看到静娴那神情，已略知一二，但为了避免尴尬，便轻松地说："作良兄，现在安泰刚开业，这工作千头万绪，尤其是新员工刚进厂，还要培训，其他同仁来不了，我们用餐吧。

"茂祥兄，客气了，来！"李作良也是一个豪爽之人，也不再客气，于是主客之间，你一杯，我一杯，热火朝天地干了起来。

"来，作良兄，承蒙厚爱，我与金威兄代表出洋在外的阿辉董事长敬各位兄长一杯。"酒已喝下去好几杯了，陈茂祥仍未思考出一条解决问题的对策。于是，又端起酒杯发起第二轮攻势。

"茂祥兄，我们这次来不是来喝酒的，问题没有着落，我们这些兄弟再好的酒也难下咽呀！"李作良有些迟疑，那手迟迟没有将杯端起，面有难色对着陈茂祥说。

"这个，作良兄放心，你们的困难，便是我安泰公司的困难。只是怎么解决这个问题，我一时半会儿还没有思路，兴许这杯酒喝下去了，便来了灵感……"陈茂祥被李作良一逼，实在有些内疚，不过他是一个性情中人，大半生走过来，肝胆做人是商界众所周知的。他端起酒杯，正想一饮而尽，门外匆匆忙忙走进一个职员叫着"静娴姐，阿辉从德国打来电话，快接。"

"啊！准是喜讯……"不知谁叫了一声。

"我干了！"陈茂祥没有食言，端起酒杯，一仰脖，又一杯酒下肚。然后说："先干为敬，我想静娴这个时候接电话，便一定会是喜讯。而且，一定是我们到目前为止也想不出的解决困难的喜讯。"

"您？"李作良半信半疑。

陈茂祥点了点头，他悠然自得，一边抿着一杯酒，一边慢条斯理地从口袋里取出一根长寿牌香烟，美美地吸了一口。然后诡秘地挤了挤眼睛："各位仁兄，难道你们还不知道我是远近闻名的半仙么？"

"我怎么会没听说呢？"杨金威知道，到目前为止，茂祥兄还没有找到解决问题的办法，只是看到他那憨态可掬的神态，也是丈二金刚摸不着头脑。

是的，按照陈茂祥的为人处事原则，只要他能做到的事情，他是绝不会袖手旁观的。对阿辉的扶持便是一个例证，况且这李作良的为人大家也了解一二。只是，由于日本商会联合会的垄断，台湾小家电行业有点措手不及，目前大家都还在被动应付当中。而安泰公司刚开业，它面前的道路还有许多未知数，谁敢贸然答应广达公司这么一个大厂参股呢？

"稍有不慎，满盘皆输呀！"杨金威理解这位仁兄此时强装笑脸的苦衷，想到这里，这位与陈茂祥相处几十年的兄弟轻轻地叹息着。

"莫非……"李作良看出了他们的难处，尽管他左一个叫喝酒，右一个叫吃菜。想借机告辞，又特难为情。

"别……作良兄，你参股，我欢迎，尽管我有难处，但既然你上门，那便是对安泰的高看。我相信阿辉此行……"陈茂祥不愿让李作良和他的兄弟带着遗憾离去。他很自信。因为他相信阿辉绝不可能空手而归。

"茂祥叔，各位长辈。"静娴一只脚刚踏进餐厅，身子还在外面，声音却已经传递进来："阿辉告诉我们有大好消息……"

"你看，你看……"陈茂祥立即得意起来。

"各位！"静娴身子终于走进餐厅，高兴地"阿辉此去，收获颇丰。签订一项代工合同，每年供货两千万个电热管，一千万个小马达，而且一签五年，其价格比日本人垄断前的价格还略高。另外……"她还想往下介绍，但大家早已兴奋异常，端起酒杯开始庆贺了。

"喂，各位长辈，这飞利浦公司还决定把安泰公司当做产品创新的实验基地，为我们开发节能产品试验提供技术支持与指导……"

"干杯……"大家雀跃起来。

陈茂祥得意洋洋，尽管已经五十多岁的人了，可是却像小顽童一般，"我说过，这酒喝下去了解决问题的办法也想出来了。而且，我说过阿辉打电话一定有好的信息传来。怎么着？你们为什么不敢喝呀？"

"是啊！是啊！怪哉，一个两千万，一个一千万，不要说安泰，再加广达，一年的生产量也压力够大的。"杨金威也在暗暗吃惊。这件事，不知是偶然，还是土地公保佑？或者那陈茂祥真的能掐会算？

"茂祥兄，真是能掐会算。"李作良听到这消息已经将悬着的心放回肚里，

第三十六章

安泰不眠

话语之间又举起酒杯，"我敬安泰公司各位老板。"

"干……"陈茂祥声音特别大。但他的心却在盘算：这一大笔业务，这一大批人员，下一步该怎么管呀！作为一个企业千钧之担系在阿辉身上，真难为他了。

"再干一杯。"李作良的内心充满着感激，此时酒酣耳热，一个个早已变成红脸关公，那被白酒逼出来的汗水在每个人的脖子根上不断地流淌着。但酒逢知己，这已经是微不足道了。

这场酒会，因为有从德国传来的喜讯，几乎场面失控。杨金威看到大家兴致之高，干脆倡议猜拳。

是啊！酒文化在中华民族当中是最富个性的文化，逢喜事，喝酒；心情不爽，喝闷酒；生意场上要沟通，一喝便成八九分。这杨金威的话一出口，便得到大家的热烈响应。

"来。"李作良伸出右手，对着杨金威应战。

"全福寿，"

"六六顺呀，"

"喝酒，喝酒……"

"全福寿，"

"五金开呀，"

"喝酒，喝酒……"

……

这一场酒会从带着担忧，带着沉闷开始，一直延续到傍晚。然后，一直到了深夜，到大家心满意足，一个个东倒西歪才结束……

"茂祥兄，明天我便搬到安泰来上班。"李作良喷着满嘴酒气，舌头也有一些僵硬，由其他人扶着歪歪斜斜上了汽车。

"再见，说定了。明天我在这里等着您。"陈茂祥、杨金威将身子半靠着墙，才勉强不让自己倒下，眯着眼睛直笑，他笑得很可爱，甚至笑得有些滑稽，不过头脑很清醒。

他知道，一个上午折腾自己，绞尽脑汁也没有想出办法来，却被阿辉从德国打来的一通电话解决了。

背靠着墙，想办法不让自己倒下去，脸上始终笑眯眯的，机械地给已经远去的李作良那帮兄弟的汽车招手告别。

朱云生和荣生没有参加吃饭。一是责任所系，受夜校自己学生，又是好友的阿辉所托，让他负责职工培训和技术工作。现在安泰公司发展得如此迅速，员工一夜之间进来那么多新人，培训任务十分繁重，如果基本素质得不到保证，那么今后的产品质量和经营管理都会受到影响。二是这静娴性子很急，加上这一段阿辉出洋，大事小事都系于她一身，压力大了，话也说得不讲究，自己没有必要在阿辉不在时添乱，闪开一点，便可省心许多。至于吃饭问题，自己最不在乎。粗茶淡饭是一餐，山珍海味也是一餐，但过了喉咙都一样，没有任何差别。当前自己的工作便是如何培训好这么多工人，而人手却又是那么少。

"校长兼敲钟，除了荣生便没了别人。"朱云生想到这里，有些难为情地摇了摇头。

"朱云生。"正当朱云生准备培训方案时，荣生匆匆忙忙赶来。

"怎么样？"平时就不喜欢罗罗嗦嗦的朱云生讲话更简洁。

"我姐请你一起吃饭！"

"凭什么，没喜没事的。"

"广达公司来了一帮人，想将整个公司参股到我们安泰。"荣生知道，这件事朱云生还不了解，便简要地说了一下情况。

"参股？我们公司下一步干什么都还没有定论，参进来干什么？"朱云生听了荣生的话疑惑不解，于是干脆放下手中的笔想问个清楚。

"这个我也不清楚，反正来的突然，我姐措手不及。"荣生说得有点无奈。

"那……"听到这里朱云生倒有点着急了。来者便是客，可是此时，怎么去接待这些客呀！这时，朱云生倒为静娴着急起来了。

"我姐已经跟陈茂祥、杨金威两位老板报告了，他们也赶来了。"突然，荣生觉得这事朱云生可能还不知道。

"这样呀！我们专心做我们的事。"朱云生放心了。这两位大老板肚子里的智

慧多得不得了。他们什么场面没见过？什么大事没有处理过？还轮得到我们着急？

于是，两个人便埋下头，认真地处理起自己的事情来了。

"从明天开始，我们便进行新员工培训。内容从厂规厂纪、安全知识、生产技术……"朱云生开始阐述自己的想法。

"嗯……"荣生边记边点头。

"培训半个月，然后上岗。"朱云生补充道。

"不，不！"荣生似有感悟。

"怎么啦？"朱云生有些不解。

"我想，为了切实保证这么多新员工一上岗不乱，可否……"荣生想补充自己的想法。

"将原来安泰的老员工和老师傅，一个带两个至三个，同时加一些补贴。"朱云生一阵欣喜，他非常赞赏荣生这个建议。

"对呀！对呀！那先生便不再是我们两个，而是三百多人呐。然后，分期分批进行轮替教育培训。"荣生对朱云生的思维非常佩服，也感到阿辉之所以高薪从学校将朱云生挖出来真是很有远见的。

"荣生，我这一段日子在思考，安泰公司现在在不断发展，如果广达再过来，发展的速度还会更快，那么以前我们商量过的企业文化也要随着企业的发展而发展，随着企业的发展而不断丰富。"

"先生，您是不是又有什么新的想法和规划了。"

"对。"朱云生点了点头，"在台湾也好，在对岸的大陆也好，这龙眼，也叫桂元。桂元的功能很多，补中气，健身体。这跟企业的发展一脉相承……

荣生本来很有兴趣，以为朱云生有一套新的谋略，想不到竟讲起龙眼来，而且说来说去，云里雾里，便半开玩笑地说："您不会让阿辉给每个员工发一瓶龙眼酒吧。"

"别打岔。"朱云生有些愠怒，但又缓和态度接着说："我在想，还得制订一条企业发展策略。这叫，地球纵使明天将要毁灭，也要种下两棵龙眼，一棵叫创新发展，另一棵叫员工培训。"

"这个……"荣生在琢磨。

"不妥吗，荣生？"朱云生此时却像个学生。

"妥！很妥！十分的妥！"荣生一拍桌子，高兴地跳了起来，"这企业文化决定着企业的成败，是企业之魂，是企业的精神支柱。土地公之所以被世人敬仰，那便是福德文化，福德文化是人们的世代传承与追求。我们安泰也要让大家有一个共同的追求。"

"哈！你好像不是在搞企业，而是……"朱云生感到与荣生很有缘，很多东西非常容易沟通。

"而是一个思想家。"荣生乐了，乐得张大嘴呵呵直笑。

"吱呀……"朱云生与荣生正在乐，门突然被推开了，静娴推开房门，满面春风地走了进来，"朱云生，荣生，你们明天。不，从现在开始要更忙了。"

"为啥？"下午满脸乌云，现在却春风满面，朱云生有些不解。

"阿辉在德国签了一笔大单，而且一签就五年。"静娴一口气说完，还没等朱云生反应过来，自己却咯咯咯笑出声来。

"这……"这一笑，连荣生也有些糊涂了。

"这样大的单子，安泰肯定吃不完。那广达又想参股。这不，以后的新安泰公司可是有将近两千员工的大企业了。你们的员工培训和新产品的开发不是更忙，责任更大了么？"

"……"朱云生听明白了，他深深地点了点头，仿佛这千钧之担瞬间降落到自己的肩膀之上。

此时，屋外的雄鸡啼了。

一刹那间，周围的邻居家的鸡啼声此起彼伏，一声接一声，一声比一声响亮。

梅山上下的鸡都鸣了起来。

"几更了，朱先生。"静娴问了一声。

"二三更了吧。没有认真听。"朱云生还是那么冷静，讲话总是不慌不忙。

"凌晨三点了。"荣生看了看手表。

"休息吧，二位。"静娴打了一个呵欠，关切地交代一句，"明白了么？以后你们的任务更重，更艰巨。"

第三十七章

天理良心

最近一段时间，老阿庚的运气背透了。

在家，每天看到儿子阿福那半死不活的臭脸，难受极了。自己大半生已经过去，虽然大钱没赚上，但流汗流泪，熬更过夜支撑一家铁工厂几十年的艰辛日子，自己带着病妻和阿福熬过来了。那时候，钱不多，但吃穿不愁，一家人和和睦睦，充满着天伦之乐。当时自己没有什么指望，也没有太多的奢求，只期盼这根独苗能够好好读书，长大了能混上一碗半碗清闲饭吃。省得像自己那样，一天到晚在木炭炉火前烤得满身臭汗，一等那风箱拉起来，飞起的木碳灰粉四处飘扬，落在满身是汗的身上，又黑又臭。可是，这儿子硬是稀泥糊不上墙，成了一个名副其实的浪荡子。

更让阿庚痛心的是，两年前，因跟日本公司签定代工合同，自己没有文化，那合同一签便无法毁约，为了逃债，他咬了咬牙带着家人从南部逃到北部，选择了一处别墅长期居住下来。

这次逃债，日本人那边的债逃了，同时也将乡里乡亲的债也逃掉了。记得当时，一家人在台北居住下来后，自己惶惶不可终日，但当看看自己名下有几百万新台币的存款时，心里一半是乐一半则是虚。人总是有人性，有良心的。躲了日本鬼子的债，是自己先被套，后来反吃其一口，心里有着一种胜利者的感觉。可是，这几百万存款当中，却有着两百来万是十里八乡乡亲的血汗钱，甚至连自己徒弟阿辉的糊口钱也包含其中。

每当想起这一笔钱，老阿庚总有一种难以弥消的愧疚，有一种负罪的感觉。

后来，每天待在别墅的日子实在难熬，慢慢开始抛头露面，没有正当职业，却在坐吃山空，而那阿福早已不甘寂寞，到处招摇过市，利用这笔不义之财进行挥霍。结果，出了车祸，瘸了一条腿……

再后来，自己异想天开，成立大有集团；

再后来，又跟东进一郎这狗东西混在一块儿，专门充当他的马前卒，去垄断、去坑自己的同行，去坑自己的乡亲……

而这一段时间，为父的为人不正，为本来晃荡不羁的儿子带了一个坏榜样，阿福在歪门邪道上越走越远，越陷越深……

以致到现在，前几天回到家里之后，像霜打过的茄子，头不梳，面不洗，门不出，躲在屋里发闷气，弄得人不像人，鬼不像鬼。

"没风水呀！"自己操持大半生，再这样下去，必然前功尽弃，除留下骂名，什么也不可能留下。兴许是现实教训了他，兴许是受到良心的谴责，他开始坐立不安。

在家已经反思了几天。

但阿庚的思维却难以逃出这一思想怪圈，人生混到这地步，实在是一种失败，实在是一种悲剧。但往后走哪条路，朝哪边走才能将儿子一并带出歧途，老阿庚却没了主意。

"现在，乡邻之间，朋友之间，同行之间，谁不知道自己父子的劣行啊！"良心、良知一次次地拷问着老阿庚，他也只能一次次地叹气，一次又一次地捶胸顿足。

"阿爸，我们不能再这样混下去了。趁现在还有一点钱，咱们也干点实事吧！"老阿庚还在反思中苦苦挣扎，他的身后响起了儿子阿福带哭腔的声音。

自从阿福带陈子茵到广达公司被员工们追得落荒而逃之后，阿福已经颜面尽失，连作为一个男人应有的尊严都没有了。

他没有勇气再跟陈子茵告别，一回到酒店便如同魂魄出窍，在满脑子都是浆糊的状态下，开着洋跑车，走着之字形的路回到台北。

这一路怎么回来的，阿福已经没有多少印象。

回到台北家中这几天的时间，阿福是怎么过来的，他也没有多少记忆。

只是，此时的阿福已经跟前几天判若两人，似乎已经改头换面，原本白皙富有光泽的脸此时却是一脸憔悴，乌黑的头发一夜之间变得花白起来，那原本圆浑的脸，此时颧骨早已高耸……

"你……"老阿庚想不到这儿子会说出这么一句话来。可是，当他转过头看见阿福那副人不像人、鬼不像鬼的样子时，他的心立即凉了半截。

台南乡下是没有颜面回去了，那里还欠着众多乡亲一屁股债。回到那里纵使大家发善心不把你打个半死，偿还债务之后，自己早已所剩无几。而在台北这地方，寸土寸金，靠这身边几百万台币也是难办成事情的。

况且办工厂还要招工，还要采购原材料，还要……

无数个还要，靠自己？还是靠阿福？

"自己过了知天命之年，连黄土都埋到脖子根了。这世上的饭还轮到自己能吃几餐啊？"老阿庚想到这里一脸伤感。

"如果你还是这样下去，我都无法做人了！"阿福将手中的茶杯狠狠地砸在地上。"砰"的一声，那还装着茶水的杯子粉碎了，那茶叶渣连同那瓷器碎片飞了出去，飞到客厅里的各个角落。那浓浓的茶汁溅在刚刷过不久洁白的墙上，形成了斑斑点点的茶渍。

这"砰"的一声也打碎了阿庚的梦幻，他知道自己的儿子，本事倒没有，上下倒清楚，对父母还是孝顺的。今天，这混小子一反常态摔杯子，实在是让老阿庚始料不及。前几天，当丧魂失魄的阿福从南部回来，闭门不出时，他已经感觉到这儿子在南部一定碰到了不顺心的事，受到了沉重的打击。但具体内容他无从了解。

"你……"老阿庚愤怒了。这大逆不道的东西，管吃、管喝还管花钱，竟然不知天高地厚，在老子面前摔杯子。但阿庚的嘴里只冒了一个字，却忍住了。他不知道，这阿福是吃错药了，还是哪根神经出了问题。

"你再这样下去，我便到佛光山当和尚！"终于，阿福看到父亲没有丝毫反应，撂下一句狠话，转身又重重将门甩了一下，反扣上。

"狗东西，忤逆子。"阿庚本来心情就已经坏透了，被儿子这不明不白地摔杯子，唯一的希望变成了泡沫，他的精神世界好像被摧毁了。他"噌"地站起来，想开车出去逛一逛，去呼吸一下新鲜空气。否则，再待在家里，会窒息，会夭寿……

"叮铃铃，叮铃铃……"正要起身，身边的电话却不早不迟地响了起来，阿庚咬一咬牙，看也不想去看，更不想去接。他迈着步子想出门，想到门外去喘息一下。

"叮铃铃，叮铃铃……"他刚走几步，又不忍心将头往电话机上一看。一看那熟悉的号码，便知是东进一郎拨来的电话。

"不接便罢了。那电话绝不是好电话。"阿庚停住往外走的脚步，在那犹豫着，愣愣地听着那一阵比一阵激烈的电话铃声出神。因为，这一段日子东进一郎了解到阿辉的安泰公司增加了陈茂祥、杨金威几家上市公司参股之后，已有一些着急。尤其是听到一些小家电配件代工企业正在逐渐投靠安泰之后，更是心急如焚，一天到晚来电话催促老阿庚要出手，让阿辉的安泰公司形不了气候。

因为，安泰一旦形成气候，便构成由东进一郎精心策划的商业垄断网的潜在威胁，那将直接危及他们既得的利益，甚至让他们功亏一篑。但是自己这两年的所作所为，已为千夫所指，要对安泰公司下手，自己既没有任何办法，更没有这样的能力……

老阿庚的良心似乎还没有泯灭。

老阿庚尽管年将六旬，虽然坏事干了一箩筐，但良心的谴责，已经足以让他如浴水火。他想尽快摆脱东进一郎的纠缠，走一条自己的人生之路，却又没有那份决心，那份勇气。

这一点，他倒为自己的徒弟阿辉而骄傲，为他而欣慰。

兴许此时阿辉已经不会认自己这个师傅；

兴许此时阿辉已经对自己恨之入骨；

兴许此时阿辉能原谅自己，但还有那么多家电配件代工企业却不能原谅自己……

"叮铃铃,叮铃铃……"那讨厌的电话铃声无休无止,好像一定非要响到主人接了才肯歇息似的。阿庚下了下决心,拿起话筒大声吼了一声:"干……催命呀。阿庚不在……"

说完,他狠狠地将话筒扔在茶几上,这才感到自己被气疯了,气得几乎崩溃。明明是自己接,却告诉对方"阿庚不在",这是什么意思?这不是弱智是什么?

"喂,喂,阿庚,阿庚……"电话的那头的东进一郎似不知疲倦地叫着,他在怀疑这平时三棍打不出一个屁的老阿庚,刚才像狗一样地吼叫到底是冲着谁来的。

毕竟是快60岁的人了。外面受到东进一郎那帮日本商人的施压,在家被不争气的儿子出气,真是外压内挤,一肚子无名火却没处发泄,老阿庚踉跄几步走出门外。因为,在屋里他感到沉闷,沉闷得连气都有些喘不过来。他想出去走一走,找一个僻静的地方吸一吸氧气,喘一口新鲜空气,将自己这似乎要崩溃的神经稍稍松弛下来。

上个月,他雇来的驾驶员因受不了别人的指脊梁骨,受不了别人的白眼,辞职了。幸好自己还能拨弄一下这汽车。于是,这几乎无路可走的老阿庚便登上汽车,自己驾驶着往郊外开去。

找一个地方,找一个僻静的地方,冷静一下自己的心情,为自己苟延残喘的后半生,也为那个不争气的儿子阿福找一条路子,重新做人。老阿庚在默默地思索着。

一出门,原本这别墅便在郊区,再想找清静的地方除非阳明山,那里有着阿庚记忆当中的许多欢乐。自从病妻卧床不起这么十多年,他总是在外寻找那难以忘却的乐趣。在乡下,找小妹要到县城,或者在路边找一个槟榔西施,消遣一下也当是一种发泄。来到台北之后,这条件好多了,尤其是阳明山四周,有许多咖啡店、茶楼,还有桑拿房,那里总是有一些身着旗袍,打扮妖艳的女人让自己尽情发泄,尽情享乐。因此,每逢心情不爽,老阿庚总会选择这些地方,作为自己最佳的去处。

也只有这些地方才能让他暂时忘却烦恼,尽情发泄憋在全身的苦闷,换回轻松而快乐的时光。

车技一般，阳明山的路又弯又陡，崎岖难行。老阿庚心里还在思考着儿子阿福摔杯子的一瞬间，还在回想着刚才对着话筒向东进一郎吼叫的那一刹那，几次差点被山上疾驶而下的小车刮擦。幸好对方却是个个身手不凡，自己的车技不好，吓了一身又一身冷汗，还被像老子训斥儿子一般臭骂："眼睛瞎了啊，怎么开的车……"

对这一声声的训斥，阿庚充耳不闻，忍气吞声，只是一次又一次地在心里骂着："干妮姥，人倒霉，连鸡巴都长虱子。"

终于到目的地了。

这地方，是那时东进一郎花七万元新台币将那女人整得浑身是血的地方。这里，名花特别多，特别有吸引力，也让老阿庚特别难以忘却……

停好车，那早已难耐寂寞的老阿庚将车门一关，迫不及待地冲了出去。

进了那间熟悉得不能再熟悉的咖啡馆。

这瘦干干的老阿庚进去干什么事，能干什么事，看客们便没有那闲心猜测了。只是这位仁兄，这几年几乎不积阴德，坏事干尽，待他一阵翻云覆雨之后，准备返回家中时却呆住了。

你瞧，刚才那汽车四个轮子鼓鼓的气，就停在这停车场一两个钟头，此时再上车时，全都瘪瘪的没有一点气了。趴在那一点也动弹不得。

"干妮姥，哪个王八蛋！"原本心情有了一些轻松，结果这四个轮子气全没了。一个轮没气倒有备胎，四个轮全没气了咋办呀？

老阿庚气不打一处来，蹲下身子查看，不看便罢，这一看简直要气疯了。

原来，四个轮胎不是被放气的，而是活活被人用刀刺破的，里胎外胎一块刺破。

"保全，保全……"老阿庚真气疯了。他不由分说，冲到看守的保安房子里，不由分说一把揪住保安的衣领，大吼起来。

那保安也是一个六十多岁的干巴老头。刚才看到没有多少客人，正趴在房子里的桌子上睡觉，朦朦胧胧之中被人生生揪了出来，一边揉眼睛，一边怯生生，可怜兮兮地问："先生，先生，有话好好说，我在睡觉，什么事都不清楚，什么事都不清……"

"干妮姥, 老子的车四个轮子都被人刺破了, 你装什么死……"老阿庚怒不可遏, 在吼着, 叫着, 他把所有的怨气和怒火都朝那老保安倾泻出来, 好像恨不得一口气吞了他似的。

"真, 真的吗?"

"睁开狗眼给我看看……"老阿庚这时已经失去了理智, 一手揪着老保安, 一手按着他的头往车轮子上看。

"哎哟, 这是哪路人干的?"老保全绝对是一个老实人, 在这个停车场干了几十年, 这样的事情也是第一次遇到, 不看不知道, 一看惊得嘴巴张开合不拢了, "你这位老弟呀! 一定是和人结怨了。无冤无仇谁会干这种伤天害理的事情呀!"

"我和人结怨?"

"对! 你这位老弟呀! 你看看这几十部车, 好的比你好, 差的比你差, 我干了这么久了, 连胡子也变白了, 也没碰到过这样的事情呀。"老保安唠唠叨叨说了一通。

"这……"老阿庚被老保安问倒了, 他回答不上来, 一句话也答不上来, 揪住保安的手也松开了。

"我告诉你呀。老弟呀, 这人世间要多做善事多积德。积德, 可以修万代哟。"看到老阿庚将手松开, 他扯了扯衣服, 边悻悻离开, 边还在罗嗦: "土地公你知道么?"

"土地公, 怎么啦? 怎么又把土地公扯上我啦?"老阿庚自言自语, 又好像回答老保安。

"土地公, 就是主张跟大家都要善, 只有善, 多做善事, 才能有福, 有德, 才能……"老保安身影越来越远, 他的声音也越来越小。

可是, 这声音却很清晰, 每一句都在一次又一次地撞击着老阿庚的心。他把头重重地垂了下来……

半夜时分, 已经疲惫万分的老阿庚才回到家中。

那家已经没有丝毫生气。

昏暗的灯光下，儿子阿福蜷成一团躺在自己离开前躺着的那用竹藤编制的安乐椅上，身边已吃了一半的开水泡方便面狼藉地弃在桌子上。

那临走前搁在茶几上的电话筒还保持着原样。

他没有兴趣再看这儿子。

老阿庚心灰意冷地走进自己的房间，他那久病的妻子在灯光下瞪着死鱼一样的眼睛，看着从门外走进来的老公，无奈地转了一个身，将脸朝向床里面，发出了痛苦而沉重的叹息。

"这……"病妻嘴巴艰难地蹦出一个字。但想讲什么，却没有讲出口。

"这什么，有话便说，有屁便放……"阿庚咆哮着。

"这个家，还像家么？这全家人还像人么？"病妻终于开口了。

听了病妻这句话，倒让老阿庚吃了一惊，好像有一种魔力，让他死死地站在那里。

"死鬼，我在世上已经没有多少时日了。可是，阿福要带好。他走到这一步，都是你的罪过。"病妻如同呻吟一般地说。

"我的错？"阿庚反问。

"你作恶太多，土地公在惩罚你。现时报呀！"病妻叹息一声，"你徒弟阿辉，人家学好，鸿运当头。什么原因？人家敬土地公，做善事。你呢？你把阿福带成什么呀？子不孝，父之过……"后面的话阿庚再也没听清楚，只听到了病妻那嘤嘤的哭声。

那哭声非常伤心，非常痛苦、凄凉；

那哭声充满着悲哀，充满着怨恨，更充满着绝望；

那哭声是他们结婚生子几十年来都没有听到过的。

"那你要我怎么样呀！我为了这个家也是没日没夜地操劳呀！"阿庚有点委屈，但对病妻的埋怨却有了一些感悟。

"可是你自己没走正道，也把阿福引向了歪门邪道啊！"

这句话像一记电流一下穿透了老阿庚的身心，那种被电流重重一击的感觉，让他浑身哆嗦了一下。此时，他才发现，平时病怏怏，病得如同即将干死的鱼一样的病妻，肚子里竟然有那么多的道理，有那么多丰富的情感和那么多让自己折服的道理，又有那么多足以让人敬畏的理念。

"……"阿庚终于把头低了下来。

"你呀！你呀！"病妻终于艰难地将病体支撑起来，用手指点了点阿庚，"带着阿福到土地庙去拜土地公赎罪，把罪恶赎掉，重新做人……"

"去那里？"

"你是梅山人，那里的土地庙灵呀！"

"梅山……"老阿庚听后，摇了摇头。因为自从那次逃债，他欠下家乡父老的情，欠了家乡父老的债之后，他再无颜见江东父老了。

"阿辉是你的徒弟。他是土地公一手扶持发起来的，人家现在如日当空，连十里八乡的工厂都投靠他，你却连到梅山土地庙赎罪的勇气都没有……"

"……"老阿庚仍然没吭声。

"去吧，带阿福一块去。去忏悔，什么时候将罪赎清了，什么时候再回来。"病妻态度很坚决，她那带着伤感的话语当中充满着坚毅，充满着闽南人家女人的清纯。

"对！阿爸，阿妈说的对！我们去赎罪，回来再干点实事，办小厂可以，做小生意也可以，甚至回乡下种田也可以。唯独别再跟东进一郎干那伤天害理的事情。"不知什么时候，阿福已经站在门口，这也是这个年轻人经过上次广达公司员工追逐以后，足足反思半个月，才醒悟过来得出的结论。

"那……"老阿庚迟疑。

"阿爸，明天便去。该退的钱，退给人家，该赔偿的，去赔。如果这样不行，那我将重新思考自己的出路，我将离开这个家。"阿福表明了自己的决心。

"那走吧，全家一起回去，回乡下，回梅山去。"阿庚迟疑了许久，终于下了决心。

第三十八章

阿辉凯旋

　　不知是柏林之行取得巨大成功，还是在柏林半个多月疲于应付，阿辉在从柏林回程的航班上却不再有出国时的那种焦虑与不安，当飞机还没离开柏林上空的时候，便已经昏昏欲睡。

　　他突然想起了一件事，那是陈子茵送他上机场时，递给他的一个橡胶囊。

　　"阿辉先生，这是一个吹气靠枕，国际长途旅行时放在脖子根，睡得踏实。"这女人考虑问题就比较细致。她从自己小皮包里将这小东西递了过来，就在阿辉伸手去接这吹气靠枕的一刹那，陈子茵那多情的眼里充满着妩媚，竟然在众目睽睽下把阿辉紧紧地拥抱起来，并且在他的脸上"啾"的一声热情地亲了一口。

　　"啊……"阿辉没有丝毫的思想准备，吓得拼命地想逃脱。可是，却没有力量。

　　"再见，阿辉。"陈子茵含情脉脉。

　　"谢谢您，谢谢您这一段时间给我的大力帮助，子茵小姐。"阿辉心里充满着感激。自从与飞利浦公司签订那笔代工订单的合同之后，这陈子茵确实很有能耐，又将她负责销售的那家天地人品牌的企业拉了同样数量的电热管加工合同。阿辉是一个懂得感恩的人，如果这一段时间没有陈子茵当翻译，没有她从中所做的努力，要取得如此大的成绩是断然不可能的。

"拜拜，阿辉，我们今后还有机会见面的。"陈子茵尽管已经迈开步子离开，可是仍然一步三回头，不时地转过身来，她那双多情的眼睛熠熠发亮。阿辉终于看清了，那是泪水在闪光，那是陈子茵流泪了。这是至今仍历历在目，让阿辉久久难以忘却的第十六个晚上的情景。

奔波了十余天，从早到晚在这个人山人海的偌大展厅不停地走动，不停地吆喝，已经疲惫不堪。幸好第七天与飞利浦公司签订了第一笔代工合同，原本已急得火急火燎，满嘴起泡，几天晚上也难以入睡。这笔合同在陈子茵的帮助下，意想不到签成了。可是，又过了四天，这陈子茵像变戏法一样，领着阿辉引见了自己公司的老板，又与他签订了差不多代工数量的合同。而且，这笔合同似乎一点精力都未花费，一切都由她安排得妥妥当当。

签订了两笔合同，让初次出洋的阿辉心满意足，满载而归。

当那天兴奋驱散疲倦，收获取代烦恼的时候，阿辉竟然情不自禁哼着那不成调的《爱拼才会赢》的闽南语歌曲回到酒店时，他莫名地从心头涌上一种自豪、一种快乐的感觉，竟然为自己有这么大的出息而感到有些骄傲。

这对安泰，还是台湾的同行朋友都是一桩喜事。因为，这标志着台湾的电热管生产代工已经打开了欧洲市场。那天晚上，他考虑了许久，想请陈子茵吃一顿饭，以表达自己的感激之情。然而，当他摸摸口袋时，这种想法却像肥皂沫一样破灭了。

这次到德国，总经费也就2000美元，除去购买往返机票、住宿的开支，已经所剩无几。幸好来前自己有些准备，足足准备了够吃二十天的方便面。

每天谈不上吃饭，更谈不上吃好，但绝对不至于饥饿。

"待下次来时再报答吧。实在是捉襟见肘，我阿辉心有余而力不足呀。"阿辉有些惭愧。来柏林六七天了，每天从酒店到展览中心，走路来回。也许是天气冷，也许是囊中羞涩，到目前为止还没到街上、到商店去走一走，更没有给静娴买一样东西。

没有钱，英雄气短啊！

"咚、咚、咚。"房间外有人敲门。横躺在床上的阿辉以为是服务生，"腾"地一声站起身。异国他乡，语言不通，六七天总共也没讲几句话，听到有人敲门，心里难免有一种说不出的兴奋。

"你好！阿辉先生。"门刚打开一条小缝，陈子茵已经迫不及待地挤了进来，用火辣辣的眼睛看着阿辉说："今天晚上出去吃饭吧，庆祝你的成功。"

"出去吃饭？"阿辉没有任何思想准备，他有点不知所措。这是因为自己囊中羞涩，还剩的几张美元是肯定不够买单的，况且今后几天还得花销。不然，在异国他乡踩死小鸡也没有钱来赔。此外，他不敢去触碰陈子茵那火辣辣的目光。记得这几天，陈子茵都是用这种目光看着自己，每次触碰时，自己总有一种惴惴不安的感觉。

"没事，我请客。"陈子茵歪着头，一副调皮的样子。

"我，我吃饱了。"阿辉撒了一个谎。

"吃了？"陈子茵看看手表，有些疑问。

"嗯。"被陈子茵一追问，阿辉不知不觉脸发起烧了。

"刚回来，在哪吃的呀！"陈子茵似乎看出了破绽，穷追不舍。

"我，我，我，吃那个。"阿辉看到陈子茵不放过，慌乱之中指了指旅行袋里的泡面，"这是我从台湾带来的。"

"这几天，你都是吃这个么？"陈子茵似乎很感动，她走过去，伸手拿了一包泡面，然后递给阿辉："那请你也给我泡一袋吧，我也在这儿吃。"

"你……"阿辉不解，他不知道这在国外生长的女孩是落落大方，还是嫌自己这个七尺汉子小里小气，羞羞答答。

"对呀！大男孩。"看见阿辉那副窘态，陈子茵妩媚地称赞了一声。然后趁他不注意，跨前一步将阿辉搂在怀里，将他热情地亲了一口："阿辉，你真是我们中华民族的好子孙，好男孩。"

"……"阿辉没有任何心理准备，看到子茵充满桃红的脸，呼吸迅速急促起来。他想将陈子茵从自己身边轻轻推开，但陈子茵却是抱得那么紧，而且没有丝毫想松手的意思。

"大男孩，大男孩……"陈子茵像梦呓一样喃喃自语，她一边说着，一边疯狂地亲吻着阿辉，亲得那口水不停地流淌在阿辉的嘴上、脸上。

"子茵小姐，不行，不行。我是有家室的人，不行的，不行的……"阿辉手足无措。他没有经历过这种场面，虽然嘴巴在说不行，手和脚乃至全身却一点力气都没有，软软绵绵地任由陈子茵摆布。

"我又没有说要嫁给你，你慌什么。傻男孩。"陈子茵仍然那样疯狂，她那炽热的嘴唇像狂风骤雨一样落在阿辉的嘴上、脸上。

这种狂轰滥炸式的亲吻，让已经十几天没有跟老婆在一起，而且正值血气方刚的阿辉几乎失控，几乎乱了方寸。

"子茵小姐，请您冷静下来。我们坐下来聊天，我给你泡面。"阿辉似乎在哀求，他的忍耐已经达到极限，他担心自己感情失控……

陈子茵感受到怀中的这个大男孩有些可怜，更感受到家乡男人当中的极品，复杂的心情让她非常矛盾。

许久，许久，陈子茵终于松开了手。

这大半夜，他们谈业务，谈创业，谈人生，谈得很晚，谈得很默契……

一直到深夜，陈子茵也迟迟不肯离开。

"子茵小姐，时间不早了，你也辛苦一天了，早点回去休息吧。"这次是阿辉主动走上前主动拥抱了陈子茵："我们是同行，今后一定还能相见，说不定我们今后还会有合作机会。"

"是吗？"见阿辉表明告别的意思，陈子茵有些伤感。

"一定会的，若有缘的话。"阿辉说得很轻松，很自信："下次你如果回台湾，务必给我打电话。"

"嗯……"陈子茵只哼了一声。阿辉看去，陈子茵眼眶红红的。

"你哭了？"

"不！嗯。"陈子茵不置可否地说："你是我看过的最传统，最优秀的男人……"

"现在……"阿辉趴在飞机舷窗前，睁大眼睛看着那机场越变越小，甚至有些模糊的柏林，心里充满着感慨："这子茵真是一个好姑娘呀，异国他乡遇见她是一种缘分，一种福分，如果没有她，可以想象能够取得这样的成功，取得这么大的收获是绝不可能的。

柏林离自己越来越远，却留下了自己一生都不可能忘却的永久的思念。

阿辉在陈子茵送的充气枕上睡着了。

他睡得很安稳，睡得很踏实。

等到他醒来的时候，空中小姐在广播里报告，再过两个小时飞机将降落台北桃园机场。

初次出洋，凯旋而归。

这对于阿辉来说是一种打拼，并且收到了打拼之后的第一份成功，第一份收获，第一份喜悦。

阿辉想到这里不禁"吃吃吃"地笑出声来。

但笑归笑，乐归乐。一旦飞机在桃园国际机场降落，一旦回到梅山，还要面对许多挑战，许多工作。

人生总是这样，喜与悲，幸福与苦恼，相随相伴乃至终生。

阿辉正是这样，萍水相逢，认识了陈子茵，因而在德国柏林的十几天时间里，得到了她如此倾情的关心与照顾，取得了巨大的成功。可是兴奋之余，他又感到深深的愧疚，自己已是有家有室，甚至即将为人之父的男人，静娴在家中辛勤劳作，挺着大肚子在操持着几百个员工的安泰公司，自己却与陈子茵又搂又抱，尽管最后没有突破底线，但每当想起这件事，至今仍然满身慌乱，满心的愧疚。

他感到对不起静娴，对不起自己尚未出生的孩子……

"天呀！我怎么会这样……"阿辉在心底里不断地反思，不断地责骂自己。但后悔已经没用，事情已经发生。唯有以此为戒，以后自警自省。

邻座的是一位五十多岁的长者，他在充气枕头上睡得很舒服，嘴里却嘟嘟囔囔地梦呓呢喃："亲爱的……您……"那暧昧的声音断断续续，阿辉睁开眼，这才发现这老叔的脸颊上还残存着一个女人鲜红的唇印。

不用说，阿伯与自己一样在外碰上了红颜知己。只是这位老阿伯太不小心了，这般模样回到家里，回到妻子身边如何去交代呀！

这男人呀！真是说不清，道不明。

家里守着望眼欲穿的妻子,可是在外面却是那般浪漫;在公众场合冠冕堂皇,可是在人后却又是口中吃着一块,筷子夹着一块,眼睛还盯着一块,有着永远填不满的欲壑,有着永远满足不了的占有欲。

阿辉不忍心让这位阿伯回去难堪,轻轻地推了一下,"阿伯,阿伯……"

"嗯,嗯,到桃园机场了。"正在美梦中的长者兴许此时正在梦中与红颜知己欢乐,被莫名地推了一下,以为到家了。可是,当他睁开眼睛时,发现飞机还在空中飞行,一缕缕淡淡的白云正在窗外飘过,那白云掠过机翼,慢慢地被飞机抛向后头。

"什么事情?"长者有些愠怒,但当他看到身边这后生脸上还留存着稚气,而且一脸憨相,便又立即更换了一幅友好的神情:"有事情要帮忙吗?"

"没……"阿辉发现自己有些唐突,慌乱之中赶紧摇头。

"那……"长者正要训斥这个不懂礼貌的后生,既然没有事情,为何要惊扰自己的美梦。因为此时自己正在梦中与女友欢快,坏了这场梦,与坏了自己的一场好事有什么差别?

"阿伯,你……"看到长者脸上出现了不快,原本不打算告诉他的阿辉又改变了主意,用手指了指长者的脸颊,"阿伯,快到桃园了,你这还留着唇印……"

"噢,是吗?是吗?"长者开始有些不自然,可是一刹那间又变得心花怒放起来,自我解嘲地说:"男人嘛,总是对这个特别喜欢。"说着从西装口袋里取出一张湿面巾纸想去擦干净。

"我帮你好吗?"阿辉想用自己的实际行动来缓解双方的隔阂,增进一下彼此间的情感。自己刚出门便会碰到,况且阿伯这样的老江湖,长年走南闯北,跨洋过海,总会有许多的偶遇,总会有许多的萍水相逢。

"好!好,后生。"长者很乐意。

阿辉毕恭毕敬,小心翼翼地用湿纸巾一次又一次地擦,一直擦到干干净净才罢手。最后轻轻一笑:"阿伯,已经看不清楚了。"

"多谢,多谢。后生,你也去了德国?"果不其然,这一细小的动作,让长者对阿辉产生了许多好感。

"是的,我是初次出门,就像去当徒弟、学手艺。"阿辉淡淡地回答。

"在台湾干哪行？"估计这长者睡足了，心情也不错，话匣子打开，对邻座的友好满心欢喜。

生意场上便是这样，要在各种场合当中结识朋友，逐步累积厚实而又丰富的人脉资源。

"安泰公司，给人代工做电热管生产的。"阿辉很诚实，非常谦逊地从口袋里掏出一张名片，双手奉送给长者："最近也开始研发小家电，请前辈多指教，多提携……"

"你便是安泰公司的阿辉？"长者在台湾曾听说过一个孤儿，一个文盲，一个学徒出身的后生白手起家创办安泰公司，还跟日本商会联合会叫板的事，已经让他赞叹不已，但想不到这个人便是眼前这个其貌不扬，见面却能让人产生好感的憨仔。

"我是台北天行健集团的张云峰。"长者也从口袋里拿出一张名片递给阿辉："后生可畏，后生可畏，此次去德国不知有哪些收获？"

"拿了一些代工订单。"在长者面前，阿辉谨慎地回答。

"噢，你不是说，这是第一次出洋？"

"嗯，不瞒前辈，我还是第一次离开台湾……"阿辉的脸上多少有一些羞涩，又带有成功后的喜悦。

"看起来，你对此次出洋很满意。但却不满足！"张云峰像是能看相的一样，目光盯着阿辉的脸，而且还带着某种神秘。是啊！人生对事业的追求是永远不可能满足的，是没有止境的，尤其是阿辉这样一个商场新秀。虽然德国之行收获颇丰，可是他已经将发展眼光放得更远更远。那天他拿到两笔大订单之后，已经在谋划系列小家电的整体开发，培育自己的小家电民族品牌，决心与日本东进一郎那些人一比高下。

"您……"阿辉有些吃惊。自己心里的活动这张云峰怎么会如此了解，"张董事长，您怎么知道我不满足？"

"嗯，我呀！会看相，而且还懂得心理学。"张云峰半开玩笑，又带着十分认真的神情。

"是吗……"阿辉瞬间对张云峰的崇拜之情陡然增加，他的眼睛久久地凝视着这位长者。

"哈，哈，哈！"看到阿辉一脸严肃，张云峰开心地笑着。然后换了一下坐姿，用手拍了拍阿辉的肩膀，语重心长地说："阿辉呀，你刚出道。但是，你却是一个男人，一个顶天立地的男人。男人跟女人有什么差别？你知道吗？"

从生意的话题，立即转入男人的话题，阿辉有些茫然。他摇了摇头，不知道张董事长要告诉自己一个什么样的道理。

"男人与女人的差别是，男人有巨大的占有欲，对！占有欲。我可以肯定地说，不管是哪个男人，不论他家中的老婆长得多么漂亮，甚至如花似玉、沉鱼落雁。可是，当他换了一个环境，当老婆不在身边的时候，总会有爱美之心，总会想方设法占有别的女人，一个，两个，三个，甚至更多。"

"这个……"阿辉发现张云峰话讲到这里异常兴奋，非常激昂。但他却不敢苟同。

"你不信？我告诉你。"张云峰此时倒不像个生意人，却像一个宣扬异端邪说的传教士，"女人除了长相漂亮与不漂亮之外，其他地方并没有差别吧？"

阿辉很惊异，因为自己没有这样的经历，只是在柏林与陈子茵有这么一次偶遇，想到这里脸瞬间绯红起来，心也怦怦直跳。

"当然，你还年轻，又刚出道，不一定有这方面的体会。"张云峰旁若无人似的，只是把话音放得低了一些："家里守着漂亮的老婆，外面还得要抱着一两个，眼睛还再盯上一两个，这样才会有成就感，才能享受成功男人的成功与喜悦。"

"这个……"真的，听归听，阿辉真的不理解，真的不能赞同这位长辈的理念。

"不要这个，我只是想用这个话题引导你，我们开工厂，做生意的，也一定要有男人的这种劲，这种占有欲。这不，你在德国柏林不是签了一些代工的单么？你还得在法国、美国签更多的单，甚至还要在日本签更多的单，只有这样，才能把安泰公司做强、做大，用一两年，或更长的时间把台湾几十家同行兼并过来，使它们都成为安泰的旗下。安泰的体量大了，有实力了，才能与日本商会联合会抗衡，才能打破它们的垄断。"

前面的话阿辉不能苟同，后面的话却让阿辉茅塞顿开。此时，他再看张云峰时，觉得一个小时前自己眼中的张云峰虽然已经五十多岁，说话却是那么的邪异，甚至有些污秽。现在，他将话题引入正题时，却富有哲理，并在很大程度上让自己感悟到男人在追求事业的成功上，不能歇脚，不能满足，应该有不断的奋斗目标，不断地追求不断地打拼。

"张董，你说得很有道理，让小辈受益匪浅。"阿辉点了点头。如果说对前面一段话有些反感的话，后半截话确实让阿辉五体投地。

"回到台湾，你要做的最重要的事情是想尽办法，千方百计将行业力量整合起来。一旦安泰公司能当好这个领头羊，能为行业的发展开拓一条路子，那么，几十家的厂商便会服你。到那时，不是你阿辉，不是台湾企业被东进一郎所垄断，而是东进一郎的日本商会联合会会一听到你阿辉的名字，看到安泰的商号就望而生畏。"张云峰意犹未尽，"当然，我今天只是随便说一说而已。"

"我怕自己没有那个能力。"阿辉尽管心里赞同张云峰的观点，但仔细一想："安泰刚成立，还是一个年轻的公司，实力有限，根基不稳。虽然此次签了那么多代工订单，但毕竟还留在纸上，转为成果，转为效益还要付诸艰辛的努力。"

"你是男人么？那半斤四两挂在两条腿之间的是装饰品吗？"听了阿辉的话，张云峰有点不客气地回敬了一句。

"我刚出山，没那本事，也没那实力……"

"谁不是从小到大，从年轻到老的。"张云峰不客气地说："这男人呀，论成功，事业一定要，女人也不能丢。安泰公司要成功，可以将同行团结起来，可以建集团，再请人辅导上市。办企业，不是靠贷款，不是靠什么碗糕去抵押，而是靠上市。让所有的人信任你，送钱给你发展事业。这种好事你怎么会不敢去想，不敢去闯呢？"

"噢……"阿辉充满感激地看着张云峰那嘴巴滔滔不绝地谈论着，深感茅塞顿开。尤其是上市的事，以前听过，但自己连想都还不敢想。现在乍一听说，心情仿佛开朗了许多，眼光也开阔了许多，许多……

阿辉还在沉思，张云峰的话一直在脑海里回响着。突然，飞机剧烈地颠簸了一下，他以为又遇上了气流，正想伸出脑袋往舷舱外看个究竟，却听见有人在叫："桃园机场到了。"

第三十九章

情理之间

老阿庚这大半辈子一直以为自己是一个顶天立地的男人，是一个脑子活络，小有成就的男人。不是么? 自己小的时候，从学徒开始，顺手得很，出师以后便自己开了一家洋铁店，给周围乡亲打一只马口铁桶，焊一扇铁门，有模有样，赚几个光鲜的钱，用于一家老小吃穿之外还绰绰有余。

他瞧不起女人，自然也不会把老婆放在眼里。因为，他认为这女人呀，头发长，见识短，连拉泡尿，也不上墙壁。尤其是这些年老婆生病卧床，一眨眼将近十年，夫妻间的那份活他根本没有兴趣去干过。只在外面逍遥自在，快活异常。现在，这病快快的妻子竟然头头是道地在教训自己，开始他还憋着一肚子火。后来，冷静下来了，觉得别看几年不出门的老女人难看得如一颗摘下来被风吹了半个月的干茄子，皱皱巴巴，可是说出的话倒还有几分道理。

他同样也瞧不起自己的儿子阿福，觉得这个儿子没出息，除了吃喝嫖赌，沾花惹草之外，对其他一切事情都是外行。可是，这是怎么啦，今天的太阳似乎从西边出来了。这一个老的，一个小的，不约而同来开导自己，好像这家里的家长是他们似的，话讲得头头是道。

这，着实让老阿庚有些出乎意料。

他的心仿佛被一种巨大的外力撞击,受到巨大的震撼。然后,这外力骤然停了下来,迫使他冷静地加以思索,加以反省。

他头垂了下来,默默地走出别墅的大门,向那已经春意盎然的郊外走去……

这是一个不小的别墅区。据说在日据时期,住在这里的几乎都是日本殖民统治者。后来,日本殖民统治结束,台湾回到中国人的手中,国民党的接收大员取代了日本殖民统治者,成了这里的新主人。

在这里居住,几十年来一直是荣华富贵的象征,不少人都为能在这有一栖身之地而感到荣耀。

再后来,新的主人不断增加,这里的别墅也随着时代的变迁发展以及主人的增多而不断增加。

斗转星移,这里在变化。但是,这里除了一栋栋建筑考究,却日益破败的各种风格的别墅外,他们的主人能留给人们的记忆却屈指可数,可留给岁月记忆的也几乎不曾听过。

"人活着为了什么?"突然,老阿庚的脑海里浮现了一个连他自己都感到奇怪的问题。人生六十有余,自己用汗水去奋斗也罢,用智慧去奋斗也罢,或是这几年昧着良心和道德去奋斗也罢,只有两个字:换钱。换取钱供自己以及家人吃喝玩乐。

"人,奋斗,换钱?"自问自解,蓦然回想这几年的经历,已经行将就木的阿庚这时好像吃了一惊。

他惊醒了,以前钱不多,但徒弟成群,朋友一帮。那时手头并不宽裕,买上两斤猪肉,炸去了猪油,剩下发焦的油渣,老婆放些腌菜,煮了三大碗水的油渣汤,徒弟和亲戚朋友,围了一桌,再喝上一小杯的米烧酒,那酒很便宜。可是,大家津津有味,其乐无穷。

这几年,那钱是没少赚,只要做过一家公司签订新的代工合同,便可换取一大笔的销售提成。

存款在与日俱增,可是朋友却远离自己而去。尤其是为了躲那笔债,自己一家人一夜之间在台湾南部消失,害得多少乡邻在诅咒自己,甚至连祖宗十八代都被人诅咒完了。

而正是这次躲债，自己卷了几百多万的资金，一家人却落入了世人唾弃的泥潭，朋友尽失，亲情尽失。唯独一家两口半人每天在生活，在面对。

因为，原来就有病的妻子受不了良心的谴责，唠唠叨叨劝说自己回头却没有效果，终日郁郁寡欢，她看着丈夫、儿子自甘坠落，良心在谴责着她，加快了病情恶化。如今，已经得了绝症，病入膏肓，只剩下半条命的人了。

而儿子阿福本来就没有学好，没有教育好，却在人生歧途中越走越远……

这是一场已经延续了多年的噩梦。自己和一家人都成了乡邻千夫所指的恶人，是被人指着脊梁骨过日子的人。

新历四月份，台南的春天气息已经很浓，也许那里经过冬天寒风摧残的万物已经吐绿，那树枝头已经露出新芽。可是，这相差一两百里的台北，春天的到来却要比台南乡下迟几天。几年了，无数次想回到乡下去，回到自己种植青菜、水稻及其他众多农作物的地方去，在那里去泼洒汗水，换取乐趣，换取收获，换取良心的安息。可是，现在自己已经没有那份信心，没有那份勇气，那是因为自己有愧，欠下太多人的债，欠下太多人的情。

自己没脸回去。

老阿庚在屋外反省着。他在思考，随着人年岁大了，在别墅里每天能见到的只有病妻和儿子，不能不感到寂寞，一种强烈的思乡之情不断地往脑袋上涌着。已经过去的历史不断地拷问着自己的良心，拷问着自己的道德。

"回去吧！向土地公忏悔，向乡亲们谢罪，换取他们的谅解，换取晚年的回归故土，换取一生，不，子孙后代良心的安宁。"想到这里老阿庚的心似乎平静下来了。

他正要往回走，却不知哪个角落有人在叫他的名字："阿庚，阿庚……"

"噢……"老阿庚好像对这声音很熟悉，又觉得有些陌生。他停下脚步观察，心里却在嘀咕，这地方一直很安静，台南乡下的人是不可能知道自己住在这里的。

那么，会有谁用乡下的口音在叫唤自己呢？阿庚反问自己。

"阿庚！"突然，阿庚感到自己身后的路被人堵住了，叫自己的人就在自己身后。

"阿全!"阿庚转过身,发现自己少年时的朋友,睁着铜铃般的眼睛站在自己面前。那满是怒火的神情,好像要将自己一口吞下去,立马消化掉才解恨。

"阿庚,你这断子绝孙的东西,你这……"容不得阿庚打招呼,也容不得阿庚解释,阿全已经愤怒地伸出手,死死地揪住了阿庚的衣领,另一只手握紧了拳头,"我在台北找你多少年了,你这断子绝孙的东西今天还能跑得掉么?"

阿全怒不可遏,挥起一拳,重重地砸在阿庚的身上。

阿庚没有反抗,他既无反抗之力,也无逃脱之心。

这阿全是阿庚少年时的朋友,同年同月同日出生在一个村,一块儿光屁股长大。后来,一块学徒,又在相隔不远的地方共同开了一间铁件店。

再后来,各自揽一些安全门之类的加工生产业务。也就在阿辉承接阿庚安全门生产的同时,阿庚将更大一笔加工业务转给阿全干。因为,那时阿全已经有上百个工人,一家加工厂办得热气腾腾。

那年,阿全的妻子得了子宫癌,病在医院里,昂贵的医疗费让阿全四处借债。此时,阿庚将这笔加工业务转给他,并告诉他:"如果你这笔业务完成,便有一百多万新台币的收入,足可让你妻子治疗一阵子了。"

"费神,费神,费神阿庚兄弟了。"当时,阿全对自己的阿庚兄弟充满着感激,仿佛这阿庚是救世主,是观世音再世。对着他一次又一次九十度鞠躬。

可是,到了加工生产业务完成,账即将结算时,这狗东西阿庚一夜之间消失人间。记得当时,阿全疯了一样赶到阿庚的工厂,除搬了一张办公桌之外,什么也没拿到。

阿庚在人间消失了。

工人在索要工钱。

老婆却听到这个消息,受不了打击,又气又急,几天之内便撒手而去……

阿全吞不下这口气,四处打听阿庚的下落。他相信,这狗东西只要还在人间,还在台湾,自己一定要找到他,扒掉他的皮……

现在,几年的艰辛,几年的不懈努力,终于如愿以偿,这狗东西被自己逮住了。阿全光打他几拳便能解恨么?

"阿全饶我,阿全饶我。我已大错,今天出来便是在反省。欠你的钱,欠乡亲们的钱，我连本带息一并奉还，一定息数奉还……"阿庚没有想到，在这么神秘的地方会遇见老友，遇见债主，他不停地向阿全求饶。

"你呀，吃了一辈子斋，老了却昏了头。为了贪这不义之财，却被世人骂祖宗十八代呀。"阿全是乡下人，老实、本分、善良，看到几年不见的阿庚，满头白发，而且稀疏得连头皮也清晰可见，背也弯了，估计这狗东西这几年也过得不安宁，再看他不停地九十度地鞠躬求饶，举起的拳头无力地放下了。"你，你欠的何止是咱们乡下人的债呀！现在，每到一处问起你的臭名，那是千人怒，万人骂呀……

"我已知道了，阿全。我会悉数归还。不够的，我做牛做马也一定要还清，一定要还清。"阿庚不停地点头，像是捣蒜头似的。

"你还得清吗？"阿全老泪涌出来了，他为自己儿时的朋友感到羞耻。

"我能，一定能。"

"钱能还得清。那良心，那道德，那一世英名，你能还得清，赎得回来吗？狗东西！"阿全一气急又握紧拳头。

"我今天已经考虑清楚了，这几天便回台南乡下去，去还债、去赎罪……"阿庚可怜巴巴抬起头，那悔恨的泪水顺着油饼似的脸不停地往下流淌着。此时，他才真正感到后悔，如果这种场面在前两年自己离开台南到台北时便出现。那么自己、儿子阿福，还有那病床上的妻子，就可以减除多少良心的谴责呀！

再说李作良，那天晚上与陈茂祥、杨金威他们进行研商之后，心里压着的一块大石头终于落下地来。他感到总算可以向全厂员工有一个交代了，感到心满意足。回到工厂便召开职工代表大会着手研究将本厂全部资产参股安泰公司的事情，与大家一起谋划与安泰公司合并之后，如何大发展的问题。

这些职工代表实际上也是工厂的大小股东，这些年来被东进一郎编织的垄断网搞苦了。原先一家利润千余万的工厂，每到年终个个员工喜笑颜开，每个股东盆满钵满，现在亏得几乎倒闭。因此，大家一谈及东进一郎这小日本总是恨得咬牙切齿，一说到老阿庚父子成为日本鬼子的走狗，总是吐得满地唾沫。

中国人，尤其是闽南人的子孙，他们骨子里总有一种看不见，摸不着，却能感受得到的特质，那便是讲义气，求和谐，善打拼。

在自己家的土地上，还被人家整得东倒西歪，他们个个都气呼呼。可是，辛苦了几年却找不到出路，找不到破垄断、求生存、求发展的突破口。

后来原本是去找阿辉的，结果去了才知道，这安泰公司陈茂祥、杨金威都有股份。尽管控股权在阿辉手上，但明眼人一看便知道这是陈茂祥两个大佬在精心设计的策略，他们是在精心培育着阿辉这样一个后起之秀。

这给李作良一帮兄弟无形之中增加了对陈茂祥、杨金威的信赖与敬佩，也增加了整合力量与东进一郎一比高下的信心与决心。

"各位同仁。"看见股东们基本到齐，李作良开始讲话："尽管我们目前广达厂规模比安泰公司还大，员工比安泰多一倍多。但是，安泰潜在的实力比我们要强大得多。这里除有陈茂祥、杨金威这样的商业大佬不说，更重要的是有一个精于创业，又善于打拼的阿辉董事长，如果一旦合并参股成为现实，大家要顾大局，眼光往远处看……"

"厂长，合并之后，广达厂的商号还保留么？"李作良话未结束，一个股东便着急地问道。

"是啊！广达厂办了十多年，多少也有一些名气。"另一个股东叹了一口气，"现在一说合，说没就没了。"

看得出，大家明白目前被日本人垄断下的工厂的处境，但对自己十几年培育出来的品牌却有着深厚的感情。大厂被小厂兼并也好，合并也好，参股也罢，商号一夜之间便消失了，总有一种舍不得、割不断的非常复杂的心情。

"这个……"对于这个问题李作良确实没有思考过，几句话把他给问噎住了。他看看大家，真不知如何回答。

"这件事情不小哟，培育一个广达，十几年光无形资产也是一笔不小的财富。"还是第一个发问的股东。

"这样好吗？同仁们，大家什么问题都不做结论，多提出一些意见，多想一些办法。现在开会，便是要吸取大家的智慧。"李作良的额头冒出了汗珠，他的心里也在着急，这个问题股东们提得及时，也合情合理。

"要不，先跟安泰面对面进行谈判，看看他们的意见。行么？"又一个股东表达了自己的看法。

第三十九章

情理之间

361

"还有什么问题，大家尽可能提得具体一些，但记住，整合我们的力量，目的在于打破日本人的商业垄断。因此，有得必有失。"李作良的头脑冷静下来了，他知道广达厂发展到今天是众多股东的心血凝成的，大家问题提得越多，越具体，说明大家越是在认真思考着这个问题。也只有集思广益，这种合并也罢、参股也罢，成功的可能便越大，胜算的可能也越大。

"还有，倒是现在安泰也很困难，合并之后规模迅速扩大，朝哪个方向发展？"

"那天陈茂祥也没说死一定要我们参股呀？如果他们……"也有人担忧。

"这阿辉到欧洲到底有多少代工订单？"

"开发新产品，我们是新厂、新牌，跟人家日本货可以竞争吗？"

……

众人七嘴八舌，议论纷纷，有的人在抽烟，会议室里，乌烟瘴气，引得李作良这个从不抽烟的人不停地咳嗽。

"慢慢来，不要着急。"李作良看到大家如此热情高涨，转过身交代特别助理："注意，这些股东的意见一定要记清楚，别漏了，过几天我们再去梅山一趟，——跟陈茂祥老板他们研商一下。"

"嗯，嗯，这样做倒是十分妥当。"大家不约而同地肯定。

这场股东会从上午开到下午，又从下午开到深夜，但大家的意见似乎还没有表达完全。譬如，技术力量，员工培训，新的品牌培植和营销等等，一大堆意见和建议，着实让李作良这个当家人头脑乱哄哄的。

"没有当家不知家，当了家了像杠枷呀。"李作良看到会议室的人已经陆续离开，感慨道。特别助理廖汉强是一个大学刚刚毕业几年的小后生，虽年岁不大，却少年老成。只要老板没有离开，他总是陪伴左右，从来没有早走过一次。

最后一盏灯熄灭了，助理廖汉强走近还在仰望星光发愣的李作良，轻声地提醒："老板，这天气很凉啊。"

"喔……嗯……"李作良答非所问。在这即将进入初夏晴朗的夜晚，看看头顶上那满天繁星，不知怎么搞的，他有一种莫名的浪漫，有着无穷的遐想。

李作良久久凝视着头顶的苍穹，一轮明月冉冉升起，原本满天杂乱无章，毫无中心的繁星都凝集在月亮周围。只在一瞬间，这苍穹之中的明月和繁星便有了秩序，有了凝聚力。

"苍穹是这样，人世间不是一样的道理吗？"李作良自言自语。他从天体之间的自然现象想到了工厂面临的现状，颇有一番感慨。台湾有几十家小家电配套企业，由于没有人领军，结果一盘散沙，毫无战斗力，被那东进一郎的垄断搞得东倒西歪，纷纷倒闭，这个道理谁不清楚？

"老板……"李作良还是没有反应，"哼"了一下又沉浸在仰望星空当中。看到他的那种痴情与执著，又担心这深夜的寒意让他着凉，廖汉强又再次提醒道。

"汉强，如果这星空中没有月亮，那将会怎么样？"李作良转过身，没头没尾向助理问道。

"这……"廖汉强不知道老板问话的意图，支支吾吾不敢大胆回答。

"再想想，如果一间工厂没有厂长、一个家庭没有家长、一个镇没有镇长……"李作良好像是对自己的助理说，又好像自言自语。

"那便没有中心，没有主心骨。"汉强回答得很天真，末了又补充一句："那便没了灵魂。老板，你说对么？"

"对！你这小子还是有悟性的！"听了廖汉强的回答，李作良兴奋起来，他站起身似乎下定了决心，对着那星空，激情溢于言表："这广达厂参股不管吃大亏，还是吃小亏，但从长远看对全台湾的小家电配件产业，对广达厂本身都是有利的。"

"嗯！"汉强不敢妄加评论，只是嗯了一声。

"股东们有这样和那样的想法是可以理解的，这毕竟是自己十几年以来辛勤培育的品牌，是大家心血的浓缩。但是，如不将眼光看远一些，看长久一些，就会被外人挤压在狭小的空间里，不要说发展，就连生存都很困难。甚至不需多长时间，便会被扼杀、被窒息、直至死亡……"李作良慷慨陈词，他似乎是对着几千人，几万人在演讲，在作报告。

"老板，我们广达厂这几年不就是这种状况吗？"

"是啊！我们记得小时候，老一辈常给我们讲述团结的重要性，讲父亲教孩

第三十九章

情理之间

363

子折断筷子的故事。一双筷子，一折就断；两双筷子，一折也容易断。如果三双、四双筷子加起来就很难再折断了。"李作良的眼睛在夜空之下，不时地闪着光："这东进一郎便是在我们没有团结起来的情况下，趁虚而入，对小家电配件代工搞垄断，结果我们一家家工厂被折腾得半死不活。"

"我们半死不活，他们却腰缠万贯，肥得流油，连那狗东西阿庚父子光残羹剩菜也吃得肥头大耳。"廖汉强被老板的一席话说得充满激情。此时，他才恍然大悟，老板问他星空中如果没有月亮的含义，理解了他言语当中给自己以启迪的良苦用心。

"那明天还开会吗？"汉强怯生生地问。

"开，一定要开，而且道理要讲清，达成共识，形成共同的愿景。"李作良接着说："不但要合，而且合了以后一定要更加奋发有为，争口气。攥起拳头，形成不可抵御的力量，要粉碎东进一郎的垄断，还要生产比日本生产的更好的各类小家电产品，把日本货挤出台湾。"

"这样啊！"汉强惊叹了。

"汉强啊！"李作良语重心长，"这一点，你们要向那安泰的董事长阿辉学习，要有那种坚忍不拔的精神，那种勇于打拼并且一定要取胜的勇气……"

第四十章

抱团破网

　　阿辉德国柏林之行带来了喜悦，也带给了台湾家电配件代工企业以希望，注入了生机与活力。因此，人还未到家，这些企业的老板们都希望从阿辉那里得到一些新的信息和今后发展的新思路、新办法。

　　对阿辉从德国回来，众人都有一种期待。

　　当然，最期待的莫过于静娴了。

　　新婚燕尔，加上怀有身孕，强烈的妊娠反应，非但没有老公结实的肩膀可以倚靠，没有可以撒娇的机会，反而还要没日没夜操持一个由几百个人组成的工厂，每当夜幕降临，她最大的愿望是找到枕头好好靠一靠，好好歇一歇。

　　快二十天了，这无疑如同漫漫的二十年，甚至更久、更久。

　　"该到家了吧。"静娴不时地挺着微微隆起的肚子，拖着又沉又酸痛的身子，隔段时间就站在工厂后面那坡地上，伸长脖子向台北方向眺望。她真希望那部去接阿辉的车能早点出现在路上，自己早一点伏在阿辉的肩膀上闻一闻他身上充满汗酸的味道。

　　还有，一定让这憨仔趴在自己的肚子上聆听一下小生命的心跳声，唠叨一下做老婆的这分别二十天的辛劳以及对丈夫的思念。

工厂会客室早已聚满了人。

除了陈茂祥、杨金威之外，还有广达厂的李作良一帮兄弟。

此外，还有受李作良影响的周围几家同行们，大家都迫不及待地等待着阿辉从德国柏林带回的喜讯。

当然，还有期望他带回的代工订单能够让自己企业也能分享一下。同时，希望跟阿辉探讨能不能一齐参股到安泰公司来。

总之，原本并不宽敞的会客室挤得连转个身子都十分困难。那些平时也不太拘小节的老板们、股东们又喜欢抽两口，弄得屋子里烟雾缭绕，看过去连脸面也模糊不清。

静娴挤不进去，又因为身上怀着孩子不能吸二手烟也不敢挤进去。只好反复交代负责招待的员工不断地更换着茶壶里的茶叶，不时地给各位客人添上热茶。

俗话说，只要心情好，喝水都甘甜。

静娴看到每一个客人都不停地陪着笑脸，一来二往连脸上的肌肉都笑得有些酸溜溜的。

"阿辉回来了。"不知谁叫了一声。屋子里的人立即停止了笑话，纷纷走出会客室。静娴不慌不忙，连忙招招荣生在门口端上一盆红红的火盆，叫阿辉跨过火盆才进屋。

那是以前父母交代的。家人出远门回家，一定要跨过火盆之后才进屋。这样以后一定能鸿运当头，运气像火一样红，像火一样旺。

以前，爸爸连去县城回来，妈妈都要这样做。何况这次阿辉是漂洋过海到外国去。

"阿辉，阿辉，你可回来啦？"阿辉刚跨过火盆，连手中的旅行箱都还未放下，陈茂祥、杨金威、李作良带着人一下涌了过来。家里的客厅小，容不下几个人。许多人连门都没有挤进来。

"茂祥叔，金威叔。这……"看见家里一下涌进那么多人，而且那么多陌生人，让阿辉没有任何的思想准备，叫了两个老板之后，他似乎有些惊讶，不知道这些客人的来意，甚至怀疑这家里出了什么事情。

"这是广达厂的李作良厂长，这是……"陈茂祥慌忙作了介绍。但大部分他也不认识，而且屋里屋外，确实有些拥挤，有些乱。于是话到半截又建议道："这么多人，要么我们先到厂里的会客室一坐。行么？"

"好！好！好，大家请，大家请。"阿辉满腹狐疑，但脸上充满着喜悦，引领大家到公司的会客室。

阿辉这次回来在飞机上睡得很足，加上年轻，尽管奔波了十八个小时，表面上还看不出倦意。但是看到一群陌生面孔，都比自己年长的客人，倒让他感到有些胆怯。因为只有他自己知道，这安泰公司自己是董事长不错，但那都是茂祥叔和金威叔的一种栽培和匡助，少了他们，自己将一事无成。

"要懂得感恩，要谦虚，要稳重。"阿辉提醒自己，但当他看到身边微微一笑的陈茂祥和杨金威时，心里踏实了许多，喘气也不那么急促了。

"叔，坐吧！各位前辈坐吧，安泰公司成立不久条件有限，怠慢之处，恳请各位前辈谅解。"阿辉尽可能将自己的身心放松，微笑着对着大家点了点头。

"阿辉，这样。"为了缓和阿辉的紧张情绪，陈茂祥先开了口："你走以后，广达家电配件厂的李作良厂长带着所有股东曾经来过一次，想将广达厂整个厂作为资产参股到安泰公司，形成合力。当时，我与金威兄接待了他们。因为这个事太大。因此，商量后还是等待你回来后再做决定。"

"等我回来再做决定？"听了陈茂祥的话，阿辉心中一热，愣了一下："茂祥叔，这件事你们决定不就行了吗？"

"不，你是董事长！"茂祥回答得非常明确。

"是呀！阿辉，今天来前我们股东们又开了几次会议，大家都感到。目前我们全岛的家电配件代工只盯着日本市场，而且行业又没有整合力量，形成不了合力。结果……"李作良听完陈茂祥的话，立即接上话题。

"结果，日本人一垄断，我们便被压制在一个狭小空间里，任其摆布，任其宰割。"广达厂的副厂长王云山接着补充道。

"这事……"阿辉一听，觉得这话题似曾熟悉，但又很陌生。噢，原来在飞机临落地的空中，是那位天行健集团董事长张云峰给自己讲的一番道理。当时自己感到这位集团公司的董事长真是技高一筹，谋划大事总能占据高位。现在，这

第四十章

抱团破网

些观念却出自广达厂的副厂长王云山的嘴里，不能不让人肃然起敬。于是，立即来了精神，改了一种口气说："王厂长，这事你将尊意再详细地阐述一遍好么？现在大家都在这里，我们也算开一次会，大家来研讨研讨。"

"这……"王云山被阿辉一问，倒觉得厂长没有说，自己却冲在前头有些不合适。因此，将目光投向李作良。

"云山，你说。你是读企业管理的研究生，表达得比较准确、全面。讲出来，让阿辉和大家听一听。"李作良倒很认真，用鼓励的口吻对王云山说。

"那我便直说了。"王云山有了委托，说起话来也更有中气："现在，因为日本人搞什么商会联合总会，将原来日本市场的代工合同垄断起来。时间虽然才两年多一点，但是，因为我们台湾的企业各人自扫门前雪，莫管他人瓦上霜。因此，对日本人的垄断仍然单打独斗，结果被各个击破，最后束手就擒，一切按日本人的意愿去组织生产，工钱亦任其说了算……"

"对，云山说的没有错。"不少人表示赞同。

"王厂长，那你说怎么来应对？"阿辉听得很入神，听得出，王云山的观点与张云峰的观点几乎一致。只是在飞机上时间、条件限制，没有那么详尽，听得没有那么完全。

"所以，我们开股东会，主动要求参股到安泰来。这是因为安泰公司虽然是新公司，但有陈茂祥、杨金威这些前辈大佬做后盾；另外还有阿辉这样年轻有为，敢于打拼的后生才俊当家。"王云山年岁也不大，讲起话来头头是道，侃侃而谈。

"云山兄，你们有没有更详细的计划、打算，或者说参股有什么要求、条件吗？"王云山一边谈，阿辉已经在一边思考。实际上，在飞机上他已经在认真思考过，只是他当时考虑的是自己实力有限，当龙头将企业拉在自己身边恐怕难以服众。当时是想，回来后向茂祥叔和金威叔建议，找一家有实力的公司，自己参进去，想不到一回来却碰上了主动参股安泰的广达厂。因此，他的脑子一开始便没有停歇过。

"我们没有任何条件。但只有一个希望，那便是台湾家电配件制造行业要做一次整合，只要大家抱团取暖，就可以打破日本商会联合会的垄断，就有力量去扯破他们的垄断网。"李作良抢过副手的话题："这件事，我想了整整好几天，合作对任何一家厂来说都可能丢掉一些眼前利益，但从长远来看，我们将取得更大的胜利，获取更大的利益。"

陈茂祥在不断地点头。

杨金威却始终将眼光盯着阿辉，微微地笑着。他们在看，这个阿辉倒是如何决策。

"各位，还有新的见解吗？"听了这么多话，阿辉将目光投向大家。

"……"没有人回答。

"茂祥叔、金威叔。你们的意见是什么？"看见没有人回答，阿辉向两位长辈求助。

"这件事，现在听你的。"茂祥用信任的目光看着阿辉，看那样子，他和杨金威都不想表态。

"这……"阿辉有些为难。

"阿辉，你刚从德国回来，有话尽管说。"茂祥鼓励。

"那……"阿辉鼓起勇气，清了清嗓门说："既然茂祥叔、金威叔和各位先辈让我说，我便谈一点意见。错了，请各位长辈纠正。"讲完这句话，阿辉还是用眼瞄了一下陈茂祥和杨金威，"把企业做强做大，增强抵制日本人的垄断，这个问题我在回来的路上已经粗粗地做了思考。但引导我思考的却是天行健集团的张云峰董事长。"

"你跟张云峰先生一块儿乘机？"陈茂祥突然插话。

"对！茂祥叔，你认识他？"阿辉有些惊讶。

"嗯，好朋友。"陈茂祥说得很淡，但明眼人一看便知，他们之间关系肯定不一般。

"刚才，王厂长的话很有道理，我完全赞同。这次大家参股安泰公司，并不是简单的合并，而是力量的重组，不存在谁吃掉谁的问题。只有一个目的，便是形成合力，做强做大。"阿辉显得自信起来。

陈茂祥满意地点了点头。

"也就是说，这种合并不是简单的一加一。而是要通过整合，进行重组形成一加一大于二，大于三，甚至更大的力量。比如，合并重组以后，我们可以按照产业分工，安泰公司这边专门进行小家电的成品组装生产，培育属于我们自己民族的小家电品牌，决不能让外国人挤垮，而是一定要把外国人挤出去，最起码压缩他们的垄断空间和生存空间。广达厂做电热管时间很长，技术力量和员工素质都很高，则继续发挥这方面的优势。这次我签了两单代工合同，电热管每年四千万件，一签五年；小马达两千万件，也是一签五年。"

"哇，这单够大了，足够让两家广达吃了。"不知是谁议论道。

"对，这两单生意确实不小所以，我们不要将眼光只盯在日本市场。世界市场之大，是日本的几十倍，几百倍，甚至更大。我们既不要吊死在日本这棵树上，同时我们也不要放弃这棵树。"阿辉讲得很兴奋，平时那寡言少语的性格似乎也改变了，直讲得口干舌燥，才端起茶杯"咕噜、咕噜"一饮而尽。然后补充说："反过来说，我们还不想让日本货在台湾有立足之地呢。"

"有道理，有道理。"气氛热烈起来了。

"还有，我讲的话意思好像没表达全面。市场需要小家电，消费者需要小家电，这个份额我们不占，日本货却稳如泰山占领了。现在，我们就是要增长本事，夺回来。日本人的小家电的配件代工我们也不能放弃。但要明确，不放弃，并不等于东进一郎叫我们怎么做，给什么价便做。"阿辉充满自信，也许这种自信源于张云峰。"日本人不就欺负我们这些企业群龙无首吗？他想降低代工价格便降，想降多少便降多少。只管自己腰包满，却不管我们企业亡。大家团结起来，做强了，做大了。我们就有力量去抵制日本人，到时不是他要压价便压，而是我们想提价便提价，想提多少便提多少！"

"我们要提，他们不提呢？"有人插话。

"那我们就不干，不干他便没有配件。台湾的技术成熟，台湾的工人工资比日本人廉价，这一点我们有优势。"阿辉很自信。

从头到尾陈茂祥和杨金威都没有讲话，他们俩坐在一起静静地听，不停地点头肯定，直到这时，陈茂祥才感到自己该讲话了，站起来问："各位同仁，阿辉的话大家听明白了吗？"

"还没有！"陈茂祥的话音未落，门口又传来一个陌生的声音。

大家不约而同地朝屋外看去，又走进两个中年人。

"茂祥兄，我迟来了。"来人一路风尘，进门嗓门很大，他转过身佯装生气地对着李作良说："兄弟，你不够朋友，来这里也不告知一声。"

"文斌兄，你也来了。"陈茂祥、杨金威和李作良不约而同迎上去，将他引进屋里。

这黄文斌也是高雄一家名叫金胜公司小家电配件生产商。他的企业主业是生产小马达。在台湾，他也是一个有影响的人物，讲义气，重朋友，跟商界、产业界很熟悉，朋友很多。只是昨天从朋友处听到李作良今天要到安泰公司商谈合作的事情，很感兴趣。现在工厂几乎停摆，反正没多少事干，于是想会一会这些新老朋友，想一想应对之策。想不到还未进门，就听到这里有人慷慨激昂，心头一热，开了一句玩笑。

"文斌兄，这是我们安泰公司的当家人阿辉，刚从德国回来，一到家大家便把他围上了。"阿辉对这些长辈都不熟悉，所以陈茂祥立马把阿辉介绍给黄文斌。

"阿辉？"黄文斌是一个大嗓门，还是一个乐天派，看着眼前这个连唇上的胡子还没长全的后生，哈哈大笑，"你便是阿辉？可畏，可畏，比我儿子还小。可我儿子还在上学，你却担当如此大任。"

一阵寒暄，一阵热闹之后，大家又冷静下来。

"阿辉，你继续讲，我们下一步怎么办？"李作良生怕这么聊下去，时间又浪费了，赶快将话题引入正题。

"对！我今天来也想赶来凑热闹，如果阿辉老板不嫌弃，我也要参股到安泰公司来，我们几个兄弟联合起来干。"黄文斌附和。

"这样。"阿辉听了以后深感压力不小，自己刚出道，一下涌进两家大厂，无论实力还是规模都比自己安泰强。关键是自己这个董事长却没有任何历练，没有任何商场应对能力。在这么多长辈面前，真感到一阵一阵的发怵。"茂祥叔，你看？"万般无奈，阿辉将眼光投向陈茂祥，向他求助。

汗珠从阿辉的额上不断地往下流淌着，他已经来不及去擦拭，忙乱之中，他将目光投向陈茂祥，向这位长辈求援。

"阿辉，你尽管说，将你的想法说出来，我们一起商量。"陈茂祥仍然将皮球踢回去，他要让阿辉这后生经受一些锻炼，提升他对大是大非的决策能力。

"金威叔……"阿辉见陈茂祥不肯出面，又将目光投向杨金威。

"阿辉大胆一些，你怎么想就怎么说。"这杨金威好像跟陈茂祥是同穿一条裤子，一样的态度。

"那，各位长辈我便将自己的想法说一说，如有不妥，请各位长辈批评。"阿辉这时才腾出手，擦了擦额头上早已渗出的汗水。他在想，看来今天两位长辈已铁了心，将自己推上第一线，也只好硬着头皮谈谈自己的想法了，"我首先要感谢广达厂、金胜厂两位长辈对安泰公司的高看，对安泰公司的信任。我想，能否这样：一、安泰、广达、金胜三家既不要说参股，也不要兼并。我们叫合并，三家公司原来商号不变。然后，共同成立一家公司，新公司的名称等下大家一起来讨论；二、公司合并后对产品开发和配件制造相互之间既分工，又合作。原来的安泰负责新产品的开发，在原来开发福德安泰系列小家电和批量生产上市的基础上，研发更多能占据市场份额的产品；广达厂，原来主要以代工生产电热管为主，现在电热管生产的订单全部归广达；金胜厂，原来主要以代工生产小马达为主，这次所签小马达生产的订单全部归金胜。"阿辉说得很激动，满脸通红，这是他有生以来第一次如此出头露面。静娴尽管此时负责安排烧水倒茶工作，却为丈夫有如此出息，变化如此之大而感到自豪。

"阿辉，还有别的吗？"陈茂祥非常满意，觉得当时自己与杨金威决定扶持这个后生，没有看走眼，这后生没有让自己失望。于是又问了一句。

"嗯，茂祥叔，各位长辈。"阿辉被茂祥老板提醒，又想起了还有一点补充："我请来朱云生说一说。"他把目光转向朱云生："不过，朱云生，上次我出国前咱们谈的是安泰公司的事。现在，要将这个概念做一次假设。那便是，你要办的事，以前是特定的安泰公司，而现在则设立于安泰、广达、金胜三家公司的结合体。"

"我说？"朱云生一直躲在角落里静静地听着，他为自己的学生有如此敏捷的思维和先进的理念感到欣慰。可是面对这么多的企业界高手，让自己初涉商界的人谈企业发展问题，却有些为难。"

"对！请你说一说，说错了没关系。"阿辉像刚才陈茂祥鼓励自己一样，用信任的目光鼓励朱云生，"朱云生是我在夜校的老师，看问题能站在高位。"阿辉补充道。

"那我便说了。错了请各位批评。"朱云生鼓了鼓勇气，他毕竟是教书先生出身，口齿流利，普通话也很标准："除了阿辉刚刚说的两条之外，我想还有两条非常重要，一是新产品开发研究，二是人才的培养。阿辉出国前我们曾研究了一个思路，这一段日子我再加以细化，大致可以这样考虑：一、集中安泰、广达、金胜三家公司的优秀人才，组成新产品研发团队，成立研究院。任务是将电热管、小马达的节能发热水平提升层次，提升我们产品的竞争力……"

"哦，这里还有一件事忘了给大家报告，飞利浦公司已决定将电热管小马达的节能试验基地设在我们这里，并派技术人员进行指导。这样我们的研发技术力量将更为雄厚。"阿辉心情很高兴，又补充道。

"同时，"看阿辉补充完了，朱云生又接着阐述自己的观点，"研究价廉物美的小家电系列产品，第一步占领台湾市场；下一步再逐步挤占国际市场，使之有一定的份额；二、成立一个属于自己企业的技术学院，对我们的员工进行技术等方面的综合素质培训，整体提升员工的综合素质。"

会客室里静悄悄的，一点声音都没有，只有一阵阵急促的呼吸声。刚才阿辉和朱云生的话着实让大家有些吃惊，有些不敢相信。如此大的气魄，而且在几乎没有先行准备的情况下，和盘托出这样一套企业发展思路，足以让所有的人肃然起敬。

沉默了好几分钟，会客室里仍然没有声音，陈茂祥心里很满意，作为长者他觉得阿辉的话一定对大家带来不小的听觉冲击，这已远远超过了气魄问题，也超出了男人们敢于打拼的问题，而是一种特质，一种企业家的胆略。于是，他站起来笑了笑说："各位，现在大家用便餐，大家讨论一下，集中一下意见。看一看，下一步我们合并、重组，阿辉和朱云生的意见是否可行？"

"我坚决支持。"李作良第一个站出来。

"我完全拥护。"黄文斌也表示。

第四十一章

夫妻夜话

一回到家便没有任何喘息地开了一次会议，这次会议没有像其他企业合并重组一样吵吵闹闹，这是因为商场挑战，日本人的垄断，促成了台湾本土企业为了生存和发展的战略调整，进行不约而同的力量整合；这次会议没有签订合同，这是因为几个老板和股东们觉得这阿辉身上有一种气质，这种气质不仅仅是那种闽南人子孙后代敢于打拼、敢于吃苦的精神，还有一种高位谋划的眼光和谋略。因此，他们来的时候很焦虑，回去之时却信心满满。

老板股东们形成了共识之后，详细而具体的作业便由下面的部门管理人员去完成了。

送走了客人，已经是鸡啼两遍了。

阿辉站在自己的小屋门前，伸了伸懒腰，呼吸着这星空之下初夏的潮湿空气，感到莫名的轻松。还是这个地方，还是这个时间，自己曾无数次在这里思考，有时是那么苦闷，有时是那么沉重，有时是那么欢快。而此时内心却是那样充满自信，充满着愉快。他的脑海里不时地浮现了土地公的形象，白发髯髯，背有点驼，左手执着龙杖，右手拿着金元宝，是他在一路呵护着人类平安顺风，繁衍生息；他想起了父亲挂在厅堂神龛里的形象，消瘦的脸，有神的眼睛充满着对自己的期盼。

谋事在人，但要有高人指点；

成事在天，但要有贵人相帮；

抵制垄断，一定要形成强大的力量。

人生呀！路很长，路不平。既要有信心，还需要有睿智；既要有清醒的头脑，更要有众人一心的合力。

人心齐，泰山移。

鸡又啼了。如果没记错，此时已是三更天。初夏的露水很重，落在身上已经有些湿润，透过那衣衫渗透在身上多少有些凉意。阿辉猛然想到回来十多个钟头，还没有跟静娴说上一句话。一个晚上只看到她组织员工在烧水送茶，却没看见她歇息。

此时，她可能已经入睡了，或许她在睁着眼睛静静地躺在床上等待自己的拥抱……想到这里，阿辉一刻都不想耽搁，转过身，直扑房间。

是的，静娴此时根本没有睡，而且根本没有睡意。阿辉出国回来，一进门除了将那旅行箱递给自己之外，转身便去了工厂的会客室，夫妻之间只是相视一笑，连讲一句话的时间都没有。

打开箱子，一股浓烈的汗酸味直扑鼻子。那是阿辉出国期间替换下来，却没有时间洗涤的衣服，在这箱子里捂了这么久，哪有不臭的？妻子理解丈夫，理解他出身贫寒，脑子里出了奋斗之外已经没有任何空间。只好苦笑了一下，把那衣服放进洗衣机反复洗了两遍。可是，那内衣上的汗酸十几天没有洗涤已经发霉，原本洁白的内衣留下了斑斑霉点已经无法洗去。

"这懒虫！"静娴觉得无奈，更觉得无法。谁要自己选择这么一个丈夫啊！

她几次想到会客室叫阿辉，但看到那里被人挤得水泄不通，烟雾缭绕，人还在室外就被浓烈的烟草味熏得倒退两三步远。静娴只好隔着那玻璃窗，远远地看着丈夫，为丈夫的辛劳担忧，又为丈夫的成长进步，能得到这么多长辈的青睐而感到欣慰。

夜深了。

静娴原本还想再待一会儿，等到阿辉结束时肩并肩一起回来。人家说，小别胜新婚，自己与阿辉这一别二十天，哪能不想念自己的丈夫？哪有不渴望被丈夫搂着、拥抱着的那甜蜜？

但一切都由不得自己，从中午等到下午，从下午等到深夜。自己毕竟有孕在身，疲倦一次次袭来，双脚又酸又疼，思考良久，只好躺在床上等候着丈夫的归来。

家离工厂几步之遥，工厂会客室的声音每一句都那么清晰，透过窗户、大门穿透进来。静娴只好静下心久久地等候着自己熟悉的身影，等候着丈夫站在自己身边。

静娴就这么等候着。

静娴就这么期待着。

这段时间是那么难熬呀。他在德国时，再想，那也是白搭，隔着千山万水，只能在梦中相见。可是，回到了家，进了家门，隔着几步的距离，却又得不到丈夫的温存和爱抚，那种欲望着实令人火烧火燎，让人躺在床上也辗转不宁……

"吱呀"一声，门终于被推开了。

丈夫的身影终于走近了自己……

"阿辉……"当阿辉送走客人，设想如何用有力的手抱起床上的妻子，然后放在自己大腿上浪漫一番的时候，静娴轻声而又娇媚地叫了一声丈夫的名字。

"静娴，我很想你。"阿辉手劲很大，轻轻一抱，连同静娴身上的被子一并抱了起来，然后从容地坐在卧室的长沙发上。

夫妻俩连同被子把那张长布衣沙发堆了个严严实实。

"我也好想你，而且每天。"静娴是一个很懂得男人疼的那种女人，为了迎接丈夫的归来，浑身上下早已脱得一丝不挂，看到丈夫把自己抱在怀里，张开双手紧紧地搂着丈夫的脖子，伸长脖子把滚烫的嘴伸向丈夫，疯狂地如同狂风骤雨般地亲吻起来。

阿辉的思绪多少还残存着会上的情景，没有想到老婆会如此狂热。被静娴这么狂吻，浑身禁不住燥热起来，腾出右手一边抚摸着妻子的乳房，一边迎接着妻子的热吻。

静娴感到幸福的暖流向身体的每一根神经末梢传递，全身在抽搐，身子像蛇一样卷曲着，翻腾着……

"我先洗一下，静娴你耐心一些。"夫妻间亲热了一会儿，阿辉才觉得自己身上还穿着西装，还带着异国的尘土，歉意地劝阻着妻子。

"嗯，要快一点。"静娴嗲声嗲气地又在阿辉的脸上亲了一口。

一阵翻云覆雨，阿辉和静娴都沉浸在爱雨甘霖沐浴后的滋润与欢快之中。这时，借着那柔和的灯光，阿辉再次把妻子搂在自己的胸膛旁，细细地端详起来。

"静娴，你辛苦了。"灯光下，阿辉发现尽管夫妻间才分开二十天的时间，可是静娴的脸颊上已经长出了蝴蝶斑，而且面积不小，非常明显，不由得产生一种怜爱，"怀着孩子，还要操持这么大一个家业，难为你啦。"

"才不会呢！人家乐意。"静娴又是一阵娇滴滴的声音，她的身子扭动了一下，那洁白的奶子恰到好处地蹭了一下阿辉的身子。

"嗯，这个吗！这奶子似乎也比我出国前大了许多。"阿辉用手小心翼翼地触摸着静娴的奶子，离家前差不多一抓一把，现在一把已远远抓不住了。

"人家要奶孩子了嘛，你傻。"妻子还是嗲声嗲气，让人听了以后浑身上下酥酥的，特舒服。

"嘿，嘿，嘿。"阿辉心里像装满了蜜，却又找不到哄妻子的话。而且此去，一则因为没钱，二则也因为忙，连一次进商场的机会都没有，更没有给妻子买上值一分钱的纪念品，现在想起来感到非常惭愧，"对不起静娴，我没有给你带一点纪念品，请你原谅。"

"不要紧，以后有的是机会，有钱了再说。"女人的心像豆腐，被老公这么一说，尽管没东西，但心里特舒服，有了这句话与买了没有什么两样。

"傻瓜，你没有发现我还有什么变化吗？"夫妻间说着说着，静娴突然问阿辉。

"你，没变呀？"阿辉这脑子一条筋，被静娴一问，有点丈二金刚摸不着头脑。

"你笨！"静娴听了阿辉的话，多少有些失望。她的身子扭动一下，然后故意将肚子在丈夫身上蹭了几下。

"噢,想起来了,想起我的儿子。"阿辉恍然大悟,这时他想起来了,按时间推算静娴怀孕已经六个多月了。

"你摸摸,孩子在闹意见了。"静娴把阿辉的手拉到自己的肚皮上。果然,小家伙听见父母在乐,躲在肚子里偷偷地看,偷偷地笑呢!

"这儿子,以后一准像我。而且一定比我强。"阿辉傻乎乎地笑出声音来。

那鸡又啼了几遍,估计此时东方已经泛白,可是夫妻还沉浸在小别的幸福与甜蜜当中,丝毫没有睡意。

"阿辉,公司与广达、金胜重组合并以后,你的担子更重了,要注意身体。"静娴又冒出一句话。

"没事,什么事都是人学的,什么事都是人做的。"阿辉轻轻地抚摸着静娴的肚皮,还沉浸在即将做父亲的美好憧憬当中。

"三个公司合并,就能抵御东进一郎的垄断了吗?"

"肯定行。但总得一步一步来。"

"现在,你答应与广达、金胜合并,以后还有企业再来,怎么办?还合吗?"女人总有问不完的话,总有无数个怎么办。然而,这个怎么办,却让阿辉无话以答。因为,这件事情他确实没有考虑过。

是的,你一家安泰总不可能将全台湾几十家同类型的厂合并重组吧!既然无力合并重组,那么这日本商会联合总会的垄断还会延续,台湾企业被盘剥、被压制的壁垒便仍然不能突破。你签的两单合同,可以解决三家企业的生产任务,还有几十家怎么办?想到这里,阿辉那抚摸老婆肚皮的手不由得停了下来。

这是一个新话题,一个值得深思的话题。

"……"阿辉无言以对,他沉默了。

鸡又啼了。

静娴将脑袋往窗户看了一眼,东方的光亮已经透过窗帘照了进来。她心疼丈夫,便悄声说:"别想了,今天这个问题没有解决的办法,兴许过两天便想出来了。许多事情都是这样的,先休息吧。"

"嗯……"阿辉确实感到有些困了。

他知道今天正是星期天,自己应该抱着妻子好好睡上一觉,抱紧一点,弥补这二十天没有抱的缺失。

再说，梅山人家的文康和彩凤这对老夫妻，一年四季每天早上除了下雨之外，都会形影不离地在梅林里走一圈。这一来可以看看这上千亩梅林的生长情况，什么时候该打药，什么时候该施肥，一切均了如指掌，不失时机；二来走一走，呼吸一下这梅山的新鲜空气，也可以锻炼身体，一举两得。

这天，他们俩与往常一样在用两腿丈量着梅山的土地，远远看见那土地公前点着烛光和香火，烛光在风的摇曳下，一闪一亮。

土地公前跪着两个人。

"谁这么早？"彩凤知道，这土地公庙建起来后，来祭拜、来许愿的人熙熙攘攘，络绎不绝。但这么早来，还如此跪着的却鲜为见过。兴许是出于好奇，或许土地公本来便是他们每日的必经之路，两个老人想走近看个究竟。

天在微风吹拂下渐渐放亮，那梅山本来就有许多不知名的小鸟，每当天一泛亮总会迫不及待地飞出窝巢，在梅树枝上跳跃，或在树梢上一展歌喉，放歌一曲。因此，早上到梅山晨练和散步绝对是一个好去处。

"慢点，别惊扰了别人。"文康常常锻炼，风雨无阻，尽管六十多岁的人了，走起路来常常咚咚作响。彩凤一把拉住他的手，叮嘱着。

"嗯……"文康知道了，他敬佩女人的细心。

那两个人一动不动，双手合十，静静地跪拜在土地公面前，有人来了还没有感觉到。

直到文康夫妇走近了，而且站了许久，他们才结束了自己的祈祷，慢慢地站起来。

"文康兄弟……"站起来的是老阿庚父子，当老阿庚转过身看到文康夫妇出神地看着自己，似有愧意地打招呼。

"噢，阿庚兄弟，多年不见了。今天怎么这么早？"老阿庚回过头，文康才看清他的脸，不禁大吃一惊。他奇怪被众人沦为话题并消失这么久的这对父子怎么会突然出现在土地庙前。

"我，我们父子俩……"老阿庚想说明一下，却又吞吞吐吐。

"阿庚兄弟，这几年到哪发财呀？很久没见了。"看到老阿庚为难，文康故意轻松地发问。

"我，我老阿庚对不起乡邻，实在无颜面对大家，考虑再三，今天我带着犬子来向土地公谢罪，然后向乡邻们谢罪。"天已逐步放亮，文康听那老阿庚满是愧意的腔调，心里一阵颤动，一个行将就木之人，竟然为了钱，不顾亲情道德，背井离乡，隐姓埋名，四处漂泊，还教坏了孩子。真是不值得呀。然而，当看到眼前可怜兮兮的老阿庚时，又觉得每个人都是吃五谷长大的，哪里能不犯错啊！于是，缓和口气说："阿庚呀！谁能没错？认识到了，在土地公面前说清楚，再找乡邻们道个歉，改过来就是了。"

"但是……"这阿庚真的犯难了。

"有困难，我们帮你。"文康见老阿庚低垂着头，不知道还想说什么，忙着给他宽心和安慰。

"文康哥……"听了文康的一席话，老阿庚老泪直流，"扑通"一声重重地跪在文康的面前。

"阿庚兄弟，你这到底怎么啦？"文康没有任何思想准备，看见已经是六十多岁的老阿庚跪在自己面前手足无措，赶忙用手将他扶了起来。

"我阿庚犯大错了，请乡邻们原谅。我是恶有恶报呀……"说着说着已泣不成声，老阿庚断断续续说出了最近的一些往事。

自从阿庚那天在别墅外散心，正做激烈的思想斗争，思考如何向乡邻们谢罪的时候，碰上儿时的朋友阿全。

愤怒至极的阿全原本要放掉阿庚的血才解恨，结果看到这个儿时的朋友过得如此郁闷，如此不顺，又那么满腔悔恨时，却又念及旧情放了他一马。

那天晚上回到家里，屋外早已夜幕笼罩，四邻家的电灯早已照得通亮，可是老阿庚的家却谁也不想去开灯。

一家三口便就这样在屋里静静地各想各的心事，谁也没有说一句话。

时间一分钟一分钟地走过。

家里静得出奇，静得让人感到心寒，感到恐惧和后悔。

老阿庚还是躺在那安乐椅上，他已经连摇晃那安乐椅的兴趣都没有了。

一家人今后的走向如何？两代三个人。谁也不说出下一步怎么办。

病妻在屋内嘤嘤直哭，而且越哭越伤心，越哭越声大。突然，她歇斯底里大叫起来："老阿庚，你这个混蛋，我的话你不听，鬼话你却全听。既然这样，我先走了。我到奈何桥那头看着你，只希望你把我的儿子带上正路……"

类似的话，以前阿庚也曾多次听病妻说过。因此，今天听起来也没感到有异样，他只是不以为然地用眼睛朝那黑漆漆的屋里瞄了一下，没有任何理会。

"啊……"突然，屋里发出了一种绝望的尖叫声，接着一个重物沉闷地倒在床下，随即又是一种金属着地的声音。

阿庚感到不妙，忙开了电灯，疯一样地冲进房间。

灯亮了。

眼前的景像让老阿庚感到惊骇，感到浑身颤抖……

病妻一头栽倒在床下，身边一把磨得锃亮的菜刀还滴着鲜血。妻子的血从脖子上的动脉如同喷泉一样朝洁白的墙壁喷射着……

老阿庚冲向前，用手死死掐住妻子那涌血的刀口，但一切已经于事无补。只在一刹那，手中的血流止住了，可病妻已气绝……

妻子两年前罹患了绝症。医生介绍只要维持控制，也许还能延缓几年的生命。这一点，妻子的心里很清楚。可是，当她看见老阿庚这几年昧着良心逃债，后又陷入东进一郎诱惑的陷阱，专干祸害台湾兄弟的勾当之后，曾无数次奉劝他改邪归正，重新走人生正道。可是，这阿庚却执迷不悟，甚至儿子阿福也亦步亦趋。

老公纵然变坏也罢了。

可是，儿子如此丧尽天良，坏事干尽，真让她失望，甚至让她绝望。

儿子，那是她活着的希望，活着的期盼。

现在，一切都与她善良的期盼背道而驰，她绝望了，用这种办法了结了自己的生命。

原本，妻子还可以再活一段时间。应该说，这一段时间对于人生来说是多么可贵，多么难得。谁不希望多留世上一天，多看看这美好的世界，多看看自己的丈夫与儿子。但已经完全绝望的妻子，早已经心灰意冷，用菜刀割断动脉的方式

第四十一章

夫妻夜话

结束了自己的生命。

她也许是想用这种举动，奉劝自己的丈夫、儿子悬崖勒马，回头是岸，回到人生正道上来吧……

"阿妈……"儿子阿福的良心受到强烈的震撼，他的精神似乎已经崩溃，冲进屋内撕心裂肺地呼唤着母亲，伏在母亲慢慢变凉、变硬的身体上痛哭着。他想用这种方式来表达对已经离弃的母亲的忏悔，对母亲的愧疚。但一切都为时已晚，一切都无济于事……

生命已经离开，那是无法挽回的。

此时，阿庚没有流泪，没有哭泣。相随相伴一生的妻子离开了，她一半是疾病的折磨，但大半却是自己行为所致，一切都是自己亲手制造的。

哭有何用？悔又有何用？

第二天，阿庚按照台北市政规定，将妻送到殡仪馆火化了。

一个活生生的人，顷刻之间变成了一小堆灰烬，变成了没有生命，没有眼泪，没有唠叨的一堆灰烬。

妻子走了，走得很伤感、很绝望。

妻子走了，重重击打着阿庚的心，阿庚的灵魂。

以后的几天时间，他彻底地，一夜又一夜地失眠。他不敢再回到与妻同住的房间。因为那里有妻洒溅四周的墙壁、床头、地板……殷红殷红的血，那里有妻这几年来洒落在四周的一片一片伤心的泪水……

咬咬牙！他叫上儿子，"阿福，回台南去，回到梅山去……"

"阿爸，现在就走吗？"阿福已经很久没有用这种口吻叫自己了，阿庚听了之后，内心一震，泪水在眼眶里打着转转。

"不，把台北的事情处理完再走。不能欠人一分钱，欠人一根线。"老阿庚告诉儿子，"以前为了钱，做了许多亏心的事，遭恶报了。从此之后，我们要脱裤子，斩尾巴，重新做人，走正道。"父亲的声音很沉重，悔恨的泪水已经夺眶而出。

阿福听完父亲的话，无声地点了点头。

花了几天的时间，处理完了台北的一切未了事务，父子俩各开着自己的汽车，趁着夜色一路南下，返回台南，返回这梅山土地庙前。

以悔恨之心跪拜土地公，祈求土地公的宽恕，祈求众乡邻们的谅解。

"文康哥，我对不住乡亲，对不住阿辉……"老泪纵横，泣不成声，老阿庚跪在文康夫妇面前低垂着头。

"回来便好。阿庚，我们已经到了教子育孙的年纪……"文康是重情重义之人，他攥着老阿庚的手显得非常激动。

听完老阿庚的追悔，文康夫妇被感动了。

他们俯下身子，将这对父子双双扶起，以一种宽容和大度的口吻轻声地说："阿庚、阿福，走，到家里先喝一杯梅汁茶，开开胃，洗洗身子，从今天开始，干干净净做人……"

"走吧，你也六十多岁的人了。"看到阿庚没有勇气举步，彩凤在一边劝说着。

"这样，彩凤，你给阿辉打一个电话，叫他上来接师父回家！"文康用不容商量的口气对妻子说。

文康知道，老阿庚以前是一个很要面子的人。近几年走了错路，这个时候给他脸面，无异是对他伸出援助之手，拉他一把。土地公的福德精神便是以人为善，让乡邻和谐相处。自己兴建土地庙的初衷便是要众乡亲和睦相处。只是自己能力有限，否则一定会倾其所有，让两岸也世代和谐。他知道，海峡两岸都有妻儿，而像这种情况的还有许多，许多……

第四十二章

遥指西岸

阿辉这一段日子很忙，忙得东西南北都几乎找不准方向。

安泰公司、广达家电配件厂、金胜家电配件厂三家合并重组之后，广达的厂长李作良、金胜厂的老板黄文斌执意坚持合并重组以后的商号保留安泰公司，产品商标保留福德安泰，董事长仍然由阿辉担任。

他们的理由很充分，安泰公司取意于土地公文化，具有中华文化的特色和优势，对每一个中国人，包括世界上的所有华人都具有巨大的吸引力；福德安泰吉祥、和谐，具有中华民族精神和凝聚力的特质。

至于仍然由阿辉担任董事长，道理很简单。他为人谦和，有胆有识，敢于打拼，眼光深远，有凝聚力。

早早上班，阿辉便将公司研究院的精英们召集起来，研究新产品的开发。经过朱云生的挑选，这二十几个从三家厂选调上来的人员，个个都精明能干，其中有博士，有硕士，有学士，还有职业学院毕业的技师，他们的学识、门类都很广，各有千秋。听了朱云生一个个的介绍，阿辉不时点头称是。

"现在，我们的产品从外形上要求美观。可是，光有漂亮的外表是万万不够的，还必须节能高效，这是引领家电走向世界潮流的关键……"阿辉看着身边这支刚建立起来的队伍，提出了自己作为董事长的第一道命令，第一个要求。

"我们这几天正是围绕这个思路开展工作的。"朱云生是一个学者，同时又是一个具有丰富实践经验的人，在学校当先生时，就有许多次被专利部门认定的专利产品推向市场。对阿辉的意图也揣摩得很准确，听完阿辉的话，他作了让老板满意的回应。

门外响起了"咚、咚"的敲门声。一会儿，静娴脚步匆匆地挺着大肚子走了进来。

"什么事？静娴。"妻子即将临盆，为了保证母子身体健康，从这个月开始阿辉叫她放下工作在家里休息。

"爸打电话来了。"静娴把嘴巴贴近丈夫的耳边，轻声地说了几句话。

"哦？有这事？"阿辉的脸上表现了某些疑虑。

"真的，爸叫我们马上开车去接！"静娴的语气非常肯定。

"那……"眼前自己正主持一场重要的会议，而且刚开始。那边阿爸告知师傅阿庚父子要回梅山来，要自己去接他回村，心里实在有些矛盾。尤其是想到师傅当年的不仁不义，想到阿福作恶多端。

"要不，派司机去接吧。"静娴知道丈夫左右为难。

"不！稍等一下，让我想想。"阿辉确实很为难，但阿爸的话他从来都是百分之百听的。而师傅这几年走了歪路，自己作为徒弟去迎接他，让他有些颜面回村，也不无道理，对人对事都要有宽容之心。思考片刻之后，他跟朱云生先交换了意见，"我先去一下，你先组织大家讨论，反正不远，我很快便回来。"

"好！应该。"朱云生是个读书人，明事理。从师生关系变成阿辉的部下，他与阿辉相处了六年多的时间，对他的了解比较全面。朱云生知道，尽管这个学生文化水平不高，但生活的磨练，再加上从少年时代开始他对土地公文化很深的领悟。因此，在处理许多问题上总是能站在高位，有着长远的眼光，还有着福德文化当中追求和谐、追求人性的秉性与实质。正因为如此，转岗到安泰之后，在企业文化的提炼，企业形象的塑造上，几年时间花费了自己所有的精力。

没有错，老阿庚是阿辉的师父，他对阿辉人生的成长有着一种特殊的情结。尽管老阿庚后来有负自己的徒弟，有负阿辉。但是，按照阿辉的性格他不可能记仇，反而会尽力去回报作为徒弟的一片恩，一片情。

朱云生对阿辉的评价没有错。

当阿辉自己开着车，带着妻子静娴在岳父母家前停下来时，看到已经明显苍老的师傅阿庚时，他的心里涌出了一阵酸楚，昔日精神抖擞，穿着讲究的师傅阿庚，此时已经显得有些颓废，一头花白的头发杂乱无章，背也驼了下去。他身后的儿子阿福更是无精打采，身上尽管穿着一套昂贵的米黄色西服，但估计许久没有洗过，污渍斑斑，完全没了往日的风光。

"师傅……"阿辉深情地叫了一声。

"阿辉……我。"阿辉这深情的一叫，却让老阿庚羞愧难当。六十多岁的人了，看到徒弟几年不见，已经大有出息，甚至从耳传中了解到他已经成了台湾家电配件行业的举旗人。自己负了他，可是他仍然不计前嫌带着妻子来接自己，阿庚"哧溜"一声又想跪地谢罪。

"使不得。师傅，一日为师终生为父。师傅哪能跪自己的徒弟呢？"阿辉见阿庚要跪下，一个箭步冲上前，用力抱住他。

阿辉此时的心如同翻江倒海。他没有忘记，以前师傅在自己当学徒时对自己的教育，授予自己一身好手艺。尽管那时他是那么苛刻，甚至有些不近人情。但在那段岁月，在那个日日夜夜自己吃再多的苦，受再大的委屈，自己总是往好处想，往远处看。总是在想，严师出高徒，没有那时吃那么多苦，自己肯定不会有这样的出息。他也没忘记，师父那时躲债，连自己十多万元新台币也一并卷走，让自己被人追债，连过年也没有能力购买一两猪肉……

然而，这些不堪回首的事情，已经成为往事，晚辈不能记长辈的仇。

"回去吧，师父，阿福。"阿辉真诚地说。

"阿辉，现在我已经一无所有，甚至还欠下一屁股债了。我……"老阿庚不知是被阿辉的真诚感动，还是一种愧疚，声泪俱下。

"钱是人赚的，只要身体好便行。如果你们不嫌弃，我在安泰公司找一个岗位给你们干干……"阿辉说得很肯定，人只要脚踏实地，一切都可以从头开始，一切命运都把握在自己的手中。

"哦……"老阿庚父子有些吃惊，也有些不以为然。他们知道，在安泰公司一个小小职员是不可能去干的，无论如何从心理上接受不了。至于回来干什么，父子间也没有任何的思考。

"对！"阿辉本再想说什么，突然，岳父家的电话响了起来，他头朝电话机看了一下。

文康赶快去接电话，回过头对阿辉说："公司叫你赶快回去，有十几家家电配件厂的老板们上门拜访。"

"噢，十几家？"静娴用目光朝阿辉扫了一下，递出了一个得意的信息。

"静娴，你猜到了他们的来意？"阿辉有些奇怪，这静娴经常会有些先见之明。

"当然。"静娴更得意了。

"说一说看？"

"你记得那天从德国回来的晚上，我给你讲过的事情吗？"

"噢，……"阿辉应了一声，他知道下一步的事情会很难办。于是，对文康和彩凤说："爸、妈，家里有事，我先陪师傅走了……"

文康、彩凤看着女婿无奈地摇了摇头。原本他们以为，尽管相隔几公里的路，但已经十几天未见面了。这次叫他们回来接老阿庚可以坐下来聊聊，看来只有再等下次了。

阿辉回到办公室，里面早已坐满了客人。

这办公室原本就不宽敞，除了三张三五个位置的沙发外，又增加了许多简易的塑料椅子。

"各位兄长，抱歉，抱歉，有失远迎。"阿辉看到那李作良、黄文斌已作为主人为客人倒茶，便打趣地说："两位兄长，客人来怎么不先打一个电话？"

"是这样，这些既是我们的同行，又是多年的兄弟，对广达、金胜合并之后羡慕至极。因此，叫我带他们来拜访你，看能不能一起合过来，形成打破日本人垄断的力量。"说罢，李作良——向阿辉介绍了客人的姓名、厂名。

"真是谢谢，谢谢大家的信任。"阿辉边应答边在心里乐，果不其然，这静娴蒙事还蒙得特准的。

"这是阿里山家用电器配件厂的张总。"

"这是玉山家用电器配件厂的李总。"

"这是金丰田家用电器配件公司的王总。"

……

李作良一一将来人作了简要的介绍。

听着李作良的介绍，阿辉的脑子在剧烈地运转，面对着一张张期待的脸，他感到自己心有余而力不足；可是，驳回面子又非自己的秉性。要真合并，前一段时间与广达、金胜已经尽力了。要进一步扩大，无疑是一种盲目扩张，那等于小牛拉大车，弄不好，牛累趴下，车也翻了，岂不得不偿失？

"要不这样行吗？"阿辉用手擦了擦额头上沁出的汗珠，这兴许是得益于那天晚上德国归来之后静娴一席枕头风，让他有了一些初步的设想和考虑。

"阿辉，你又有什么好办法了？"黄文斌也知道，这个时候如果再将这几家一并重组进来，条件还不成熟，作为股东自己也不主张。

"我想，我们拧成一股绳，形成合力，目的是打破日本人的商业垄断。而打破垄断的办法却不只企业重组合并一种办法。"阿辉停了停，在思考用一种最好的表达方式，以避免让同行们造成误会，"除了重组合并，我们是否考虑建立一个同业公会。比如建立台湾小家电生产同业公会。这个组织在协调行业发展，实行行业自律，维护行业会员企业利益上应该能够有所作为的。"

"……"办公室里没有反应。

时间一分一秒地过去，兴许阿辉这观点正在促使同行们认真思考。

"作良兄，文斌兄，你们是兄长，又是专家，你们看，我这想法行么？"看到大家不吭声，阿辉心里很急。但除此之外，他确实没有把握，也没有别的办法。阿辉将目光投向大家，但大家仍然一言不发，这让阿辉多少有些惴惴不安。

"我看可以，各位仁兄你们的意见呢？"李作良是一个很会把握时机的人，看到大家一言不发，估计都在各自的思考当中，他对阿辉的观点是赞同的，打破垄断绝非一种办法。如果将整个台湾的小家电行业搞成一家公司，很有可能因为内部管理不善，导致对外的竞争力削弱。

"我赞同，这不失为一种好办法。"玉山厂的李总点了点头。

"那谁牵这个头呢？"金丰田的王总也表示支持。因为，谁牵这个头成立全台行业商会，那他就得服众，就得多出钱，就得成为以后同业公会的理事长，举起这面旗帜。

……

大家在会议室抽烟的抽烟，喝茶的喝茶，可以看出，大家都在慢慢品味阿辉刚才的一席话。

过了好几分钟，寂静的办公室又恢复了热闹，大家都表达了支持的愿望。

"这样就好了。"阿辉终于舒了一口气。"如果大家赞同这种意见，那么今天在座的企业都作为台湾小家用电器同业公会的发起人。当然，开始之初经费问题由安泰公司先行支付。待组织建立以后，以缴会费的办法来解决。"

"我赞同。"黄文斌也站出来支持。他觉得这阿辉确实是少年老成，处事合情又合理。

"那怎么开展组织工作呢？"李作良似乎有些不放心。

"阿辉，你干脆以一贯之好了。将想法和盘托出，我们配合好。"阿里山公司的张总站起来表态。

"既然如此，大家厚爱了。我提议安泰公司请李作良老哥领头，统筹考虑安排这件事，但要快。首先，把理事会、监事会组成人员的建议名单整出来，面要广，要有代表性。同时，章程等法规文件要拟写好，尽快协调好、报备。然后，尽快召开第一届理事会。怎么样？"阿辉快言快语，作了结论。

"那好，我们全力配合。"说完，大家便要离开。

"慢，用完便餐再走也不迟。"阿辉诚心留客，"只是安泰在乡下，没有什么可以款待各位兄长的。"

"不客气了。待同业公会建成时，我们再一醉方休。"老板们都不客气，主要是心里有事，便留下名片，待李作良吹口哨时再集中了。

客人走了，阿辉松了一口气。

再看看李作良和黄文斌似乎也放下心来，阿辉心里自然感到欣慰，但觉得还有一件事必须抓紧去做。于是，转过身将他们叫近身边说："两位仁兄，我还有一个想法，安泰要进一步做强做大，还有一件大事必须抓紧做。"阿辉看着两位兄长。

"阿辉，有什么事尽管说。"李作良、黄文斌异口同声。

"我在思考，我们三家合并之后，体量大了，而且可以预见下一步发展的速度会更快，必然会涉及资金的问题，筹资是一件大事。既然如此，以前三家各自干，没有实力，现在合起来了……"

"你是想……"阿辉话没说完，李作良似乎已经猜到他的话后半截意思了。

"对，我想将安泰公司整体辅导，然后包装上市。"阿辉终于将自己的想法一吐为快，"与其向银行贷，还不如向民间资金市场要资金，况且还不要利息。"

"我们想到一块去了。来前我和作良兄也在思考这件事。"黄文斌兴奋异常。

"而且文斌兄以前还在证券行业干过，这一行，他最有发言权。"李作良介绍说。

"是吗，土地公保佑。"阿辉兴奋得脱口而出。"那么，这件事就请文斌兄来领军好吗？人员从现有管理人员中挑选，你下令，我和作良兄全力支持。"

"好，我对公司上市的前期准备工作进行辅导，力争一年内挂牌上市。"黄文斌看到阿辉和李作良都这么信任他，信心满满地允诺下来。

"两位兄长，我们三兄弟一起努力。"阿辉看到经过一个上午多一点的时间，几件事情都处理得有条有理，心情特别得好。"我年轻，又没经验，以后两位仁兄要多帮衬。"

"阿辉，今后兄弟在一起工作，有福共享，有难同当。既然是兄弟，便没有必要那么客气了。"李作良、黄文斌边说边走进客厅一起吃起便当来了。

送走李作良和黄文斌，阿辉坐在办公室想将兴奋的思绪冷却下来，却见静娴挺着大肚皮走了进来，以为又有什么事情，赶快起身问候，"不是叫你在家休息吗？"

"忙惯了，在家坐立不安。"静娴预产期便在近日，平时忙忙碌碌，现在要她休息，她却坐不住。阿辉摇了摇头。

"今天真是吉星高照，几件事情处理得如此顺利。"安排静娴坐下，阿辉将上午处理的几件事一一告知妻子。

"是吗？"静娴欣喜若狂，像一只企鹅摇摇摆摆地走近阿辉，"啵"地一声亲了一下。

"喂，有人！"阿辉知道明明没有人，却想唬一下这挺着大肚子的妻子。这一喊真的让静娴停下想再亲一个的动作。但当她环视门外毫无人影时，亲昵地揪了阿辉耳朵一下。

"哟……"阿辉叫出声来。

"下一步还有什么新的计划和想法？"静娴目光咄咄地看着阿辉。她知道，老公那脑子是不会休息的，刚才解决了几个问题之后，他的脑子一定还在飞转，他还会不断有新的问题，新的思考……

"嗯！"阿辉真的正在思考。

"怎么啦，卡壳了吧？"静娴在激他。

"谁说的？"阿辉冷静地说，"待到公司上市，筹措了资金，那么我们便可以到大陆去，到土地公的故乡，在那投资设厂。"

"别吹！"静娴佯装怀疑。

"那是一定的。因为，那是上祖的期望，更重要的是听说大陆已经开放十年了。上祖的家乡在厦门湖里，现在湖里便是大陆厦门经济特区的发祥地。"阿辉充满自信。

"你就那么自信？"静娴听了阿辉的话，感到有些吃惊，可是细细一想，却又是那么合情合理，她知道阿辉的性格，阿辉对事业不懈追求的性格是不会改变的。因为一路走来，他始终是那样地忘我打拼，那样地充满自信。

第四十二章

遥指西岸

图书在版编目（CIP）数据

西进三部曲.掷荽情缘 / 廖晁诚著.—北京：华艺出版社，2012.12
ISBN 978-7-80252-404-0

Ⅰ.①西… Ⅱ.①廖… Ⅲ.①长篇小说—中国—当代
Ⅳ.①I247.5

中国版本图书馆CIP数据核字（2012）第302795号

掷荽情缘

出 版 人：石永奇
选题策划：刘　泰　韩海涛
责任编辑：常永富　金书艺
设计统筹：宋福江
流程统筹：吴　婧
出版发行：华艺出版社
社　　址：北京市海淀区北四环中路229号海泰大厦10层
电　　话：010-82885151
邮　　编：100083
电子信箱：huayip@vip.sina.com
网　　站：www.huayicbs.com
印　　刷：北京天正元印务有限公司
开　　本：1/16
字　　数：380千字
印　　张：25
版　　次：2013年1月第1版第1次印刷
书　　号：ISBN 978-7-80252-404-0
定　　价：47.00元